HEYNE BÜCHER

Vom gleichen Autor erschienen außerdem
als Heyne-Taschenbücher

Das Herz der 6. Armee · Band 01/564
Sie fielen vom Himmel · Band 01/582
Der Himmel über Kasakstan · Band 01/600
Natascha · Band 01/615
Strafbataillon 999 · Band 01/633
Dr. med. Erika Werner · Band 01/667
Liebe auf heißem Sand · Band 01/717
Liebesnächte in der Taiga · Band 01/729
Der rostende Ruhm · Band 01/740
Entmündigt · Band 01/776
Zum Nachtisch wilde Früchte · Band 01/788
Der letzte Karpatenwolf · Band 01/807
Die Tochter des Teufels · Band 01/827
Der Arzt von Stalingrad · Band 01/847
Das geschenkte Gesicht · Band 01/851
Privatklinik · Band 01/914
Ich beantrage Todesstrafe · Band 01/927
Auf nassen Straßen · Band 01/938
Agenten lieben gefährlich · Band 01/962
Zerstörter Traum vom Ruhm · Band 01/987
Agenten kennen kein Pardon · Band 01/999
Der Mann, der sein Leben vergaß · Band 01/5020
Fronttheater · Band 01/5030
Der Wüstendoktor · Band 01/5048
Ein toter Taucher nimmt kein Gold · Band 01/5053
Die Drohung · Band 01/5069
Eine Urwaldgöttin darf nicht weinen · Band 01/5080
Viele Mütter heißen Anita · Band 01/5086
Wen die schwarze Göttin ruft · Band 01/5105
Ein Komet fällt vom Himmel · Band 01/5119
Straße in die Hölle · Band 01/5145
Ein Mann wie ein Erdbeben · Band 01/5154
Diagnose · Band 01/5155
Ein Sommer mit Danica · Band 01/5168
Aus dem Nichts ein neues Leben · Band 01/5186
Des Sieges bittere Tränen · Band 01/5210
Die Nacht des schwarzen Zaubers · Band 01/5229
Alarm! – Das Weiberschiff · Band 01/5231
Bittersüßes 7. Jahr · Band 01/5240
Engel der Vergessenen · Band 01/5251
Die Verdammten der Taiga · Band 01/5304
Das Teufelsweib · Band 01/5350
Im Tal der bittersüßen Träume · Band 01/5388
Liebe ist stärker als der Tod · Band 01/5436
Haie an Bord · Band 01/5490
Niemand lebt von seinen Träumen · Band 01/5561
Das Doppelspiel · Band 01/5621
Die dunkle Seite des Ruhms · Band 01/5702
Das unanständige Foto · Band 01/5751
Der Gentleman · Band 01/5796
Konsalik – der Autor und sein Werk · Band 01/5848
Der pfeifende Mörder / Der gläserne Sarg · Band 01/5858
Die Erbin · Band 01/5919
Die Fahrt nach Feuerland · Band 01/5992
Der verhängnisvolle Urlaub / Frauen verstehen mehr von Liebe · Band 01/6054
Glück muß man haben · Band 01/6110
Der Dschunkendoktor · Band 01/6213
Das Gift der alten Heimat · Band 01/6294
Das Mädchen und der Zauberer · Band 01/6426
Frauenbataillon · Band 01/6503
Heimaturlaub · Band 01/6539
Die Bank im Park / Das einsame Herz · Band 01/6593

HEINZ G. KONSALIK

DIE ROLLBAHN

Roman

WILHELM HEYNE VERLAG
MÜNCHEN

HEYNE ALLGEMEINE REIHE
Nr. 01/497

31. Auflage

Ungekürzte Lizenzausgabe mit Genehmigung des
Hestia Verlages GmbH, Bayreuth

Printed in Germany 1986
Umschlag: Atelier Heinrichs, München
Gesamtherstellung: Ebner Ulm

ISBN 3-453-00049-8

Über Dubrassna brütete der Sommerhimmel.

Dubrassna steht auf keiner noch so guten Karte ... es ist ein Dorf am Dnjepr, östlich von Orscha, und selbst die Meßtischblätter der Generalstäbe verzeichnen es als ein trostloses, über die Ebene verstreutes Nest von neun Hütten, zwei Ziehbrunnen, einer Banja, einem Kolchosenstall und einer Traktorstation für die noch trostloseren Dörfer im Umkreis von 50 Kilometern.

Hauptfeldwebel Kunze hatte bei der Besichtigung von Dubrassna gesagt: »Det übertrifft meine kühnsten Träume!« Er sprach damit aus, was die ganze 5. Kompanie dachte, als sie müde und von Orscha anmarschierend, staubbedeckt und am Ende der Kräfte, mit verquollenen Augen und hechelndem Atem an dem ersten Ziehbrunnen stand und auf das Kommando: »Weggetreten in die Quartiere!« verblüfft und hilflos um sich sah.

Zwei Tage später kam die Kompanie in die Hauptkampflinie ... zurück in Dubrassna blieben der Kompanietrupp mit Hauptfeldwebel Kunze, der Troß und die Feldküche. Und natürlich die Schreibstube. Die Seele einer Kompanie! Ohne Schreibstube keinen Krieg, hatte einmal ein Oberst gesagt, als er scherzhaft gefragt wurde: Was ist das Wichtigste beim Militär? In einer Kompanie-Schreibstube laufen die Schicksale von 200 Männern zusammen ... die Urlaubsscheine, die Post, die Beförderungen, die Tatberichte, die Strafen, die Verluste und die Briefe, unterschrieben von Kompaniechef Oberleutnant Faber: Gefallen für Großdeutschland!

Hauptfeldwebel Kunze sah auf seine verchromte Taschenuhr, die an einer Dubleegoldkordel hing. Diese Goldkordel war sein ganzer Stolz. Sie war ein Andenken an Bordeaux, wo er 1942 sich einen Bauch anfraß und sieben Monate mit Juliette befreundet war. Als er wegkam, lief Juliette neben seinem Wagen her wie ein verlassenes Hündchen, und er winkte gnädig zu ihr hinaus und war froh, die Stadt und die Mädchen wechseln zu können.

»16 Uhr«, sagte Kunze und sah dabei seinen Ia-Schreiber an. Er sagte 16 Uhr, nachdem er einmal bei einer Übung in der Wahner Heide nach dem Befehl: »Um 4 Uhr antreten« seine Kompanie um 4 Uhr früh weckte. Die Verwirrung, die dadurch entstand, gehörte zu den unliebsamsten Erinnerungen Kunzes und führte dazu, daß er laufend Instruktionsstunden abhielt: Wie nennt ein Soldat die richtige Uhrzeit?

»Noch keine Meldungen vom Bataillon?«

»Nein, Herr Hauptfeld.« Der Ia-Schreiber nahm im Sitzen Haltung an. Kunze nickte befriedigt. Auch im Krieg die Manneszucht hochhalten — das war einer seiner Wahlsprüche. Früher mußten die schlappen Säcke bei einer Antwort hochschnellen und strammstehen, aber das hatte Oberleutnant Faber in einer seiner menschlichen Anwandlungen verboten. Kunze, hatte er gesagt, wir sind im Krieg! An der Front. In Rußland! Umgeben von Partisanen ... vor uns einige hundert Divisionen, neben und hinter uns ein Feind, der keine Gnade kennt und aus dem Dunkeln zuschlägt ... Und da stehen Sie hier und machen Kasernenhofdrill. Wohl verrückt geworden, was?

Hauptfeldwebel Kunze hatte sich das gemerkt. Weniger den Anschiß als die Tatsache, daß sie von Feinden umgeben waren. Er schlief mit einer Maschinenpistole neben sich auf dem Kopfkissen, raste bei nächtlichen Geräuschen aus der Hütte und warf sich hinter einem Holzstapel in Deckung und beschoß in einer Neumondnacht sogar Oberleutnant Faber und die Essenträgerkolonne, die von der HKL zurückkamen und durch die Dunkelheit klapperten.

Kunze sah mißbilligend auf das Feldtelefon, das die 5. Kompanie mit dem Bataillon verband. Vor sich hatte er eine Liste liegen, die ihn sehr beschäftigte. Eine Urlaubsliste, auf der zwei Namen standen, deren Träger nach den Berechnungen Kunzes schon im Anmarsch sein mußten.

Fritz Leskau, Unteroffizier. 14 Tage Heimaturlaub.

Theo Strakuweit. Obergefreiter. 2 Monate Anschlußurlaub wegen Gelbsucht.

»Hat zuviel gefressen, der Kerl!« schrie Kunze, als nach einer Woche Überfälligkeit von Strakuweits Urlaub die Meldung durchkam, daß der Obergefreite erkrankt sei und für 2 Monate in der Heimat bliebe. »2 Monate!« tobte Kunze. »Da geht der Sauhund auf Urlaub, frißt sich dick, bis die Galle platzt und höckert jetzt 2 Monate in der Heimat herum, während wir hier von Feinden umgeben sind und unser Leben einsetzen!« Er warf sich in die etwas verfettete Brust und sah um sich. Der Ia-Schreiber sah ihn pflichtschuldig mit heroischem Blick an. »Ich werde dem Strakuweit zeigen, was es heißt, den Endsieg sabotieren! Laß ihn nur erst wieder hier sein!«

Nun war es soweit. Kunzes Tagesarbeit war es gewesen, sich durch Rundgespräche, die bis nach Orscha zur Division liefen, danach zu erkundigen, wie lange man heute mit einem Urlauberzug von Königsberg bis Orscha braucht. Das rechnerische Ergebnis war, daß Leskau und Strakuweit auf der Achse sein mußten und sich in Höhe von Borrisow befanden.

Kunze sah aus dem Fenster der Bauernhütte. An der HKL war es still. Gefährlich still. Oberleutnant Faber hatte vor einer Stunde angerufen. »Wir könnten ein Sonnenbad nehmen, so friedlich ist es. Nicht einmal ein Aufklärer ... zwischen uns und dem Iwan blühen sogar Blumen!«

»Simpelmeier!«

Der Ia-Schreiber schnellte empor. »Herr Hauptfeld?«

»Ich gehe hinüber zur Feldküche und kontrolliere den Fraß. Wenn jemand anruft, holen Sie mich!«

»Jawoll!«

Kunze nahm seine Mütze von einem Nagel, den er in die Holzwand geschlagen hatte und der als Garderobe diente. Er setzte sie auf, kontrollierte mit der flachen Hand, ob die Kokarde richtig saß, an der verlängerten Mittellinie der Nasenwurzel, und stampfte aus dem Zimmer. Simpelmeier seufzte auf und setzte sich wieder. Was macht der bloß, wenn es wirklich einen Rabatz gibt, dachte er.

In der Scheune, von der nur noch das Dach und zwei Seitenwände standen, arbeitete Feldwebel Müller III mit seiner Feldküche. Die Korrektheit, mit der er seine Portionen verteilte und dem Furier die Gramm Wurst und Butter nachrechnete, war einer der Reibungspunkte mit Kunze. Seit dem Tage, an dem Müller III merkte, daß Kunze von der Kompanieverpflegung eine volle Portion abzweigte und abends nach Dienstschluß in seinem Zimmer heimlich fraß, gab es so etwas wie einen Kleinkrieg innerhalb des Kompanietrosses. Kunze meckerte über das Essen, Müller III buchte korrekt die Abgänge durch Verwundete, Tote oder Urlauber ab, gab nicht mehr Portionen heraus und wog Kunzes Ration vor aller Augen dreimal nach, ehe er sie ausgab.

»Na?« sagte Hauptfeldwebel Kunze, als er in die Scheune trat und schnuppernd um den Kessel ging. »Was gibt's, Müller III?«

»Idiotengrütze.«

»Selbstgemacht?« fragte Kunze wonnevoll.

Müller III rührte mit einem riesigen hölzernen Löffel in dem dampfenden Kessel.

»Rezept à la Kunze: Man nehme 4 Pfund große Schnauze, wässere sie in 3 Liter Dummheit, koche sie gar und würze sie mit 300 Gramm Schweinerei und 160 Gramm Gemeinheit. Das Ganze vermenge man mit 5 Pfund geschnitzelter Feigheit ... Fertig ist die Sülze!«

Kunze sah Müller III mit zusammengekniffenen Augen an. Sein Gesicht war starr.

»Wenn Sie ein Volltreffer trifft, werde ich singen!«

Müller III nickte. Er schwitzte von den Kochdämpfen und wischte sich mit dem Arm über das Gesicht.

»Auch das noch! Eine Beleidigung der Musik.«

Kunze stampfte wütend weiter. Er wandte sich zum Troß, wo drei Schmiede dabei waren, ein Eisenband um ein zerbrochenes Rad zu ziehen. Es gehörte zum Munitionswagen, der vor drei Tagen seitlich der Rollbahn auf einem Feldweg umkippte und mit zerbrochenem Rad liegenblieb.

»Drei Mann für ein Rad!« brüllte Kunze. Er ließ die drei Schmiede Männchen machen und umging das geflickte Rad. »Welche Verschwendung an Kraft!« Er tippte auf das heiße Bandeisen und verbrannte sich die Finger. »Weitermachen!« schrie er. »In einer halben Stunde fährt der Wagen vor der Schreibstube vor!«

Welche Bande, dachte er, als er zurück zu seinem Bauernhaus trottete. Damals, in Berlin, da wagte es keiner, ihm zu widersprechen. Da gab es in der ganzen Kaserne nur einen Mann, dessen Wort fast heilig war! Sogar der Herr Major kam zu ihm und fragte ihn: Kunze, wir planen einen Nachtmarsch. Arbeiten Sie ihn aus! – Kunze, teilen Sie die Wache ein! – Kunze, stellen Sie vier Mann Bedienung für das Kasino ab. Aber zuverlässige, verschwiegene Leute! – Später erfuhr Kunze, daß es ein Kasinoabend mit Damen war und der Oberleutnant Pingel von der 3. Kompanie um 3 Uhr nachts, nach Weggang des Kommandeurs, vor den Damen in der Unterhose solo tanzte.

Ja, Hauptfeldwebel Kunze war unentbehrlich. Vor allem in der Heimat ... an der Front war er deplaciert. Er sah das immer mehr ein und kam sich tragisch vor und seelisch vergewaltigt.

In der Schreibstube stellte Simpelmeier die Liste der verbrauchten Munition zusammen. Kunze trat hinter ihn und las die Zahlen mit.

»Was?« sagte er. »Vergangene Nacht 700 Schuß MG-Munition und vier leichte Minen? Ja, sind die denn verrückt da vorne. Die Front ist still wie ein Primelbeet, und die Kerls ballern in der Nacht los! Der Krieg ist doch kein Schützenfest! Pro Nacht 300 Schuß als Warnschüsse – das ist Divisionsbefehl! Ich werde mir die Gruppenführer vornehmen, bis ihnen das Wasser im Hintern kocht!«

Simpelmeier, der Ia-Schreiber, rechnete weiter. Saukerl, dachte er verbissen. Draußen liegen sie auf 70 Meter dem Russen gegenüber, schleichen durch die Gräben, weil der kleinste Teil, der über den Graben herausreicht, von den sibirischen Scharfschützen durchlöchert wird, müssen die Essenträger des Nachts zwei Kilometer auf dem Bauch kriechen und die Kochgeschirre hinter sich herziehen, müssen die Verwundeten auf Zeltplanen über die Steppe gezogen werden, weil der Russe auf alles schießt, was sich vor seinen Augen bewegt ... und da steht dieser Zuchtbulle von Kunze, fett, verfressen und geil wie eine chinesische Dirne, zitternd vor Angst, wenn die russische Artillerie das Hinterland bestreicht, und regt sich über die Munition auf. Es ist zum Kotzen, ihn nicht in den feisten Hintern treten zu können.

Das Feldtelefon schellte. Kunze nahm den Hörer ab und setzte sich auf die Tischplatte.

»5. Kompanie. Hauptfeldwebel Kunze.«

»2. Bataillon. Leutnant Vogel.«

Kunze sah an die Holzdecke. Der stramme Emil! Goldenes Parteiabzeichen, HJ-Oberbannführer, Mitglied der Nationalsozialistischen Volksbildung, im Augenblick Adjutant von Major Schneider, dem Kommandeur. Ein wüster Hund, vollgestopft mit Wissen, fanatisch verliebt in den Führer ... Kunze grunzte.

»Bei 5. Kompanie keine besonderen Vorkommnisse.«

»Sie erhalten Ersatz, Kunze! 35 Mann, frisch aus der Heimat, aus der Kaserne. 8-Wochen-Ausbildung in Emmerich. Durchschnittsalter 18 Jahre.«

»Liefern Sie die Windeln gleich mit?«

»Ihre saudummen Bemerkungen unterlassen Sie gefälligst!« schnauzte Leutnant Vogel. Kunze grinste.

»Jawoll, Herr Leutnant.«

»Der Ersatz wird heute nacht in Marsch gesetzt. Er kommt zu Fuß.«

Wie könnte es beim deutschen Barras auch anders sein, dachte Kunze. Die Infanterie latscht ... seit Jahrhunderten. Wenn man alle Kilometer aneinanderreihte, die deutsche Infanteristen schon herunterliefen, dann gäbe es kaum einen Stern, der weit genug wäre, ihn nicht zu erreichen.

»35 Mann?« wiederholte Kunze. Leutnant Vogel schien eine Beschwerde herauszuhören und klopfte auf den Tisch.

»Seien Sie froh, daß Sie überhaupt was bekommen! Wir haben diese 35 Mann der Division förmlich abgerungen. Was wollen Sie, sagte der Herr General. Sie haben ja kaum Verluste. – Bereiten Sie also alles vor, Kunze!«

»Jawoll.«

»Ende.«

Kunze legte den Hörer auf. Er sah auf seine Urlaubsliste. Noch nichts von Leskau und Strakuweit. Na ja ... wird man sich eben mit den 35 Küken beschäftigen müssen. Kamen ja aus einer lahmarschigen Ausbildung. 8 Wochen Grundausbildung. Kaum Soldaten zu nennen. Zivilisten im grauen Ehrenkleid!

Hauptfeldwebel Kunze nahm sich vor, die 35 Neuen gebührend zu empfangen. Einmal im Stechschritt um Dubrassna herum ... damit man die Gegend besser kennenlernt.

Es klopfte. Ein Gefreiter der Küche kam herein mit einem Topf.

»Das Essen, Herr Hauptfeld.«

Kunze schnupperte. »Was ist's denn?«

Der Gefreite stand stramm. »Befehl von Feldwebel Müller III: Ich soll sagen – Idiotengrütze!«

Verbissen aß Kunze die Nudeln mit Gulasch. Er würgte an ihnen herum. Jede Aufregung schlug ihm auf den Magen, und er hatte sich heute aufgeregt.

Man sollte sich krank melden, dachte er dabei. Magenkrank. Dann kommt man drei oder vier Wochen nach Orscha und weg aus der HKL. Welch herrlicher Gedanke.

Über Dubrassna brütete die Sommersonne. Sie verbrannte das Steppengras, sie dörrte die wenigen Bäume aus. Die beiden Ziehbrunnen gaben kaum noch Wasser. Das Leben schien in der Glut zerschmolzen zu sein ... nur die Luft lebte ... sie flimmerte und kochte.

Drei Kilometer nördlich von Dubrassna zog sich die Rollbahn hin. 12 Meter breit, eine endlose Straße nach Osten, ein Band über einen halben Kontinent.

Auf ihr allein war Leben.

Leben, das nach Osten zog, um zu sterben.

Menschen, Tiere, Maschinen. Tausende ... Millionen ... eine Völkerwanderung ohne Beispiel. Und unter den Tausenden 35 blutjunge, schmalgesichtige, ängstliche Männer, die man von Kindern zu Helden umerzog, indem man ihnen auf der Kammer ein paar Uniformstücke zuwarf, in die sie hineinschlüpften wie in ein schmutziges Sterbehemd. Sie sahen mit weiten Augen über die

Rollbahn, über die Panzer, Muniwagen, Pferdewagen und Sanitätsautos, die an ihnen vorbeifuhren und aus denen sie das Schreien und Wimmern der Verwundeten hörten. In ihren Herzen war Angst, zitternde, helle, schreiende Angst ... aber ihre Beine setzten sich voreinander, sie marschierten ... über die Rollbahn, über die Feldwege, dem Grollen in der Ferne entgegen, von dem Leutnant Vogel beim Abschied zu ihnen sagte:

»Kerls! An der Front ist der Platz eines richtigen Deutschen! Kämpft wie die Goten und fallt mit einem Hurra auf den Lippen! Ihr seid die Erben von Langemarck! — Rechts um — Kompanie, marsch!«

Marsch in das Grauen ... in die Angst ... in die Hoffnungslosigkeit ... in den gestammelten Gedanken: Mutter, o Mutter, bitte Gott, daß er uns beschützt —

35 Mann, auf die Hauptfeldwebel Kunze wartete, um aus ihnen richtige Soldaten zu machen ...

Auf dem Bahnhof von Königsberg, Gleis 10, stand der Fronturlauberzug Nr. 17 abfahrtbereit.

Ein langer Zug. 25 Wagen mit zwei Küchenwagen, drei Offiziers-D-Wagen und einem fahrbaren Revier. Ein schöner Zug, den BdM-Mädchen mit einigen Blumen bekränzten und an dem Rote-Kreuz-Schwestern entlanggingen und aus großen Kübeln Ersatzkaffee verteilten.

Auf dem Bahnsteig stauten sich die Urlauber. Zwar hatte der Transportoffizier schon viermal »Einsteigen!« gebrüllt, aber ein Fronturlauber, der weiß, daß dies der letzte Urlaub sein kann, läßt sich nicht eine Minute nehmen, die zu seinem Urlaub gehört. Mit dem Betreten des Waggons begann der Dienst ... durch die Gänge des Zuges drängten sich bereits die Feldgendarmen und kontrollierten die Marschbefehle.

Unteroffizier Fritz Leskau nestelte an dem Band seines EK und sah auf Inge Hellwag hinab. Sie blickte ihn aus ihren großen braunen Augen ermunternd an, stellte sich auf die Zehenspitzen und küßte ihn auf den schmalen, verkniffenen Mund.

»Wenn du wiederkommst, ist vielleicht Frieden«, sagte sie. »Bestimmt ist Frieden, Fritz. Es kann so nicht mehr lange gehen.«

Unteroffizier Leskau nickte. Er wollte etwas Nettes sagen, etwas so Ermunterndes wie Inge, aber er würgte an den Worten und kam sich elend vor in diesen Minuten des Abschieds.

Er umfaßte mit beiden Händen Inges Schultern und zog sie zu

sich heran. Es wird bestimmt Frieden sein, Inge, dachte er. Bestimmt. Und dann werde ich vor deinen Vater treten und zu ihm sagen: Herr Hellwag, Sie kennen mich noch als kleine Rotznase, wie ich auf den Königsberger Straßen Räuber und Schutzmann spielte. Heute stehe ich vor Ihnen als ein Mann. Dreimal verwundet, EK I und II, Unteroffizier, weil ich mich weigerte, Reserveoffizier zu werden. Ich wollte studieren. Philosophie — dumm, nicht wahr? Wer studiert heute noch Philosophie, wo eine Welt aus den Angeln geht und die Humanität ein Märchen für Großmütter geworden ist? Wer interessiert sich für die schöne Seele, wo es heißt: Alles, was nicht arisch oder unserer Meinung ist, hängen wir auf. Einfach auf! Auf eine leere Benzintonne gestellt, Strick um den Hals, Strick an einen Haken, Tritt gegen die Tonne — aus! Die Lösung aller Probleme, die Vereinfachung des Lebens auf einen Nenner: Weg. Aber ich bin aus der alten Zeit, Herr Hellwag, wie Sie — ich will Philosophie studieren. Darum weigerte ich mich, die Offizierslehrgänge mitzumachen. Sehen Sie — so ein Mann bin ich. Eigentlich ein Idiot. Und dieser Idiot steht vor Ihnen und bittet Sie um die Hand Ihrer Tochter Inge ...

Leskau lächelte schwach und sah in Inges braune Augen.

»Es war ein kurzer Urlaub, Inge.«

»Zu kurz, Fritz. Was sind 14 Tage nach 2 Jahren? Wir hatten gerade begonnen, uns daran zu gewöhnen, daß wir nicht mehr Kinder sind, sondern erwachsene Menschen ... da sagtest du: Inge, morgen fährt mein Zug. Zurück nach Rußland ...«

Leskau sah über Inge hinweg auf den wimmelnden Bahnsteig.

»Es war gestern abend ... draußen am Pregel ... die Sonne ging unter wie Blut ...«

»Und dann sagtest du etwas sehr Häßliches. Weißt du es noch?«

Fritz Leskau nickte: »Ich sagte: Zurück zum Sterben —«

Durch Inges schmalen Körper zog ein Frieren. Sie lehnte den Kopf an Leskaus Brust und schloß die Augen. Ihre Stimme war ganz klein, ganz kläglich.

»Wir wollen nie mehr davon sprechen, Fritz ... nie mehr! Du kommst wieder ... du *mußt* wiederkommen. Wir haben doch noch nicht alles gesagt ... es ist doch soviel, was nicht ausgesprochen wurde ... Was wir denken, was wir fühlen, was wir wollen, was wir ersehnen und was wir erträumen. Wir brauchen noch soviel Zeit für uns, Fritz ...«

Den langen Zug entlang schritt der Zugkommandant. Ein alter Major mit dem Pour le mérite des 1. Weltkrieges. Er winkte von weitem ab, als Leskau Inge von sich wegdrücken wollte, um zu grüßen. »Weitermachen«, sagte er lächelnd, als er an ihnen vorbeiging. An der Lokomotive sah er auf seine Armbanduhr. 10 Minuten über die Zeit. »Lassen Sie einsteigen, Herr Oberfeldwebel«, sagte er zu dem Leiter des Zugbegleitpersonals.

Inge Hellwag sah den Zug hinunter. Eine riesige, giftige, mitleidlose Schlange, dachte sie. Sie drückte sich fester an Leskau und strich über seine Brust und die Orden. EK I, das Infanteriesturmabzeichen in Silber, das Verwundetenabzeichen ... Blechmarken einer weggeworfenen Jugend, einer verratenen Generation.

»Wo kommst du hin?« fragte sie, nur, um etwas zu sagen und die Stille zwischen ihnen aufzuheben.

Leskau schreckte auf. »Meine Kompanie liegt bei Orscha. Dubrassna heißt das Dorf. Südlich der Rollbahn ...«

Inge nickte wieder. Orscha, dachte sie. Dubrassna ... Rollbahn ... Vokabeln aus einer fernen Welt. Was ist Dubrassna? Ein winziger Punkt auf einer großen Karte. Die Rollbahn — 12 Meter Breite in die Unendlichkeit des russischen Raumes. Ein Band in die Ewigkeit, eine riesige Schneise durch Felder und Sümpfe, Urwälder und Steppen, Städte und Kolchosen. Ein Wort nur, ein klingendes, fast wie ein Marschlied anmutendes Wort — Rollbahn ... Rollbahn ... Man hörte den Rhythmus der Motoren und den Gleichschritt der Millionen, die über sie hinwegziehen.

»Ich werde dir jede Woche schreiben, Fritz«, sagte sie leise und streichelte seine Hände, die auf ihrer Schulter lagen. Einst hatten diese Hände versucht, Verse zu schreiben — jetzt drückten sie auf den Abzugshebel des MGs und hämmerten den Tod in die schreienden Reihen angreifender Russen. Nicht daran denken, sagte sie sich. Bloß nicht daran denken, Inge ... eines Tages werden wir erwachen wie aus einem bösen Traum, und die Sonne scheint wieder über das friedliche Land und wir gehen umarmt durch die blühenden Wiesen und schauen den Pferden zu, wie sie durch die Sonne tollen und die weißen Wolken anwiehern. »Ich werde dir alles erzählen«, sprach sie weiter, »so, als wärst du dabei ... Und ich werde dir immer und immer wieder schreiben: Ich liebe dich ... ich liebe dich ... Und: Ich warte auf dich ... ich warte ... warte ... Damit du es nie vergißt und wiederkommst —«

Unteroffizier Leskau schluckte. Er umfaßte Inge und preßte sie an sich. Seine Kehle war trocken, so trocken, daß er glaubte, sie würde zerreißen, wenn er jetzt etwas sagte.

Die Feldgendarmen kontrollierten noch immer die Urlaubsscheine und Marschbefehle. Ein Oberleutnant schrie auf dem Bahnsteig herum, weil ein Feldwebel in der Ecke der Halle einen Oberschützen siebenmal um einen Fahrkartenschalter jagte, weil er nicht gegrüßt hatte. Der Oberschütze war der Putzer des Oberleutnants, der wiederum seine Koffer suchte, die irgendwo auf dem Bahnsteig allein standen.

Drei Wagen weiter, inmitten eines Knäuels rauchender Landser, ertönte ein lautes Quietschen. Dort hatte der Obergefreite Theo Strakuweit ein Mädchen umfaßt, an sich gedrückt und so fest geküßt, daß es außer Atem kam.

»Idiot!« brüllte einer aus dem Fenster des Wagens. »Laß das Marjellchen leben!«

»Halt Frässä!« schrie Strakuweit zurück. »Was Lottchen ist, die kennt das!«

Theo Strakuweit setzte Lottchen wieder auf die Erde und schob die Mütze zurück auf den breiten, fleischigen Nacken. Sein breites, ostpreußisches Bauerngesicht glänzte vor Schweiß und Wonne. In seinem prallen Brotbeutel lagen drei fette Blutwürste und zwei Flaschen Bärenfang. Reiseproviant von Lottchens Gutsdeputat.

Unteroffizier Leskau sah über Inges Kopf hinweg auf die große, runde Bahnhofsuhr. Der dicke schwarze Zeiger schob sich langsam weiter ... Minuten, die nie wiederkehren im Leben. Verlorene Minuten. Er streichelte Inges Haar und hob ihr Gesicht zu sich empor. Um ihre Lippen zuckte es, die Augen waren dunkel und groß. Sie biß die Lippen zusammen, um nicht zu weinen.

»Bleib gesund, Inge«, sagte Leskau stockend. »Und sei vorsichtig in der Fabrik. Wann fängst du dort an?«

»Übermorgen. Um 7 Uhr. Wir müssen alle hin ...«

»Laß dich dort nicht fertigmachen, hörst du?«

Sie lachte, ein wenig gequält, aber sie lachte, um sein ernstes Gesicht aufzuheitern. »Ich werde schon aufpassen, Fritz.«

Den Zug entlang rannte einer der Bahnhofsoffiziere. »Alles einsteigen!« brüllte er. »Der Zug fährt in 3 Minuten ab! Einsteigen!«

Die Lok, außerhalb der großen, gläsernen Halle, blies Rauch ab. Zischend stob er in den blaßblauen Himmel, eine weiße Wolke, die sich unter der grellen Sonne zerteilte und sich auflöste in Streifen, Punkten und farbloser, flimmernder Luft.

Unteroffizier Leskau bückte sich und nahm seinen Holzkoffer vom Bahnsteig. Hinter ihm, in seinem Wagen, sangen die anderen bereits ... aus dem heruntergelassenen Fenster donnerte der Gesang über die wartenden oder abschiednehmenden Menschen.

Der letzte Heimatschnaps wurde bereits versoffen, die letzten Zigaretten, Marke ›Bahndammraub‹, wurden verteilt. Schwitzend wurden Koffer auf die Knie gelegt, Karten herausgeholt und Skat gespielt. Jungs ... noch eine Partie ... und dann noch hundert Partien bis Orscha. Bis der Mist wieder beginnt. Hinter Warschau begann es schon. Partisanen, gesprengte Züge, Bomben zwischen den Schienen, nächtlicher Beschuß aus den Wäldern, Baumstämme auf den Gleisen ... Eine Sauerei, Jungs. Immer dasselbe, wenn man in Urlaub fährt oder aus ihm zurückkommt: Du weißt nie, ob du ankommst. Irgendwo in der unendlichen Weite des östlichen Landes lauert der Tod ... hinter einem Bahndamm, einem Baum, in einem Sumpf, einer Erdhöhle, in den breiten Kronen der Kiefern, hinter einem Heuschober ... überall liegt der Tod ... tausend Kilometer lang zwischen Königsberg und der Front bei Orscha. Darum, Jungs – sauft und raucht und klopft euren Skat! Nach uns die Sintflut!

Wenn wir erst in Rußland sind, gibt's Machorka und einen milchigen Knollenschnaps, nach dessen Genuß du drei Tage lang verblödest. Wir bekommen ihn immer, wenn Rabatz im Anzug ist. Hier, Kinder, sagt dann der Furier oder sagen es die Essenträger. Jeder einen halben Liter! Dann wissen wir es schon: Wir müssen Bunker knacken oder 'ne Stellung aufrollen. Was, bei euch auch? Schnaps und Heldentum? Ist ja überall der gleiche Scheißdreck! Kommiß bleibt eben Kommiß. Beim Barras ist alles gleich wie bei eineiigen Zwillingen – ob am Wolchow oder auf der Krim, in den Pripjet-Sümpfen oder auf den Waldai-Höhen ... Es stirbt sich leichter mit einem besoffenen Kopf, und man merkt es nicht so sehr, wenn das Händchen weggeschossen wird, der halbe Hintern fehlt oder Mamas Sohn mit offenem Gehirn schreiend über die Steppe kriecht und sich Erde in den Mund stopft, weil er seine eigenen Schreie nicht mehr hören kann.

Drum, Jungs – noch ein Lied! Und 'nen Becher Cognac von Muttern – Lebensmittel-Sonderkarte, Abschnitt V. Alle haben sie zusammengelegt ... Vater, Mutter, Max, Emil und Erna. Das gab $^{3}/_{4}$ Liter Cognac. Ziemlich dünnen Cognac, aber immer noch besser als der Iwanschnaps.

Prost, Kinder! Ist ja doch alles Scheibenhonig! Urlaub zu Ende, wieder 'raus in den Dreck, ein paar Gedanken an die 14 Tage bei Ida ... und nach 3 Monaten bringt dir der Spieß vielleicht 'nen Brief von der Ida: Liebä Justav – ick hab's dir damals ja jleich jesacht: Paß uff, Justav ... Nu kann ick dir mitteilen, det ick schwanger bin. Wann heiratste mir? Machen wir Ferntrauung? Justav, ick hab' so Sehnsucht nach dich ...

So ist das nun mal, Jungs. Nach 2 Jahren wieder der erste Urlaub, und die Ida war so hungrig. Mußte ja kommen, was? Drum kippen wir uns noch einen hintern Knorpel! Und singt mal wieder was, Jungs. Singen macht Durst! Hurra! Für Führer und Großdeutschland!

Leskau sah Inge mit müden Augen an. Seine Stimme war kläglich. »Ich muß einsteigen, Inge.«

Er umfaßte sie noch einmal und küßte sie. Lange, innig, mit geschlossenen Augen, den Druck ihrer kalten Lippen in sich aufnehmend, den leichten, süßlichen Duft ihrer Haut, ihrer Haare, das Zittern ihres Körpers, das Schlagen ihres Herzens und den Druck der kleinen, festen Brüste. Alles, alles nahm er in sich auf ... den Rhythmus ihres Atems, das Streicheln ihrer Finger, die über seinen Rücken glitten und sich dann festkrallten, als wolle sie ihn nie wieder loslassen, den Blick ihrer plötzlich unnatürlich großen braunen Augen, als er sich losriß und sie noch einmal ansah.

»Du kommst wieder, Fritz«, stammelte sie.

Es war keine Frage mehr ... es war eine Bitte, eine Tatsache, ein Glaube, fast ein Befehl zu Gott: Er darf nicht sterben!

Er nickte schwach und versuchte ein Lächeln.

»Ich komme wieder, Inge.«

»Soll ich Vater schon etwas von uns sagen?«

»Ich werde ihm schreiben, Inge.«

»Du wirst immer schreiben, ja, Fritz? Jede freie Minute, hörst du ... jede freie Stunde mußt du an mich denken ... an uns denken ... an das Morgen, an das Schöne, an unser Glück. Es wird einmal wahr sein ...«

Sie klammerte sich wieder an Leskau fest und küßte ihn mit einer Hingabe, die ihn zutiefst erschütterte. Wild, plötzlich von der Tatsache überwältigt, daß es ein Abschied war, der endgültig sein konnte, auch wenn man nicht daran denken wollte und sich zwang, das Schreckliche in sich zu bekämpfen, hing sie an seinem Hals und weinte. Lautlos rannen ihr die Tränen über das blasse Gesicht und liefen über seine Lippen.

Wie salzig sie sind, dachte er ergriffen. So salzig. Er saugte sie mit seinen Lippen auf und war unendlich glücklich, einen Teil von ihr in sich zu haben, wenn es auch nur Tränen waren.

»Einsteigen! Türen schließen! Urlaubsscheine zur Kontrolle bereithalten!«

Ein Oberfeldwebel rannte den Zug entlang. Er schlug die Türen zu und schob den Riegelgriff hoch.

»Scheiße!« sagte ein Landser am Fenster hinter Leskau. »Das viertemal! Ob die Kettenhunde jemanden suchen?«

Leskau stieg die Stufen zur Abteiltür hinauf. Inge Hellwag reichte ihm den Holzkoffer hoch. Er schob ihn auf den Flur des Wagens und wandte sich wieder um. Im Abteil sangen sie wieder. »Auf der Heide blüht ein kleines Blümelein, und das heißt Eeeerika ...«

Inge streichelte Leskau noch einmal über das bleiche, eingefallene Gesicht, dieses harte, ernste männliche Gesicht, dem man an der Front die 24jährige Jugend stahl.

»Mach's gut, Fritz –«

Sie nickte ihm tapfer unter Tränen lächelnd zu. Leskaus Atem wurde schwer, er umklammerte die kleinen Hände Inges und küßte sie noch einmal auf die blassen, zitternden Lippen.

»Leb wohl!, Inge.«

»Nicht leb wohl! Auf Wiedersehen –«

»Einsteigen!«

Obergefreiter Theo Strakuweit warf seinen Tornister in das Abteil durchs Fenster, wo er von den anderen Landsern aufgefangen wurde. Dann folgte der pralle Brotbeutel mit den Blutwürsten und den Flaschen Bärenfang. »Achtung!« rief Strakuweit, als er den Beutel hinaufwarf. »Scharfe Munition für die Latrine!« Dann umfaßte er noch einmal sein Lottchen und sah sie mit seinen schwarzen Augen treuherzig an.

»Bleibste mir auch treu, kleines Biest?« fragte er liebevoll. Er tätschelte die prallen Hüften Lottchens und überblickte noch einmal die strammen Rundungen der Brust, die sich unter dem dünnen Sommerkleidchen deutlich abzeichneten.

Felderhof, dachte er genießerisch. Das Gut des Freiherrn v. Feldern. Wogende Ähren, ein schattiger Birkenwald mit vielen bunten Lupinen, ein Habicht, der über den Feldern kreist, und eine Sonne, die das Blut kocht.

Sie lagen in den Lupinen unter den weißstämmigen, in der Sonne leuchtenden Birken und waren glücklich und müde. Er rauchte aus seiner Pfeife und betrachtete die Schenkel Lottchens, auf deren weißes Fleisch die Blätter der Birken bizarre Schatten warfen. »Wir werden uns vom gnädigen Herrn nach dem Krieg einen Hof pachten«, sagte er. »Dann sollen die anderen mal sehen, was der Strakuweit kann. Sonnenblumen werde ich pflanzen wie die Iwans ... mein ganzes Land voll Sonnenblumen, und Öl daraus machen!« Und Lottchen hatte dazu genickt und war stolz auf ihren Theo gewesen.

Der Oberfeldwebel der Feldgendarmerie kam zurück und bellte Strakuweit an. Er betrachtete noch immer Lottchens Rundungen und war nicht fähig, mit einem Sprung in den Wagen die Erinnerungen an die glücklichen Stunden wegzustoßen.

»Einsteigen! Ihretwegen vertagen wir'n Krieg nicht!«

»Das wäre zu gütig, Herr Oberfeld.«

Der Oberfeldwebel überlegte, ob er etwas erwidern sollte. Aus den Fenstern brüllten die Landser vor Freude. Da rannte er weiter und trieb die noch auf dem Bahnsteig Stehenden in den Zug hinein wie eine Herde Schlachtvieh.

Lottchen nestelte an Strakuweits Uniformknöpfen herum und gab sich Mühe, nicht zu weinen. Durch das Glasdach fiel der Schein der Sonne auf ihr blondes Haar. Er verfing sich in den Schnecken, zu denen sie es über den Ohren geflochten hatte.

»Wann kommste wieder, Theo?« fragte sie zaghaft.

Strakuweit grinste breit. »Sobald mich der Chef laufen läßt. Bis dahin mußte brav sein, Lottchen ... Auch wennste Appetit hast — warte mit'n Essen, bis ich komme —«

Er drückte Lottchen in einer Aufwallung von wilder Leidenschaft mit einem Ruck an sich und küßte sie stürmisch. Mit beiden Fäusten trommelte sie gegen seine Brust und stemmte sich von ihm ab.

»Halt!« sagte sie atemlos. »Paß doch auf! Du drückst doch alles kaputt!«

Strakuweit schob den dicken, schwarzbehaarten Schädel vor. Ein Bär, breit, ungeschlacht, mit den Kräften unberührter Natur.

»Was denn?« fragte er dumm.

»Das Kind —« Lottchen nestelte wieder an seinen Uniformknöpfen. »Ich bekomme doch ein Kind von dir —«

Strakuweits Kopf pendelte hin und her. Er starrte Lottchen an, wortlos, wie von einem riesigen Hammer vor die Stirn geschlagen. Der Oberfeldwebel kam zurück und stellte sich neben ihn.

»Einsteigen! Soll ich Ihnen eine schriftliche Einladung schicken? Herrn Obergefreiten Piefke —«

Strakuweits Kopf fuhr herum. Sein Blick war noch immer abwesend.

»Ein Kind!« sagte er laut.

»Kommt vor!« brüllte der Oberfeldwebel. Er schob Strakuweit von Lottchen weg an den Wagen, stieß ihn die Treppe hinauf und schlug hinter ihm die Tür zu. »Der Kommiß ernährt euch viel zu gut! Los! Tür verriegeln.«

Strakuweit riß mit einem Ruck das Fenster herunter und beugte sich weit vor zu Lottchen hinab. Seine Arme pendelten an der Wagenwand und suchten die Hände Lottchens.

»Aber wieso denn, Lottchen?« stammelte er fassungslos.

»Deine Gelbsucht dauerte zwei Monate, Theo –«

»Und seit wann –«

»Ich war gestern beim Doktor. Jeden Morgen ist mir übel. Die erste Mamsell vom Gut meint, das könnte ein Mädchen werden –«

»Lottchen«, stammelte er. »Lottchen ... paß bloß auf dich auf. Schlepp keine Milchkannen mehr ... laß die Erna den Stall misten ... Und melk die Schwarze nicht, die schlägt aus ... Hörst du, Lottchen ...«

Der Zug ruckte an. Die Feldgendarmen standen auf dem geleerten Bahnsteig, ihre blanken Schilder vor der Brust blitzten in der Sonne. Aus den Abteilen dröhnte der Gesang. Die letzten Zurufe, die letzten innigen Händedrücke ... vielleicht die allerletzten. –

Lottchen rannte neben der Tür her, in der Strakuweit mit dem halben Oberkörper heraushing, und winkte. Ihr Kleidchen flatterte um die stämmigen Beine, ihre runde, feste Brust wippte beim Laufen auf und ab. Strakuweit wurde das Herz schwer ... er stöhnte und lehnte den Kopf an den Fensterrahmen. Mein Lottchen, dachte er und fühlte einen Krampf im Herzen. Mein kleines, süßes Lottchen und mein Kind. –

Unteroffizier Leskau hob die Hand, als der Zug anruckte. Er winkte, und seine Augen waren traurig und verschleiert. Inge Hellwag stand auf dem leeren Bahnsteig und sah regungslos zu ihm empor.

Komm wieder, dachte sie. Komm wieder, Fritz. Millionen Bräute denken das – ich weiß es, mein Liebster ... Millionen Frauen haben geweint an Hunderten Bahnsteigen und werden weinen, wenn es nur ein Wunsch geblieben ist. Ich bin nicht mehr als alle anderen, und doch bin ich so egoistisch, zu sagen: Mein Gott, mein lieber, lieber Gott – laß ihn leben. Leben für mich! Ich liebe ihn ja so ...

Langsam rollte der Zug an. Die Lok pfiff ... das Signal stand auf Frei. Inge ging neben dem Fenster her, in dem Leskau stand, und sah ihn aus ihren großen braunen Augen unverwandt an. Sie weinte nicht mehr. Jetzt, in den Sekunden der Endgültigkeit, war sie stark und hart vor der Tatsache der Trennung. Nur ihre Mundwinkel zuckten, ein Zittern überlief ihr Gesicht und verzerrte das müde Lächeln, das sie Leskau zum Abschied schenken wollte.

Dann stampften die Räder schneller ... sie blieb zurück, sah noch einmal das schmale, bleiche Gesicht hinter der hochgezogenen schmutzigen Scheibe, sah noch einmal seine Hand, wie sie ihr zuwinkte ... Auf Wiedersehen, Inge ... Auf Wieder-se-hen. Dann kamen andere Wagen, Lottchen lief mit flatterndem Kleid und stampfenden Beinen an ihr vorbei, plötzlich laut weinend und mit beiden Armen winkend und sie nach vorn stoßend, als wolle sie Strakuweit aus dem Wagen zurückreißen ...

»Theo!« schrie sie grell. »Theo ... komm wieder –«

Dann war der Bahnhof leer ... die Sonne schien durch das große, gewölbte Glasdach, und nur in der Ferne fauchte eine lange, grauschwarze Schlange durch den Tag, befreit aus ihrem gläsernen Käfig, ein erbarmungsloses Reptil, das Tausende Leben mit sich führte, um sie draußen, weit weg in der Unendlichkeit des russischen Raumes, krepierenden Granaten, surrenden Gewehrkugeln und zischenden MG-Garben vorzuwerfen.

Hier – freßt sie und gedeiht! Werde fett, Krieg ... mäste dich, Tod! Sie haben dir einen schönen, glitzernden Mantel umgehängt, einen Theatermantel, eine schillernde Uniform mit goldenen Litzen und Bändern, bunten Rockspiegeln und einer Reihe blitzender Orden. In ihr gehst du durch die Reihen der Schreienden, Stöhnenden, Wimmernden, vor Schmerz halb Irren, gemäßigt schreitend in der Würde deiner angebeteten Macht, und nimmst ihre jungen Leben, bewußt, ein großes, geschichtliches Werk zu tun. Einmal werden die Historiker darüber schreiben: Es war Deutschlands glorreichste Zeit ... damals, als 3 Millionen junge Deutsche den Heldentod starben.

Heldentod! Der Theatermantel des furchtbarsten Grauens. Die ästhetisch-heroische Verbrämung von Blut, Fleischfetzen, Eiter, zerrissenen Mägen, halbierten Köpfen, weggesägten Beinen und hervorquellenden Gehirnen.

Der deutsche Soldat stirbt wie ein Held! Wer weint denn da? Wer ist die undeutsche Memme? In stolzer Trauer, ihr Heldenväter und Heldenmütter! Lest die deutschen Geschichtsbücher, die sich anhören wie ein Rapport aus einem Schlachthof. Lest die deutschen Heldensagen, die deutschen Kriegsromane! Sie starben mit einem Hurra auf den Lippen! Sie liebten den Tod vor dem Feind! Die Germanen, die Goten, die Kreuzfahrer, die Bauernkriegler, die Landsknechte, die Freiheitskämpfer, die Heere des Alten Fritz, die Sturmmänner von 1870 und die Frontschweine vor Verdun und an der Somme 1916! Sie alle — lest es doch! — starben den Heldentod mit Freuden und hinterließen ihre Witwen und Kinder in stolzer Trauer.

Wer wagt denn da zu schreiben, daß sie wimmernd im Graben lagen und nach der Mutter schrien? Wer wagt denn da zu denken, daß sie sich verkrochen, daß sie beteten, daß sie vor Angst schrien? Wer wagt zu sagen: Sie starben nicht singend, sondern ratlos ... sie ließen nicht den Kaiser und den Führer hochleben in ihren letzten Worten, sondern sie wimmerten nach der Frau oder der Mutter, sie weinten um ihre Kinder und schluchzten vor dem Wahnsinn der Völker. Wer wagt dies zu schreiben! Hinweg mit diesen Defätisten!

Der Heldentod duldet es nicht ... er hat einen bunten Mantel an, bestickt mit Bildern aus dem Märchenbuch des Heroismus. Lachend sterbende Krieger — Welch ein Betrug an der Menschheit und an Gott!

Inge Hellwag sah dem entschwindenden Zug nach. Er machte einen Bogen und entschwand hinter einer Reihe die Sicht versperrender Güterwagen. Sie hatte ihr Taschentuch gegen die Lippen gedrückt und zerriß den Stoff mit den Zähnen.

Schrei doch, durchglühte es sie. Schrei doch, grell, alles herumreißend mit deinem Schrei. Schrei doch die Wahrheit hinaus ... Laßt sie nicht fahren! Holt sie zurück! Laßt sie nicht sterben in den Weiten Rußlands! Sie wissen ja noch gar nicht, was Leben ist ... wir alle wissen es ja nicht —

Auf der Straße blieb Inge stehen und blickte sich noch einmal um. In der Ferne hing eine weiße Qualmwolke unter der Sonne. Das Letzte des Zuges. Eine Wolke Rauch.

Und sie zerging im Blau des Himmels, als sei sie nie gewesen —

Der Zug ratterte durch Ostpreußen.

Unteroffizier Leskau zwängte sich durch die vollgestopften Gänge der Wagen, kletterte über Koffer und Kisten, Tornister und Wäschesäcke, hörte Flüche und dumme Bemerkungen — »Benutzen des Lokus nur gegen Schißbefehl vom Zugkommandanten!« – und schob sich weiter. Von Abteil zu Abteil.

Er suchte einen Kameraden. Einen Kumpel seiner Kompanie, seines Bataillons ... irgendeinen Bekannten suchte er, um nicht mit seinen Gedanken allein zu bleiben. Der Gesang in seinem Abteil ekelte ihn an. Der Schnapsdunst und die Käsebrote eines Stabsgefreiten aus Labiau reizten seine Schleimhäute bis zum Erbrechen. Am Fenster saß ein Obergefreiter und erzählte Witze aus der siebenten Sohle. Da flüchtete er und zwängte sich suchend durch die anderen Wagen.

Er sehnte sich nach einem Fleck Heimat, nach einem bekannten Gesicht, nach einem Ausruhen von der Flucht vor dem schrecklichen und nicht zu verjagenden Gedanken: Ich habe Inge zum letztenmal geküßt. In Rußland werden wir weiter zurückgehen, werden wir unter dem Hagel der Stalinorgeln liegen, werden wir von den klirrenden T 34 breitgewalzt.

Drei Wagen weiter traf er auf Strakuweit.

Er verteilte gerade aus seinem Brotbeutel die selbstgemachte Blutwurst aus Felderhof und ließ eine Flasche Bärenfang durch sein Abteil kreisen. Sein Gesicht glänzte wie mit einer Speckschwarte eingerieben. Er war glücklich ... er lief über vor Freude und Stolz wie ein Dampfkessel mit zu hohem Druck.

»Lottchen bekommt ein Kind!« verkündete er zum sechstenmal den kauenden Landsern. Er rieb die Hände aneinander und schaute in die Runde, ob diese Feststellung nicht die gleiche Begeisterung erzeugte wie bei ihm. »Habt ihr Lottchen gesehen? Vorhin, auf dem Bahnsteig? Was, das ist ein Mädchen! Damit kann man sich sehen lassen. Sie kocht und bäckt, kann Kühe melken, Käse machen und Kinder bekommen! Und lieb ist sie ... man kommt drei Tage nicht aus den Federn ...«

»So genau wollten's wir nicht wissen.« Ein dicker Gefreiter schnitt mit dem Taschenmesser sein großes Stück Blutwurst durch. »Aber wenn sie so gut ist wie ihre Wurst ...«

Der Zug rumpelte über eine Brücke und kreischte über Weichen. Die Eisenbrücke über den Pregel ... die Strecke nach Insterburg. In der Tür erschien Unteroffizier Leskau und hielt sich im Türrahmen fest, als die Wagen schwankten. Dabei fiel sein Blick auf den fröhlich essenden Strakuweit.

»Mensch! Stinktier!« schrie Leskau. Strakuweit fuhr herum und schnellte empor. Er warf Wurst und Bärenfang dem dicken Gefreiten in den Schoß und stürzte zur Tür.

»Fritz! Alter Junge!« Die im Wege stehenden Landserbeine trat er einfach zur Seite und fiel Leskau um den Hals. »Wo kommst du denn her! Urlaub gehabt?«

»14 Tage.« Leskau zog Strakuweit auf den Gang hinaus. Er atmete auf. Der innere Druck wich von ihm ... Strakuweit war ein Stück der Kompanie ... war ein Stück jahrelang gemeinsamen Erlebens. Strakuweit, sagte einmal Hauptfeldwebel Kunze, wenn ich Sie sehe, verdunkelt sich die Sonne! Vor soviel Dummheit schämt sie sich! Aber was wäre die 5. Kompanie ohne Strakuweit gewesen? Bei Smolensk ›lief‹ ihnen ein Schwein zu, als sie eine Woche lang Dörrgemüse essen mußten. Im Keller einer zerstörten Kirche bei Witebsk entdeckte er ein Faß mit 500 Litern reinen Wodkas! Damals war sogar Hauptfeldwebel Kunze von Strakuweit begeistert und nannte ihn ›seinen Spezi‹. Er sagte es in völliger Besoffenheit, aus der er erst nach 4 Tagen erwachte.

Leskau klopfte Strakuweit auf die breiten Schultern.

»Was macht deine Gelbsucht, Theo?«

Strakuweit grinste breit.

»Ist weg! Habe ich eingetauscht gegen ein Kind!«

»Gegen was?«

»Ein Kind! Mensch, Fritz – Lottchen bekommt ein Kind!« Strakuweits Gesicht war überglänzt von Stolz. Er umklammerte den Arm Leskaus und schüttelte ihn. »Begreifst du das, Fritz? Ein Kind! Von mir! Und der Lehrer von Pillkallen sagte zu mir bei der Schulentlassung: Theo, wenn du jemals etwas im Leben schaffst, fresse ich einen Besen! – Alle haben das gesagt – der Strakuweit, der Halbidiot!« Er schüttelte den Kopf, als könne er es selbst nicht begreifen. »Kann der Lehrer jetzt fressen den Besen ...«

Sie lachten und hieben sich auf die Schultern. Draußen, vor den blinden Fenstern, flogen die ostpreußischen Seen vorbei. Der Bahnhof von Gumbinnen wurde ohne Aufenthalt durchrast ... die Weite des Landes wurde endlos wie der Himmel, der über ihr in Sommerglut schwelte. Stampfend flogen die langen Wagenreihen durch die Sonne nach Osten, nach Kowno, hinein nach Polen und Rußland. 2500 deutsche Urlauber. Singend und essend, schlafend oder Skat spielend, vor sich hindösend oder lesend in der neuen PK-Zeitung: Der Führer sagt: Wir waren dem Sieg nie näher als jetzt! Der Russe ist ausgeblutet, sein Kriegspotential ist fast vernichtet ... Deutsche Ingenieure schaffen neue Wunderwaffen!

Wunder! Welch ein Krieg wurde durch ein Wunder gewonnen? Wo der Mensch den Glauben verliert, sollen ihn Wunder stärken.

Der Zug ratterte durch die wogenden Roggenfelder. Das Korn stand hoch, prall und satt. Es wartete auf die Schnitter ... aber sie legten nicht die Halme um, sondern fuhren nach Osten, um Menschen zu töten. 2500 junge Menschen. Eine große Herde Mensch, grau, umgeben von Mief und Dunst. Schlachtvieh für die Unersättlichkeit des Krieges.

Strakuweit lehnte sich an das Fenster und drehte sich eine Zigarette. Nach alter Gewohnheit hatte er alle Zigarettenkippen des zweimonatigen Genesungsurlaubs gesammelt und besaß jetzt eine fast viertelpfündige Tabaksammlung aller Provenienzen. Er würde auch wieder die Kippen der Kippen aufheben und dann wieder deren Kippen bis zum Tabak der letzten Zigarette. Eine Ausnutzung des Tabaks bis zum winzigen Krümel unter dem Fingernagel.

»Ob mir der Alte Urlaub gibt?« fragte er. Er beleckte den Klebrand des Zigarettenpapiers und rollte die Zigarette zusammen. Leskau hob die Schultern.

»Kunze bestimmt nicht!«

»Wenn ich sage, ich wollte heiraten?«

»Dann antwortet dir Kunze: Strakuweit, Sie sind ein Idiot! Idioten sollten überhaupt nicht heiraten. Muß es sein, dann überlegen Sie, warum Sie das nette Mädchen unbedingt so früh zur Witwe machen wollen! Denn der Heldentod ist Ihre Rettung, Strakuweit ... nach dem Krieg kommen Sie sowieso in eine Anstalt zum Schutze der Menschheit.«

Strakuweit verzog den Mund. Die Erinnerung an die Sprache Hauptfeldwebel Kunzes erzeugte einen bitteren Geschmack auf der Zunge.

»Und das Kind?«

»Kunze wird sagen: Unfall, Strakuweit. Hat Zeit bis nach dem Endsieg!«

Strakuweit seufzte laut. »Der ganze Krieg ist ein Mist!«

Leskau lächelte schwach. »Das merkst du jetzt erst?«

Strakuweit drehte sich herum. Sein breites Gesicht war eine Masse Schweiß und Ratlosigkeit.

»Ich habe nie darüber nachgedacht, Fritz. Ich habe mir immer gesagt: Die da oben befehlen: Schieß! Theo, schieß! Da habe ich geschossen. Und sie haben gesagt: Ihr verteidigt die Heimat! Ihr kämpft gegen Untermenschen! Gut, habe ich da gedacht, die müssen es ja wissen. Die haben mehr Grips im Kopf als ich ... die sind studiert, die sind vom Volke gewählt, die stehen so weit oben, daß sie alles überblicken können! Und ich habe mich in den Dreck gelegt und habe geschossen! Fünf Jahre lang. Aber jetzt bekomme ich ein Kind, Fritz – und da sieht das alles ganz anders aus!« Er wischte sich mit seiner großen Bauernhand über das Gesicht. Sie war naß, als er sie zurückzog, und er putzte den Schweiß an der Hose ab. »Der Muschik bei Orscha hat doch auch Kinder, Fritz. Und wenn du ihn fragst: Brüderchen, warum schießt du auf mich? – dann wird er dir sagen: Towaritsch – iisch nicht weiß! Warum schiißt du? – Wer weiß es überhaupt? Die in Berlin? Was glaubst du, was die sagen, wenn wir den Krieg verlieren?«

Leskau sah sich um. Sie standen allein. »Halt's Maul, Theo«, sagte er grob.

Strakuweit schüttelte den Kopf. »Nee – wir wissen es selbst nicht! *Das* sagen sie! Und wir legen uns in den Dreck und verrecken –«

Strakuweit steckte die Hände in die Taschen. Sein Gesicht war starr. Zum erstenmal hatte er nachgedacht ... nicht über andere, sondern über sich. Das erschütterte ihn dermaßen, daß er nicht wagte, weiterzusprechen, sondern in ein dumpfes Grübeln versank.

Durch den Gang zwängten sich drei Unteroffiziere der Feldgendarmerie und kontrollierten Urlaubsscheine und Marschbefehle.

»Die Urlaubsscheine!« schrie eine Stimme durch den Dunst. Ein blankes Schild blitzte. Ein Stahlhelm. »Schneller!« kommandierte die Stimme. »Der Urlaub hat euch wohl zu schlaffen Säcken gemacht, was? Wird Zeit, daß ihr zurückkommt!«

Der Mensch versank wieder. Er wurde eine Nummer. Ein Datum auf einem Urlaubsschein oder Marschbefehl. Eine Feldpostnummer, an die man schrieb: »Liebster Fritz, mein einzig Geliebter – ich kann die Tage nicht vergessen, die Du bei mir warst. Wenn der Abend kommt, ist Deine Stimme um mich ... ich höre Deinen Atem, ich fühle Deine Hände ... Gott beschütze Dich, mein Alles ...« Und dann wird da eine andere Nummer sein, auf einem Blechschild, das man in der Mitte zerbrechen kann. Eine Erkennungsmarke. »Wie heißt der Tote? 2. Kompanie/35? Nr. 23693? Danke. Wie gut, daß er die Marke um sich hatte ... der Kerl ist ja bis zur Unkenntlichkeit zermatscht.«

Eine Marke mit einer Nummer. Um den Hals. Wie ein versteuerter Hund, damit er nicht entlaufen kann und man ihn immer wieder einfängt.

Der Zug ratterte durch die weite ostdeutsche Ebene. 2500 Menschen ... eine graue Schlange, stampfend und klirrend. Ein Lindwurm wie hundert andere, die an diesem Tage nach Osten fuhren.

Singende Räder ... gleichmäßig, in einem höllischen, einfachen Takt ... taktaktaktaktaktaktak ...

Todtodtodtodtodtodtodtod ...

2500 Erkennungsmarken kehrten zurück –

In Dubrassna erschien Leutnant Vogel.

Sein Eintreffen war durch einen indiskreten Telefonanruf des Bataillonsschreibers angekündigt worden, und Hauptfeldwebel Kunze hatte sich Müller III kommen lassen und verkündet:

»Heute kochen wir einen Fraß, von dem selbst die Ratten eingehen! Vielleicht bekommen wir mehr Marketenderzuteilung!«

Die Eigenheiten Leutnant Vogels waren im Bataillon bekannt. Er kontrollierte immer und ohne Ausnahme die Feldküchen, weil er bei einem Schulungsabend des Unterführerkorps den Lehrsatz geprägt hatte: »Der deutsche Soldat ist so gut, wie er ißt!« Seitdem die Verpflegung spärlicher wurde, hatte dieses Dogma ein Loch erhalten. Leutnant Vogel versuchte es mit größer Strenge zu flicken, indem er den Feldküchen der Kompanien vorrechnete, was sie mit den zugeteilten Lebensmitteln hätten kochen können und was sie nicht getan hätten.

Müller III rührte gerade mit seinem langen Holzlöffel in der Suppe aus Dörrgemüse, als die ersten Einschläge der russischen Artillerie den Boden erzittern ließen. Dann heulte und orgelte es durch den Sommerhimmel heran, wurde dunkler und dunkler im Ton ... Müller III warf seinen Holzlöffel in den Kessel und sprang seitlich der offenen Scheune in Deckung. Von der Schreibstube her stob Hauptfeldwebel Kunze über die staubende Straße, ohne Uniformrock, im Unterhemd und auf Socken. Er hatte sich gerade gewaschen, um Leutnant Vogel mit der Sauberkeit eines vorbildlichen Soldaten zu empfangen in Verkennung eines anderen markanten Satzes des Bataillons-Adjutanten: »Der deutsche Soldat kann dreckig sein, aber niemals schmutzig!«

Die Erde riß auf und schrie. Erd- und Staubfontänen verhüllten den Tag ... das siebente Haus von Dubrassna begann zu brennen ... Ia-Schreiber Simpelmeier rannte mit der Mappe ›Geheim‹ aus der Schreibstube zu einem Schutzgraben und ließ sich mit dem Kopf zuerst hinfallen, weil es über ihm dunkel orgelte und er fast den Luftdruck der heranfauchenden Granate zu spüren glaubte.

Eng an die Grabenwand gedrückt hockte Kunze und hatte die Arme über seinen Kopf gelegt. So eine Scheiße, fluchte er. Da kommt dieser Vogel und latscht über die Ebene. Die Beobachter des Iwans sehen ihn und hämmern darauf los. Immer das alte Lied — ist es mal ruhig an der Front, kommt so ein Heini und sorgt dafür, daß es rundgeht!

Neben der Scheune schlug es ein. Die Straße wurde aufgerissen ... ein riesiges Loch klaffte im Boden. Die glühenden Splitter surrten durch die Scheune, zerschlugen die noch stehenden Wände und zerhieben den Kessel der Feldküche. Gluckernd lief die Dörrgemüsesuppe aus einem breiten Riß auf die festgestampfte Erde.

Bei der 5. Kompanie gab es in dieser Nacht kein Essen.

Zwei Kilometer von Dubrassna entfernt lag Leutnant Vogel mit seinem Fahrer, dem Gefreiten Schmitz, neben dem Kübelwagen auf der Erde und zählte die Einschläge.

»Es sind mindestens drei Batterien«, stellte er fest.

Gefreiter Schmitz nahm den Kopf tiefer herunter. Ob drei Batterien oder ein einziges Geschütz, ist mir scheißegal. Er fluchte leise und kroch von dem Kübelwagen weg. Vor einer Stunde hatte er gesagt: »Herr Leutnant — ab der Kreuzung müssen wir zu Fuß gehen. Der Iwan sieht das Stück ein!«

Leutnant Vogel blickte ihn mit schräg geneigtem Kopf an.

»Haben Sie Angst, Gefreiter?«

»Ich bin nur vorsichtig, Herr Leutnant.«

»Mit Vorsicht wird man kein Held, Gefreiter! Wer sich verkriecht, bekommt kein Ritterkreuz! Sie wollen doch einmal ein Ritterkreuz haben, Gefreiter?«

»Jawoll!« schrie Willi Schmitz.

»Sehen Sie! Ich weiß, daß Sie ein guter deutscher Soldat sind!«

Und sie fuhren über die Kreuzung hinaus in das Einsichtsgebiet der Russen. Ritterkreuz, dachte Gefreiter Schmitz! Nach Hause will ich, mit gesunden Knochen, und Erna soll mich wieder hochpäppeln. Was habe ich davon, wenn mir so ein Ding am Hals herumbaumelt, und die Leute sagen mit strammem Kreuz und einem sonoren Ton in der Stimme: Aha! Ritterkreuz! Tapfer, tapfer! — Dafür bekam er keine Mark mehr, und er blieb immer der Arbeiter des städtischen Fuhrparks in Köln. Als ob sich der Fuhrparksdirektor darum kümmern würde, ob sein Arbeiter Nr. 16, Schmitz Willi, Köln-Nippes, verheiratet, mit drei Kindern, das Ritterkreuz unter dem Adamsapfel trug.

In diesem Augenblick krachte es, Schmitz sagte laut »Aha« und schnellte wie eine Katze vom Sitz in den Dreck, rollte sich vom Wagen weg und lag platt wie eine Flunder auf dem Bauch. Neben ihm klatschte Leutnant Vogel auf die Erde, ein wenig bleich geworden, aber mit der Haltung, Vorbild für die Mannschaften zu sein.

Die sowjetische Artillerie kämmte die Zufahrtsstraße nach Dubrassna ab, tastete sich dann hinüber zu dem Dorf selbst und belegte die armseligen Hütten mit einem gut verteilten Streufeuer.

Leutnant Vogel beobachtete interessiert das Wandern der Feuerwalze und wollte sich erheben. Auch das noch, dachte Gefreiter Schmitz. Er zog den schon halb auf den Knien liegenden Vogel wieder herunter auf die Erde und zeigte hinüber zu den russischen Linien.

»Er sieht uns doch!«

»Na und?«

»Der Iwan bekommt es fertig, auf einen Mann mit einer ganzen Batterie zu schießen! Wir müssen — wenn Sie schon nach Dubrassna wollen — neben der Straße herkriechen.«

»Kriechen? Ich bin doch kein Lurch!«

»Sind Herr Leutnant lebensmüde?«

Vogel antwortete auf diese Frage nicht. Es war unter seiner Würde, sich mit einem dummen Gefreiten in eine Diskussion über Heldentum einzulassen. Er empfand es nur als eine tiefe Schande, daß es möglich war, einige Kilometer deutscher Stellungen einzusehen, und es anscheinend bei dem lahmarschigen Betrieb an der Front keine Möglichkeit gab, diesen Schandfleck des 2. Bataillons wegzuwischen.

Hauptfeldwebel Kunze kroch staubbedeckt und verstört aus seinem Schutzgraben und wankte hinüber zur Schreibstube, als Leutnant Vogel in Dubrassna einmarschierte. Nach Überwindung der Gefahrenzone, auf dem Bauche kriechend und durch den Staub robbend, war er aufgesprungen und dem Dorfe zugeeilt. Er traf dort ein, als die letzten Einschläge im Sommerhimmel verklangen und die letzte Erdfontäne prasselnd auf das schiefhängende Dach der Küchenscheune krachte.

Kunze meldete. Auf Socken, im Unterhemd, mit herabhängenden Hosenträgern, bleich und dreckverschmiert. In seinen Augen lag noch die Angst ... sie durchzitterte noch seinen Körper und fuhr bis in die Fingerspitzen, die zu jucken begannen und die er an seiner Hose verstohlen wetzte.

Vogel musterte Kunze mit erstaunter Miene. »Nanu?« sagte er forsch. »Haben wir Sie gerade auf dem Donnerbalken gestört?«

Hauptfeldwebel Kunze schluckte. »Ich war dabei, mich zu waschen, als der Gegner —«

Leutnant Vogel winkte ab. Kunze schwieg. Er hatte bewußt Gegner gesagt, eingedenk eines Ausspruches Vogels, daß es für den deutschen Soldaten keine feindlichen Nationen wie Franzosen, Russen, Engländer oder Polen gäbe, sondern nur Gegner. Ein Sammelbegriff, der für den aufrechten Deutschen nichts anderes bedeuten sollte als: Vernichten!

Von der Scheune kam Feldwebel Müller III. Er trug den von einem Granatsplitter zerfetzten großen hölzernen Kochlöffel in der Hand. Vor Leutnant Vogel stand er stramm und meldete.

»Feldküche 5. Kompanie, Feldwebel Müller III. Tagesessen: Gemüsesuppe mit Rindfleisch.«

»Sehr gut!« Vogel war etwas versöhnt. »Der Feuerüberfall hat Appetit gemacht. Bringen Sie mir eine Portion, Feldwebel!«

»Das ist leider unmöglich, Herr Leutnant.«

»Wieso? Noch nicht fertig?«

»Drei Granatsplitter haben den Kessel durchschlagen. Die Suppe liegt auf der Erde.«

»Mahlzeit«, sagte Kunze. Vogel fuhr herum.

»Lassen Sie Ihre dusseligen Allgemeinplätze weg!«

Kunze zog sich innerlich zurück. Dusselig verstand er. Das war ein gutes deutsches Wort und gehörte zu seinem Vokabularium. Aber Allgemeinplätze? Was heißt hier Plätze? Und allgemein? Er sah Leutnant Vogel mit den Augen eines treuen Hundes an und nahm sich vor, nur das Notwendigste zu sagen. Bei Vogel wußte man nie, was er wollte ... einmal hatte er sogar lateinisch zu dem Unterführerkorps gesprochen, Mens sana in corpore sano ...

Zwei Tage zerbrachen sich die Unteroffiziere den Kopf, bis sich Kunze durchrang, den Oberschützen Hellmer unter dem Vorwand, er müsse für die Stammrolle vergessene Angaben machen, aus dem Bunker V der HKL herausziehen ließ und zur Schreibstube nach Dubrassna befahl. Dort ließ Kunze den Oberschützen Hellmer strammstehen.

»Sie sind Aburent, Hellmer?«

»Was bitte?« fragte Oberschütze Hellmer verblüfft.

»Aburent, Sie Rindvieh!«

»Kenne ich nicht, Herr Hauptfeld.«

»Kennt er nicht!« Kunze schrie und hieb auf den Brettertisch der Schreibstube. »Sie waren doch auf der höheren Schule, Sie Pflaume!«

»Jawoll.«

»Dann sind Sie doch auch Aburent!«

In Hellmer dämmerte es. Er sah an die Decke und atmete tief durch. Nicht lachen, befahl er sich. Himmel, bloß nicht lachen oder gar lächeln. Kunze begeht einen Mord, wenn ich lächle.

»Jawoll«, sagte er leise. »Ich bin Abiturient.«

»Na also, Sie weiche Nudel! Hatten Sie dort Latein?«

»Jawoll. Ich war Humanist.«

»Ich will nicht wissen, ob Sie irgendein Mist waren ... ich will wissen, ob Sie Latein hatten!«

»Jawoll.« Oberschütze Hellmer zwang sich, Kunze anzusehen. Dessen Augen waren zufrieden und schauten ihn liebevoll an.

»Was hatten Sie in Latein?«

»Eine 2.«

Kunze warf sich in die Brust. »Hätte besser sein können, Hellmer. Waren wohl immer eine trübe Tasse, was? – Na ja – nicht jeder ist ein Genie.«

»Jawoll.« Hellmer biß sich auf die Zunge. Kunze nestelte aus seiner Brusttasche einen Zettel und entfaltete ihn. Mit langsamer Stimme las er die Worte vor, die er notiert hatte. Es machte ihm Schwierigkeiten, aber er schaffte es.

»Mens sano –«

»– sana –«, sagte Hellmer vorsichtig.

»Schnauze! – Mens sano in corpus –«

»– corpore –«

Kunze ließ den Zettel sinken. »Sie kennen das, Hellmer?«

»Jawoll. Das sagte Juvenal.«

»Blödsinn! Das sagte Leutnant Vogel!«

Oberschütze Hellmer sah wieder an die Holzdecke der Hütte. »Juvenal lebte 100 n. Christi Geburt in Rom und schilderte in seinen Satiren die Sittenlosigkeit der römischen Gesellschaft.«

Hauptfeldwebel Kunze warf den Zettel auf den Tisch und musterte Hellmer mit verkniffenen Augen.

»Bei Ihnen ist wohl 'ne Schraube locker, was?« sagte er leise. Er stieß den dicken Kopf vor und war so nahe vor Hellmer, daß dieser den Atem Kunzes über sein Gesicht gleiten fühlte. »Was geht mich der römische Dichter an? Was fällt Ihnen überhaupt ein, hier solchen Bockmist zu reden? Ich will wissen, was Leutnant Vogel sagte –«

»Einen Ausspruch von Juvenal.«

»Himmel, Arsch und Zwirn! Zehn Kniebeugen, Hellmer! Hopphopp!«

Der Oberschütze und Abiturient Hellmer ging zehnmal in die

Knie und zählte seine Übungen mit. Dann stand er wieder stramm und schaute auf den schwitzenden Kunze.

»Klarer im Gehirn? Also — übersetzen Sie!«

»Im gesunden Leib wohne ein gesunder Geist!«

Zwei Stunden lang wurde Oberschütze Hellmer nach allen Regeln preußischer Militärtradition durch Dubrassna gejagt. An Oberleutnant Faber gab Kunze dann mit den nächtlichen Essenträgern folgende Meldung durch:

»Ich beantrage gegen den Oberschützen Hellmer einen Tatbericht wegen Beleidigung von Vorgesetzten. Bekannt, daß ich an Ischias leide, erfrechte er sich, mir zu sagen (wörtliches Protokoll, von Hellmer unterschrieben): ›In einem gesunden Körper wohne ein gesunder Geist!‹ Ich bitte um Befehl zur Ausführung des Berichtes. Hellmer ist in Dubrassna inhaftiert worden. Kunze, Hauptfeldwebel.«

Oberleutnant Faber kam in dieser Nacht selbst zurück nach Dubrassna, holte Hellmer aus seinem Stall, der als Gefängnis diente, heraus und hatte dann mit Kunze unter vier Augen eine Aussprache. Versonnen sah man am nächsten Tag Kunze vor der Schreibstube in der Sonne sitzen und vor sich hinstarren.

Dieser Leutnant Vogel, dachte er verbittert. Dieser sadistische Bursche! Ich bin Stallbursche gewesen. Im Tattersall von Berlin! Wie kann ich Juvenal kennen? Um die Rekruten über den Kasernenhof zu jagen und ihnen das Wasser im Hintern kochen zu lassen, brauche ich keinen mens sana. Die ganzen Schulungsstunden sind Mist.

Mit verschlossenem Gesicht folgte Kunze Leutnant Vogel in die Schreibstubenhütte. Allgemeinplätze, dachte er. Ein saudummes Wort. Wenn man alle Offiziere aus den Zwölfendern nähme, käme so etwas nicht vor —

Die russische Artillerie tastete weiter das Gelände ab. Sie hämmerte in das Graben- und Bunkersystem der HKL und jagte die 5. Kompanie, die an den Grabenwänden hockte und sich sonnte, in Deckung. Oberleutnant Faber schüttelte den Kopf.

Artillerie. Aber gegenüber ... kaum 100 Meter weit ... rührte sich nichts. Am Tage nicht ... in der Nacht nicht. Es war, als wenn die Sommersonne die russischen Stellungen aufgesogen hätte. Nur wenn man an einem Stock einen Stahlhelm ein wenig über den Grabenrand hielt, schoß ein einsames Gewehr ... es machte pitsch, der Helm wackelte und hatte ein Loch genau dort, wo normalerweise das Vorderhirn sitzt.

»Scharfschützen«, sagte Oberleutnant Faber anerkennend. »Sibirische Scharfschützen. Die schießen eine Mücke von einem Stecknadelkopf.«

Dann schwieg die Front wieder, ein gefährliches Schweigen. Man wußte es nicht nur bei der 5. Kompanie oder beim 2. Bataillon. Die Division in Orscha horchte nach vorn, das Armeekorps, die Armee.

Der Russe schwieg. Bei bestem Offensivwetter, bei strahlender Sonne, bei einem hartgebackenen Boden, über den die Panzer rollen konnten wie auf einer Betonstraße, war es, als ob der Krieg vergessen habe, daß er Menschen schlachten sollte.

Man wurde nervös an der Front. Die Aufklärer sahen nichts, die Spähtrupps wurden lahm beschossen und kamen ohne Ergebnisse zurück. Es gab keine Gefangenen, die man ausquetschen konnte, es gab keine Anhaltspunkte. Die deutsche Spionage versagte völlig. Sogar die Partisanen zogen sich zurück.

Ein Vakuum, wie es sich vor jedem Hurrikan herschiebt, lag über den Stellungen beiderseits der Rollbahn nach Smolensk. Es war zermürbend, aufreibend in seiner Stille, nervenfressend in der stündlichen Erwartung: Jetzt kommt der Sturm.

Leutnant Vogel saß in Dubrassna am Feldtelefon und sprach mit Oberleutnant Faber im Kompaniegefechtsstand.

»Lieber Faber, ich soll Ihnen vom Kommandeur sagen: Bereiten Sie einen Stoßtrupp vor. Wir brauchen Gefangene wie ein Säugling die Muttermilch! Wir tappen im dunkeln! Sie müssen unbedingt einen Gefangenen einbringen! Und wenn es zehn von unseren Leuten kostet.«

»Sie haben Nerven, Vogel!«

Der Adjutant sah konsterniert vor sich auf den Tisch. Eine Karte mit dem Gebiet um Dubrassna lag dort, in die man die deutschen Stellungen und Versorgungsdepots mit Rotstift eingezeichnet hatte.

»Es geht hier nicht um Nerven, sondern um Gefangene«, sagte er steif. »Die näheren Ausführungsbefehle gibt Ihnen der Kommandeur noch durch.«

In diesem Augenblick krachte es wieder. Auf der Dorfstraße riß ein Loch auf, Splitter surrten durch die Luft und durchschlugen ein Fenster der Schreibstube.

»Raus!« brüllte Kunze. Er schoß aus der Tür und raste zu seinem Deckungsgraben. Auch Vogel ließ das Telefon fallen und jagte in weiten Sprüngen aus der Hütte. Mit weißem, verzerrtem Gesicht fiel er neben Kunze in den schmalen Graben. Vor ihm, auf halbem

Wege zur Küchenscheune, lag mit aufgerissenem Leib der Gefreite Schmitz aus Köln. Die Därme quollen blutig über die Uniform hinaus und vermengten sich mit dem Staub.

Leutnant Vogel sah weg. In seiner Kehle zuckte und würgte es ... der Magen begann zu klopfen. Er preßte die Hände auf den Mund, um nicht zu kotzen.

Über ihn hinweg orgelten die Granaten und rissen den harten, von der Sonne verbrannten Boden auf.

Als Schmitz zu schreien begann, preßte Vogel die Hände gegen die Ohren und schloß die Augen. Auch Kunze duckte sich und blickte weg.

Es war keiner da, der Schmitz half. Er starb im Staub der Straße, allein gelassen und nach seiner Frau schreiend, die Hände auf die hervorquellenden Därme gepreßt.

Ein Heldentod –

In Orscha stiegen Leskau und Strakuweit aus dem Urlauberzug.

Die Fahrt durch Rußland war langweilig gewesen. Zehn Tage rollte der Zug, zwei mit Sand gefüllte Waggons vor sich herschiebend, um Bomben zwischen den Schienen abzufangen, durch Wälder und Ebenen, vorbei an Sümpfen und verlassenen Dörfern, an riesigen Lagern und einer vollgestopften Etappe, getreu dem alten Wahlspruch: Auf einen kämpfenden Mann an der Front kommen zehn in der Etappe. Als sie die Beresina überquerten und bei Loschnitza hielten, begann für Strakuweit bereits der Krieg in konzentrierter Form. Solange sie gemütlich durch die öde Landschaft rollten und nur ab und zu ein paar Bulgaren sahen, die als unsichere Verbündete die eingleisige Bahnstrecke nach Osten bewachten und mißmutig in ihren von Pallisaden umgebenen Bunkerstationen hockten, sich mit den Partisanen herumschlagend und vergeblich nach einem Sinn ihres Hierseins grübelnd, solange war für Strakuweit die Fahrt an die Front eine Vergnügungstour.

Aber hinter Borrisow begann der Krieg!

Hier lagen die großen Munitionslager! Hier begannen die Feldlazarette. Hier staute sich der Nachschub an Sprit, an Panzern, an Geschützen, an Waffen. Hier waren aber auch die ersten riesigen Verpflegungslager, in denen Marketenderwaren gestapelt wurden. Fleisch, Büchsen, Schnaps, Schokolade, Schoka-Cola, Fett, Wurst, Kaffee, Tee, Kekse, Hülsenfrüchte, Dörrgemüse, getrocknete Kartoffelscheiben und Eier ... Herrlichkeiten für eine ganze Armee!

Für Strakuweit hieß dies schlicht: Theo, hier beginnt dein Einsatz! Ein deutscher Soldat, der nicht organisiert, ist nicht voll ausgebildet! Ein deutscher Soldat, der nachts an einem Verpflegungslager vorbeigeht, ist ein Idiot!

Der Zug hielt nachts um 2 Uhr in Loschnitza. Um 2 Uhr 15 Minuten verschwand Strakuweit im Dunkel der Nacht. Um 3 Uhr war er wieder im Wagen, einen Sack nach sich schleifend mit Konserven, Schokolade und Apfelsinen.

Leskau sah Strakuweit entsetzt an. Er betastete den Sack und wurde blaß.

»Bist du verrückt?« fragte er leise.

»Schmalzfleisch und Gulasch! Und Schokolade! Der Krieg kann noch lange dauern, Fritz.« Strakuweit stellte den Sack in die Ecke des Vorraumes des Wagens und setzte sich darauf.

»Wo hast du die Sachen her?« Leskau knöpfte die Uniform auf. Ihm wurde heiß bei dem Gedanken an die Feldgendarmerie. Plünderung, dachte er. Das kostet Strakuweit den Kopf!

»Woher?« wiederholte er heiser.

Strakuweit hob die Schultern. »Wenn man links vom Eingang steht und wirft einen Stein nach rechts, und die Wache rennt dorthin, um zu sehen, was los ist, dann kann man leicht in ein Depot kommen . . .«

»Mein Gott! Das ist doch Plünderung.«

»Nee. Kohldampf.«

»Darauf steht Erschießung!«

Strakuweit winkte ab. Er erhob sich von seinem Sack, nahm eine Apfelsine heraus und schälte sie gemütlich. »Wenn die Front zurückgeht – und sie geht zurück, verlaß dich drauf –, dann gehen die Idioten hin und sprengen das ganze Zeug in die Luft! Denk an Smolensk! 300 Tonnen Lebensmittel wurden in die Luft gejagt! Rumm! Pioniersprengladungen! Keinen Ratz sahen wir von dem Zeug . . . sie haben es nicht an uns verteilt, obgleich wir seit zehn Tagen nur Kekse fraßen . . . nee, sie haben es in die Luft gesprengt!« Er biß in die saftige Apfelsine und wischte sich den Saft mit der Handfläche ab, der über sein Kinn lief und ihm in den Kragen tropfte. »Daran habe ich gedacht, und daran, daß unsere Kumpels draußen bei Dubrassna liegen, und den Fraß herunterwürgen, den Müller III ihnen 'rausschickt.« Er klopfte gegen den prall gefüllten Jutesack. »Hier liegen drei Wochen Zusatzverpflegung. Vitamine für den Endsieg!«

Er lachte und biß wieder in die Apfelsine.

Als der Zug gegen Morgen weiterfuhr, atmete Leskau auf. Strakuweit grinste.

»Du bist zu ehrlich, mein Junge«, sagte er, milde gestimmt durch eine Tafel Schokolade, die er gegessen hatte. »Wenn die da oben unsere Jugend stehlen, ist es kein Verbrechen, ihnen einen Zentner Lebensmittel zu klauen –«

In Orscha wurde der Zug entladen. Bei der Frontleitstelle, in der sie sich meldeten, bekamen sie den Befehl, sich einem Transport mit Kohl anzuschließen, der mit einem Panjewagen die Rollbahn hinab nach Ossinowka gebracht werden sollte. Von Ossinowka aus ... »Tja, Jungs«, sagte der Oberleutnant der Frontleitstelle, »von Ossinowka aus müßt ihr per pedes nach Dubrassna.«

»Per was?« fragte Strakuweit, ehe Leskau eingreifen konnte.

»Raus!«

Vor der Tür schüttelte Strakuweit beleidigt den Kopf. Leskau sah die Straße hinab und suchte unter den vielen Lastwagen, die frontwärts fuhren, ein Auto mit dem taktischen Zeichen seiner Division.

»Panjewagen«, sagte Strakuweit. »Wenn ich nichts Besseres finde, bekomme ich wieder Gelbsucht!«

Nach langem Suchen fanden sie endlich am Dnjepr einen Wagen mit dem Zeichen ihrer Division. Es war ein Spritwagen ... unter der gefleckten Tarnplane stapelten sich die Benzinfässer und Kanister. Strakuweit grunzte fröhlich und riß die Tür des Führerhauses auf.

»Wohin, o edler Rennfahrer?«

Der Stabsgefreite, der hinter dem Lenkrad saß, sah kurz herunter auf das breite Gesicht Strakuweits.

»Leck mich am Arsch!«

Strakuweit winkte. »Das ist genau die Richtung, die ich suche! Warte eine Sekunde, wir hüpfen hinten drauf.«

»Und dann raucht ihr Idioten und wir fliegen juchhu in die Wolken. Wo wollt ihr überhaupt hin?«

»Nach Dubrassna, mein Kleiner.«

»Ich soll nach Rossasana!«

Leskau mischte sich ein und reichte dem Fahrer eine Packung Zigaretten hinauf. Es war eine Schachtel Attika, die Inge Hellwag noch aufgespart hatte.

»Das ist der Nebenort. Du hast doch noch Platz neben dir.«

Der Stabsgefreite steckte die Schachtel Zigaretten ein.

»Urlauber, Jungs?«

»Ja.«

»Und habt's eilig, an die Front zu kommen? Stell die dicke Zehe vor'n Reifen, und ich fahr euch drüber. Das gibt noch mal 14 Tage Erholung.«

Strakuweit lachte und kletterte in das Führerhaus. Er klopfte dem Stabsgefreiten auf die Schulter. »Die warten auf uns, mein Junge. Die kommen da draußen nicht weiter ohne uns. Wie Küken ohne Glucke. Wo ist der Strakuweit, ruft jeden Tag der Oberleutnant Faber. Ohne Strakuweit können wir den Krieg doch nicht gewinnen. Und der Kunze wird auch immer fetter, weil keiner da ist, der ihn ärgert. Nee, mein Junge ... wir müssen einfach nach vorn. Ohne uns geht's nicht weiter ...«

Der Stabsgefreite sah Strakuweit mit schiefem Kopf an. Er nuggelte an der Attika und nahm das Gepäck Leskaus vor sich neben das Gaspedal.

»Ich höre immer ›weiter‹! Zurück, wollste wohl sagen?«

Strakuweit grinste und schloß die Tür. Sie klemmte etwas, weil sie nach einem Unfall schlecht ausgebeult war, getreu dem alten Landsergrundsatz, ein Höchstmaß sichtlichen Erfolges durch möglichst wenig Arbeit zu erreichen.

»Auch 'ne Taktik, Kumpel. Um dem Nachschub die langen Wege zu ersparen, gehen wir weit genug zurück ...«

Sie lachten. Vor ihnen, auf der Brücke über den Dnjepr, tauchten zwei Feldwebel der Feldgendarmerie auf. Der Stabsgefreite trat auf das Gaspedal und rollte an ihnen schnell vorbei.

»Wenn die erst anfangen zu fragen, müßt ihr zu Fuß latschen!« Hinter ihnen rumpelten die Benzinfässer und Blechkanister. Strakuweit steckte den Kopf durch das Seitenfenster und blickte zurück auf den Dnjepr und die breite Holzbrücke. Leichte Feldartillerie rollte über sie hinweg ... die Feldgendarmen spielten Verkehrspolizei und stoppten alle anderen Wagen. Geschütze nach vorn ... Es sah herrlich aus ... kriegerisch, heldenhaft, wie aus einem Buch für die heranwachsende männliche Jugend, illustriert von Kriegsmaler Meyer: Deutsche Artillerie geht nach vorn. Schwankende Geschützrohre, sich auf den Protzen festklammernde Kanoniere, Staubwolken, schnaubende Pferde ... Romantik des Krieges ...

»Alles Mist«, sagte Strakuweit und warf die Zigarette aus dem Fenster auf die staubige Straße. »Wenn ich die Rollbahn sehe, habe ich'n Jucken am Hintern, als hätte ich Hämorrhoiden.«

Sie schwenkten von der Stadtstraße auf das zwölf Meter breite Band der Rollbahn. In Staubwirbeln eingehüllt überholten sie zwei marschierende Kompanien. Links und rechts von ihnen dehnte sich das Flachland aus ... Felder, die versteppten Äcker, die verunkrauteten, vereinzelten Waldpartien, über denen Rauchfahnen hingen. Dort lagen Stäbe oder Ersatzhaufen, Vorratsläger oder Werkstätten, Ausbildungseinheiten oder Panzer, die auf Brennstoff warteten. Ein unübersehbares Land, übersät mit Menschen. Ein Land wie ein Schwamm, das Völker aufsaugt. Eine Weite, die schwermütig und nachdenklich macht. Und mitten darin zwei Linien, die sich kreuzen ... von Norden nach Süden, quer durch einen Kontinent, die Stellung der deutschen Truppen, und von Westen nach Osten, wie eine Schnur, die sich in die Unendlichkeit abrollt, die zwölf Meter breite Straße. Die Aorta des russischen Raumes ...

Der Benzinwagen rumpelte über die aufgerissene, zerfahrene Decke der Straße. Am Rand waren – in den Staub eingeschalt – noch die Knüppeldämme des vergangenen Frühlings zu sehen ... eine Fahrbahn aus runden Holzstämmen, die eine Decke über den Schlamm bilden sollten, in dem die Rollbahn zweimal im Jahre, im Herbst und im Frühjahr, versank. Dann war es, als rächte sich der Boden, über den monatelang Millionen Stiefel gestampft waren ... er saugte das Leben in sich hinein, er umklammerte die Räder und Raupen, er verschlang mit Tausenden Löchern und einem grundlosen, schwabbelnden Brei Armeen und Pläne ... er fraß den Krieg, den Haß der Völker, den Irrsinn der Ideologien, den Widersinn von Heldentum und Sterben und den Wahnsinn der Regierenden, ein Sieger zu sein. Er weichte Moral und Heroismus auf ... Der beste Schutz Rußlands sind seine Straßen –

Strakuweit sah hinaus auf die marschierenden Kolonnen, die sie überholten und mit Staub einnebelten. Es waren junge Burschen, frisch aus den Ausbildungskasernen der Heimat nach Rußland geworfen. Bevor sie nach vorn in die HKL gekarrt wurden, erhielten sie auf den russischen Straßen den letzten Schliff. Die ›Härte des deutschen Frontkämpfers‹, wie Leutnant Vogel es nannte und bei diesem Wort um 2 cm wuchs. Es ist etwas anderes, über die märkischen Straßen oder die Wahner Heide zu robben, in ostpreußischen Wäldern zu kampieren oder im Sennelager Panzerattrappen mit tauben Hafthohlladungen zu bekämpfen, als über eine einzige russische Straße zu marschieren ... vier ... sechs ... zehn Stunden lang, umgeben von der schweigenden Einsamkeit unendlicher Weiten, unter einer Sonne, die gnadenlos brennt wie über der Sahara, oder durch einen Schneesturm, der das Gesicht zu einem Eiskristall macht und die müden Knochen an die Gelenke friert.

Und so marschierten sie ... Kilometer um Kilometer. Noch nie ist der deutsche Infanterist an den Ort seines Sterbens gefahren worden ... Wozu der Luxus? Das kostbare Benzin war für die Flieger und die Panzer, für die schwere Artillerie und den Nachschub, für den Chefwagen und die Stäbe und für die Zahlmeister, die kontrollierten, ob auch nicht zehn Gramm mehr Lebensmittel aus den Lägern an die Front gefahren wurden. Was dem deutschen Soldaten zusteht, das bekommt er ... aufs Gramm genau. Nicht weniger ... aber auch nicht mehr ... Und wenn auch jeden Tag vor den Verpflegungshauptlägern in Borrisow oder Baranowitschi in großen Haufen die verdorbenen und schimmelig gewordenen Lebensmittel verbrannt wurden ... Ordnung muß sein im deutschen Militär: Der Soldat erhält pro Tag ... Verordnung Nr. 15 oder 17 ... Und kein Gramm mehr!

Man nennt das die Korrektheit der Verwaltung und belohnt sie mit Kriegsverdienstkreuzen.

Strakuweit griff in seine Uniformtasche und holte drei Apfelsinen hervor. Der Stabsgefreite hinter dem Steuerrad sah zur Seite und riß die Augen auf.

»Aufpassen, du Idiot!« Strakuweit griff in das Steuerrad und riß den Wagen zur Seite. Ein junger Leutnant, der sich durch einen Hechtsprung vor dem Überrollen gerettet hatte, schrie und schrieb sich die Nummer und das Divisionszeichen des Wagens auf.

Der Stabsgefreite umklammerte das Steuerrad und starrte wieder auf das Band der Rollbahn.

»Mensch — Apfelsinen!« sagte er mit trockenem Hals. »Die habe ich zuletzt 1939 gesehen!«

»Ein Wunder, daß du sie überhaupt noch kennst! Bei Smolewitschi liegen mindestens 5000 Kisten davon.«

»Wo?«

»Smolewitschi.«

»Und die habt ihr bekommen?«

»Bekommen?« Strakuweit gab Leskau und dem Stabsgefreiten eine Apfelsine und begann, mit dem Daumennagel ein Loch in die orangene Schale zu bohren. Ein herbsüßer Duft erfüllte das enge Führerhaus des Wagens. Der Stabsgefreite schnaufte genießerisch.

»Das riecht besser als das Parfüm meiner Emma ...« Er nahm Strakuweit die geschälte Apfelsine aus der Hand und warf ihm seine zu. »Da – von wegen des Fahrens ...« Er biß hinein und leckte den süßsauren Saft ab, der ihm aus den Mundwinkeln herauslief. »Wo kommen denn die 5000 Kisten hin?«

»Frag mal ›Tante Klara‹ vom ›Wochenblatt‹!«

Leskau sah verträumt auf die breite Straße vor sich. Er zerteilte seine Apfelsine in die einzelnen Scheiben und aß sie langsam wie eine teure Kostbarkeit. Er regte sich nicht mehr darüber auf, daß sie gestohlen war und auf Plünderung die Todesstrafe stand. 5000 Kisten, dachte er. Wo kommen sie hin? Sie werden nie die HKL erreichen ... irgendwo werden sie verschwinden, und keiner wird wissen, wo sie geblieben sind. Ein Zahlmeister wird schreien, weil eine Kiste erbrochen war und 15 Apfelsinen fehlten! Meldung: Unbekannter Täter hat im Verpflegungslager VII ... Papier ... Berichte ... Gerunzelte Stirnen ... Empörung! 15 Apfelsinen! Himmelkreuzdonnerwetter! Der Wehrmacht fehlen 15 Apfelsinen! Sauerei, so etwas! Wenn das noch einmal vorkommt, Herr Kriegsverwaltungsrat ... Soviel wir wissen, sind Sie nur bedingt a. v. geschrieben! Aus a. v. kann man leicht k. v. machen!

Blasse Gesichter ... Röhren im Darm vor panischer Angst ... besonders zackige Kehrtwendung ... abends großes Besäufnis vor noch größerem Kummer über die Verwerflichkeit der kämpfenden Truppe, diese dreckigen Frontschweine!

Und eines Tages – siehe da! – sind die 5000 Kisten weg. Es gibt Transportscheine ... es gibt Empfangsscheine ... es gibt Weiterleitungsscheine ... Bis man nicht mehr durchsieht, bis sich alles verwirrt ... Kisten am 10. 5. in Borrisow ... am 13. 5. in Slawjany ... am 17. 5. in Bobr ... Verdammt ... sie gehen ja wieder zurück ... Irgendwo liegt da doch ein Fehler – plötzlich sind sie weg! Einfach weg! Futsch! sagte der Oberzahlmeister zu dem Stabsintendanten. Und von jetzt ab hält man die Schnauze ... 5000 Kisten Apfelsinen, gedacht als Vitamin C für die kämpfende Truppe, als Ansporn der Leistung und Belebung der Kräfte, leuchtenden Auges für Führer und Großdeutschland zu fallen, wandern irgendwo durch dunkle Kanäle kreuz und quer durch Rußland. Es kann vorkommen, daß eines Tages der Oberquartiermeister zu seinem Kommandierenden sagt: »Herr General ... darf ich Ihnen ein paar ausgesuchte Apfelsinen anbieten. Soeben angekommen ...« Oder die schwarzhaarige und vollbusige Juschka in Sokolino wird des Abends von ihrem Towaritsch Zahllmeistär mit zwanzig Apfelsinen überrascht. »Oh«, sagt sie dann und ihr Lachen ist dunkel wie die Steppe vor ihrer Hütte. »Du guttes Mensch.

Du ljubimez ... Oh ... pozelui menja ...« Und der gute Mensch, Zahlmeister Schmitz aus Köln, küßt die glutheiße Juschka aus Sokolino ... Donnerwetter, was doch 20 Apfelsinen wert sind ...!

Daran dachte Leskau, und die Apfelsine schmeckte ihm bitter.

Strakuweit, der gerade in seine frisch geschälte Frucht beißen wollte, hielt plötzlich mitten in der zum Munde führenden Bewegung inne und starrte auf die Straße. Vor ihnen spritzten die marschierenden Kolonnen auseinander über die Felder und hechteten die Fahrer von ihren Fahrzeugen weg.

»So eine Scheiße!« brüllte er, ließ die Apfelsine fallen und riß die Tür auf. Im gleichen Augenblick schrie Leskau.

»Flieger von rechts!«

Über die Rollbahn hinweg jagten drei russische Maschinen und kämmten die Straße mit ihren überschweren Maschinengewehren ab. Ihre roten Sterne unter den blitzenden Tragflächen leuchteten in der Sonne.

Von dem Wagen weg jagten Strakuweit, Leskau und der Stabsgefreite zu einem Loch neben der Rollbahn und warfen sich hin. Sie zogen die Köpfe ein und schmiegten sich eng an die Erde. Über sie hinweg donnerten die Motoren der drei Jäger und jagten einen kalten Luftstrom über ihre Körper.

Auf der anderen Seite der Straße lagen Landser auf dem Rücken und beschossen mit einem leichten MG die Maschinen. Während zwei das Maschinengewehr an dem Spreizfuß festhielten, drückte der dritte den Abzug durch. Fünfzig Meter neben ihnen schrie ein Leutnant und gab Entfernungen an. Ein Zug Infanterie schoß mit seinen Karabinern hinter den russischen Jägern her. Verlassen, durchsiebt von Geschossen, standen die Wagen und Geschütze auf der Rollbahn.

Strakuweit hob den Kopf und sah empor in den blaßblauen, glutenden Sommerhimmel. Über sein Gesicht zog ein roter Streifen ... Beim Niederfallen war er mit der rechten Wange über einen spitzen Stein geglitten. Das Blut tropfte ihm über das schmutzige Gesicht und lief in seinen offenen Kragen.

»Sie kommen wieder, Fritz ...«

»Und ich habe 2000 Liter Sprit auf'm Wagen.« Der Stabsgefreite schluckte. »Wenn die hochgehen, gibt's ein Begräbnis erster Klasse mit Feuerwerk und Musik!«

Die drei russischen Jäger hatten gedreht und brausten, sich dicht über den Boden haltend, wieder zurück auf die Straße. In einem weiten Bogen kamen sie heran und flogen dann die Rollbahn der

Länge nach ab ... Aus ihren Kanzeln und von den Tragflächen spuckten sie die Vernichtung in die Massierung von Wagen und Menschen auf und neben der Straße.

Die drei MG-Schützen auf der anderen Seite sanken in den Staub. Sie wurden wie von einer Riesenfaust zur Seite gefegt und warfen dann die Arme hoch. Der junge Leutnant rollte am Straßenrand wie eine steife Puppe einen kleinen Hang hinab auf das Feld und schrie dabei mit greller, junger, fast knabenhafter Stimme.

»Sanitäääääter! Sanitääääter!«

Leskau wollte aufspringen, aber die harte Hand Strakuweits drückte ihn auf die Erde zurück.

»Denk an Inge, Fritz ...«

»Theo — der Leutnant —«

»Einmal krepieren wir alle! Nur heute soll's nicht sein!«

»Wie er schreit! Hör doch, Theo ...«

Strakuweit nahm den Kopf wieder hinunter. Über sie hinweg jagten die russischen Jäger. Neben ihnen zog eine dampfende Geschoßbahn über die Straße, wurde die Erde perforiert ... Schuß an Schuß ... fein säuberlich, keinen Meter auslassend ... Ein Strich des Todes ...

»Zwanzig Zentimeter daneben«, sagte Strakuweit und drehte im Liegen den Kopf zu Leskau. Hinter ihnen schrie noch immer der junge Leutnant. Zwei Mann seiner Gruppe waren bei ihm und schnitten ihm die Uniform auf. Er lag auf dem Bauch und biß in die Erde. Bei jedem Schrei schnellte sein Kopf empor und spuckte den Sand und Lehm aus. Sein Rücken war aufgerissen ... zwischen den blutigen Fleischfetzen quoll ein heller, zitternder zerfetzter Klumpen hervor. Die Lunge ...

Einige hundert Meter weiter feuerte eine Flak. Auch weiter nach Orscha zu hörte man das rhythmische Hämmern leichter Flugabwehrkanonen. Im Blau des Himmels verloren sich wie sich auflösende Wolken die blanken, blitzenden Leiber der drei russischen Jäger. Der Stabsgefreite erhob sich und griff in seine Hosentasche.

Er holte die halb gegessene Apfelsine hervor und aß sie weiter. Der junge Leutnant schwieg. Er lag auf dem Bauch, die Arme weit nach vorn gestreckt. Die beiden Landser deckten ein altes, graues Taschentuch über seinen Kopf und legten die aufgeschnittene Jacke über den Rücken mit der hervorgequollenen Lunge.

Strakuweit wischte sich das Blut von der Wange. Er tastete mit den Fingern den Riß ab und sah hinüber zu der Gruppe, die sich um ihren toten Leutnant scharte.

»Junger Kerl«, sagte er leise.

»21 Jahre.« Leskau setzte sich an den Straßenrand. »Vier Jahre Volksschule, neun Jahre Gymnasium, Abitur ... Die große Sehnsucht: Chemie studieren. Statt dessen Ausbildungskompanie ... Abstellung zum Unterführerlehrgang ... Frontbewährung ... Zurück zum Offizierslehrgang ... Fähnrich ... Oberfähnrich ... Acht Wochen Front ... Offizierspatent ... Ein lauter Kasinoabend als Feier, vielleicht ein paar rote Lippen, die ihn küssen und ihm eine Ahnung schenken von dem, was Leben ist ... eine Nacht nur, ein paar winzige Stunden, die sein ganzes 21jähriges, junges Leben erfüllen ... Zurück nach Rußland, mit einem Haufen Milchgesichter in Marsch gesetzt über die Rollbahn ... Richtung Osten ... Und nun liegt er da ... von der Schulbank weg zum Helden gemacht ...« Leskau wischte sich über die Augen. »Wofür ...?«

Strakuweit klopfte ihm auf die Schulter. »Werd nicht sentimental, Fritz. Komm — unser Karren ist flott geblieben. Wir rollen weiter ... In Dubrassna wartet Kunze. Wenn ich dem davon erzähle, wird er blaß und geht hinters Haus, um zu kotzen!«

An ihnen vorbei rollte eine Autokolonne. Ein alter, starker Horch, drei Kübelwagen, ein französischer Beutewagen. Der Horch trug einen Stander ... im Vorbeirasen sahen sie rote Spiegel und goldenes Eichenlaub.

Strakuweit steckte die Hände in die Tasche. »Ein General! Kinder ... der fährt die gleiche Richtung wie wir ... jetzt nichts wie hinterher! Das ist die beste Lebensversicherung, hinter einem General herzufahren ...«

An den Trümmern zusammengeschossener Wagen und Protzen vorbei, die von der Rollbahn weg zur Seite auf die Felder geschoben wurden, jagten sie mit klappernden Fässern und Kanistern der Staubwolke nach, welche die Autokolonne vor ihnen aufwirbelte. Bei Ossinowka bogen sie von der Rollbahn ab und rollten vorsichtig durch ein Kusselgelände über eine schmale, sonnverbrannte Nebenstraße nach Rossasana.

Strakuweit war umgestiegen. Er hockte hinten vor den Fässern, den Karabiner in der Hand. Neben dem Stabsgefreiten sah Leskau aus dem Fenster, das Gewehr schußbereit auf die heruntergekurbelte Scheibe gestützt.

Partisanenland.

Sieben Wagen waren auf der Fahrt von Ossinowka bis Rossasana bisher aus dem Hinterhalt zusammengeschossen worden. Zwischen den Wellen des Landes, hinter Büschen und von Bäumen herab tauchten sie auf ... vernichteten die überraschten Deutschen und gingen wieder unter in der Weite des russischen Raumes.

Sie fuhren langsam, tastend, sichernd. 2000 Liter Benzin fuhren mit ihnen. 2000 Liter, auf die man an der Front wartete wie auf Wasser für einen Verdurstenden.

Mit verkniffenem Gesicht saß der Stabsgefreite hinter dem Steuer. Leskau tastete mit seinen Blicken die Bodenwellen und Büsche vor sich ab. Hinten hockte Strakuweit auf einem Benzinfaß, aß ein Stück Schoka-Cola und beobachtete das Land, das sie hinter sich ließen.

Drei Stunden lang. Sie zerrten an den Nerven, sie weichten mit Schweiß die Uniformen durch.

Werden sie kommen? Wo liegen sie versteckt? Oder lassen sie uns vorbei?

Der Krieg hatte für Leskau und Strakuweit wieder begonnen.

Sanitäts-Unteroffizier Heinrich hatte seinen Wagen neben dem Rathaus abgestellt und bummelte nun durch das kleine polnische Städtchen in den Frühsommermorgen hinein.

Er war zum erstenmal in Nasielsk und verdankte das seinem Stabsarzt, der am vergangenen Abend zu ihm gesagt hatte: »Heinrich, fahren Sie mal 'rüber nach Nasielsk und sehen Sie mal nach, wo die Bummelanten mit den versprochenen Kartons Zellstoff bleiben.«

Nasielsk, in der Nähe des Flüßchens Wkra gelegen, nördlich der alten Polenfeste Modlin, gegen die jahrhundertelang die Eroberer Polens anrannten und deren unter- und oberirdische Kasematten mehr einem Labyrinth als einer Feste gleichen, ist eine polnische Kleinstadt wie hundert andere Städtchen. Ein Marktplatz, eine Kirche, ein Rathaus, eine Apotheke, eine Schule, ein kleines Getto, ein Hotel und viel Einsamkeit um alles herum. Weite, Wälder aus Birken und Kiefern, Wiesen, Felder mit wogendem Getreide, in Baumgruppen versteckte Herrenhäuser großer Güter. Und über allem die glühende Sommersonne, die das Land dampfen läßt und die Nachtfeuchtigkeit flimmernd in den wolkenlosen Himmel zieht.

Walter Heinrich schob sein Schiffchen etwas in den Nacken und öffnete zwei Knöpfe der Feldbluse. Die Zellstoff-Kartons waren unterwegs ... sie hatten friedlich in einer Ecke des Nachschubmagazins gelegen, und der Feldwebel, der die Ausgabe gewissenhaft in dicken Kladden notierte, hatte sehr erstaunt getan. »Was? Ihr seid das? Kinder, hättet ihr euch doch früher schon gemeldet! Seit der Russe so still ist, drehen hier alle durch. Die glauben alle an eine Offensive! Welche Aufregung in den Gedärmen!«

Nun hatte Heinrich Zeit. Viel Zeit sogar. Der Lastwagen ging gegen Nachmittag ab ... bis dahin fragte keiner nach ihm. Es war wie ein herrlicher Ferientag für ihn ... kein Stöhnen der Verwundeten, keine Verbände wechseln, keine Injektionen geben, keine Vorträge des Chefs — »Heinrich, das Lazarett ist zu klein. Wenn es losgeht, müssen wir die Verwundeten wie die Ölsardinen stapeln« — kein Schimpfen der Halbgenesenden, die nicht einsahen, warum sie keinen Ausgang bekamen, wo die Gegend voller Madkas war, und vor allem keine Reden des Sanitäts-Obergefreiten Blubbke mehr, dessen Witz: »Was ersetzt dem Soldaten die Braut? — Das Klistier!« — der Schrecken aller Landser war.

Walter Heinrich genoß diese Stunden der Stille und des Friedens. Er bummelte durch die Stadt, grüßte die wenigen Offiziere, die ihm begegneten und meistens von der Luftwaffe waren, und kam an einen großen Platz, an dessen einer Seite ein großer Ziegelbau inmitten von Büschen und Bäumen lag.

Sieht aus wie ein Krankenhaus, dachte er und wollte schon bei diesem Gedanken wieder umkehren, als er einen hellen Gesang hörte. Kinderstimmen ... tatsächlich Kinderstimmen. Er blieb stehen und lauschte.

Das ist doch nicht möglich, dachte er. Das ist doch wie in einem schlechten Film. Mitten in Polen, hinter der Front, die eine große Offensive erwartet, singen Kinder ein deutsches Lied?

Er ging mit großen Schritten über den weiten Platz und trat an das geöffnete Fenster heran, aus dem der Gesang der hellen Kinderstimmen hinaus in den Sommermorgen klang.

»Wem Gott will rechte Gunst erweisen, den schickt er in die weite Welt —«

Walter Heinrich mußte lächeln. In die weite Welt hatte sie nicht Gott, sondern der ›Führer‹ geschickt. Der Widersinn zwischen Lied und Wirklichkeit ließ ihn wieder den Kopf schütteln. Er trat etwas zurück vom Fenster, hob sich auf die Zehenspitzen und versuchte, in das Zimmer zu sehen.

Es war eine Schulklasse. An der linken Schmalwand hing eine Tafel, davor stand ein Pult. Die Kinder sah er nicht ... sie saßen während des Singens ... aber vor dem Pult sah er einen Kopf ... einen dunkellockigen Mädchenkopf, und zwei schmale Hände hoben und senkten sich im Takt. Sie dirigierten ...

Regungslos blieb Heinrich stehen und starrte auf den Mädchenkopf. Der Schein der in den Klassenraum flutenden Sonne lag über dem Haar ... und es schimmerte einen Hauch ins Kastanienrot hinein, so, als sei es aus ganz feinen Kupferfäden gesponnen. Für eine Sekunde blickten ihn graugrüne Augen an, dann schnellte der Kopf wieder herum zu den Kindern. Sanitäts-Unteroffizier Heinrich schob sein Schiffchen gerade und knöpfte trotz der Hitze seine Feldbluse zu. Eine Lehrerin im tiefsten Polen, eine deutsche Lehrerin sogar ... Als das Mädchen wieder zur Seite blickte, lächelte er ihr zu. Da trat sie an das Fenster und wollte es schließen. Er hob die Hand und trat näher ans Haus heran.

»Bitte nicht«, sagte er bittend.

Die graugrünen Augen unter den kupferschimmernden Haaren sahen ihn kritisch an.

»Sie stören den Unterricht.«

»Wenn ich draußen stehe?«

»Wenn Sie mich immer so anstarren. Ich muß dann immer an hungrige Kannibalen denken.«

Heinrich lachte. »Wundert Sie das, mein Fräulein? Sie leben ja nur unter ausgehungerten Kannibalen! Sie sind eine Herausforderung für jeden Landser!«

Die graugrünen Augen blitzten auf. »Flegel!« Mit einem Knall wurde das Fenster geschlossen. Dumpf tönte der Gesang der Kinder durch die Scheiben. Heinrich trat wieder etwas zurück und blickte in die Klasse. Das Mädchen saß jetzt hinter dem Pult und hielt einen Zeigestock in der Hand. Sie war wütend, man sah es. Sie hielt den Stock wie einen Knüppel, mit dem sie gleich zuschlagen würde. Und sie vermied es, zur Seite zum Fenster zu blicken.

Walter Heinrich sah auf seine Armbanduhr und stellte sich in den Schatten des Schuleinganges. Er wartete keine zehn Minuten, da stürmten die Kinder aus der Klasse an ihm vorbei auf den Schulhof ... Jungen und Mädel, lachend, singend, sorglos wie alle Kinder auf der Welt. Sie rannten an Heinrich vorbei und warfen ihn bald um, weil er mitten in der Tür stand und ins Schulhaus hineinspähte. Als er die junge Lehrerin aus der Klasse treten sah, nickte er ihr wieder zu. Ihr Gesicht war verschlossen und abweisend, als sie auf ihn zuging.

»Sie sind ja noch immer hier!«

»Wo Gesang ist, laß dich ruhig nieder —«

»Ich werde nächstens Rechnen geben, wenn ich Sie wieder sehe.«

»Ich hatte in Mathematik ›sehr gut‹!«

»Vielleicht verscheucht Sie Grammatik.«

Heinrich lächelte breit. »Es gibt keine Grammatik, die so langweilig ist, daß sie nicht aus Ihrem Munde doch wie ein Lied klingen könnte.«

Die junge Lehrerin warf einen Seitenblick auf den großen, blonden Sanitäts-Unteroffizier. »Über Ihre Primanerjahre scheinen Sie nicht hinausgekommen zu sein? Ich glaube, Ihre Verwundeten brauchen Sie nötiger als ich Ihre dummen Worte.«

»Oh, Sie kennen sich aus in militärischen Zeichen?«

»Ihr Äskulapstab ist ja kaum zu übersehen.« Sie wollte an ihm vorbei hinaus auf den Schulhof, als Heinrich sich verbeugte.

»Walter Heinrich, stud. med. im 4. Semester. Aus dem Hörsaal gerissen für Führer und Großdeutschland. Zukünftiger Chirurg mit leidlichem Gehalt. Spezialist für geplatzte Blinddärme und gebrochene Herzen.«

»Elsbeth Holzer.« Sie lächelte plötzlich, und es war Heinrich, als schiene die Sonne auf einmal mit tropischer Gewalt. Er knöpfte seine Feldbluse wieder auf.

»Aus Deutschland?«

»Nein. Aus Budekudien.«

Heinrich hob ein wenig hilflos die Schultern. »Verzeihen Sie, Fräulein Holzer . . . aber es kommt mir nicht in die Vernunft, wieso ein deutsches Mädchen hier im tiefsten Polen hinter der Front Unterricht gibt.«

Elsbeth Holzer sah über die Schar der auf dem Schulhof spielenden und tobenden Kinder. In ihrem Haar spiegelte sich die Sonne. Ein Schimmer tiefsten Rotgoldes überzog es. In Heinrichs Hals setzte sich ein merkwürdiger Kloß fest, und er versuchte, ihn durch vielfaches Schlucken wieder loszuwerden.

»Nach unserem Lehrerinexamen in Dortmund wurden wir nach Osten geschickt an die neugegründeten deutschen Schulen. Volkstumsarbeit nennen sie das. Ich unterrichte hier sieben Kinder von deutschen Verwaltungsbeamten und dreißig ›volksdeutsche‹ Kinder, von denen die wenigsten Deutsch sprechen.«

»Das muß doch nervenaufreibend sein.«

»Es gibt Schlimmeres.«

»Und Sie fühlen sich wohl hier?«

»Ja.« Elsbeth Holzer nickte. »Nasielsk ist ein schönes Städtchen.

Und das Land ist wunderbar. Die Birkenwälder, die Felder, diese friedliche Stille, die über allem liegt . . .«

»Es könnte eines Tages anders sein, Fräulein Holzer. Wenn die deutsche Front zurückgeht . . .«

Ihr Kopf fuhr herum. In den graugrünen Augen standen Verwunderung und Mißtrauen.

»Zurückgehen? Wir werden in diesem Jahr Moskau erobern!«

»Schön wär's.«

»Sie glauben nicht an den deutschen Sieg? Sie als Soldat!«

»Aber Sie glauben daran?« wich er aus.

»Ja«, sagte sie fest. »Ja. Es wäre für uns alle schrecklich, wenn wir daran zweifeln.« Sie sah auf ihre Uhr. Noch fünf Minuten bis zum Ende der Pause. »Wo kommen Sie her?«

»Aus Sczynno. Dort liegt unser Lazarett.«

»Sczynno? Kennen Sie das Gut von Rehmdes?«

»Flüchtig. Ich bin einmal daran vorbeigefahren.«

»Ich bin dort öfters eingeladen. Wir haben hier einen kleinen Kreis Deutscher, der sich oft bei Rehmdes trifft.«

Heinrich lächelte. »Dann werde ich nächstens nicht mehr vorbeifahren, sondern anhalten. Oder werden Sie mich nicht mehr kennen, weil ich Ihren Unterricht gestört habe?«

»Das kommt darauf an, wie Sie sich fernerhin benehmen.« Ihre graugrünen Augen waren kühl, als sie ihn ansah. »Warum sind Sie eigentlich stehengeblieben?«

»Ich liebe Musik und kupferglänzende Haare . . .«

Wortlos wandte sich Elsbeth Holzer ab und zog an einer kleinen, grellen Glocke. Pause beendet. Die Kinder stürmten in die Schule zurück. Heinrich trat an Elsbeth heran.

»Auf Wiedersehen«, sagte er ehrlich.

»Ich glaube es nicht.«

»Sie sollten es aber. Das ist sicherer als der Endsieg.«

Sie fuhr herum. Ihr Gesicht war gerötet. Mit ihren kupfernen Haaren und den sprühenden Augen sah sie herrlich aus. Heinrich stockte der Atem.

»Sie sind ein ekelhafter Kerl!« sagte sie leise in verhaltenem Zorn. »Ich werde Sie wirklich nicht kennen, wenn ich Ihnen noch einmal begegnen sollte!«

Mit weit ausgreifenden Schritten eilte sie den Kindern nach in die Klasse. Der buntbedruckte Glockenrock wehte um ihre schlanken Beine . . .

Nachdenklich ging Unteroffizier Heinrich über den großen Platz zurück in die Innenstadt von Nasielsk. Er blickte sich nicht mehr um zur Schule. Ich sehe sie ja doch wieder, dachte er. Und wenn ich jede freie Stunde vom Lazarett Sczynno hinüber zum Gut der Rehmdes pendele und wie ein läufiger Hund um das Herrenhaus kreise ... ich sehe sie wieder. Ich muß sie wiedersehen ... irgendwo habe ich innerlich bei ihrem Anblick einen Knacks bekommen. Als Mediziner würde ich sagen: Es ist das Herz! Aber das stimmt nicht ... es ist der ganze Körper, der ganze Blutkreislauf, der ganze Kerl Walter Heinrich, dem das Atmen schwerer wird, wenn er an Elsbeth Holzer denkt. Verflucht noch mal, daß man sich inmitten eines solchen Scheißdrecks von Krieg auch noch so wild verlieben muß!

Es ist eben alles verdreht auf der Erde, und man müßte, wie Diogenes, die Vernunft mit der Laterne suchen.

Im Nachschublager von Nasielsk erwartete ihn der Feldwebel.

»Junge, wo steckst du bloß? Aus Sczynno haben sie dreimal angerufen.«

»Ich habe Urlaub bis zum Abend.«

»Mist haste! Hier —« Der Feldwebel schob ihm einen Zettel zu. Heinrich las und zerknüllte ihn.

»Sofort zum Lazarett zurückkommen. Zwei Transporte aus Borissow und Baranowitschi angesagt.«

»Das stinkt«, stellte der Feldwebel sachlich fest. »Die räumen die Feldlazarette und machen Platz für die große Welle. Es stinkt gewaltig an der HKL.«

Sanitäts-Unteroffizier Heinrich zwang sich, seine Gedanken an Elsbeth abzuschalten. Es war Krieg. In Sczynno kamen neue Verletzte an ... stöhnend, verbunden mit Papierbinden, notdürftig zusammengeflickt. Und trotz Schmerzen, Eiter und zerfetzten Gliedern stand in ihren Augen ein erschütternder Glanz und eine fanatische Freude: Wir kommen in die Heimat! Wir kommen zurück! Der Krieg ist für uns zu Ende ... Wir kommen nach Hause. Nach Hause! Kamerad, alter Junge, verlaustes Frontschwein — wir werden die Mutti wiedersehen und leckere Karbolmäuschen im Heimatlazarett. Und der ganze Krieg kann uns kreuzweise ...

Walter Heinrich nahm die Transportpapiere, die ihm der Feldwebel zuschob. »Ist alles klar?«

»Ja. Bis auf die Menge. Ihr kriegt die Hälfte.«

»Das ist eine Sauerei!« brüllte Heinrich.

»Zugegeben. Aber die anderen Lazarette wollen auch was verbinden. Wir haben nicht mehr.«

»Dann kann ich ja die Verwundeten gleich verrecken lassen!«

Der Feldwebel sah an die Decke des Magazins. Er hob die Schultern.

»Am besten ist, ihr laßt den ganzen Krieg verrecken ...«

Mit seinem Kübelwagen fuhr Walter Heinrich wieder hinaus aus Nasielsk nach Sczynno. Hinter ihm lagen ein paar Kartons und einige Holzkisten mit Medikamenten und Bestecken.

Elsbeth, dachte er. Über Ihre Primanerjahre sind Sie anscheinend nicht hinausgekommen, hast du gesagt. Es ist wirklich so ... ich bin verliebt wie ein Primaner. Ich könnte sogar ein Gedicht machen, im fünffüßigen Jambus ...

Ich werde nie die Sonne vergessen, wie sie auf deinen Haaren lag.

Ich werde nie deine Augen vergessen. Deine Lippen, den spöttischen Mund, die braunen, schlanken Beine, umwirbelt von dem buntbedruckten Rock.

Die Wälder von Sczynno schälten sich aus dem Dunst. Über ihnen kreisten Flugzeuge. Fernaufklärer der Staffel, die bei Sczynno einen Flugplatz besaßen. Auf den Feldern arbeiteten Bauern. Ein herrlicher Frieden lag über dem Land.

Zwei Lazarettzüge aus Borissow und Baranowitschi, dachte Heinrich. Hunderte stöhnende und wimmernde Menschen ...

Warum ... O Gott — warum?

Warum kann nicht überall Frieden sein? Frieden und Liebe.

Der Gefreite Schmitz aus Köln wurde mit allen Ehren begraben.

Wenn es schon keiner gewagt hatte, ihn aus dem russischen Artilleriefeuer zu bergen, so sah es Leutnant Vogel doch als seine vordringliche Aufgabe an, ihm die Beerdigung eines wahren deutschen Helden zuteil werden zu lassen.

Es begann damit, daß Vogel zunächst Hauptfeldwebel Kunze anbrüllte, weil er noch immer in Unterhemd und Hose und dazu noch auf Socken vor ihm stand und keinerlei Anstalten machte, diesen unmilitärischen Anblick zu korrigieren.

»Was stehen Sie hier halb nackt herum?« schrie Vogel den verdutzten Kunze an. »Oder wollen Sie dem Gefreiten Schmitz die letzten militärischen Ehren im Aufzug eines Kaschemmenwirtes geben?«

Hauptfeldwebel Kunze rannte in seine Schreibstube. Als Berliner war ihm die Typisierung »Kaschemmenwirt« geläufig. Tief beleidigt schäumte er innerlich und schnauzte zunächst den Ia-

Schreiber Simpelmeier an, der die Papiere in der Schreibstube ordnete, die durch Kunzes und Vogels schnellen Aufbruch durcheinandergewirbelt waren.

»Stehen Sie nicht 'rum, Sie trübe Tasse!« brüllte er. »In zehn Minuten stehen Sie feldmarschmäßig mit Stahlhelm vor der Tür!«

Er ging in sein Zimmer, wusch sich schnell die Hände und das Gesicht, zog über sein zerrissenes und dreckiges Unterhemd die Uniformjacke und knöpfte sie zu. Vor einer Spiegelscherbe kämmte er sich und betrachtete sein etwas dickes Gesicht. Um das Kinn herum war die Haut dunkel gesprenkelt.

»Mist!« sagte Kunze zu seinem Spiegelbild. »Bei der Hitze wächst der Bart, als wäre er 'ne Treibhauspflanze. Aber ich rasiere mich nicht noch mal! Der Schmitz kommt auch mit Kunzes Stoppeln unter die Erde.«

Zehn Minuten später trat er, paradefertig, unter dem Stahlhelm schwitzend und pustend, in die Sonne, wo bereits Simpelmeier, Müller III, der gesamte Troß und Leutnant Vogel sich um die in einer Zeltplane eingerollte Leiche des Gefreiten Schmitz versammelt hatten.

Die Luft war trocken, drückend, glühend. Sie nahm Kunze fast den Atem. Er schnappte nach Luft wie ein auf Land gesetzter Fisch.

Daß der Kerl auch ausgerechnet an einem solch heißen Tag fallen mußte, dachte Kunze grollend. Er nahm es dem toten Schmitz ehrlich übel und es erfüllte ihn mit Zorn gegen den Toten.

Leutnant Vogel hatte sein ›markantes Gesicht‹ aufgesetzt. Er setzte es immer auf, wenn es um besonders große Dinge ging. Er schob das Kinn vor, drückte die Backenknochen heraus, schob die Brauen zu Wülsten über den Augen zusammen und war — als er so einmal in einen Spiegel blickte — entsetzt und geradezu himmlisch begeistert über den brutalen und hypermännlichen Eindruck, den sein Gesicht machte.

Seitdem war dieses ›markante Gesicht‹ sein Festtagsgesicht geworden. Beim Verlesen eines neuen Tagesbefehles des Führers, bei der Rezitation eines neuen Goebbels-Artikels im ›Reich‹ während der Schulung, bei der Vergatterung der Wache (als er in Orscha für eine Woche als Wachoffizier aushelfen mußte) und bei der Besichtigung des Nachschubs durch den Divisionskommandeur.

Das Begräbnis des für ›Führer und Großdeutschland‹ den Heldentod gestorbenen Gefreiten Schmitz war ein verstärkter Anlaß für das ›markante Gesicht‹. Es spielte dabei keine Rolle, daß der Gefreite Schmitz aus Köln gar nicht sterben wollte und daß er nach seiner Frau schreiend mit heraushängenden Gedärmen elend krepierte, den Blick zur glutenden Sonne gehoben, die er wie durch einen Schleier sah, bis sie dunkler und dunkler wurde und schließlich als schwarzer riesiger Ball auf ihn herabstürzte.

»Leute«, sagte Leutnant Vogel. Er überblickte die kleine Kolonne, die in strammer Haltung um den flachen Haufen Fleisch in der Zeltbahn stand. Er sagte Leute, jovial, kameradschaftlich, denn das große Erlebnis des Krieges und des Todes verbindet innerlich und macht fast zu Brüdern. »Leute —«, seine Stimme flatterte vor Ergriffenheit und der Erkenntnis, welch ein Beispiel er heute gab —, »wir stehen hier vor einem gefallenen Kameraden! Vor einem Helden des Führers! Vor einem Beispiel für uns alle: Treue bis über den Tod hinaus! Es ist der alte preußische Geist, der schon die Männer des Alten Fritz beseelte, als sie bei Roßbach und Hochkirch ohne den Blick zurückzuwenden in den Tod marschierten! Unser Kamerad Schmitz war solch ein Held der Nation. Er starb in treuester Pflichterfüllung ... er starb wie ein Held, klaglos und sich bewußt, daß sein Tod mithilft, das Leben Deutschlands zu sichern.«

Kunze leckte den Schweiß auf, der unter dem Stahlhelm über seine Stirn auf die Nase tropfte und von dort zum Mund rann. Der hat ganz schön gebrüllt, ehe er starb, dachte er. Na ja — man muß aus Gründen der Disziplin die Tatsachen etwas frisieren und schminken. Leutnant Vogel atmete tief auf, seine Stimme war hell und hart, markant wie sein Gesicht mit dem vorgeschobenen Kinn und den bebenden Backenknochen.

»Wir übergeben unseren Kameraden der russischen Erde! Und hier wird er einen Ehrenplatz haben, denn auf seinem Grab wird einmal ein Kreuz stehen und Blumen blühen, wenn wir Rußland erobert haben und das Deutsche Reich von der Nordsee bis zum Eismeer, von der Ostsee bis zum Kaspischen Meer reicht!« Seine Stimme schwankte wieder. Die Größe der Zeit, die er jetzt vertrat, erschütterte ihn. »Dann werden einmal junge Mädchen an seinem Grabe stehen und es schmücken und sagen: Hier liegt ein deutscher Held!« Er straffte sich noch um einen Bruchteil, der möglich war, und ließ die Hand emporschnellen. »Unserem Führer und seinem Schicksalskampf ein dreifaches Sieg heil — Sieg heil — Sieg heil!«

Müde, schwitzend, mit trockenen, ausgedörrten Kehlen brummte die kleine Kolonne mit. Dann trugen zwei Oberschützen, die Müller III in der Küche halfen, die Zeltplane mit den Überresten des armen Gefreiten Schmitz aus Köln zu einem Loch, das neben der Straße von Dubrassna ausgeworfen war. Sie schoben die Leiche hinein und griffen nach den Spaten. Leutnant Vogel warf den Kopf in den Nacken.

»Ich hatt' einen Kameraden!« kommandierte er. »Drei — vier —«

Die Kolonne, der Troß der 5. Kompanie, sang. Vogels Stimme klang hell aus dem Gebrumm hervor, das sie umgab. Es war Kunzes Pech, daß er beim Singen neben Vogel stand. Schon während des Liedes schielte Vogel mißbilligend auf Kunze hinab. Der Kerl singt wie ein Kohlenträger, dachte er grimmig. Immer einen Ton drunter oder drüber. Kann keine Melodie halten, der Kerl! Und so etwas nennt sich Spieß! Ein Hauptfeldwebel muß singen können — das gehört zu seinen Kompetenzen.

Nach dem Lied trat Leutnant Vogel an das Grab heran und warf drei Schaufeln russischer Erde auf den Klumpen in der Zeltplane. Er tat es ebenfalls zackig. Nach jedem Erdwurf nahm er die Hacken zusammen. Die letzte Ehre für den scheidenden Kameraden. Dann kam Kunze an den Spaten, dann Müller III, der Troß der 5. Kompanie. Zuletzt Simpelmeier, der das Grab vollends zuschaufelte. Am Ende standen sie noch einmal alle um das Grab und grüßten genau 30 Sekunden in stummer Trauer. Vogel sah dabei auf die Uhr und sagte nach 30 Sekunden knapp: »Danke!«

Während Müller III quietschend vor Schweiß zu seiner Küchenscheune zurückschwankte und die anderen in die kühleren Häuser verschwanden, winkte Vogel den ahnungslosen Kunze heran.

»Hauptfeldwebel«, sagte Leutnant Vogel und starrte Kunze wie ein Hypnotiseur an. »Sie haben den Kameraden Schmitz beleidigt!«

Kunze überlief es kalt. »Wieso?« stammelte er.

»Wie oft haben Sie den ›Guten Kameraden‹ gesungen?«

Kunze sah vor sich in den Staub. »Vielleicht 60mal, Herr Leutnant.«

»Dann haben Sie 60 tote Kameraden beleidigt!« schrie Vogel.

Über Kunzes dickes Gesicht lief ein Zucken. Der Schweiß perlte ihm unter dem Stahlhelm hervor. Es war ihm, als sei der Helm von der Sonne glühend geworden und verbrenne seinen Schädel.

»Ich verstehe nicht —«, stammelte er.

»Sie haben nicht gesungen, Sie haben gegrunzt wie ein satter Stier!« schrie Leutnant Vogel. Die Empörung über einen deutschen Soldaten, der das Lied vom ›Guten Kameraden‹ um ein bis zwei Töne falsch singt, nahm in ihm überhand. »Haben Sie nie Singen geübt?«

»Singen?« Kunze war zu verblüfft, um zu registrieren, daß die Wiederholung der Frage so etwas wie ein Eingeständnis war.

Leutnant Vogel rückte seinen Stahlhelm gerade. Das ›markante Gesicht‹ kam wieder zur Geltung. Ein deutscher Soldat ohne Stimme — wo gibt es so etwas? Hier spielt die Begabung keine Rolle ... Singen beim Militär ist eine reine Willenssache! Jeder kann singen! Es ist nur eine Sache der Disziplin und der ständigen Übung.

»Stillgestanden!« brüllte Vogel. Durch Kunzes aufgeweichten Körper fuhr es wie ein Schlag. Er knallte die Hacken zusammen und legte die Hände an.

Leutnant Vogel musterte ihn. »Hauptfeldwebel — im Gleichschritt — marsch!«

Kunze marschierte los. Maschinenmäßig ... Schritt für Schritt ... im vorgeschriebenen Tempo ... Neben ihm schritt Leutnant Vogel her, den Kopf hoch erhoben, die Arme durchpendelnd, die Beine in den schlanken Stiefeln im halben Stechschritt vorschnellend.

»Ein Lied!« kommandierte er. »Es ist so schön, Soldat zu sein, Heiiiiidemarieeee ... Drei — vier —!«

Hauptfeldwebel Kunze brüllte los. Er riß den Mund auf, er warf den Kopf in den Nacken und schrie.

»Aus!« Leutnant Vogel sah Kunze mißbilligend an. »Sie setzen zu tief an. Zwei Töne höher! Höher! Ich gebe den Ton an! Drei — vier —!«

Er sang den ersten Takt ... dann fiel Kunze pflichtschuldig ein ... brummend wie ein Kamel, röhrend wie ein Hirsch. Leutnant Vogel verzog das Gesicht. Der Gesang war ihm fast ein körperlicher Schmerz. Stampfend marschierte Kunze durch Dubrassna; er achtete nicht mehr auf den Schweiß, der sein rotes Gesicht überströmte, er achtete nicht auf die Staubwolken, die unter seinen Tritten aufwirbelten, er spürte keine Sonne mehr, keine Hitze, keine Blicke der vor Begeisterung stumm den Mund aufreißenden Leute seines Trosses. Er marschierte und brüllte: »Es ist so schön, Soldat zu sein, Heidemarie —«

Leutnant Vogel marschierte an seiner Seite. Sie trabten im gleichen Schritt aus dem Dorf hinaus auf die Landstraße, machten einige Schwenkungen und marschierten singend nach Dubrassna zurück.

Vor Kunzes Augen drehte sich die Landschaft. Er hielt den Kopf krampfhaft empor, obwohl er die große Sehnsucht hatte, sich einfach hinfallen zu lassen und die Augen zu schließen. Du infamer Hund, dachte er und schielte zu Leutnant Vogel, der jugendfrisch an seiner Seite schritt und mit heller Stimme sang. Du sadistischer Lümmel! Wenn jemals eine russische Kugel zum Segen wurde, so ist es die, die dich umlegt!

»Noch ein Lied!« sagte Leutnant Vogel genußvoll. »Es geht schon viel besser, Hauptfeldwebel. Sie sehen ... beim deutschen Militär ist alles nur eine Willenssache! Wie sagt der Führer: Ich kenne kein Unmöglich! Das ist ein Spruch für richtige Männer! Für germanische Deutsche! Damit erobert man die Welt, Hauptfeldwebel! Es gibt kein Unmöglich! Also — noch ein Lied! Schwarzbraun ist die Haselnuß ... Drei — vier!«

Nach zwei Stunden konnte Kunze singen.

Während Leutnant Vogel von Feldwebel Müller III einen wirklich feudalen Kaffee serviert bekam, lag Kunze in seinem Zimmer auf dem Bett und hatte nasse Lappen um seine Füße gewickelt. Simpelmeier, der kurz hereinsah und fragte: »Herr Hauptfeldwebel wollten heute laut Dienstplan Stiefelappell machen!« wurde dermaßen angebrüllt, daß er sofort die Tür schloß und die Schreibstube verließ, um weiteren Dingen zu entgehen.

In der Dunkelheit fuhr Leutnant Vogel zurück zum Bataillon. Ein Mann aus der Kompaniewerkstatt fuhr den Kübelwagen, den sie unversehrt an der Wegkreuzung vorfanden, wo der Gefreite Schmitz ihn hatte stehenlassen.

In der Nacht noch saß der gesamte Troß der 5. Kompanie bei einigen Handlampen in der Küchenscheune Müllers III und sang. Hauptfeldwebel Kunze dirigierte.

»Und wenn wir bis morgen früh singen!« schrie er. »Es hört sich an, als wenn ihr nicht mit dem Mund, sondern mit dem Hintern singt! — Ein Lied! Märkische Heide, märkischer Sand ... Drei — vier!«

In der Stellung der 2. Batterie der Feldartillerie, Abteilung 4, saß der Batterieoffizier unter einem aus Blättern geflochtenen Dach und lauschte in die Nacht hinaus. Von fern her vernahm man Gesang ... dünn flatterte er durch die Dunkelheit.

»Bei der 5. Kompanie ist Kameradschaftsabend«, sagte er zu seinem Geschützführer 3. »Man merkt, daß an der Front nichts los ist ... die Kerle werden übermütig ...«

Es war in der darauffolgenden Nacht, als sich Unteroffizier Leskau und Obergefreiter Strakuweit in Dubrassna vom Urlaub zurückmeldeten.

Sie kamen zu einer sehr ungelegenen Zeit.

In Dubrassna lebten trotz der deutschen Besetzung noch sieben russische Bauern. Von diesen sieben war eins ein Mädchen, die Tochter des von den Deutschen versehentlich erschossenen Dorfältesten.

Als die 5. Kompanie in Dubrassna einrückte, hatte sie neun Verwundete durch Partisanenbeschuß. Sie war nervös, müde und wütend. Fedja Igorowitsch Turjetz, der den Deutschen mit friedlichen Absichten durch die Nacht entgegenkam um als Dorfnaschalnik um Schonung der Häuser zu bitten, wurde sofort, als er aus der Dunkelheit wie ein Schemen auftauchte, unter Feuer genommen und getötet. Das hatte Hauptfeldwebel Kunze aber erst erschüttert, als er die Tochter des Erschossenen, Tamara Turjetza, sah, die weinend um ein paar Bretter für den Sarg des Vaters bei ihm bettelte.

Tamara war 20 Jahre jung, etwas drall in den Hüften und der Brust, mit einem breiten, gutmütigen Gesicht, herrlichen Zähnen und tiefschwarzen Haaren, die wie eine Lackschicht ihren Kopf umgaben. Dieser Anblick überzeugte Kunze sofort, daß man auch im gegnerischen Land Mensch zu sein hat, und bewilligte Tamara aus der Werkstatt einige Bretter, die sogar von einem Schreiner zu einer annehmbaren Kiste zusammengenagelt wurden.

Seit diesem Tage hatte sich zwischen Tamara Turjetza und Hauptfeldwebel Kunze so etwas wie eine ›Dankesschuld in Raten‹ herangebildet. Entweder war Tamara, die bei Müller III tagsüber in der Küche half, des Nachts bei Kunze, oder Kunze inspizierte die Unterkünfte des Trosses und blieb bei Tamara, deren Haus das letzte des Dorfes war.

Bei der 5. Kompanie hatte man sich daran gewöhnt. Oberleutnant Faber hatte zwar bei einer Inspektion zu Kunze gesagt: »Hauptfeldwebel! Ich wünsche keinerlei Fraternität zwischen uns und der russischen Bevölkerung!«, aber Kunze überhörte dies und berief sich im übrigen vor seinem militärischen Gehorsamsgewissen auf den Umstand, daß er in Fremdworten nicht geübt sei und Fraternität nicht übersetzen könne.

In dieser Nacht nun tröstete Tamara ihren armen wollk (Wolf) für die erlittene Pein des Vogelschen Singens. Sie hatte Feldwebel Müller III trotz all seiner Wachsamkeit beklaut und servierte Kunze ein Abendessen à la carte! Zuerst Suppe, dann pozelluja (Küßchen), kalter Braten aus der Gulaschdose, wieder pozelluja ... als Nachtisch Schokolade aus der Kampfverpflegung und ein genußvolles glladitj (Streicheln) von Tamaras mächtigem grudj (Busen).

Zu Beginn des Nachtisches erschienen polternd Leskau und Strakuweit und bauten sich in der aufgestoßenen Tür von Kunzes Zimmer auf.

»Unteroffizier Leskau vom Urlaub zurück!«

»Obergefreiter Strakuweit von Krankenurlaub zurück!«

Dabei warf Strakuweit einen Blick auf Tamara, der Kunze ins Herz schnitt und seine halbwegs besänftigte Seele wieder erregte. Er schob den Teller, der vor ihm stand, zurück und betrachtete die beiden mit einem langen Blick.

»Zurück von den Fettpötten der Mama, was? Na ja ... das faule Fett wird schon wieder weggehen.« Er sah Strakuweit an und kniff ein Auge zu. »Ihre ärztlichen Bescheinigungen muß ich noch sehen, Strakuweit! Gelbsucht! Im Urlaub! Und dann zwei Monate wegbleiben! Was haben Sie überhaupt in diesen zwei Monaten gemacht?«

»Ein Kind, Herr Hauptfeldwebel!«

»Was?« Kunze sah schnell zu Tamara und bemerkte, daß sie breit grinste und den bulligen Körper Strakuweits mit sichtlichem Wohlgefallen musterte. »Sie Schwein!« schrie er los und sprang auf. »Kaum hier und schon wieder frech wie Rotz am Ärmel!«

Strakuweit hob die Schultern. »Ich habe auf eine klare Frage eine klare Antwort gegeben. Leutnant Vogel sagte immer ...«

Durch Kunzes Körper flimmerte ein Zucken. Der Name Vogel war wie ein elektrischer Schlag. Er wandte sich an Leskau und sah ihn böse an.

»Und Sie, Leskau? Auch ein Kind?«

»Nein, Herr Hauptfeldwebel.« Unteroffizier Leskau bemühte sich, bei dieser Frage nicht an Inge zu denken. Es wäre eine Entweihung des Bildes gewesen, das er seit dem Abschied auf dem Bahnsteig von Königsberg mit sich im Innern trug.

»Nicht? Nanu? Ich denke, der deutsche Landser geht nur auf Urlaub, um dem Führer Nachschub zu schenken?«

»Darf ich darauf aufmerksam machen, daß ich ledig bin?«

Kunze fuhr zu Strakuweit herum.

»Und Sie, Strakuweit?«

»Auch ledig. Aber ich bitte hiermit um Heiratsurlaub!«

»Um was?«

»Urlaub!« sagte Strakuweit trocken.

Es gibt eine gewisse Grenze, wo aus einem Kaninchen ein Wolf werden kann. Es verwischen sich dann alle naturgegebenen Eigenschaften, und das Wesen macht eine Wandlung durch von ungeahnten Ausmaßen. Auch Hauptfeldwebel Kunze verwandelte sich. Er schrie nicht, er brüllte nicht ... sein Gesicht wurde nur offener Mund, Augen und Nase verschwanden vor der riesigen Höhlung, und was herauskam war ein Orkan urweltlicher Laute. So müssen die Neandertaler gebrüllt haben, wenn sie von Hügelkuppe zu Hügelkuppe sich verständigten und das Mammut oder den Höhlenbär jagten, dachte Leskau. So und nicht anders.

Tamara Turjetza war an die Rückwand zurückgewichen und hielt ihre schlanken Hände gegen die prallen Brüste gepreßt. Ihr Blick flog zwischen Strakuweit und Kunze hin und her. Ein Wolf und ein Bär ... oh, diese starken Germanskij. Sie wartete darauf, daß sie sich anfielen und zerrissen.

Kunze starrte Strakuweit an, während er wie ein Urtier brüllte. Dann hörte er unvermittelt auf, so wie man ein Radio durch das Drehen eines Knopfes abdreht. Nur knack machte es nicht. Die Stimme versagte ihm einfach ... denn Strakuweit stand da und lächelte.

Es ist eine alte Weisheit aller Hauptfeldwebel, daß man einen Obergefreiten solange zur Sau machen kann, bis er lächelt. Lächelt er wirklich, dann könnte das Tote Meer lebendig werden (eine der brillanten Weisheiten Kunzes) oder die Sonne um die Erde kreisen ... es gibt nichts mehr, was ihn erschüttern könnte.

»Raus«, sagte Kunze mit leiser Stimme. »Beide 'raus! Mit den Essenträgern zurück zu euren Gruppen! Und kommt mir nur wieder als Verlustmeldung.«

Er trat gegen die Tür und schlug sie vor den Nasen der beiden Urlauber zu. Tamara an der Wand kicherte dumm. Auch das regte Kunze auf, und er fuhr herum.

»Halt's Maul, Luder!«

»Ich liebbbe starkkke Mann«, sagte Tamara und strich mit beiden Händen über ihre Brüste. Kunze wurde versöhnlicher, aber auch mißtrauischer.

»Strakuweit?«

»Dich, ljubimez (Liebling).«

»Aber du hast ihn angestarrt, als wolltest du ihn fressen!« Kunze lächelte breit. »Doch ich bin mehr als er! Ich kann ihn hüpfen lassen, bis er vor Sehnsucht Gänseblümchen frißt!«

»Iiisch weiß ...« Tamara Turjetza stieß sich von der Holzwand ab und kam auf Kunze zu. Ihre Augen flimmerten wie bei einer heißen Wölfin. »Du bieest großßßer Krieegsheldd!«

»Scheiße«, sagte Kunze.

Es war gut, daß Tamara ihn nicht verstand. Sie nahm es als Liebkosung und legte ihre Arme um Kunzes dicken Hals. Ihr Körper strömte einen fremden Geruch aus ... frisches Heu war in ihm, Safran und Nelken. Kunze grunzte und tastete nach ihren Hüften.

»Komm«, sagte er heiser. »Der Krieg ist ein Spiel für Verrückte. Warum sollen wir die einzigen Vernünftigen sein ...«

In der Schreibstube hockte Simpelmeier an dem improvisierten Schreibtisch und hatte Telefonwache. Mit einem Ohr lauschte er hinüber zu dem Nebenraum und biß die Zähne zusammen.

Er beneidete Kunze wie keinen auf der Welt ...

Die Essenträger wurden schon erwartet.

Es war gegen 1 Uhr morgens, als sie in die rückwärtigen Gräben stolperten und die auf den Rücken geschnallten Kessel abschnallten. Die Abordnungen der einzelnen Gruppen mit ihren aufgereihten Kochgeschirren hockten längs der Grabenwand auf dem Boden, rauchten in der hohlen Hand Zigaretten oder erzählten Witze zum Thema 1. Unteroffizier Ewald Brösel, den sie seines blassen Aussehens wegen die ›Semmel der Kompanie‹ nannten, begrüßte Leskau mit einem fröhlichen Schulterschlag und boxte Strakuweit in die Seite.

»Kinder, daß ihr wieder da seid! Seit eurem Urlaub ist es an der Front trostlos! Jede Woche nur drei bis vier Tote durch Scharfschützen ...« Er versuchte ein schiefes Lachen und sah Leskau aus seinen wasserhellen Augen an. »Wenn die sibirischen Kerle nicht wären, könnte man denken, wir haben eine längere Übung in der Heide.«

Fritz Leskau nickte. Er gab dem Essenholer seiner Gruppe die Hand und füllte selbst die Kochgeschirre aus den Kesseln voll. »Es braut sich was zusammen, Ewald.«

»Das sagt der Alte auch. Aber keiner sieht Bewegungen beim Iwan! Unsere Aufklärer kreisten eine Woche lang herum. Keiner beschoß sie. Nur des Nachts ... da hört man Motoren. Nicht nah ... ganz von fern ... so, als trage der Wind die Geräusche über weite Entfernungen. Am Tage ist dann alles wieder glatt.«

»Und wie geht's sonst?«

»Unverändert, Fritz. Wir warten! Ab und zu fällt ein Schuß,

und Faber schreibt einen Brief nach Köln oder nach Kassel oder nach Koblenz ... Gefallen für Großdeutschland. Wir werden unseren Kameraden nie vergessen.«

Er drehte sich herum und sah nach hinten. Leskau folgte seinem Blick und sah am Grabenrand ein längliches Paket liegen. Ein Körper in einer Zeltplane, mit zwei Koppeln verschnürt.

»Wer?« fragte er.

»Altmeyer.«

»Vater von vier Kindern ...«

»Hm.« Brösel blickte weg, über den Graben hinaus in die mondlose Nacht. Der Boden gab die Hitze des Tages wieder ... es war schwül und roch nach Erde. »Er war sofort tot. Zwischen Augen und Stahlhelmrand saß der Schuß. Vor zwei Tagen hat er noch nach Hause geschrieben. Einen Brief, voller Freude und Glück. Er sollte der nächste Urlauber der Kompanie sein ... wegen der vier Kinder. Er hat sie seit 1½ Jahren nicht mehr gesehen ... Hier, das hatte er bei sich ...«

Brösel griff in die Brusttasche und holte eine kleine Fotografie heraus. Ein Amateurbild, aufgenommen mit einer kleinen Boxkamera. Die Erinnerung an einen Ausflug auf den Drachenfels am Rhein. Die Ruine der Burg, umflossen von Sonnenlicht, davor eine schlanke, lächelnde Frau, in den hellblonden Haaren den Widerschein des Sommers, vor ihr, der Größe nach aufgereiht, vier Kinder ... drei Mädchen und ein Junge ... blond wie die Mutter, den Vater hinter der Kamera anlächelnd und Fratzen schneidend. Das Bild eines unendlichen menschlichen Glückes ...

1938 stand auf der Rückseite.

Wir auf dem Drachenfels.

Wir ... Die Familie Altmeyer aus Mainz.

Fünf glückliche Menschen ... bis der Krieg kam.

Und übrig blieb eine Zeltplane, umwickelt mit zwei Koppeln.

Und ein Loch mitten auf der Stirn.

Und eine zerbrochene Erkennungsmarke. Eine Eintragung in das Wehrstammbuch. Eine Anzeige im Mainzer Stadt-Anzeiger. In stolzer Trauer.

Frau Altmeyer wollte schreiben: In tiefer Trauer. Aber das verbot die Partei. Eine deutsche Frau hat stolz zu sein, wenn ihr Mann für den Führer fällt. Auch die vier Waisen hatten stolz zu sein. Denn der echte Deutsche ist nicht Ehemann oder Vater, Sohn oder Bruder, sondern in erster Linie Soldat und Held! Dafür lebt er. Und dafür stirbt er! Hurra! Hurra! Hurra!

Fritz Leskau gab das Bild an Brösel zurück. In seiner Kehle saß ein trockener Klumpen, den er nicht hinunterschlucken konnte.

Brösel verstand ihn und steckte wortlos das Bild wieder in seine Brusttasche.

»Der nächste, der jetzt in Urlaub fährt, ist Wiegner. Er hat heute Wache am MG 42.«

Leskau sah Brösel groß an. Wiegner war aus seiner Gruppe. Ein junger Bursche, Bauhandwerker mit dem Ziel, einmal Architekt zu werden. In seiner Freizeit saß er im Bunker und zeichnete auf allem Papier, das er besorgen konnte, Skizzen und Grundrisse von Häusern. Hochbauten, Villen, Schulen, Siedlungsviertel ... Schöne Bauten, modern und glatt, mit großen Fensterflächen, die die Natur in die Räume dringen ließ. »Der Mensch soll in der Sonne leben«, sagte er einmal zu Oberleutnant Faber, als dieser seine Entwürfe ansah. »Wir modernen Städter haben vergessen, daß es Bäume gibt, in denen Vögel nisten und singen, und daß es Wiesen gibt, über die die Hummeln brummen und schwerelos die Falter schweben.« Damals war Oberleutnant Faber sinnend und still aus dem Bunker gegangen und hatte draußen im Graben zu Leskau gesagt:

»Passen Sie mir auf den Jungen auf. Er ist einer der wenigen, die noch ihre Mitmenschen lieben.«

Die Essenträger von Müller III hatten ihre Kübel leer. An den Koppeln der Essenholer klapperten dumpf und voll die Kochgeschirre. Ewald Brösel sah auf seine Armbanduhr.

»Noch zehn Minuten, Jungs.«

Die Zeltplane mit Altmeyer wurde über die Erde gezogen und auf den Grabenrand gestemmt.

»Wie schwer er ist«, sagte einer der Männer. »Und dabei ist er kleiner als ich.«

Leskau wandte sich ab und ging ein Stück nach vorn. Brösel und Strakuweit folgten ihm.

»Vier Jahre war er bei uns«, sagte Strakuweit leise. »Wißt ihr noch, wie er in Witkowo die Hühner klaute und das Stück für Kunze mit Rizinus einrieb? Vier Tage hat der Dicke geschissen und wollte sich krank melden wegen Ruhrverdacht.«

Sie sahen gegen die Grabenwand. Niemand lachte. Die Erinnerung zog in ihnen auf.

Witkowo. Der Vormarsch nach Moskau. Über die Rollbahn ... tagelang, wochenlang ... den Russen verstört vor sich hertreibend.

Der deutsche Soldat ist unbesiegbar, schrie Goebbels in die Welt hinaus. Er revidiert die Irrtümer der Geschichte!

Strakuweit putzte sich die Nase. »Nicht denken, Kinder«, sagte er dumpf. »Wir haben noch mehr Zeltplanen vor uns ...«

Das Erfassungsamt für Kriegsarbeitseinsatz lag in Königsberg in einem alten, aus Backsteinen erbauten fünfstöckigen Gebäude am Pregel. Hier meldete sich Inge Hellwag und erhielt die Adresse eines Werkes vor der Stadt. Sie fuhr mit der Straßenbahn hinaus und wunderte sich, als sie das Fabriktor durchschritt, über die Stille, die das weite Gelände umgab und die so gar nicht zu dem paßte, was man sich unter einem »Produktionsbetrieb kriegswichtiger Teile« vorstellte.

Der Personalchef saß in einem runden Polstersessel, als Inge eintrat. Er erhob sich nicht, als sie ihn mit »Guten Morgen« begrüßte, sondern zog unwillig die dichten, schwarzen Augenbrauen zusammen.

»Heil Hitler!« sagte er scharf.

»Heil!« antwortete Inge verstört. »Ich soll mich hier melden.«

»Mit einem gutbürgerlichen guten Morgen, was? Haben Sie elf Jahre lang geschlafen? Wer sind Sie?«

»Inge Hellwag.«

»Ach!« Der Personalchef schien von dem Namen sehr angetan zu sein. »Inge Hellwag. Sieh, sieh ...« Er blätterte in den verschiedenen Akten, die vor ihm lagen, und holte einen dünnen Schnellhefter hervor, den er fast genießerisch aufschlug. »Wissen Sie, was das ist?« fragte er Inge.

»Ich nehme an, meine Personalakte.«

»Ganz recht. Ihre Personalakte. Ihr Schatten, der Sie begleiten wird bis zum Grab. Wo auch immer Sie sein werden ... diese Akte wandert mit. Wir haben eine gründliche Bürokratie.« Er lachte meckernd und musterte Inge Hellwag wieder scharf. Über sein hartes, faltiges und ziemlich langes Gesicht — er sieht aus wie ein vertrocknetes Pferd, durchfuhr es Inge — glitt tiefe Zufriedenheit. Netter Käfer, dachte er in diesem Augenblick. Schöne Larve, griffige Brüste, schmale Hüften, lange Schenkel ... so etwas macht den Opa wieder flott. Er beugte sich über die Akte und ließ seine langen Finger über die Zeilen gleiten. »Sie sind die Tochter des in den Ruhestand ohne Pension versetzten Reichsbahnrates Ernst Hellwag?«

»Ja.«

»Und darauf sind Sie auch noch stolz?«

»Auf meinen Vater? Ja! Sie sind es auf Ihren Vater sicherlich auch.«

»Mein Vater war kein Defätist und kein Schwein!«

»Herr . . .!«

»Ruhe!« Der Personalchef schlug mit der flachen Hand auf den Tisch. »Um ihnen klarzumachen, welcher Wind hier weht, sollten Sie wissen, daß ich Beauftragter des SD bin mit der Pflicht, alle zum heimatlichen Wehreinsatz beauftragten Personen auf ihre politische Zuverlässigkeit zu überprüfen! Der Grad ihrer Zuverlässigkeit bestimmt den Einsatzort und die Art der Arbeit. Haben Sie verstanden?«

»Sie haben laut genug gesprochen.«

Durch Inges Körper zog eine eisige Welle. Sie schirmte sich ab, sie zwang sich, keine Gefühle mehr zu haben. Wie hatte Ernst Hellwag gesagt, als man ihn als alten Deutschnationalen aus dem Amt jagte wie einen lahmen Hund. »Wir müssen uns angewöhnen, von jetzt ab eine Seele wie ein Wachstuch zu haben. Alles abtropfen lassen, was kommt . . . und später mit einem feuchten Lappen drüber. Dann ist alles wieder sauber . . .« Eine Seele wie ein Wachstuch . . . Inge Hellwag biß die Lippen zusammen.

Der SD-Personalchef musterte sie wie eine zum Verkauf stehende Stute. Ein Wunder, daß er ihr nicht in den Mund sah und das Gebiß prüfte. Dafür tastete er mit spürbaren Blicken Inges Brüste ab und schien sich weltanschaulich daran zu beruhigen.

»Sie wissen, daß Ihr Vater ein Defätist ist?«

Inge schüttelte den Kopf. »Mein Vater ist für mich nur mein Vater. Seine politischen Einstellungen kümmern mich nicht.«

»Das sollten Sie aber, mein Fräulein! Wie der Baum, so die Äpfel! Ein kranker Baum gibt faule Früchte . . .«

»Das dürfte biologisch nicht haltbar sein.«

»Ihre Biologie können Sie sich an den Nagel hängen!« Der SD-Mann sprang hinter seinem Schreibtisch auf und kam um ihn herum auf Inge zu. »Frauen sollten ihre Biologie auf Kinderkriegen beschränken.«

»Ich werde es meinem Verlobten schreiben«, sagte Inge kühl. Innerlich zitterte sie und starrte in das Pferdegesicht, das vor ihr stand und gegen den Hintergrund des hellen Fensters wie eine verunglückte Maske wirkte. Der Personalchef grinste.

»Einen Verlobten haben Sie auch schon?«

»Ja. Er ist Unteroffizier. An der Front, in Rußland. Bei Orscha an der Rollbahn.«

»Tapfer, tapfer! Held an der Front und Held im Herzen der kleinen Mädchen.« Er betrachtete Inge mit einem frechen, von oben bis unten gleitenden Blick und nickte. »Also verlobt. Kein unschuldiges Häschen mehr, hat schon Milch geschleckt, die Kleine.« Er griff Inge unter das Kinn. Sie wich zurück und hob die Hand, als wollte sie schlagen.

»Lassen Sie das!« sagte sie leise.

»Prüde?«

»Nein — wählerisch ...«, sagte sie frech.

In die Augen des SD-Mannes trat ein fahler Schein. Er drehte sich brüsk herum und ging wieder hinter seinen Schreibtisch. Dort schlug er die Personalakte zu, so, als wäre sie abgetan und käme ins Archiv. Nur der Vermerk ... verstorben am ... fehlte noch.

»Wie Sie wollen, Fräulein Inge Hellwag, künftige Frau Unteroffizier«, sagte er hämisch und breit. »Wir haben Mittel, legale Mittel, Sie so klein zu bekommen, daß Sie nachts winselnd vor meinem Fenster stehen und mich anflehen, Sie zu mir ins Bett zu nehmen.« Sein Pferdekopf ruckte hoch. Der Blick, dem er begegnete, war voll Verachtung und Ekel. »Was halten Sie von einem Arbeitseinsatz in einer unterirdischen Munitionsfabrik? Zehn Stunden ohne Sonne und Luft ... nur unter Lampen und Luftfiltern? Umdröhnt von Hunderten Maschinen?«

»Bitte.« Inge Hellwag hob die Schultern. »Wenn dort andere arbeiten können, kann ich es auch.«

»Das feine Fräulein Reichsbahnrat? Die Lyzeumsbraut? Sie würden durchdrehen.«

»Das soll nicht Ihre Sorge sein.«

»Es ist aber meine Sorge. Sie sind zu hübsch für unter Tage. Ich möchte Sie konservieren. Vielleicht erleben wir beide den erhebenden Augenblick, wo wir uns nett finden.«

»Dann müßte ich erst taub, stumm und gehirnlos werden.«

Der SD-Mann grinste. »Das ist genau der Zustand der ›himmlisch Verliebten‹!« Er setzte sich auf die Kante des Schreibtisches und ließ seine dürren Beine in den schwarzen SS-Stiefeln hin und her pendeln. Über sein Pferdegesicht zog die Zufriedenheit des Mächtigen. Das Bewußtsein, ein Herrenmensch zu sein, ergriff ihn. In seiner Hand lag das Schicksal von Tausenden. In seiner Hand lagen sogar Leben und Tod, Sattsein und Hungern, Entsagung und Liebe, Freiheit oder Fron, lag das ganze Leben.

»Ich heiße Hubert«, sagte er verbindlich.

»Ein seltener Pferdename«, erwiderte Inge.

Der SD-Mann lächelte gequält. »Ihre Frechheit gefällt mir. Sie reizt mich sogar. Wer sonst hier hereinkommt, kriecht auf dem Bauche, und die Weiber, die ich ansehe, knöpfen ohne Aufforderung die Kleider und Blusen auf. Ich könnte Sie zur Sekretärin machen mit einem wahnsinnigen Gehalt und der nötigen Freizeit für ein seltenes Privatleben. Und das im fünften Kriegsjahr.«

»Danke.« Inge trat einen Schritt zurück. »Ich bin auf eine Einweisung des Amtes zu Ihnen gekommen, um zu arbeiten. In einer Fabrik, und nicht auf Ihrer Couch. Wenn das, was Sie mir anboten, alles ist, kann ich ja gehen. Ich werde dem Amt dann mitteilen, daß ich nicht wußte, daß Bordelle kriegswichtig sind.«

»Halt!« Der SD-Mann hob die Hand, als Inge sich umdrehte und den Raum verlassen wollte. »Sie bleiben! Sie lehnen mein Angebot ab?«

»Ich könnte Ihnen dafür ins Gesicht schlagen, wenn Sie näher vor mir stünden.«

»Wie Sie wollen, Fräulein Reichsbahnrat. Ihren Vater haben wir 1933 hochgehen lassen. Er verdankt es nur der Fürsprache des Reichsbahnpräsidenten, daß er nicht im KZ Buchenwald ist! Mit seiner Tochter werden wir weniger zimperlich vorgehen! Wir werden die Keime jeder Auflehnung ersticken! Wir werden es Leuten Ihres Schlages zeigen, welcher Geist im neuen Deutschland herrscht! Haben Sie mich verstanden?« Seine Stimme überschlug sich grell und zerbrach.

Inge schwieg. Wachstuch ... dachte sie. Wachstuch ... Wachstuch ... Wisch es draußen wieder ab von dem Schmutz und der Geilheit ... laß alles abtropfen an Gemeinheit und Drohung.

»Warten Sie draußen!«

Sie verließ den Raum und kam sich erlöst vor, als sie in dem Vorzimmer stand. Das Atmen wurde leichter, der innere Druck ließ nach ... es war, als käme man aus einem überhitzten Treibhaus an die klare, frische Luft.

Nach zehn Minuten brachte eine Stenotypistin die Einweisung Inges.

Zu melden morgen um 10 Uhr vormittags in Berlin, Wilmersdorfer Straße 10. Arbeitseinsatz in Verlagerungsbetrieb V, Arbeitsgruppe III, Lohnstufe II.

Inge starrte auf das Papier in ihrer Hand. Jetzt zitterte sie. Die Buchstaben verschwammen vor ihren Augen.

»Nach Berlin . . .«, sagte sie leise. Ihr Kopf zuckte empor. »Ich möchte den Personalchef sprechen . . .«

»Herr Burger ist aus dem Haus gegangen«, sagte die Stenotypistin wie eine Grammophonplatte, die nur den einen Satz abspielt.

»Ich muß ihn aber sprechen!«

»Bedaure.«

»Man kann mich doch nicht von Königsberg wegtun? Wer soll sich um meinen Vater kümmern? Was soll ich denn in Berlin? Dort kenne ich keinen, dort bin ich ja ganz allein . . . Ich muß . . .«

»Herr Burger ist . . .«

Inge kümmerte sich nicht mehr um das Mädchen. Sie schob es aus dem Weg, riß die Tür des Chefzimmers auf und rannte in den großen Raum. SD-Mann Hubert Burger stand am Fenster und rauchte gemütlich eine Zigarette. Er nickte der wütenden und aufgelösten Inge zu und zeigte auf einen Stuhl.

»Na? Sehen wir uns so schnell schon wieder? Hast du es dir überlegt, mein Mädchen?«

»Was soll ich in Berlin?«

»Hören, wie die Bomben vom Himmel pfeifen! Sehen, wie man Leichen ausgräbt. Anfassen, wenn man verbrannte Menschen, zusammengeschrumpft auf Kindergröße, an den Straßenrändern stapelt. Du wirst auf ein kleines Pfeifen von mir mit wehenden Röcken zurück nach Königsberg kommen.«

»Eher werde ich verrecken!«

»So schöne Lippen sollten so schlechte Worte nicht sagen. Entschließe dich, mein Mädchen. Der Sekretärinnenstuhl bei mir ist noch frei . . .«

Wortlos verließ Inge das Zimmer. Mechanisch, fast marschierend, setzte sie die Schritte. Nicht schwanken, befahl sie sich. Nicht zittern, nicht unsicher werden, auch wenn dir der Schrei ganz vorn in der Kehle sitzt und du die Lippen zusammenbeißen mußt, damit er nicht hinausdringt und gegen die kahlen Wände gellt. Bleibe hart, Inge, geh voran, Schritt für Schritt . . . er sieht dir nach, dieses Schwein, dieses geile Tier . . . er wartet nur darauf, daß du zusammenbrichst.

Wachstuch . . . Wachstuch . . . Wachstuch . . .

Draußen, auf der Straße, lehnte sie sich gegen die Mauer, die die Fabrik umzog. In ihrer Hand knisterte das Papier, die Verurteilung zur Arbeit für Führer und Großdeutschland. Für den Endsieg.

Berlin. Wilmersdorfer Straße 10.

Auch dort würde ein SD-Mann sitzen, der ihre Beine und Brüste begutachtete und seinen Blick auf ihrem Schoß ruhen ließ. Auch dort würde es heißen: Wenn Sie wollen, können Sie ... Wenn Sie wollen ...

Ekel stieg in ihr empor. Er würgte im Hals und gerbte die Mundhöhle mit Galle.

Ich werde es Fritz schreiben, nahm sie sich vor. Ich werde ihm alles schreiben. Während er kämpft im guten Glauben an das Gute, will man in der Heimat seine Braut in die Betten zwingen. Die Heimat verrät dich, Fritz, wollte sie schreiben. Du kämpfst für ein paar Bonzen, die aus Deutschland ein Bordell machen und Frauen sammeln wie ein Meisterjäger die Gehörne. *Das* ist das Ideal, für das ihr fallen sollt, *das* ist die neue Zeit, die ihr erkämpfen sollt.

Sie schrieb es nicht. Sie wußte, daß es ihren Kopf gekostet hätte. Wehrkraftzersetzung ... Todesstrafe ... Ein Schnellverfahren ... Jede Woche wurden sie hingerichtet ... Zwanzig ... dreißig ... fünfzig ... Man veröffentlichte schon gar nicht mehr die Namen. Die Scharfrichter wurden Schwerstarbeiter.

Langsam ging sie durch die Straßen Königsbergs zurück zu ihrer Wohnung. Was würde der Vater sagen? Ertrug er auch noch diesen Schlag?

Sie hatte Angst vor dem Blick des Vaters, vor diesem alles wissenden Blick, der trotz aller Weisheit leer war, leer und hilflos in dem Bewußtsein, ausgeliefert zu sein wie ein Lamm dem Schlächter.

Und plötzlich weinte sie. Weinend ging sie durch die Straßen. Die anderen Menschen, denen sie begegnete, sahen weg. Tränen waren etwas Alltägliches geworden.

In seinem Erdbunker hockte Oberleutnant Faber und telefonierte mit Leutnant Vogel. Unteroffizier Ewald Brösel, die ›Semmel der Kompanie‹ und Kompanietruppführer, saß mit dem Rücken gegen die Erdverschalung gelehnt und rauchte eine selbstgedrehte Zigarette. Er las einen Brief, den die Essenträger in der vergangenen Nacht mit herausgebracht hatten, zum achtenmal, und immer war es wieder neu, was er las.

Es war ein Brief seiner Mutter. Sie teilte ihm mit, daß nun auch Vater eingezogen worden war. Zu den Landesschützen. Ewald Brösel konnte das nicht begreifen und las deshalb den Brief immer wieder durch. Der Vater eingezogen. Mit über 50 Jahren! Hatte man das nötig? Mußte man den Krieg schon mit den Alten gewinnen? Oder mit den Kindern, die die Stammkompanien hinaus als Ersatz schickten? Siebzehnjährige Bürschchen, die beim ersten Heulen der Stalinorgeln auf die Erde fielen und in den Boden schrien.

»Wie stellen Sie sich das vor?« fragte Oberleutnant Faber ins Telefon. »Hier ist alles friedlich. Wenn die sibirischen Scharfschützen nicht wären, nähmen wir hier ein Sonnenbad.«

Die Stimme Vogels schnarrte im Apparat. Jetzt hat er wieder sein ›markantes Gesicht‹ dachte Faber. Er blickte auf Brösel, aber dieser war versunken in das Schreiben seiner Mutter und nahm keinen Anteil an seiner Umwelt.

»Das Regiment hat uns befohlen, Gefangene einzubringen«, sagte Vogel dienstlich knapp. »Ich soll Ihnen vom Kommandeur durchgeben, daß die 5. Kompanie heute nacht einen Stoßtrupp unternehmen soll, um mindestens einen Gefangenen zu machen. Wir müssen wissen, was auf der Gegenseite vor sich geht. Wir haben den Verdacht, daß der Iwan des Nachts aufmarschiert und die große Sommeroffensive vorbereitet. Aber wir können uns auf Vermutungen nicht verlassen ... wir brauchen Gewißheit. In jedem Bataillonsabschnitt wird ein Stoßtrupp gemacht, um Gefangene einzubringen.«

»Habe verstanden.« Faber sah an die mit Balken abgestützte Decke. »Es wird nicht ohne Verluste abgehen.«

»Ein Gefangener ist uns jetzt wichtiger als zehn lebende Deutsche mehr oder weniger.«

»Sie sind ein Gemütsmensch, Vogel«, sagte Faber. Sein Gesicht war hart. »Was sagt der Kommandeur dazu?«

»Herr Major Schneider kommt in der Nacht selbst hinaus zu Ihnen.«

»Und Sie auch, Vogel?«

»Ich glaube.« Die Antwort kam zögernd. Faber grinste.

»Hoffentlich erwacht dann der Russe aus seiner Lethargie und empfängt den deutschen Helden Vogel gebührend mit Bomben und Granaten.«

»Ende«, sagte Vogel grob und hängte ein.

Brösel hatte den Brief durchgelesen und steckte ihn wieder in seine Brusttasche. Er sah Faber sinnend neben dem Telefon sitzen.

»Wieder dicke Luft?«

»Machen Sie sich fertig. Wir gehen zu den Gruppen. Ich brauche acht Freiwillige.«

»Stoßtrupp?« fragte Brösel ahnungsvoll.

»Gefangene kassieren. Der Alte kommt selbst nach vorn.«

»Der ›schneidige Willi‹? Dann stinkt's.« Brösel kratzte sich hinter den Ohren und griff nach seinem Koppel mit der 08-Pistole.

»Er will die Gefangenen selbst verhören.«

»Wenn wir welche machen.«

»Wir müssen es!« Faber erhob sich und setzte die Feldmütze auf. »Früher sagte man: Geld spielt keine Rolle ... heute heißt es: Blut spielt keine Rolle. Leben spielen keine Rolle. Und deshalb will ich nicht befehlen, sondern Freiwillige nehmen.« Er trat aus dem Bunker und beugte den Kopf etwas herunter. Wenn er sich normal hinstellte, sah die obere Rundung seines Stahlhelmes aus dem Graben hervor. Das genügte den sibirischen Scharfschützen schon, um zu ballern. »Ich kann keinen Tod befehlen«, sagte er leise. »Ich käme mir wie ein Mörder vor.«

Faber und Brösel rannten mit eingezogenem Kopf durch den Laufgraben hinüber zu den Erdbunkern, die wiederum durch Quergräben miteinander verbunden waren. In einigen kleinen Ausbuchtungen lagen hinter zugedeckten Maschinengewehren die Horchposten und Wachen. Zu ihnen führten auch die Drähte, an denen die leeren Konservenbüchsen hingen. Wenn sie klapperten – und sie klapperten dann kilometerlang die deutschen Stellungen entlang –, fuhren die Landser aus den Bunkern in den Graben und warfen sich hinter die Gewehre und die Kisten mit Handgranaten. Der Russe kommt! hieß dies. Der Iwan. Sein Urrää gellte dann über das Land ... der Schlachtruf, entnervender als alle Stalinorgeln.

Die Gruppe Leskau war der erste Bunker, den Faber betrat. Leskau saß am Tisch und klopfte mit Strakuweit und einem anderen Gefreiten einen Skat. Sie spritzten empor, als Strakuweit »Achtung!« brüllte, und warfen dabei den wackligen Tisch um.

Faber winkte ab. »Wie oft soll ich euch sagen, den Blödsinn zu lassen? Wir sind an der Front und nicht auf dem Kasernenhof. Setzt euch. Ich spiele eine Partie mit.«

Strakuweit räumte seinen Platz und stellte sich hinter Oberleutnant Faber. Er blinzelte Leskau, der kurz zu ihm aufsah, zu. Paß auf, Junge, hieß das. Der Alte ist jovial wie selten ... es liegt eine dicke Scheiße in der Luft.

Oberleutnant Faber griff in die Seitentasche und holte eine Flasche Cognac hervor. Er stellte sie auf den Tisch. Strakuweit nickte. Na also ... wo Schnaps ist, ist auch der Heldentod.

»Jetzt reizt der Herr Oberleutnant«, sagte er anzüglich. Faber legte die Karten hin.

»Ich brauche acht Freiwillige, Leskau. Das Regiment befiehlt einen Stoßtrupp zum Einbringen von Gefangenen.«

»Das alte Lied. Kaum ist es still an der Front, juckt den Herren da hinten der Arsch.«

»Strakuweit!« Oberleutnant Faber sah zu dem Obergefreiten empor. »Es hat ja keiner gesagt, daß Sie hinaus sollen.«

Strakuweit sah Faber mit großen Augen an. »Was würden die draußen tun ohne Strakuweit? Das geht doch nicht.«

»Sie sind werdender Vater, Strakuweit.«

»Es kann noch eine Fehlgeburt werden, Herr Oberleutnant.«

Faber winkte ab. Es war sinnlos, mit Strakuweit zu diskutieren. Es war verlorene Zeit. Er wandte sich wieder Leskau zu. »Fragen Sie in Ihrer Gruppe nach. Ich gehe zu den anderen. Um 23 Uhr 30 sammeln sich die acht Freiwilligen bei Gruppe 3. Der Kommandeur wird selbst kommen.«

»Dann rappelt's«, wiederholte Strakuweit.

Leskau schob die Skatkarten zusammen und legte sie auf ein Holzbord neben seinem Bett.

»Wir brauchen noch sechs Mann, Herr Oberleutnant.«

Faber schwieg. Er verstand ohne Fragen. Er grüßte und verließ den Bunker. Strakuweit begriff erst, als Faber draußen war, und riß Leskau am Arm herum.

»Du bleibst hier!« sagte er grob. »Ich bin nur ein armer Idiot ... aber dich brauchen sie später.« Er nahm Leskau das Koppel weg, das er umschnallen wollte. »Hörst du ... du gehst nicht mit 'raus!«

»Gib das Koppel her!« schrie Leskau. »Wir haben siebzig Prozent Familienväter in der Kompanie und zwanzig Prozent halbe Kinder! Sollen die 'raus? Willst du das wirklich?«

Und Strakuweit schwieg und gab Leskau das Koppel zurück ...

In Dubrassna hatte Hauptfeldwebel Kunze andere, gewichtigere Sorgen. Der Kessel der Feldküche war durch den Feuerüberfall der Russen so durchlöchert worden, daß Küchenbulle Feldwebel Müller III die Versorgung der 5. Kompanie mit warmem Essen nicht mehr garantieren konnte.

»Wir haben versucht, den Kessel zu löten«, sagte Müller III. »Es hat keinen Sinn. Der Kessel rinnt, und die Suppe löscht das Feuer. Wir müssen einen neuen Kessel haben.«

»Wir müssen!« Kunze umschritt den Kessel, sah hinein und beklopfte ihn, als ob man den Grad der Beschädigung am Klang feststellen konnte. Idiot, dachte Müller III. »Wo soll ich einen neuen Kessel herkriegen?« Kunze setzte sich auf die Protze. Er schnaufte, denn er dachte angestrengt nach. »Wenn ich deswegen das Bataillon anrufe, macht man mich zur Minna. Wozu haben wir Schmiede und Klempner in der Kompanie? Die Vollrinder sollen etwas tun und ihren winzigen Gehirnteil anstrengen. Es muß mit Flicken gehen!«

Die Handwerker des Trosses wurden zusammengerufen. Hauptfeldwebel Kunze hielt eine kurze, zackige Ansprache.

»Ihr Tränen«, sagte er und spreizte die Beine. Über sein dickes Gesicht zog ehrliche Empörung, die sich verstärkte, als er Tamara am Fenster der Schreibstube bemerkte. Man muß Frauen imponieren, und man imponiert ihnen nur durch Stärke, war eine der Lebensweisheiten Kunzes. Also brüllte er los und steigerte sich in ehrliche Entrüstung. »Ihr schlaffen Säcke! Nicht mal einen lecken Kessel kriegen die Burschen dicht, und dabei wollen sie den Krieg gewinnen? Bis zum Nachmittag ist der Kessel geflickt, und abends gibt es Erbsensuppe, verstanden?« Er sah Müller III an, der nachdenklich den Kopf wiegte. »Erbsensuppe!« schrie Kunze grell. »Wenn sie um 18 Uhr nicht auf meinem Tisch steht, koche ich eure Hämorrhoiden!«

»Ein Kannibale«, sagte Müller III und entfernte sich schnell. Zufrieden ging Kunze zur Schreibstube zurück und tätschelte Tamara die Backen. Simpelmeier, der grinste, wurde weggejagt. »Prüfen Sie die Küchenbestände«, schrie Kunze ihn an. »Hopp-hopp!«

Das Telefon rappelte. Kunze, der gerade Tamara um die Hüfte gefaßt hatte und mit der linken Hand auf dem Wege in ihren Blusenausschnitt war, seufzte und nahm den Hörer ab.

»Hauptfeldwebel Kunze, 5. Kompanie.«

»Wissen Sie, daß der Kommandeur heute nacht bei Ihnen ist?«

Der Chef. Kunze schob die lauschende Tamara zur Seite und setzte sich. »Nein, Herr Oberleutnant«, sagte er.

»Bereiten Sie ein gutes Essen vor.«

»Jawoll, Herr Oberleutnant.«

»Und machen Sie sich bereit, mit dem Kommandeur zur HKL hinauszukommen.«

»Jawoll, Herr Oberleutnant.« Über Kunzes Stirn zog eine feine Schicht kalten Schweißes.

»Ende.«

»Ende.« Kunze legte den Hörer hin und sah Tamara aus eingesunkenen Augen an. »Scheiße«, fügte er hinzu.

»Bössses Wort«, kicherte Tamara und drehte sich in den Hüften.

»Halt die Fresse, Kind!« Kunze erhob sich und sah aus dem Fenster der Schreibstube. »Müller III!« brüllte er über den Platz hinüber zur Küchenscheune. »Heute keine Erbsensuppe. Rindergulasch mit Nudeln! Und dick gekocht!«

Müller III ließ den Lötkolben sinken, mit dem er gerade ein Loch in dem Kessel flickte. Er sah Simpelmeier an, der mit einer Liste an der Küchenprotze stand und die Büchsen zählte.

»Hat der die Paralyse?«

»Nein, die Tamara.«

Müller III drehte sich um und kniete sich wieder am Kessel nieder. O Gott, dachte er. Zwei Prozent mehr Intelligenz auf der Erde, und die Welt sähe ganz anders aus ...

Nachts um 23 Uhr 30 erschien pünktlich mit den Essenträgern Major Willi Schneider in der HKL. Der ›schneidige Willi‹, wie man ihn in der Division allgemein nannte, begrüßte Faber mit einem festen Handschlag und sah auf die acht Freiwilligen, die am Grabenrand aufgebaut wie die Zinnsoldaten standen.

Major Schneider war äußerlich nicht der Typ des Draufgängers. Mit seiner goldumrandeten Brille und dem etwas asketischen Gesicht verbreitete er eher den Eindruck eines leberkranken Buchhalters oder eines im Dienst entnervten Volksschullehrers. Nur wer seine Augen genau betrachtete, ahnte etwas von dem Willen in dem mittelgroßen Körper, der ihm das Ritterkreuz für persönliche Tapferkeit eingebracht hatte, ihn fünfmal verwundete und dem Bataillon in 2½ Jahren dreihundertvierundachtzig Mann kostete.

Der ›schneidige Willi‹ musterte die acht Freiwilligen und stieß bei dieser Betrachtung auch auf Strakuweit.

»Sie auch?« fragte Major Schneider.

»Immer, Herr Major.« Strakuweit straffte sich. »Kein Rabatz ohne Theo.«

Major Schneider wandte sich ab und nahm Faber zur Seite. Er winkte Leskau heran und breitete eine Karte aus. Es war ein aus Luftaufnahmen zusammengesetzter Plan, den sie beim Schein einer abgeschirmten Taschenlampe ansahen.

»Hier ist der Wald«, sagte Major Schneider. Sein Zeigefinger, nikotinbraun (es ging die Sage, daß der ›schneidige Willi‹ täglich die Ration einer normalen Kompanie verrauchte), fuhr über das Luftbild, »und hier tut sich was! Er ist 7 km lang und fast 4 km breit. In ihm muß der Iwan Panzer gesammelt haben und schwere Artillerie. Wir haben versucht, mit Bombern den Wald zu behämmern ... aber was ist das schon? Wir können nicht 7 Kilometer umpflügen. Das Regiment will wissen, was sich in diesem Wald tut. Daher brauchen wir einen Gefangenen der gegenüberliegenden russischen Kompanie.« Major Schneider gab Fritz Leskau die Hand und sah ihn mit großen Augen an. »Viel Glück, Unteroffizier! Mehr kann ich Ihnen nicht wünschen.«

Die Uhren wurden noch einmal verglichen, Strakuweit kauerte am Grabenrand und aß Kekse, Major Schneider beobachtete durch das Nachtglas die russischen Stellungen, Faber besprach noch einmal leise mit Leskau den Plan. Im Bunker der Gruppe Leskau saßen Leutnant Vogel (sehr blaß) und Oberfeldwebel Kunze (noch blasser) und wußten nicht, was sie hier sollten. Sie kamen sich ›deplaciert‹ vor (würde Vogel sagen). Irgendwo in der Ferne, im Abschnitt des 4. Bataillons vielleicht, kam leichtes Störfeuer auf. Leuchtkugeln zauberten fahle Lichteffekte an den Nachthimmel, ein einsames Maschinengewehr hämmerte.

»Die Front erwacht«, sagte Leutnant Vogel heroisch.

Kunze nickte. Er saß auf einem Schemel und starrte vor sich hin. Ihm war übel. Mein Magenleiden, dachte er. Mein gutes altes Magenleiden. Ich muß mich doch einmal krank melden. 14 Tage in der Krankensammelstelle werden mir gut tun. Vielleicht sieht dann hier schon alles anders aus.

Leskau stand mit seinen sieben Mann in einer der Beobachtungsausbuchtungen des Grabens. Er sah auf die Uhr und nickte.

»Los, Jungs ...«, sagte er leise. »Und immer in Sichtweite voneinander. Haltet den Spaten fest, damit er nicht klappert. Ab!«

Sie rollten sich über den Grabenrand und lagen im Niemandsland. Auf dem Bauche robbten sie durch die Minengasse, schoben sich durch den Drahtverhau und krochen weiter in die Dunkelheit hinein ... den russischen Linien entgegen und der schwarzen Wand, die sich gegen den Nachthimmel abhob wie ein riesiger Vorhang ... Der Wald von Bajewo.

Leskau und Strakuweit krochen Seite an Seite über die Erde. Hinter ihnen klapperte leise der Gefreite Lönne mit dem leichten MG. Er sollte den Feuerschutz übernehmen, wenn sie auf den Gegner stießen. Strakuweit kroch näher an Leskau heran. Er schleppte einen kleinen Sack auf dem Rücken mit, einen Sack mit Handgranaten. Sie waren zu geballten Ladungen zusammengebunden und dienten als wirksames Mittel zum Bunkerknacken.

Um sie herum lag die nächtliche Welt in vollkommener Stille. Es war, als gäbe es keinen Krieg. Die Erde atmete die Hitze des Tages zurück ... es roch nach verbranntem Heu. Vom Erdbunker III aus beobachteten Major Schneider und Oberleutnant Faber die Bewegungen der kleinen Gruppe; bis sie in einer Bodenwelle verschwanden. Auch Vogel stand jetzt im Graben und identifizierte sich mit dem Heldentum der acht Freiwilligen. Er war stolz auf deutsches Mannestum und hatte wieder sein ›markantes Gesicht‹ aufgesetzt. Hauptfeldwebel Kunze stand bei Bunker II und hatte eine leise, aber erregte Unterhaltung mit dem Oberschützen Pille. Kunze war erschüttert. Pille, die Generalflasche, lief im Graben nicht mit dem Stahlhelm herum, sondern im Schiffchen. Das war gegen Kunzes Vorstellung vom Dienstanzug im Graben, und er belehrte Pille solange, bis dieser leise, aber ebenso bestimmt sagte: »Ich werde mir nächstens beim Scheißen Orden und Ehrenzeichen anlegen.«

Unterdessen krochen Leskau und seine sieben Mann durch die Bodenwelle parallel zur russischen Linie durch das Gelände. Wenn sie den Kopf hoben, sahen sie vor sich in greifbarer Nähe die sowjetischen Drahtverhaue und das verminte Vorfeld der russischen Gräben. Leskau hob kurz die Hand. Die acht Mann blieben liegen und schoben sich zusammen. Strakuweit legte den Handgranatensack zur Seite und benutzte ihn als Kopfkissen.

»Was nun?«

»Großer Mist«, sagte der Gefreite Lönne und stellte sein MG auf die Spreizfüße.

»Wie willst du durch die Minenfelder durch?« Strakuweit sah Leskau mit heruntergezogenen Lippen an. »Wir werden wie die Engelchen emporschweben.« Er wollte weitersprechen, als Leskau ihn in den Arm kniff. Strakuweit verzog das Gesicht. Dann duckte er sich und stieß Lönne in die Seite. »Rechts«, flüsterte er.

Ein leises Schlurfen durchdrang die Dunkelheit. Dann klapperte etwas über die Erde. Eine leise Stimme fluchte.

»Job twojemadj!«

»Der Iwan persönlich«, sagte Strakuweit gemütlich. Ein Tritt Leskaus ließ ihn schweigen. Auf den Boden gepreßt, fast eins mit der Erde und der sie deckenden Bodenwelle, lagen die acht Männer und lauschten mit angehaltenem Atem in die Nacht. Langsam, damit es nicht knirschte, schwenkte Lönne sein MG nach rechts, woher die Laute kamen. Strakuweit umklammerte den Griff seines kurzen Spatens.

Vor ihnen, am Rand der Bodenwelle, tauchten drei dunkle Flecke auf. Sie erhoben sich nur wenig von der Erde und standen gegen den Nachthimmel wie drei flache Schalen. Wieder klapperte es ... ein ganz feines, leises, kaum vernehmbares Ticken geisterte durch die Finsternis.

»Funker«, flüsterte Strakuweit Leskau ins Ohr.

Leskau nickte. Er sah zur Seite auf die dunklen, kaum erkennbaren Körper seiner Kameraden. Lönne lag hinter dem MG und visierte die drei dunklen Klöße an.

»Gefangene, keine Toten«, flüsterte er Lönne zu. »Du bleibst hier und schießt nur, wenn es brenzlig wird.«

Der russische Horchposten tastete sich näher. Er kam seitlich auf die Bodenwelle zu, wohl in der Absicht, sich hier niederzulassen und von dieser natürlichen Deckung aus die deutschen Linien zu beobachten. Strakuweit grinste. Laufen wie brave Kinder der Mutti in die Arme, dachte er. Einfacher geht es nicht. Er schob den Spaten vor sich her und zog das rechte Bein zurück, um besser aufspringen zu können. Wie eine auf Beute lauernde Riesenkatze lag er auf dem Boden und starrte mit zusammengekniffenen Augen auf die sich langsam auf sie zu bewegenden Punkte.

Hinter ihm wurde es plötzlich unruhig. Der Schütze Brehm – er war dreimal von Kunze wegen naturwissenschaftlichen Dingen befragt worden, da Kunze fest daran glaubte, Brehm sei ein Nachkomme von Brehms Tierleben – hatte das ununterdrückbare Bedürfnis, zu niesen. Man kann vieles unterdrücken, aber gegen den Drang zu niesen, ist jeder Wille machtlos. Es mochte daher kommen, daß der Schütze Brehm von dem zu Heu verdorrten Gras gekitzelt wurde, und es half auch nicht, daß Strakuweit ihm geistesgegenwärtig die Nase zuhielt ... in dem gleichen Augenblick, in dem Brehm nieste, zuckten die drei Russen empor und schnellten sieben dunkle Körper mit einigen Riesensätzen auf sie zu.

Strakuweit sagte laut. »So'n Mist!«, als er auf den ersten Russen traf und mit seinem Spaten zuschlug.

Durch die Nacht gellte der Schrei der Sowjets.

»Germanskij! Urrrä!«

In den russischen Linien wurde es lebendig. Leuchtkugeln zischten empor und tauchten das ganze Vorfeld in übergrelles, gleißendes Licht. Der Gefreite Lönne robbte auf den Rand der Bodenwelle und bestrich mit seinem MG 42 den Grabenrand der sowjetischen

Linie. Leskau duckte sich, als einer der Russen ihn ansprang. Er sah ein Messer in der Hand, ein verzerrtes, mongolisches Gesicht schnellte auf ihn zu ...

»Pjoß!« hörte er. (Hund!) Eine helle, fast kindliche Stimme. Sie kam aus dem gelben Gesicht wie ein dünner Schrei.

Leskau hob die Hand. Er sah keinen anderen Weg. In das breite asiatische Gesicht hinein schoß er mit seiner 08. Ein dunkler Fleck entstand über der Nasenwurzel ... die geschlitzten Augen sahen ihn fast erstaunt an, der rechte Arm zuckte empor und warf noch im Niederfallen das Messer auf Leskau.

Auf der russischen Seite bellten die Minenwerfer auf, hämmerten einige MGs über das Vorfeld und begann vom Waldrand her leichte Artillerie das Niemandsland abzutasten.

Im deutschen Graben lehnten Schneider, Faber und Vogel an der Erdmauer und starrten hinüber auf den Feuerzauber. Sie sprachen kein Wort, aber sie wußten, was jeder dachte. Über Vogels Gesicht zuckte es konvulsivisch. Er genoß sein großes Erlebnis: Augenzeuge eines achtfachen Heldentodes. Hauptfeldwebel Kunze kämpfte mit einem Magenkrampf. Er zitterte und duckte sich gegen die Grabenwand, als die russische Artillerie ihr Störfeuer auf den deutschen Graben vorverlegte.

In der Bodenwelle hatte der Schütze Brehm drei Schritte vorwärts getan, als ihn ein Schlag in die Schulter traf. Er wußte erst nicht, was es war ... er rannte weiter, fühlte plötzlich den Boden schwankend werden, als liefe er über einen Sumpf, er sah um sich, verwundert, nicht begreifend, betrachtete seine Beine, wie sie zusammensanken, und fiel auf das Gesicht, noch immer ratlos über das, was ihm widerfuhr. Dann umgaben ihn Dunkelheit und Vergessen.

Strakuweit verlor den Kopf, als er Brehm zusammensinken sah. Er hieb mit dem Spaten dreimal auf den letzten Russen ein, während Leskau und drei andere Männer den stöhnenden verwundeten Russen in die Bodenwelle zogen und auf die Erde preßten. Er schlug um sich, schrie grell und erfüllte die Nacht mit seinem schauerlichen »Pomoschtsch! Pomoschtsch!« (Hilfe! Hilfe!)

Mit einem mächtigen Satz sprang Strakuweit zu Leskau zurück. Seine Hände waren blutverschmiert, über sein Gesicht lief ein dunkler Streifen. Er kroch zu Brehm hinüber und drehte ihn auf den Rücken.

»Lungenschuß!«

Über Brehms Lippen lief bei jedem rasselnden Atemzug eine

Wolke blutigen Schaums. Er zitterte in seiner Bewußtlosigkeit und stammelte Namen und unverständliche Worte.

»Wo ist der Iwan?« fragte Leskau keuchend. Sie lagen in der Mulde und preßten sich auf die Erde. Um sie herum krachten die Einschläge der Artillerie und surrten die Splitter über den Boden. Staub- und Erdfontänen deckten sie zu, die Luft wurde dünn bei den dicht beieinanderliegenden Detonationen.

Strakuweit nahm den Kopf tiefer herunter.

»Aus!« sagte er laut. »Er hat Brehm angeschossen ... da habe ich Hackfleisch aus ihm gemacht.« Er dachte daran, wie er dem Russen seinen Spaten über den Schädel hieb, immer und immer wieder, in blinder Wut, in einem Rausch, aus dem er erst erwachte, als sein Arm vom Zuschlagen lahm und der Spaten schwer wie Blei wurde.

Leskau schwieg. Er kroch zu dem verwundeten Russen hin und beugte sich über ihn. Sein Gesicht war fahl. Ein junges Gesicht, fast noch ein Kind, mit trotzigen Lippen. Über seine Hirnschale lief eine klaffende Kerbe, aus der Blut und Gehirnmasse über die Stoppeln der wegrasierten Haare quoll.

»Beim nächstenmal gibst du den Spaten ab!« zischte Leskau zu Strakuweit hin.

Zerknirscht kroch Strakuweit zurück zu den deutschen Linien. Alles mache ich falsch, dachte er traurig. Und wenn ich den Kommandierenden General fange, heißt's noch: Warum haste Stalin nicht mitgebracht? Ach, leckt mich doch alle am Arsch ...

In der Bodenwelle hockte der Gefreite Lönne und hämmerte mit seinem MG 42. Zwei Mann lagen neben ihm, führten die Gurte ein und rückten die Munikästen heran. Aus den russischen Gräben quollen dunkle Gestalten, liefen im Zickzack durch die Minengassen und näherten sich dem Drahtverhau. Die Leuchtkugeln erloschen ... nur das Aufblitzen der Einschläge und die schwirrenden Fäden der Leuchtspurmunition geisterten durch die Nacht.

»Sie kommen«, sagte Leskau und drehte sich herum. Er nestelte seine Handgranaten vom Koppel und sah zu Strakuweit hinüber, der den kleinen Jutesack öffnete und die Handgranaten wie zum Verkauf stehende Äpfel vor sich aufbaute.

Im deutschen Graben rappelten die Konservenbüchsen. Aus den Bunkern stürzten die einzelnen Gruppen und besetzten die Stellung. Die Planen wurden von den MGs gerissen, die Munikästen aus den Unterständen geholt, die Granatwerfer in Stellung gebracht. Beim schießenden Offizier der 2. Batterie der Feldartillerie-Abteilung 4 schellte das Telefon.

»Hier VB! Russische Stoßtrupps in Planquadrat C 4. Infanterie bittet um Feuerschutz. Schießbefehl der Abteilung liegt vor.«

Major Schneider lehnte neben Oberleutnant Faber am Grabenrand. Er sah die russischen Trupps durch den Drahtverhau kommen. Sie gaben sich keine Mühe, sich zu verbergen ... fast aufrecht liefen sie wie die Hasen ins Vorfeld hinein. Leutnant Vogel spitzte die Lippen.

»Überhaupt keine militärische Schule«, sagte er mißbilligend. Major Schneider schielte zur Seite.

»Sie fühlen sich unheimlich sicher, die Iwans. Sie wissen, was sie im Rücken haben.«

»Das wissen wir auch«, sagte Vogel stolz.

»Und was?« Schneider hob die Brauen.

»Den Führer.«

»Allerdings. Das reicht.« Major Schneider sah Faber an und blickte dann wieder hinaus ins Niemandsland. Von allen Seiten schoß jetzt die Artillerie. Die 5. Kompanie kämmte mit ihren MGs über das Vorfeld und zwang die russischen Gruppen, sich hinzuwerfen und kriechend weiterzukommen.

Strakuweit wand sich über den Boden. Er zog den kleinen Brehm hinter sich her. Den Handgranatensack hatte er ihm um die linke Schulter gebunden und um seine Hand wie eine Schlaufe gedreht. So schleifte er den ohnmächtigen Körper über die Erde, keuchend, den Kopf nach unten, sich mit den Füßen abstemmend und über den Boden schnellend, wie eine flüchtende Schlange. Ihm folgte Leskau mit drei Mann, die den verwundeten Russen mitschleiften. Die Rückendeckung bildete Lönne mit seinem MG. Er sprang in langen Sätzen hin und her, warf sich nieder, schoß ein paar Feuerstöße, schnellte auf, raste zur Seite, warf sich hin und schoß. Immer und immer wieder, wie ein Wiesel ... Stellungswechsel, zurück, zur Seite ... ihm folgte der junge Schütze mit den Munikästen, schwitzend, stolpernd, mit leeren Augen, dem Schatten Lönnes nachjagend, als klebe er an ihm.

Als sie aus der Bodensenke herausstürzten, hämmerte Major Schneider mit beiden Fäusten gegen die Grabenwand.

»Da sind sie!« schrie er gellend. »Sie leben! Faber — sie leben! Teufelskerle! Teufelskerle!« Er rannte durch den Graben zu einem MG, stieß den verwundeten Schützen zur Seite und warf sich hinter den Kolben. Nach einigen kurzen Feuerstößen ergriff er das heiße MG, schnellte aus der Deckung und lief der kleinen Gruppe entgegen. Oberleutnant Faber griff sich an den Kopf.

»Das ist doch Irrsinn«, brüllte er. »Er läuft ja in das Feuer hinein!«

Die deutsche Artillerie legte jetzt einen Vorhang zwischen den russischen Drahtverhau und der Mulde. Sie schoß genau ... der vorgeschobene Beobachter gab präzise Maße ... auf den Boden gedrückt lagen die sowjetischen Gruppen und schossen mit Granatwerfern und Gewehrgranaten auf den kleinen Haufen, der um sein Leben lief, sich fallen ließ, robbte, in Granattrichter stürzte und wieder aufsprang, verbissen, schweißüberzogen, verdreckt ... zwischen sich zwei Körper schleppend.

Major Schneider lag am deutschen Verhau und schoß auf die zurückgehenden russischen Trupps. Sein Gesicht glänzte. Er hatte die Brille auf die Stirn geschoben und lag hinter seinem MG wie auf einem Übungsschießplatz. Ruhig, ohne jede Hast, jagte er seine Feuerstöße hinaus, visierte die springenden dunklen Punkte an und schoß an den deutschen schwankenden Gestalten vorbei, so, als wolle er ihnen die Gasse zeigen, die zurück ins Leben führte.

Kurz vor Erreichen des deutschen Minenfeldes fiel der Gefreite Lönne. Er jagte mit seinem MG 42 hinter Leskau und Strakuweit her, der Brehm jetzt über seine breite Schulter geworfen hatte und keuchend wie eine Lokomotive über die Erde stampfte, nach vorn gebückt, den Blick starr auf die Erde. Als Lönne sich wieder umdrehen wollte, um noch einmal das Gelände abzukämmen, platzte vor seinen Füßen eine Gewehrgranate. Es war ein Zufallstreffer, einer jener dummen Schüsse, die eigentlich nicht möglich sind und die plötzlich zu einem Schicksal werden.

Karl Lönne, der kleine, zähe, immer fröhliche Gefreite, der Bäkkerssohn aus Sarkau auf der Kurischen Nehrung, hörte nicht einmal mehr den dumpfen Krach des Einschlages. Von Hunderten kleinen Splittern zerfetzt, machte er einen Satz zur Seite, den letzten Schritt seines kurzen Lebens, das MG fiel zu Boden und bohrte sich mit dem Lauf in die Erde, der Junge mit den Munikästen schrie auf ... »Karl!« schrie er gellend. »Mensch, Karl! Mach keinen Quatsch!« — dann fiel er der Länge nach hin, als habe man einen Baum gefällt. Sein Gesicht war eine einzige blutige, schwammige Masse.

Als habe der Tod damit sein Soll erfüllt, schwieg auf der russischen Seite das Feuer. Nur die deutsche Artillerie und der wild in die Nacht feuernde Major Schneider erfüllten die Nacht mit Lärm.

Stolpernd erreichten die sechs Mann den Graben und fielen Faber und Vogel fast vor die Füße. Major Schneider kam zurückgerannt, das MG geschultert, und warf es Vogel zu, der es unglücklicherweise am heißen Lauf packte und aufstöhnte.

»Der Gefangene?« schrie Schneider. Wortlos deutete Leskau auf den dunklen Klumpen, den man in den Graben geworfen hatte. Strakuweit legte gerade Brehm auf die Erde ... ein Sanitäter begann, ihm den Uniformrock aufzuschneiden.

»Ein verwundeter, vernehmungsunfähiger Russe? Was soll ich damit?« brüllte Major Schneider. »Ich habe befohlen, einen Gefangenen!«

»Herr Major.« Leskau lehnte keuchend an der Grabenwand. »Wir haben ...«

»Mist haben Sie gemacht, Unteroffizier! Wenn ich befehle — einen Gefangenen —, dann hat er dazusein! Für das, was Sie gemacht haben, war jeder Schuß zu schade!«

Faber biß sich auf die Lippen. Er vermied es, Leskau anzusehen. Leutnant Vogel beugte sich über den Russen und wurde blaß. Das Gehirn, das an dem Gehirnschalenspalt klebte, nahm ihm die Haltung.

»Er stirbt«, sagte er stockend.

»Er darf nicht sterben!« Major Schneider wandte sich an den Sanitäter, der den kleinen Brehm gerade verband. Er hatte zwei Mullpäckchen auf den Einschuß gelegt, als ihn Major Schneider anfuhr.

»Was machen Sie denn da? Kümmern Sie sich um den Russen!«

»Lungenschuß, Herr Major.«

»Und wenn's ein Hodenschuß ist ... Der Russe ist wichtiger!«

»Ein Lungensteckschuß, Herr Major ...«

»Sie sollen den Russen verbinden!« brüllte Major Schneider. »Wenn der Mann stirbt, ist es nicht schlimm ... aber an der Aussage des Russen kann das Leben einer ganzen Armee hängen!«

Strakuweit saß auf dem Boden des Grabens und starrte Major Schneider an. Dann sah er auf den stöhnenden Brehm mit seinem blutigen Schaum auf den Lippen, sah, wie der Sanitäter von ihm abließ und zu dem Russen ging. Da erhob er sich, rollte sein Verbandspäckchen auseinander und setzte die Arbeit des Sanitäters fort. Er lehnte den Oberkörper Brehms an den Graben und umwickelte dessen Brust mit seiner Binde. Dann bedeckte er den Körper mit der auseinandergeschnittenen Jacke.

»Sofort zurück zum Bataillon«, hörte er Major Schneider sagen.

»Wensky muß den Mann vernehmungsfähig machen!« Er gab Faber nicht die Hand, und auch Vogel vermied es, den Oberleutnant anzusehen. »Ein Saustall ist das hier!« sagte Schneider noch. »Ein Toter, ein Verwundeter – und das Ergebnis? Ein halber Russe! Ich muß mir nächstens die Gefangenen selber holen, wenn meine Kompaniechefs zu dumm sind.«

Gebrochen war auch Hauptfeldwebel Kunze. Der Anblick des Gefreiten Lönne, den man in den Graben zurückholte, das zerfetzte Gesicht, die ausgestanzten Augen, der von einem Splitter schrecklich verbreiterte Mund, brachten Kunze an den Rand des Zusammenbruchs. Er mußte sogar die Zeltplane mitschleppen, als der kleine Trupp zurückging ... voran der Major, dann Vogel mit zwei Trägern, die den Russen schleppten, Kunze und ein Essenträger mit der Zeltplane, am Schluß zwei Träger, die in ihrer Mitte den kleinen Brehm mitschleiften.

Oberleutnant Faber gab ihnen das Geleit, bis sie in das Kusselgelände kamen, wo Schneiders Wagen parkte. Dort lud man den Russen auf den Rücksitz ... für den kleinen Brehm war kein Platz mehr.

»Ab!« schrie Major Schneider seinen Fahrer an.

Wie von einem Irren gelenkt, raste der kleine Kübelwagen durch die Nacht davon. Vogel und Faber sahen sich an.

»Ein Held«, sagte Vogel stockend.

Faber nickte. »So bekommt man Ritterkreuze, Vogel. Merken Sie sich das!«

Er wandte sich ab und ging zurück zum Verbindungsgraben. Am Einstieg erwartete ihn der Kompanietruppführer Brösel.

»Was sollen wir mit Strakuweit machen?« fragte er zögernd. Faber fuhr herum.

»Was ist mit Strakuweit?«

»Er scheint wahnsinnig geworden zu sein. Er tobt im Graben herum und ist nicht zu bändigen. Er nennt uns alle Verbrecher ...«

Faber senkte den Kopf. Sein Gesicht war bleich.

»Lassen Sie ihn, Brösel ... Hören Sie nicht hin ... Kennen Sie die drei chinesischen Weisheiten? Nicht hören ... nicht sehen ... nicht sprechen ... Für uns Soldaten gibt es noch eine vierte Weisheit: Nicht denken ...«

Im Bataillonsgefechtsstand bemühte sich der Bataillonsarzt Dr. Wensky um den gefangenen Russen. Er hatte die Kopfwunde gesäubert, Tetanus injiziert, ein Herzmittel in die Vene gespritzt und saß nun neben dem Verwundeten. Major Schneider lief unruhig hin und her und blieb vor Dr. Wensky stehen.

»Nun?«

»Wir müssen warten.«

»Warten! Warten! Ist das Ihre ganze medizinische Weisheit?«

Dr. Wensky sah schräg zu Major Schneider hinauf. Der Schein der Batterielampe fiel auf sein breites, ostpreußisches Gesicht.

»Die wichtigste Medizin des Arztes ist die Geduld, sagte schon Äskulap.«

»Ich will keine griechischen Weisheiten hören, sondern die Nummern der russischen Truppen im Wald von Bajewo.«

»Man hat dem Iwan das halbe Gehirn aufgeklopft. Ein toller Spatenhieb. Wenn er überhaupt aufwacht, können Sie dieses Wunder zur Anerkennung dem Papst melden!«

Major Schneider blieb ruckartig stehen. »Ich bringe den Spatenhelden vor ein Kriegsgericht!« sagte er verbissen. »Ich bin bis zur Division blamiert, wenn der Russe abhimmelt. Ein wüstes Theater mit Artillerieunterstützung ... und das Ergebnis? Es ist zum Kotzen. Das wäre mir mit meiner aktiven Truppe nicht passiert!«

»Und wo ist Ihre aktive Truppe?« fragte Stabsarzt Dr. Wensky sanft. Dabei beugte er sich über den Russen, der aufstöhnte.

Major Schneider sah den Arzt groß an. Die Frage sprang ihn an wie ein Schlag. Wo ist sie? dachte er plötzlich. Ein Teil in Polen, ein Teil in Frankreich. Ein Bruchteil als Krüppel in der Heimat. Ein Wald von Kreuzen, verstreut über Europa ... Die aktive Truppe ...

Er gab keine Antwort und nahm seine unruhige Wanderung wieder auf. Auf einer Kiste, die als Schreibtisch diente, tickte einsam und laut in die Stille hinein eine Uhr. Ein Reisewecker.

Major Willi Schneider blieb stehen. Greta, dachte er plötzlich. Vor einem Jahr hatte sie ihm diesen Reisewecker geschenkt. Zum Hochzeitstag. Zum 15. Hochzeitstag. Und sie hatte wie ein junges Mädchen gesagt: »Sie soll nur schöne Stunden anzeigen, Willi ... Sie soll die Uhr unserer schönsten Jahre werden ...« Ein wenig theatralisch, fand er damals. Nicht gerade passend für einen Mann, dem man das Ritterkreuz verliehen hatte. Jetzt tickte sie hier auf der Holzkiste und zeigte mit ihren Leuchtzeigern 4 Uhr und 12 Minuten.

Major Schneider wandte sich zu Dr. Wensky um.

»Heute ist der 21. Juni, Doktor?«

»Ja, Herr Major.«

»Es ist mein Hochzeitstag. Mein 16.«

»Gratuliere.«

»Ich habe meiner Frau nicht geschrieben. Das erstemal in den sechzehn Jahren. Ich habe es zum erstenmal vergessen.«

»Es ist verzeihlich, wenn es um russische Gefangene geht.«

Major Schneider starrte Dr. Wensky an. Er wußte nicht, ob es Sarkasmus war oder ehrliche Überzeugung. Unsicher fuhr er mit der Hand durch die Luft und legte sie behutsam auf die kleine tickende Uhr.

»Der Krieg entseelt uns, Doktor. Es gab einmal eine Zeit, da hegte ich Ideale. Da konnte ich durch einen Wald gehen und mich an den Bäumen erfreuen, an dem blühenden Farn, an dem Gesang der Vögel und dem Plätschern eines Baches. Wenn ich heute einen Wald sehe, untersuche ich ihn auf seine Verwendbarkeit als Igelstellung. Ich konnte auf der Kuppe eines Berges stehen und hinab in die Täler blicken, aus denen der Morgennebel emporstieg wie zart gewebte Schleier. Heute würde ich sagen, daß man von dort aus am besten das Tal mit Granatwerfern bestreichen könnte. Wenn ich so alles überblicke, komme ich mir manchmal wie ein Fossil vor, dessen Knochen man dazu benutzt hat, Schlagwaffen herzustellen. Wie kann ein Mensch sich so wandeln?«

Dr. Wensky hatte den Kopf hochgenommen. Verblüfft starrte er Schneider an. Er ist ja ein Mensch, durchfuhr es ihn. Tatsächlich ... er ist ein Mensch wie wir alle. Er hat sogar so etwas wie eine Seele. Wer hätte das gedacht? Oder redet er es nur so dahin in einer sentimentalen Anwandlung?

»Wir haben uns alle gewandelt, Herr Major.«

»Sie nicht, Doktor.«

»Vielleicht weil ich als Arzt zu viele Wandlungen gesehen habe.«

Schneider nickte. »Das ist es, Doktor. Sie sind – mathematisch ausgedrückt – eine Konstante, während ich ein Multiplikator bin. Wo ich auftrete, vervielfältigt sich das Geschehen. Ich bin wie die Unruhe in einer Uhr. Solange sie rast, treiben die Zeiger vorwärts und vergeht die Zeit.« Er hob die Hand von dem Reisewecker empor und sah auf das leuchtende Zifferblatt.

4 Uhr und 30 Minuten. Jetzt schlief Greta in dem kleinen Haus außerhalb Rathenows. Ihr Gesicht war gelöst ... er sah es vor sich, das schmale Gesicht mit den nußbraunen Haaren. Ihre Nasenflügel zitterten beim Atmen, und er konnte sich entsinnen, sie einmal ganz zart geküßt zu haben, als er wach neben ihr lag und sich über

sie beugte. Damals hatte sie im Schlaf gelächelt, so wie ein Kind lächelt, wenn es von seinem neuen Spielzeug träumt. Sie war so glücklich ...

»Was macht der Iwan?« sagte Schneider mit rauher Stimme.

»Unverändert.«

»Kriegen wir ihn durch?«

»Ich fürchte nein.«

Major Schneider biß die Lippen aufeinander. »Ich lege mich etwas hin«, sagte er knapp. »Wecken Sie mich sofort, wenn er sich rührt.«

Er ging in den Nebenraum der Bauernhütte und warf sich auf den harten Strohsack. Mit großen Augen starrte er an die schwarze Decke. Er empfand plötzlich Sehnsucht nach Greta und ihren weichen Armen. Eine wahnsinnige, pubertätsverrückte Sehnsucht, die sein Herz schneller schlagen ließ und Blut in seine Lenden trieb.

»Verrückt!« sagte er laut. Er wälzte sich auf die Seite und zwang sich, die Augen zu schließen.

So schlief er ein, etwas zusammengekrümmt, den Zipfel des Strohsackes mit beiden Händen umklammernd, als wäre es eine Schulter Gretas oder ein Arm oder ein Schenkel ...

Eine Stunde später starb der Russe. Er röchelte einmal laut, streckte sich, als habe er bisher unbequem gelegen, und hob noch einmal die Hand. Wie ein Gruß war es, wie ein stilles Abschiednehmen. Dr. Wensky legte eine Zeltplane über ihn und löschte das Licht. Er legte sich im Nebenraum auf das zweite Bett und sah zu Major Schneider hinüber. Aber er weckte ihn nicht. Er sah den umklammerten Zipfel des Strohsackes und drehte sich still auf die andere Seite ...

In Dubrassna verreckte in dieser Nacht auch der kleine Schütze Brehm.

Er starb nicht ... er verreckte. Man konnte es nicht anders nennen, auch wenn Leutnant Vogel an seinem Lager stand und ihm mit dem heroischen Wort »Großdeutschland wird für dich weiterleben, Kamerad« die Augen zudrückte und Hauptfeldwebel Kunze angstzitternd daran dachte, daß es jetzt wieder ein Begräbnis geben würde mit Gesang. Er nahm sich vor, nachher bis zum Morgen heimlich in seiner Schreibstube zu üben.

Der kleine Brehm verreckte wie ein Tier. Da ihn Major Schneider nicht mit zu dem einzigen Arzt des Abschnittes, zu Stabsarzt Dr. Wensky, genommen hatte, weil der Russe wichtiger war, und Leutnant Vogel es seinerseits nicht wagte, mit einem Wagen der

5. Kompanie den Sterbenden zum Bataillonsarzt nachzuschicken, um — wie gesagt — die Behandlung des Russen nicht zu unterbrechen, schlug der kleine Brehm röchelnd um sich, spuckte Blut, schrie gellend nach seiner Mutter und erbrach die halbe, zerfetzte Lunge.

Kunze stand zitternd dabei, als Müller III und der Troßsanitäter dem kleinen Brehm den Mund auswuschen und ein schmerzstillendes Mittel injizierten. Leutnant Vogel stand hoch aufgerichtet und starrte hinaus in die Nacht und über das schweigende Dorf. »Der Heldentod ist die Erfüllung des Mannes«, hatte er einmal in einer Schulungsstunde gesagt. Nun wagte er nicht, sich umzublicken, und die Schreie Brehms fuhren ihm bis ins Mark.

»Mutter«, wimmerte er. Und plötzlich drehte er sich auf die Seite und weinte. »Mama, o Mama«, schrie er kindlich. »Mama ... komm doch ... komm doch, Mama ... Oh, oh ...«

Er röchelte schrecklich, Blut schäumte aus seinem Mund und vermischte sich mit dem Schreien zu einem hellen Zischen. Mit einem Ruck setzte er sich plötzlich hoch und starrte Kunze an.

»Papa ...«, stammelte er und blies den blutigen Schaum aus dem Mund. »Papa ... bist du es? Ich habe nichts getan ... bestimmt nicht ... Ich bin nur gelaufen ... nur gelaufen ... Papa ... ich ... ich ...« Er schlug mit den Armen um sich und starrte Kunze aus leeren, schon gestorbenen Augen an. Sein Kopf fiel auf die Brust, er schwankte und Müller fing ihn auf und legte ihn zurück.

»Jetzt hast du Ruhe, mein Junge«, sagte er mit unendlicher Zärtlichkeit. Leutnant Vogel trat heran und drückte dem kleinen Brehm mit seinen markanten Worten die starren Augen zu.

»Auch Dr. Wensky hätte ihn nicht retten können«, sagte er wie um Verzeihung bittend.

Er erhielt keine Antwort. Der robuste Küchenbulle Feldwebel Müller III kniete neben dem kleinen Brehm und betete leise. Selbst Kunze schwieg. In diesem Augenblick haßte er Vogel.

Niemand hat es gern, zu sehen, wie er einmal vielleicht selbst verrecken würde ...

Das Oberkommando der Wehrmacht gibt bekannt: 23. Juni 1944.

... Im mittleren Frontabschnitt haben die Bolschewisten mit den erwarteten Angriffen begonnen. Die auf breiter Front mit Panzer- und Schlachtfliegerunterstützung geführten Angriffe wurden in harten Kämpfen abgewiesen,

örtliche Einbrüche in sofortigen Gegenstößen bereinigt. Beiderseits Witebsk sind noch erbitterte Kämpfe im Gange ...

Theo Strakuweit aß gerade eine Büchse kalten Rindfleisches und hielt dabei einen Vortrag über die Verbindung von Fleischessen und gesteigerter Potenz, als über dem Wald von Bajewo Motorengebrumm ertönte und der Himmel durchzogen wurde von tief gestaffelten sowjetischen Kampfgeschwadern. Im gleichen Augenblick, wie ein Schlag, setzte die russische Artillerie ein ... aber es waren nicht einige wenige Geschütze, wie in den vergangenen Tagen, sondern der ganze Wald von Bajewo schien eine feuerspeiende Landschaft zu werden, ein Klumpen schwerer und schwerster Geschütze.

Der Feuerschlag kam so plötzlich und war so vernichtend, daß Strakuweit seine Büchse Rindfleisch erst hinsetzte, als wie durch den Hieb einer Riesenfaust das Grabensystem der 5. Kompanie zermalmt wurde und Strakuweit mit dem Kopf gegen die Bunkerwand flog.

Leskau fiel in den Unterstand und wischte sich über die Stirn. »Alles 'raus!« schrie er außer Atem.

Strakuweit warf seine Büchse Rindfleisch weg und kroch aus dem Bunker. Im Tiefflug jagten die sowjetischen Maschinen die Linie entlang und kämmten mit Bordwaffen die Gräben ab. Dazwischen setzten sie ihre Bomben, während Staffel auf Staffel am Himmel weiter nach hinten zog und die deutschen Artilleriestellungen umpflügte.

Aus dem Wald von Bajewo spie die Artillerie den Tod tausendfach auf die deutschen Linien. Es gab keinen Himmel und keine Erde mehr, keine Sonne und kein Gras ... die Welt bestand nur aus Krachen und Bersten, Schreien und Jammern, Fontänen aus Erde und Dreck aus surrenden, heißen Splittern, die mit einem klatschenden Laut in die zuckenden Körper hieben.

Leskau und Strakuweit lagen in einem Granattrichter und preßten sich an die Wand. In einem Trichter ist man sicher, ist eine alte Landserweisheit. Es ist ein verdammter Zufall, wenn eine Granate genau in das Loch einer anderen schlägt. Um sie herum bebte der Boden und brüllte eine Welt der Vernichtung auf. Als Strakuweit einmal kurz den Kopf hob, sah er, wie die Bretter des Bunkers II in die Luft wirbelten. Zwischen ihnen und hochgeschleuderter Erde pendelten wie hochgeworfene Puppen graue Körper durch die

Luft ... halbe Leiber, Arme ... ein Schädel ... ein Rumpf ... Strakuweit zog den Kopf zurück.

»Die ganze Gruppe Brunner«, schrie er Leskau ins Ohr.

Die Flugzeuge kreisten über ihnen. Strakuweit stellte sich tot ... er legte sich auf die Seite, verrenkte den Körper und schob den Helm über sein Gesicht. Er hörte, wie um ihn herum die überschweren Geschosse der Bordwaffen einschlugen. »Schweine«, stöhnte er in seinen schweißigen Stahlhelm hinein. »Sie schießen sogar auf Tote!«

Vier Stunden hämmerte die Artillerie aus tausend Rohren auf die deutschen Stellungen. Nicht nur auf die der 5. Kompanie ... von Witebsk bis Bobruisk, auf der Front der gesamten Heeresgruppe Mitte setzte auf die Sekunde genau das Vernichtungsfeuer ein und marschierten unter dem Schutz starker Fliegerverbände, die die deutsche Artillerie niederhielten, Tausende von schweren Panzern auf ... ein stählerner Lindwurm, eine feuerspeiende Walze, ein Jüngstes Gericht, das sich träge, aber unbeirrt und unangefochten auf die deutschen Stellungen wälzte.

Der 21. Juni 1944.

Der Hochzeitstag des Majors Willi Schneider.

Er rasierte sich gerade, als der Feuerschlag die HKL zermalmte und die schweren Artilleriegeschosse die rückwärtigen Stellungen, die Troßdörfer, die Nachschubläger und Bataillonsgefechtsstände zusammenhämmerten.

Verblüfft, mit offenem Mund sah er Dr. Wensky an, der von einer Druckwelle in den Raum geschleudert wurde und sich die Haut der rechten Gesichtshälfte an der Holzwand abgeschabt hatte.

»Die Offensive«, sagte Major Schneider starr. »Da ist sie, Doktor ... Jetzt behüte uns Gott, und der Teufel stehe uns bei!«

Er stürzte, so wie er war, in Hemd und Hose, die eine Gesichtsseite noch voller Rasierschaum, aus dem Bauernhaus und prallte auf Leutnant Bergmann, den Bataillonstruppführer. Er blutete an der linken Hand und hatte seine Maschinenpistole um den Hals hängen. Um sie herum schlugen die schweren Granaten ein, und über ihnen zogen die Staffeln der sowjetischen Kampfflugzeuge durch den Himmel, kreisten über das Land, gingen im Sturzflug herunter und beschossen die Nachschubläger und die überraschten Artilleriestellungen.

»Die 4. Abteilung ist vernichtet«, keuchte Leutnant Bergmann. »Von der HKL keine Nachricht. Die Verbindungen sind alle gerissen. Auch zum Regiment ist die Leitung zerstört.«

»Störungssucher 'raus!« brüllte Major Schneider. Er starrte in den Himmel, wo ungehindert die schweren russischen Maschinen kreisten. »Wo ist denn unsere Luftwaffe? Wozu haben wir die 6. Luftflotte in unserem Raum? Wo bleiben die Kanaken?«

Er warf sich in den Dreck, weil über ihm ein dumpfes Orgeln ertönte. Zwanzig Meter von ihm entfernt hob sich der Boden hoch, brach der Leib der Erde auf, quoll eine riesige Wunde über, entstand ein Vulkan. Schneider und Bergmann schlossen die Augen. Als sie sie wieder öffneten, gähnte vor ihnen ein Loch, in dem sich brodelnd das Grundwasser sammelte.

»35-cm-Geschütze«, sagte Bergmann leise. Schneider nickte.

»Und sie sind vor unseren Augen aufgefahren, und wir haben nichts gehört, gemerkt, gesehen. Es ist zum Kotzen!« Er sprang auf und riß Bergmann mit. »Ich muß Verbindung zum Regiment haben. Ich muß wissen, ob überall die gleiche Scheiße ist.«

Sie war überall!

Von Witebsk bis Bobruisk, von Kowel bis Tarnopol. Die gesamte russische Front vom Peipussee bis zu den Karpaten war in Bewegung geraten.

Nach Westen, hieß es! Jagt die Deutschen aus dem Land! Kämpft für Rußland und Stalin. Denkt an euer geschändetes Mütterchen Rußland, ihr Bolschewiki! Kennt keine Gnade, kennt kein Verschnaufen, keine Atempause, keine Angst vor dem Sterben. Jagt sie hinaus ... über den Dnjepr, über die Beresina, über den Pripjet, über den Bug ... jagt sie wie Hasen, schießt sie ab wie Wolfsrudel ... Es geht um euer Mütterchen, soldatskij ... es geht um das tausendjährige Rußland ...

In Molodetschno stand der General an seinem Kartentisch, als die Meldung von dem Beginn der russischen Offensive eintraf. Er sah seinen Ia lange an, ehe er leise sagte:

»Und was nun, Bennewitz?«

Oberst v. Bennewitz hob die Schultern. »Wir müssen die Front halten, Herr General.«

»Halten!« Der General beugte sich über seine Karte. »Wir haben 38 Infanteriedivisionen. Davon stehen 34 an der Front. Drei liegen in Reserve ... drei Divisionen Reserve, Bennewitz! ... und eine Panzerdivision, der der Sprit fehlt! Die 6. Luftflotte verfügt über ganze 40 einsatzbereite Jäger ... das ist alles! Und Sie sagen: Wir müssen die Front halten!«

»Wir haben Auffangstellungen am steilen Dnjeprufer, zwischen Stary Byschoff und Orscha und an der Beresina. Wenn wir den

Brückenkopf jenseits des Dnjepr räumen, haben wir eine gerade, verkürzte und schlagkräftige neue Front, die solange halten kann, bis die Divisionen bei Witebsk wieder Fuß gefaßt haben.«

Der General starrte auf die große Karte. Auf seiner Stirn stand Schweiß. Kalter Schweiß, den er nicht wegwischte und der auf der Haut brannte.

»Ich habe es dem ›Führer‹ und dem Feldmarschall Busch am 14. Juni gesagt: Wir brauchen eine Verstärkung! Der Aufmarsch der Russen ist klar wie nie ein Aufmarsch. Wir müssen die Mitte stärken, denn hier wird der Schwerpunkt der Offensive sein. Und was erhalte ich von Hitler zynisch zur Antwort? ›Sind Sie einer der Generale, die nach hinten blicken?‹ Da habe ich geschwiegen, Bennewitz. Jetzt ist es zu spät ... die unerbittliche Geschichte gibt mir recht!«

Oberst v. Bennewitz sah aus dem Fenster des kleinen Gutshauses hinaus, in dem der Generalstab lag. Kuriere auf schweren Motorrädern fuhren auf den Hof, sie waren verdreckt, müde, ausgelaugt. In ihren Augen lag das Grauen, das sie von der Front zurücktrugen in die trügerische Stille des kleinen Uscha-Städtchens.

Einbrüche bei Witebsk ... eine Frontlücke bei Mogilew ... nördlich Bobruisk ein breiter Einbruch ... die Front wankt ...

Der General las die Meldungen durch.

Nordwestlich Witebsk Angriff der ›1. baltischen Front‹ unter Bragamyan.

Südöstlich von Witebsk die ›3. weißrussische Front‹ unter Tschernjakowski.

Bei Orscha und Mogilew die ›2. weißrussische Front‹ unter Zakharow.

Hunderte beste, ausgeruhte, bis an die Zähne bewaffnete Divisionen gegen 38 deutsche, ausgeblutete, müde, zusammengeschrumpfte, hoffnungslose Divisionen.

Der General sah Oberst v. Bennewitz an. In seinen Augen lag eine Leere, die Bennewitz maßlos erschreckte.

»Was sagt das Führerhauptquartier?«

Bennewitz legte einen Zettel auf den Tisch.

»Stellungen halten! Einbrüche bereinigen. Der bisherige Frontverlauf ist nicht zu ändern ...«

Der General sah Oberst v. Bennewitz entsetzt an. »Ist das ein Irrer, der diese Befehle gibt?«

»Es ist der ›Führer‹, Herr General. Der genialste Feldherr aller Zeiten.«

Wortlos verließ der General den Raum ...

In Dubrassna veranstaltete Hauptfeldwebel Kunze gerade einen friedensmäßigen zackigen Kleiderappell mit seinen Troßleuten, als der vernichtende Feuerschlag über das Land niederging.

Der kleine Brehm, der an diesem Tage beerdigt werden sollte, wurde noch einmal durch einen Volltreffer in die Küchenscheune durch die Luft gewirbelt und kam stückweise wieder zur Erde zurück. Feldwebel Müller III, der dabei überrascht wurde, wie er Trockenkartoffeln in einem Wassereimer aufweichte, wurde der Rücken aufgerissen. Schreiend, den Wassereimer mit den Trockenkartoffeln umklammernd und vor sich hertragend, schwankte er rennend durch die Einschläge, bis er auf der Dorfstraße zusammenbrach und in einer neuen Detonation unterging. Was man später von ihm wiederfand, war nur der Wassereimer mit einer Hand am Henkel.

Simpelmeier lag hinter der Schreibstube in einem Einmannloch und hatte die Hände vor die Augen geschlagen. Er heulte leise vor sich hin und betete in einem Atemzug. Ein Loch weiter lag Kunze auf dem Rücken wie eine umgedrehte Küchenschabe und war aufgelöst in Angst und Feigheit. Über die Dorfstraße jagten mit grauenhaften Schreien einige Pferde des Trosses. Glühende Granatsplitter hatten ihre Körper zerfetzt und das Fell verbrannt. Mit aufgerissenen Mäulern und schrecklich geblähten Nüstern galoppierten sie durch die Einschläge und erfüllten die kurzen Feuerpausen mit ihren Todesschreien.

Über alles hinweg zogen die in der Sonne blinkenden Leiber der Kampfflieger. Bei der 4. Artillerieabteilung ging eine Staffel auf Angriffstiefe und belegte die Stellungen mit Bomben und Bordwaffenbeschuß. Die wenigen Flak-Geschütze schossen verwirrt um sich, bis auch ihre Besatzungen sich mit schnellen Sprüngen in Sicherheit brachten.

Die Erde, die Luft, der Himmel und die Hölle gehörten den Russen.

In der HKL lagen Strakuweit und Leskau noch immer zusammen in ihrem Trichter und starrten hinüber zum Wald von Bajewo.

Eine Wand dunkler, schnaufender, dröhnender Ungeheuer wälzte sich über die Ebene auf sie zu. Vierzig ... sechzig ... hundert ... unzählbar ...

Strakuweits Gesicht war fahl. »Panzer«, stammelte er.

»T 34.«

»Hier kommen wir nicht wieder 'raus, Fritz.« Er umklammerte Leskaus Arm. »Oder soll'n wir türmen?«

Leskau starrte hinüber zu den sich träge anwälzenden Panzern. Dort kommt der Untergang der deutschen Front, dachte er. Dort sehen wir das Ende des Krieges. So also sieht es aus, wenn eine Armee zusammenbricht ... ein ganzes Volk ... ein geschichtlicher Traum. Eine Erde voll stählerner Riesen und ein Himmel voll glitzernder Riesenvögel ...

»Komm, Theo!« sagte er.

Sie kletterten aus dem Trichter und sprangen in langen Sätzen rückwärts, der Feuerwand der russischen Artillerie folgend.

Während die russischen Armeen aufmarschierten und der deutsche Generalstab, fast fasziniert von der unvorstellbaren Stärke des Gegners, aber ohnmächtig, ihr entgegenzutreten, auf den Beginn der Offensive wartete, die — wie Hitler genial annahm — in der Südukraine stattfinden würde, während sich die Alarmnachrichten aus dem Mittelabschnitt häuften, lag die polnische Stadt Nasielsk inmitten eines herrlichen Friedens.

Sanitäts-Unteroffizier Heinrich hatte seine Bekanntschaft mit der Lehrerin Elsbeth Holzer nicht bei der einen Begegnung belassen. Schon zwei Tage später war er bei den Gutsleuten Rehmde erschienen, nicht zufällig, sondern weil die kleine Tochter sich den Magen verdorben hatte und Stabsarzt Dr. Seidel sagte: »Heinrich, gehen Sie 'rüber zum Gut. Mit vier Semestern Medizin müssen Sie so weit sein, eine Magenverstimmung zu heilen.«

So hatte er Elsbeth wiedergetroffen. Sie war von Nasielsk herübergekommen und hatte — unwissend, daß die kleine Monika zu Bett lag — eine große Tüte Bonbons mitgebracht. Sie begegnete Walter Heinrich wie einem alten Bekannten. In ihren graugrünen Augen blinzelte der Schalk.

»Welch ein Zufall«, hatte sie gesagt. »Durch die Krankheit Monikas kommen jetzt Sie in den Genuß von Bonbons.« Sie hatte ihm die Tüte hingehalten und Heinrich hatte einen Bonbon herausgenommen.

»Sie haben ja Ihre ganze Zuckerkarte geräubert.«

»Irrtum! Außer Lehrerin bin ich auch noch kommissarische Leiterin einer polnischen Bonbonfabrik. Wir wenigen Deutschen sind hier überhaupt das Mädchen für alles. Ich gebe noch Berufsschulunterricht, Segelflugmodellbau, ich züchte in der Schule unter dem

Dach Seidenraupen, und in der übrigen Zeit habe ich Mühe genug, die durch Nasielsk kommenden Landser von mir fernzuhalten.«

»Das dürfte von allen Ihren Aufgaben die schwerste sein«, hatte Heinrich geantwortet, und lachend waren sie durch den kleinen Park gegangen, der das Gutshaus der Rehmdes in Sczynno umgab.

Als Heinrich zwischen großen Rhododendronbüschen Elsbeth das erstemal küßte, und darauf wartete, daß sie sich wehrte oder ihn schlug, war er erstaunt gewesen, daß sie nur lächelnd den Kopf zur Seite genommen und leise gesagt hatte:

»Jetzt bist du aber stolz, nicht wahr?«

Er hatte darauf keine Antwort gewußt und war neben ihr her zurück zum Gutshaus gegangen.

In den folgenden Tagen hatten sie sich öfter getroffen. Meistens bei der kleinen Monika am Bettchen, ein paarmal auch abends im Park des Gutshauses. Einmal sogar hatte sie Heinrich in Sczynno im Lazarett besucht, und Stabsarzt Dr. Seidel hatte blinzelnd gesagt: »Lieber Heinrich, ich hatte Sie ausgeschickt, bei der kleinen Monika eine Gastritis zu heilen, aber nicht, um Ihren Hormonspiegel auszugleichen.«

In diesen Tagen aber hatten sie, jeder für sich, in langen, sehnsuchtsvollen Nächten, die Klarheit gewonnen, daß sie sich liebten. Es war etwas ganz Natürliches an ihrer Liebe: Zwei einsame Menschen begegneten sich in der Einsamkeit und sahen plötzlich, daß die Welt gar nicht so leer war. Das war das ganze, simple Geheimnis ihrer Liebe: Sie waren bisher nur zwei halbe Menschen gewesen, die eins wurden, als sie sich fanden. Ein fast physikalischer Vorgang, der durch das, was man Seele nennt, ins Wunderbare erhoben wurde.

Jetzt — zehn Tage später — sah die Welt plötzlich anders aus.

Das Lazarett Sczynno, die Krankensammelstelle, das Revier der Fernaufklärer auf dem kleinen, provisorischen Flugplatz wurden von Verwundeten überschwemmt.

Tag und Nacht standen Dr. Seidel und seine zwei Feldunterärzte und drei Unteroffiziere an den Bahren und OP-Tischen und verbanden, schienten, operierten nach und leiteten die schweren Fälle weiter zurück ... nach Sokolow bei Warschau und von dort in die Heimat.

Jeden Abend war jetzt Elsbeth auf dem Gut bei Rehmdes. Die Nachrichten, die in Nasielsk umherschwirrten und bei den Polen stillen Jubel auslösten, machten sie ängstlich.

Witebsk soll eingeschlossen sein. Die Rollbahn zwischen Orscha und Borissow soll von schnellen sowjetischen Truppen besetzt sein. Die ganze 3. Panzer-Armee war vom Nachschub abgeschnitten. Nördlich Mogilew klaffte eine 40 km breite Lücke in der deutschen Front, durch die die Panzer der Sowjets nach Westen stießen, auf die Beresina zu, in den Rücken der Heeresgruppe Mitte. Die 4. und 9. Armee gingen zurück und befanden sich fast in Auflösung.

In völliger Erschöpfung traf Elsbeth vor dem Lazarett Walter Heinrich. Er entlud die Sankas, die immer neue Verwundete ausspien. Es war, als bestünde die ganze deutsche Armee nur noch aus wimmernden und zerfetzten Leibern.

Heinrich wischte sich mit dem Ärmel über die schweißnasse Stirn. Er nahm Elsbeth zur Seite, um ihr die grauenhaften Anblicke zu ersparen. Durchgeblutete, vereiterte Verbände, schnell amputierte Gliedmaßen, deren Stümpfe faulig stanken. Starre, fiebrige Augen und blasse, schmale Lippen, die um Wasser bettelten.

Elsbeth umklammerte Heinrichs kraftlosen Arm. »Ist das alles wahr?« fragte sie zitternd. »Ist der Russe durchgebrochen ...«

Heinrich hob müde die Schultern. »Ich weiß es nicht. Wir ersaufen hier in Blut. Jeder erzählt etwas anderes, jeder hat den Russen gesehen, hinter den Linien, in der Flanke, überall. Sie kommen aus einer Hölle.«

»Und wann wird er hier sein?«

»Hier?« Walter Heinrich sah Elsbeth entsetzt an. Sie sprach etwas aus, woran er in der Fülle des Elends, das ihn umgab, nicht gedacht hatte. »Wir werden ihn irgendwo auffangen, Elsbeth. Zwischen uns und der Front liegen noch 600 km! Wir müssen ihn auffangen ... es wäre unausdenkbar, wenn wir weiter zurückgingen.«

Elsbeth lehnte sich an ihn. Ihr Gesicht war bleich und sah wie verfallen aus. »Ich habe Angst, Walter«, sagte sie leise. »Ich habe so wahnsinnige Angst ... um dich, um mich, um uns alle ...«

Er versuchte ein Streicheln. Aber seine Hand, die über ihr Haar glitt, zitterte. Vertrocknetes Blut klebte an einem der Finger. Schnell zog er die Hand zurück und legte sie auf seinen Rücken.

»Wir müssen hoffen, Elsbeth ...«

»Wo alles so hoffnungslos geworden ist ...?«

Der Sanka war entladen. Ein Sanitäter und ein Unterarzt führten einen Mann weg, der um sich schlug und mit greller, fast jubelnder Stimme »Juchhu! Juchhu!« schrie. Um seinen Kopf trug er einen dicken Verband, unter dem die Augen merkwürdig starr und ausdruckslos umherblickten. Kopfschuß ... gehirnverletzt ... Walter Heinrich führte Elsbeth zur Seite und setzte sich mit ihr auf zwei leere Benzintonnen außerhalb des Lazarettbereiches.

»Sie sollen schon auf dem Marsch nach Minsk sein«, sagte Elsbeth. Der Anblick der Verwundeten und des jubelnden Hirnverletzten hatte ihr die letzte innere Fassung geraubt. Sie lehnte den Kopf an Heinrichs Schulter und weinte haltlos.

»Dann nimm den nächsten Zug und fahr zurück nach Dortmund.«

Sie schüttelte den Kopf. »Wir dürfen es nicht. Als dienstverpflichtete Reichsdeutsche haben wir unseren Einsatzort nur auf ausdrücklichen Befehl zu verlassen. Man würde mich wegen Sabotage oder Wehrkraftzersetzung verurteilen.«

»Aber das ist doch Wahnsinn!« Heinrich sprang auf. Über sein übernächtigtes, fahles Gesicht zuckte es. »Man kann doch ein Mädchen nicht zwingen, sich von den Russen überrollen zu lassen!«

»Was bedeutet ein Mädchen in diesem Krieg? Was bedeuten hundert oder tausend Deutsche, die man vergißt? Man rechnet heute in Divisionen.«

»Aber ich nicht! Ich rechne mit einem Menschen – mit dir!« Er blickte auf Elsbeth hinunter, auf dieses von Tränen nasse und hilflose Gesicht. Welch eine Gemeinheit, dachte er. Er wußte, als sei es schon geschehen, daß man sie vergessen würde, daß es nie einen Befehl geben würde, der sie in Sicherheit brachte. Und er sah die Sowjets über Nasielsk schwemmen und Elsbeth untergehen in dem Strudel von Qual und Schändung. »Es wird nie geschehen«, sagte er leise. »Nie! Nie! Wir werden dich wegbringen, wenn der Russe weiter durchbricht.«

»Wegbringen? Wie denn?« Sie schüttelte den Kopf. »Es gibt doch keinen Weg! Man wird mir keine Fahrkarte geben, man wird mich aus den Zügen herausholen ...«

»Du wirst mit einem Lazarettzug herauskommen ...«

»Mit einem ...« Sie sah Heinrich ungläubig an. Aber in ihren verweinten Augen quoll eine vage Hoffnung auf. »Das ist doch unmöglich, Walter ...«

»Ich werde mit dem Chef sprechen. Es muß einfach möglich gemacht werden. Wir werden dir eine Schwesterntracht besorgen.«

Über Elsbeth Holzers Gesicht zog ein müdes Lächeln. Fast war sie versucht, ihre Hand zu heben und Walter über das verkniffene Gesicht zu streicheln, so wie man ein Kind beruhigt, das in einem bösen Traum aufschrie und erwachend sich in der wirklichen Welt noch nicht zurechtfindet.

»Du bist ein Phantast, Walter.«

Vor das Lazarett rollten neue Kraftwagen. Das Stöhnen, das aus ihnen hervordrang, erfüllte die ganze Umgebung. Stabsarzt Dr. Seidel erschien in der Tür und wischte sich mit dem Handrücken über die Stirn. Sein weißer Kittel war blutbespritzt, die Ärmel hatte er emporgerollt. Wie ein Schlachter, durchfuhr es Elsbeth.

»Heinrich!« schrie Dr. Seidel über den Platz. »Wo bleiben Sie? Hier sind vierzig Verwundete, die nicht poussieren können wie Sie!«

Elsbeth Holzer senkte den Kopf. »Geh, Walter«, sagte sie matt.

»Ich lasse dich jetzt nicht allein.«

»Ich gehe zu Rehmdes. Dort bleibe ich.«

»Ich werde mit dem Chef sprechen.«

Sie schüttelte müde den Kopf. »Es hat doch keinen Sinn, Walter. Vielleicht machen wir uns viel zu sehr Sorgen.« Sie blickte Heinrich an und zwang sich, tapfer zu sein und sogar zu lächeln. »Vielleicht sehen wir alles zu schwarz. Vielleicht können wir die Front tatsächlich halten und den Russen auffangen.« Sie legte die Hand auf seinen Arm und spürte, wie er innerlich zitterte. »Ein klein wenig Hoffnung bleibt uns doch noch. Vielleicht sind sie weniger vergeßlich, als wir glauben, und ich erhalte meinen Marschbefehl zurück in die Heimat. Dann sehen wir uns eines Tages in Dortmund wieder, Walter ...«

Er legte den Arm um ihre Schulter und zog sie an sich. Stumm sahen sie, eng umschlungen, über das sommerliche Land. Der Wald von Sczynno flimmerte in der Sonne ... ein Bussard zog weite Kreise ... auf den Feldern der Rehmdes arbeiteten polnische Landarbeiter. Die bunten Kopftücher der Frauen leuchteten weit. Farbkleckse in der Weite der Äcker.

»Heinrich!« brüllte die Stimme Dr. Seidels. Unteroffizier Heinrich schreckte auf. Er umklammerte die Schulter Elsbeths, als wollte er sie nicht wieder loslassen. Seine Nägel drangen durch den dünnen Stoff des Sommerkleides in ihr Fleisch.

»Geh, Walter«, sagte sie leise. »Verärgere dir deine Vorgesetzten nicht.«

»Ich schaffe dich nach Deutschland«, sagte er fest. Er stand von der Benzintonne auf und küßte sie auf die emporgehobenen Lippen. »Und wenn ich mit dir als Fahnenflüchtiger zu Fuß durch

Polen schleiche ... ich lasse dich nicht in russische Hände fallen. Nicht lebend, Elsbeth ...«

Sie schauderte bei dem ›nicht lebend‹ zusammen und wußte, was er meinte.

»Ich würde auch nicht mehr leben ohne dich ...«

»Elsbeth ...«

»Geh jetzt, Walter.«

»Ich bin heute abend bei Rehmdes.«

»Ich werde auf dich warten.«

»Unteroffizier Heinrich!« brüllte Dr. Seidel.

»Hier, Herr Stabsarzt.« Heinrich sah Elsbeth noch einmal an. »Hab' keine Angst, Kleines«, sagte er leise. »Solange ich hier bin, sollst du dich nicht fürchten.«

Sie lächelte. »Ich werde tapfer sein, Walter. Ganz tapfer.«

Er rannte zurück zum Lazarett, zu den Sankas, die neu heranrollten und eine Masse, einen Klumpen blutigen Fleisches und stöhnender, aufgerissener Münder ausspien. Elsbeth Holzer sah ihm nach, wie er über die staubige Straße rannte ... ein großer, blonder Junge ... Student im 4. Semester, zukünftiger Chirurg ...

Zukünftiger ... Gab es noch eine Zukunft für sie? Brach nicht die Welt dort hinten im Osten zusammen und wälzte sich eine alles vernichtende Sintflut über Europa?

Mein Gott, wie würde die Zukunft sein?

Sie wandte sich ab und rannte durch den heißen Sommertag zum Gut der Rehmdes zurück.

Sie flüchtete vor ihren eigenen Gedanken.

Und sie hatte Angst. Wahnsinnige Angst ...

Über die Rollbahn zogen die sowjetischen Divisionen westwärts.

Diese wichtigste Straße Rußlands, die von Minsk bis Moskau führt, diese Aorta des riesigen Körpers, lag frei vor den Panzerspitzen der Bolschewisten. Beiderseits der Rollbahn nach Witebsk und nach Orscha-Mogilew zu gingen die aufgerissenen deutschen Divisionen kämpfend und verblutend zurück. Noch hielten sich die Städte, igelten sich ein oder wurden durch plötzliche, verzweifelte Gegenstöße etwas entlastet ... aber es waren Angriffe, die an der Masse der russischen Armee abtropften.

Unbeirrt, ein stählerner Riesenwurm, zog sie unter der Dekkung ihrer Kampfflugzeuggeschwader und ihrer weittragenden Artillerie auf der 12 Meter breiten Rollbahn nach Westen. Durch eine Lücke von 40 km Breite flutete der rote Sturm in die Flanke und den Rücken der allein gelassenen, ganz auf sich gestellten deutschen Divisionen ... 38 verlorene Haufen gegen einige hundert frische, aus den Tiefen des asiatischen Rußlands herangeführte Divisionen. Eine Handvoll unrasierter, ausgemergelter, hungernder, dürstender und Munition zählender Männer, die sich festkrallte an den Boden, die sich durch die Wälder und Sümpfe schlug, die gegen den Feind vor sich und gegen den unsichtbaren Feind im Rücken – die Partisanen – kämpfte und die ohne Verbindung untereinander versuchte, eine Front wieder aufzubauen, um den schrecklichen Gedanken nicht aufkommen zu lassen: Der Russe marschiert durch bis nach Deutschland!

Es ging nicht mehr um einige Kilometer Landgewinn oder Landaufgabe ... es ging um die Heimat. Vielleicht zum erstenmal empfanden sie einen Sinn in diesem Krieg, wurde plötzlich eine Notwendigkeit des Opferns klar, sahen sie schaudernd das Rad der Weltgeschichte, das über sie hinwegrollte und sie unter sich zermalmte.

Dubrassna, das kleine Dorf südlich der Rollbahn, in dem Hauptfeldwebel Kunze wie ein kleiner König geherrscht hatte, ging unter in einem Feuerüberfall der Artillerie und drei Bombenteppichen eines kleinen Geschwaders, das von den deutschen Reservestellungen zurückkehrte und die letzten Bomben gewissermaßen als Abschied auf Dubrassna niederließ.

Der Troß der 5. Kompanie brach nach diesem Angriff fast fluchtartig auf. Die Toten begrub man nicht. Kunze ließ sie liegen und pirschte sich mit Tamara und zwei Gefreiten durch die Wälder davon. Er vergaß auch, den Ia-Schreiber Simpelmeier mitzunehmen.

Simpelmeier hatte bei dem letzten Angriff einen Bombensplitter in den dünnen Oberschenkel bekommen und lag nun auf dem Strohsack der eingestürzten Schreibstube. Er weinte, weil keiner kam, weil ihn keiner verband, weil sich keiner um ihn kümmerte, weil er einfach dalag in den Trümmern, in die Sonne über sich starrte und darauf warten sollte, bis er einging.

Er sah Kunze herumkriechen und Verpflegung sammeln. In einen Sack stopfte er die noch erhaltenen Büchsen ... Gulasch, Schmalzfleisch, Fett, Schweinefleisch ... er zog den Sack hinter sich her, keuchend, schwitzend, in den Augen die flatternde Angst, ein neuer Feuerüberfall könnte ihn überraschen.

»Herr Hauptfeld!« schrie der schmale Simpelmeier grell. »Herr

Hauptfeld! Ich habe keine Verbände. Ich verblute! Ich verblute! Bringen Sie mir doch Verbände! Helft mir doch, Kameraden!«

Hauptfeldwebel Kunze hörte ihn nicht. Er wollte ihn nicht hören. Er zog mit seinem Freßsack weiter, umging den Eimer mit der daranklebenden Hand von Müller III, stieg über einen unkenntlichen, mit Staub panierten Kopf hinweg (es war der Schädel des kleinen Brehm) und sammelte weiter, was an Eßbarem herumlag von der zertrümmerten Feldküche.

Tamara hockte auf einem Baumstumpf, stierte vor sich hin und kümmerte sich um nichts, was um sie vorging. Ihre Landsleute würden sie an den nächsten Baum hängen, wenn sie nach Dubrassna kamen ... sie wußte es und wartete nun, bis Kunze seine Marschverpflegung aus den Trümmern und dem Staub aufgelesen hatte.

Der schmächtige Simpelmeier stützte sich auf beiden Armen auf. In seinen Mausaugen flimmerte das Grauen.

»Kameraden!« schrie er über die stille Trümmerstätte. »Helft mir doch! Ich verblute ... ich verblute ...« Er preßte, indem er sich zurückfallen ließ, beide Hände auf die grauenvolle Wunde und riß den Mund wie eine riesige Höhle auf. »Hilfe! Hilfe! Ihr könnt mich doch nicht verrecken lassen! Nehmt mich doch mit! Nehmt mich doch mit! Ihr seid doch Christen! Ihr glaubt doch an Gott! Nehmt mich mit.«

»Scheiße«, sagte Kunze leise. Er stellte seinen halbgefüllten Sack hin und näherte sich durch die Trümmer des Bauernhauses Simpelmeier. »Halt den Mund, mein Junge«, sagte er mühsam.

»Verbinde mich, Kunze«, sagte Simpelmeier schwach. In seinen fiebrigen Augen strahlte eine milde Hoffnung auf.

Kunze hob die breiten Schultern.

»Wir brauchen die Verbände für uns, Julius.«

»Ihr wollt mich verrecken lassen ...« Seine Stimme überschlug sich. »Wie Brehm wollt ihr mich ...«

»Schnauze!« schrie Kunze. »Alles ist im Eimer! Hinter uns die Artillerie, vor uns die HKL! Die 5. Kompanie ist hops! Es gibt keine Kompanie mehr ... es gibt nur ein paar Überlebende ... und das sind wir! So ist's, Julius! Finde dich damit ab. Von mir aus bete noch mal! Ich habe diese Scheiße hier nicht erfunden! Bedanke dich beim ›Führer‹ dafür.«

Simpelmeier preßte seine Hände noch immer auf den zerfetzten Oberschenkel. Er spürte keine Schmerzen mehr ... nur ein eiskalter Strom durchzog seinen schmächtigen Körper und drang in alle Adern ... von den Zehen bis ins Gehirn.

»Du willst mich hier liegenlassen, wenn der Iwan kommt?«

»Wie soll ich dich mitschleppen? Wohin denn? Unterwegs himmelst du doch ab ...«

»Du gemeines, feiges Schwein!« sagte Simpelmeier laut.

Kunze hob die Schultern. »Es geht um die eigene Haut, Julius. Es geht um das bißchen dreckige Leben. Man hängt daran.« Er erhob sich und nahm seinen Sack über die Schulter. Simpelmeier zuckte empor.

»Nimm mich mit, Kunze!« brüllte er.

»Es geht nicht.«

»Das ist Mord, was du machst! Du bist ein Mörder! Mörder!«

»Ich nicht ... der Krieg!«

Simpelmeier richtete sich auf. Er kroch auf allen vieren Kunze durch die Trümmer nach ... das zerfetzte Bein schleifte er hinter sich her. Wo er kroch, hinterließ er im Staub und Dreck eine breite Spur Blutes. Wie ein Hund, winselnd und wimmernd, schwankte er auf allen vieren Kunze nach, der keuchend seinen Verpflegungssack schleppte.

»Nimm mich doch mit, Kunze«, schrie Simpelmeier. »Du kannst mich doch nicht hier liegenlassen! Du bist doch mein Kamerad! Drei Jahre waren wir zusammen ... drei Jahre, Kunze. Du kannst mich doch nicht einfach verrecken lassen ... das kannst du doch nicht. Nimm mich doch mit!«

Kunze blieb stehen. Vor ihm auf der Erde lag eine Pistole. Eine 08. Sie mußte Müller III gehören, von dem man nach dem Volltreffer nichts mehr wiederfand.

Kunze bückte sich, lud die Pistole durch ... das Schloß war nicht versandet, es schnappte ein. Langsam drehte er sich herum, blickte herunter auf den auf ihn zukriechenden weinenden und wimmernden Simpelmeier.

»Hier!« sagte er. Er warf ihm die Pistole vor wie einem Hund einen Knochen. »Tu es selbst. Es ist besser, als wenn der Iwan dich totschlägt.«

»Kunze ...«, stammelte Simpelmeier. Er sank zusammen und lag mit der Backe auf der Pistole im Dreck. »Kunze ... du kannst mich doch mitnehmen ... Ich habe eine Frau zu Hause ... drei Kinder ... drei kleine Kinder, Kunze. Ich brauche doch nicht zu sterben ... du kannst mich doch retten, Kunze. Nimm mich doch mit ... nimm mich mit ...«

Hauptfeldwebel Kunze stieg aus den Trümmern. Er bückte sich nach vorn, denn der Sack war schwer. Aber er bedeutete Leben auf der Flucht durch die Wälder. Leben in Weißblechdosen ... Er winkte Tamara zu. Sie stand auf und ging dem Wald zu, langsam, mit den stämmigen, schmutzigen Beinen den Staub aufwirbelnd.

»Kunze!« schrie Simpelmeier grell. Er sah, wie der Hauptfeldwebel wegging, ohne sich noch einmal umzudrehen. »Du Schwein!« brüllte Simpelmeier auf. »Du Hurenschwein! Du Mörder! Mörder!« Er wälzte sich auf die Seite, ergriff die Pistole und legte sie auf den breiten Rücken Kunzes an. Aber seine Hand schwankte wie ein Halm im Wind und der Schuß ging weit daneben in die eingestürzte Küchenscheune.

Kunze senkte den Kopf. Er wußte, wem der Schuß gegolten hatte. Er biß die Lippen aufeinander und stampfte weiter. Am Waldrand erwartete ihn Tamara.

»Dai mnje twoju Ruku ...«, sagte sie (Gib mir die Hand).

Sie ergriff Kunzes Rechte und zog ihn auf einem Pfad weiter in das Dickicht hinein.

Julius Simpelmeier lag auf einem Balken des eingefallenen Bauernhauses und sah in die Sonne. Sie war blaß für seine Augen geworden, eine fahle Scheibe, die seine Pupille nicht mehr blendete. Mit der Hand umklammerte er die 08-Pistole. Er spürte, wie das Blut aus der grauenvollen Wunde seines Schenkels von ihm wegrann in den Staub der Straße von Dubrassna.

Er war nun allein. Um ihn schwieg die russische Weite. In ein oder zwei Stunden würden die Sowjets nach Dubrassna kommen, so, als gingen sie spazieren.

»Erna«, sagte Simpelmeier leise. »Erna ... wie schön war die Zeit, die wir zusammenlebten. Und unsere drei Kleinen ... sind sie nicht süß? Mach aus ihnen ganze Menschen, Erna. Trauere nicht ewig ... leb weiter für die Kinder, Erna. Du wirst nie erfahren, wie ich gestorben bin ... und das ist gut so. Jeder wird sagen: Er war ein Held. Und dabei ist er verreckt wie ein Hund. Glaube an diesen Helden, Erna ... glaube wenigstens daran, wenn du den Glauben an alles andere verlierst. Vor allem den Glauben an Gott! Wo ist Gott? Was haben wir getan, daß er uns so straft? O Erna ... mach aus den drei Kleinen richtige Menschen.« Er weinte und umklammerte den Griff der Pistole. Er war kalt in seinen Fingern und klebte doch an der Haut. »Und nun leb wohl, Erna ... Wenn du wüßtest, daß ich zuletzt an dich gedacht habe ... Ich habe euch alle so geliebt ... dich und die Kinder ... Es gab für mich nichts auf der Welt als euch ... Lebt wohl, ihr ... ihr ... Erna ... Martel ... Bärbel ... und Peterle ...«

Er riß den Mund auf und schob den Lauf der Pistole zwischen die Zähne bis hinten in den Rachen.

Und er sah noch einmal in die Sonne und wunderte sich, daß sie ihn wieder blendete ...

Das Oberkommando der Wehrmacht gibt bekannt:
24. Juni 1944
... im mittleren Frontabschnitt nahm der sowjetische Großangriff an Wucht zu und dehnte sich auf weitere Abschnitte aus. Während zwischen dem Pripjet und Tschaussy alle Angriffe erfolglos blieben, gelang es starken feindlichen Infanterie- und Panzerkräften östlich Mogilew beiderseits der Smolensker Rollbahn und beiderseits Witebsk in unsere vordersten Stellungen einzubrechen. Die Abwehrschlacht geht hier mit steigender Heftigkeit weiter ...

In einem Waldstück südlich der Rollbahn saßen Faber, Leskau, Strakuweit und einige Landser. Sie waren zum Umfallen erschöpft und lehnten mit den Rücken an den Bäumen. Faber hatte einen kleinen Haufen vor sich liegen ... einige Büchsen mit Fleisch, Keksbeutel, flache, dunkle Dosen, Marmelade, einige Brote ... ein armseliger Haufen, um den die sich Versteckenden saßen und stumm hinwegblickten.

Strakuweit kaute an einem faserigen Holzstück und versuchte damit seinen brennenden Durst abzuschwächen. Leskau nickte, als Faber zum zweitenmal ansetzte und die kleine Truppe zählte.

»Es stimmt, Herr Oberleutnant ... 12 Mann. Die ganze 5. Kompanie.«

Faber senkte den Kopf. Sein unrasiertes, schmutziges, stoppelbärtiges Gesicht sah alt aus. Nichts war an ihm mehr von der Jugend, von der einmal Major Schneider gesagt hatte: »Faber ... Sie sind jetzt 28 Jahre alt und sehen aus wie ein Sekundaner! Was muß kommen, damit Sie älter werden? Ich kann Sie nie zum Hauptmann machen, wenn Sie aussehen wie ein Gymnasiast.« Nun war er gekommen, dieser Schlag, der aus dem jungen Faber einen Greis machte; nur wenige Stunden hatten genügt, dieses fröhliche Gesicht zu zerstören und in ihm Runen einzugraben, die ein ganzes weiteres Leben nicht wieder wegwischen konnte.

12 Mann ... die 5. Kompanie. Und seitwärts von ihnen, auf der Rollbahn, fluteten die Russen nach Westen ... nach Orscha, Tolotschino, Bobr, Borissow ... Man konnte sie hören bis weit in die Wälder hinein, die ganze Welt schien aus Panzerdröhnen zu bestehen, aus Motorengebrumm, Kettenklirren, Pferdeschnauben und nachrückender Artillerie, deren Abschüsse immer näher kamen.

Oberleutnant Faber teilte den kleinen Berg Verpflegung in genau zwölf Teile. Er zählte jeden einzelnen Keks vor und wog die Marmelade mit einem Blechlöffel ab. Als sie von der HKL vor den anrückenden Panzermassen flüchteten und sich wie die gehetzten Hasen zum Troß durchschlugen ... jeder einzeln, jeder um sein Leben rennend, springend, kriechend ... hatten sie in Dubrassna nichts mehr vorgefunden als die unbeerdigten Toten, den soeben sich selbst erschossenen Simpelmeier und drei Pferde, die mit aufgerissenen Leibern noch lebend auf der Seite lagen und mit den Hufen die Erde um sich aufwirbelten.

Faber hatte damals Kunze gesucht. Während die russische Infanterie langsam, tastend, mißtrauisch, ob sie nicht doch irgendwo auf Widerstand stießen, im Schatten ihrer T 34 über die deutschen Linien hinaus ins Hinterland fluteten, hatten Faber und Strakuweit noch einmal die Bestände des Trosses durchwühlt und festgestellt, daß Kunze die letzten brauchbaren Büchsen mitgenommen haben mußte. Leskau hatte unterdessen die Pferde erschossen.

»So ein Schwein, dieser Kunze«, hatte Strakuweit zu Faber gesagt. »Ist abgehauen mit seiner Hure. Ich gönne ihm, daß er Partisanen in die Hände fällt, die ihn einzeln abhacken.«

Sie waren dann weitergezogen, in die Wälder hinein, zur Rollbahn zu, um irgendwo wieder auf eine deutsche Linie zu treffen. »Wir haben doch einige Reservestellungen!« hatte Faber gesagt und auf seiner Karte einen Weg eingezeichnet. »Irgendwo westlich muß doch die neue Linie sein ... es ist doch unmöglich, daß hier ein Loch ist bis tief ins Hinterland hinein.«

Es ist nicht unmöglich ... es war eine Tatsache, die weder Faber begriff noch Major Willi Schneider, noch der General in Molodetschno, noch das Führerhauptquartier, das seinem wahnsinnigen Chef melden mußte: Mein Führer ... die russische Offensive hat begonnen. Im Mittelabschnitt und nicht – wie Sie vermuteten – in der Südukraine. Die deutsche Front ist aufgerissen, die Heeresgruppe Mitte hat keine seitlichen Verbindungen mehr und besteht aus kleinen Gruppen, die sich – versprengt – heldenmütig zurückkämpfen. Und der ›Führer‹ tobte und schrie die Generale an, sie seien unfähig und nicht wert, Geschichte zu machen!

Durch die riesige Frontlücke an der Rollbahn schob sich die Stahlfaust der Sowjets und riß die deutsche Heeresgruppe auseinander.

Nun hockten die zwölf Mann der 5. Kompanie neben der Rollbahn in einem Wald und teilten die letzten Lebensmittel. Drei Kilometer nördlich von ihnen wanderten Major Schneider, Leutnant Vogel, Stabsarzt Dr. Wensky und drei Überlebende durch die Wälder, während Kunze, Tamara und die beiden Gefreiten mit ihrem Verpflegungssack südlich Fabers auf dem Weg zum Dnjepr waren, wo sie neue Stellungen vermuteten.

»Wieviel Munition haben wir noch?« fragte Faber, nachdem er die Verpflegung ausgegeben hatte.

»Beschissen wenig.« Strakuweit warf sein zerkautes Holzstückchen weg. »Aber für uns alle reicht's noch.«

»Reden Sie nicht solch einen Mist«, fuhr Faber den Obergefreiten an. »Wir werden irgendwo die nächste Truppe erreichen und geordnet zurückgehen.« Er schob die drei Munikästen heran, die neben ihm standen, und winkte zwei Landsern zu. »Ist das MG in Ordnung?«

»Wie beim Appell vor Kunze, Herr Oberleutnant.«

Strakuweit wölbte die Brust vor. »Wir haben sogar noch einen Ersatzlauf! Da staunt man, was? Ein gefährlicher Haufen, die 5. Kompanie! Zwölf Mann, ein MG 42 mit Ersatzlauf, drei Munikästen ... Kerls, wenn wir damit nicht den Krieg gewinnen, sind wir nicht wert, Nachkommen Friedrichs des Großen zu sein.«

Faber überhörte die Rede Strakuweits. Er wandte sich zu Leskau. »Handgranaten?«

»Neunundzwanzig.«

»Genug, eine Armee aufzuhalten«, sagte Strakuweit laut. Faber fuhr herum.

»Halt deine dreckige Schnauze, Strakuweit! Ein Krüppel ohne Beine kann nicht schneller laufen, auch wenn du ihn dauernd in den Arsch trittst! Aber wir müssen es fertigkriegen ... wir müssen durch die Russen und die Partisanen hindurch zu den eigenen neuen Linien! Oder willst du in Sibirien landen?«

»Da landen wir eines Tages sowieso.«

Faber erhob sich. Er stellte sich vor Strakuweit auf, der seinen Kopf einzog und auf den Boden blickte.

»Hau ab!« sagte Oberleutnant Faber hart.

Strakuweit schwieg und blieb sitzen. Er schielte zu Leskau hinüber und sah, daß dieser wegblickte. Scheiße, dachte er. Jetzt ist der Strakuweit wieder schuld. Immer der Strakuweit. Wenn wir den Krieg verlieren ... wer ist schuld? Natürlich der Strakuweit!

»Du sollst abhauen!« sagte Faber laut.

»Wohin?«

»Nach Sibirien!«

Strakuweit erhob sich. Leskau sprang auf, um einzugreifen, falls etwas geschah. Aber es geschah nichts. Strakuweit wischte sich über die Stirn und sah an Oberleutnant Faber vorbei in Richtung auf die Rollbahn.

»Wir sollten uns einen Wagen klauen«, sagte er.

»Was sollten wir?« fragte Faber verblüfft.

»Einen Wagen klauen. Es liegen genug herum ... deutsche oder russische. Der Iwan zieht auf der Rollbahn weiter ... aber neben der Rollbahn gibt's ja auch noch Straßen. Die sind für uns.«

»Sie werden von Partisanen bewacht.«

»Natürlich. Ein Wochenendausflug mit Musik und Weibern wird's natürlich nicht werden. Aber wir kommen so weiter! Und wir sind schneller als der Iwan.«

Oberleutnant Faber wandte sich ab und lächelte still. Er sprach nicht mehr über Sibirien mit Strakuweit. Leskau trat an ihn heran.

»Wenn wir in der Nacht versuchen, einen Wagen flottzumachen, Herr Oberleutnant ...«

»Natürlich versuchen wir es. Mehr als draufgehen kann uns nicht passieren.«

Drei Kilometer weiter zog Major Willi Schneider durch den Wald. Aber er ging nicht nur geordnet mit seinem kleinen Haufen zurück ... er sammelte auch. Leutnant Vogel auf dem linken und Stabsarzt Dr. Wensky auf dem rechten Flügel, pirschten sie weit auseinandergezogen durch das Waldstück und lasen vereinzelte, müde, ängstliche Landser auf, die im Unterholz lagen und auf die Nacht warteten. Leute der 3. und 4. Kompanie, einige Panzerfahrer, denen man die Tigerpanzer weggeschossen hatte, vier Artilleristen mit einem Spieß, der im Gegensatz zu Kunze ein MG 42 mit sich herumschleppte und Major Schneider bald erschossen hätte, als dieser durch den Wald brach wie ein wütender Bär. In einem dichten, fast urwaldähnlichen Stück, durch das nur ein schmaler Pfad führte, stießen sie auf eine intakte Gruppe der 3. Kompanie mit zwei MGs, einem Granatwerfer, genug Munition und einem Feldwebel, der beim Erscheinen des ›schneidigen Willi‹ laut sagte: »Jungs, das ist schlimmer als Gefangenschaft!«

»Na also«, sagte Major Schneider und versammelte seine neue Truppe um sich. Er zählte sie durch und nickte erfreut. »Dreiundvierzig Mann! Bewaffnung gut. Was wollen wir mehr? Mit dieser Armee marschiere ich bis Rathenow zu meiner Frau. Oder sind Sie anderer Meinung, Vogel?«

Leutnant Vogel nahm die Hacken zusammen. Seine immer saubere Uniform hatte sehr gelitten. Auch sein Optimismus war angenagt, und seine Parolen kamen ihm in diesem Augenblick selbst leer und fade vor. Aber wie ein Asiate sein Gesicht wahrt, behielt auch Vogel seine Haltung.

»Und wenn wir die letzte Kompanie sind, Herr Major ... wir geben nicht auf!«

Und sie marschierten. Auseinandergezogen ... in Gruppen ... vorweg ein Spähtrupp, dann eine Vorgruppe mit einem MG, anschließend der Haupttrupp mit Vogel und Dr. Wensky, am Ende eine Nachhut mit den Granatwerfern und den vier Panzermännern. Major Schneider, wie konnte es anders sein, befand sich bei dem Vortrupp. So marschierte die kleine Truppe, entschlossen bis zum letzten, neben der Rollbahn her zum Dnjepr, auf Orscha zu, das seit Stunden unter mörderischem Beschuß lag.

Sie marschierte die ganze Nacht hindurch. Sie schlug einen Bogen, weil das Leuchten offener Feuer das Biwakieren sowjetischer Truppen anzeigte, und kam so in das Gebiet, durch das sich Faber mit seiner Handvoll Landser schlich. Katzen gleich, die eine Beute witterten, glitten sie lautlos durch die Nacht und suchten einen guten russischen Wagen ...

Mit der Witterung eines Raubtieres führte Strakuweits Weg durch den Wald auf die Rollbahn zu. Auch er sah die Feuer, aber er wich ihnen nicht aus ... er umging sie und näherte sich ihnen wieder. Wo Feuer sind, sind Iwans. Wo Iwans sind, sind Fahrzeuge. Und wo ein Fahrzeug ist, ist ein Weg in die Freiheit und das Weiterleben.

Faber und Leskau lagen hinter einem dichten Busch, als Strakuweit zurückgekrochen kam. Er warf sich neben die beiden auf den Rücken und sah in den fahlen Nachthimmel, der nur fleckenweise durch die dichten Baumkronen hereinsah. Um sie herum war schwärzeste Nacht, durch die man fern das Motorengeräusch auf der Rollbahn vernahm.

»Ein wunderbarer Wagen«, sagte Strakuweit seufzend. »Ein

Gedicht von einem Wagen. Russischer Geländewagen mit Stahlraupen. Vollgetankt ... auf dem Kühler und hinten drauf Benzinkanister. Kinder, Kinder ... das wär 'ne Wonne!«

Oberleutnant Faber schwieg. Nach einer ganzen Weile Schweigen fragte er:

»Besatzung?«

»Sieben Mann. Sitzen um ein Feuerchen und fressen und saufen. Fünf Tataren. Gelbe Affen. Die haben einen ganzen Kanister Wodka da. So friedlich sitzen sie um ihr Feuerchen, als gäbe es keinen Krieg. Die denken, die Deutschen sind schon in Polen.«

Faber tippte Strakuweit und Leskau an. »Wir holen die anderen.«

»Und den Wagen?« fragte Strakuweit mit angehaltenem Atem.

»Den holen wir auch.«

In dieser Nacht vollzog sich eines der Dramen am Rande des Krieges. Ein Drama seitlich der Rollbahn, über die die Divisionen der Sowjets nach Orscha rollten, zu der Stadt, deren brennende Häuser den Himmel im Westen fahlgelb färbten und durch deren Straßen die deutschen Truppen zogen, um am Dnjepr den Vorstoß der tausend Panzer abzufangen. Ein Kampf, vor dem alles bisher Geschichtliche verblaßte, ein einmaliger Kampf ohne Beispiel, solange Männer Waffen tragen, ein Kampf, tragischer als der Fall Stalingrads, umfassender, blutiger, gewaltiger und in seinen Auswirkungen unvergleichbar.

Das kleine Drama seitlich dieser Rollbahn war ein sekundenschnelles Unternehmen.

Wassilij Poloneff und Stary Skoloniewsky holten von ihrem schönen, neuen, aus einer amerikanischen Waffenlieferung stammenden Geländewagen einige Büchsen Schweinefleisch, als sie zwei Hände um ihren Hals fühlten. Sie waren so verblüfft, daß sie sich nicht wehrten und nicht schrien ... und als sie sich wehren wollten, blieb ihnen die Luft bereits so schnell weg, daß sie röchelnd in die Knie brachen, um sich schlugen und dann nichts mehr wußten.

Strakuweit nahm den Helm seines Russen ab und stülpte ihn über seinen breiten, haarigen Schädel. Er paßte. Auch der Gefreite Krahn, der den zweiten Russen zur Seite legte, setzte sich den Helm auf. Hinter dem Wagen tauchten Faber, Leskau und die anderen auf.

»Job twojemadj«, sagte Strakuweit laut. Vom Lagerfeuer her

antwortete ihm Lachen. Eine helle Stimme rief ihm etwas zu. Strakuweit nickte.

»Gleich, mein Junge«, sagte er leise.

Sie gingen um den Wagen herum und standen im Schatten des Feuerscheins. Die fünf Russen kochten in einem Eisenkessel eine dicke Suppe aus Graupen. Kasch, neben Kapusta die Hauptnahrung der Truppen. Strakuweit umklammerte seinen Spaten und sah auf Faber und Leskau. Sie blinzelten ihm zu.

»Uff!« sagte Strakuweit laut, und dann rasten einige Schatten über die fünf kochenden Russen, warfen sich auf sie, lautlos, verbissen, einige Spatenblätter blitzten im Feuerschein auf, Stöhnen, Röcheln, ein lautes Gurgeln ... der Gefreite Krahn drückte seinen Russen mit dem Gesicht in das aufsprühende Feuer und setzte sich auf den zuckenden Körper, bis er erschlaffte.

Es geschah alles so schnell, so ohne Lärm und Heroismus, daß Strakuweit erstaunt um sich blickte, als Faber ihm auf die Schulter schlug und sagte:

»Nun laß den Toten in Ruhe! Wir müssen mit dem Wagen in dieser Nacht noch weit kommen.«

Bevor sie abfuhren, unternahmen Strakuweit und der Gefreite Krahn noch einen Uniformwechsel. Sie zogen die ihnen passenden russischen Uniformen an und kletterten als echte Iwans auf den Fahrsitz des Geländewagens. Faber schüttelte den Kopf.

»Wenn das gut geht, Jungs.«

»So fahren wir mitten unter den Iwans über die Rollbahn nach Hause!« schrie Strakuweit fröhlich. Eine krampfhafte Lustigkeit hatte sie alle erfaßt ... es war, als sei ein Druck von ihnen genommen, als löse sich ihre fatale Hoffnungslosigkeit durch eine unbändige Lebensfreude ab. Sie hatten einen Wagen ... sie hatten einen Wagen ... sie hatten wieder ein Ziel, eine Zukunft ... sie waren nicht mehr Verlorene, sie wurden zu Ausbrechenden, zu einem Klumpen eisernen Willens, für den es keine Entfernungen mehr gab, keine russischen Armeen, keine Gefahren, sondern nur das Bewußtsein: Wir kommen nach Hause! Wir brechen durch! Wir sehen die Mutti wieder ...

Oberleutnant Faber klopfte auf den Stahl des Wagens und der Ketten. Auch ihn steckte die Fröhlichkeit an ... er freute sich wie ein Kind über ein Riesenspielzeug.

»Aufgesessen, Kerls! Und mach keinen Quatsch, Strakuweit! Wir fahren durch die Wälder zurück! Die Rollbahn ist tabu!«

»Das schöne Sträßchen«, sagte Strakuweit. Er war aus dem

Häuschen ... er schäumte über vor Freude. In seiner russischen erdbraunen Uniform mit dem Stahlhelm, den er schief aufgesetzt hatte, sah er wirklich wie ein echter Russe aus, wie ein Muschik aus den weiten Feldern von Miljetsch. Der Gefreite Krahn neben ihm, kleiner, zierlicher, konnte aus der Ukraine stammen oder von den einsamen Dörfern an der Wolga, ein kleiner zäher Pelztierjäger, der im Winter von Transuppen lebt.

Die anderen kletterten in den Wagen. Faber hockte sich hinter Strakuweit. Leskau baute sein Maschinengewehr auf der oberen vorderen Kante auf ... außerdem hatten sie noch die russischen Maschinenpistolen mit den riesigen Patronentrommeln und einige große Kästen voll Munition. Sogar einen der unvermeidlichen russischen Granatwerfer fanden sie im Wagen mit sieben Kisten Granaten.

Strakuweit ließ den Wagen an. Er brüllte auf und zitterte in allen Fugen. Faber stieß Strakuweit die Faust in den Rücken. Erschreckt waren sie alle zusammengefahren. Grinsend wandte sich Strakuweit um.

»Da ist Mumm drin, was?«

»Kannst du nicht leiser fahren?« schrie Faber durch den Motorenlärm. Strakuweit hob die Schultern.

»Die Amis haben keine leiseren Motoren gebaut. Außerdem fährt Iwan Stinkowitsch durch den Wald! Juchhu!« Er stellte die Scheinwerfer an, fuhr eine Runde um das niedergebrannte Feuer und die dunklen Körper der Russen und wandte sich dann von der Rollbahn weg durch eine Waldschneise nach Westen. Mit vollem Licht, singend fuhr Strakuweit durch die russischen Truppen und die Partisanen, die links und rechts der Rollbahn wie hungrige Wölfe die Wälder durchkämmten nach deutschen versprengten Landsern, die sie ohne Mitleid an die Bäume hängten, zu Tode folterten oder mit dem Gewehrkolben zusammenschlugen. Faber und Leskau klammerten sich an der Wagenwand fest.

»Idiot!« schrie Leskau und behämmerte Strakuweits Rücken mit den Fäusten. »Mach die Scheinwerfer aus!«

»Der Russe fährt nicht dunkel durch die Nacht. Wir haben den Krieg gewonnen, Brüderchen. Warum dunkel sein, Gospodin? Immer Licht, immer mit Licht ... Mütterchen Rußland freut sich mit uns! Job twojemadj!«

Faber tippte an seine Stirn. Er zuckte mit den Schultern und ließ Strakuweit gewähren. In etwa hatte er recht ... ein Wagen ohne Scheinwerfer, der durch die Wälder jagt, ist den Partisanen verdächtig. Aber ein grell erleuchteter Wagen kann nur ein eigener sein! Und außerdem saßen ja vorn am Steuer zwei Russen, zwei Helden Stalins und der Nation.

Sie fuhren frech und donnernd durch den Wald, vorbei an einem Lager, das plötzlich vor ihnen auftauchte. Es geschah so plötzlich, daß Strakuweit nicht mehr ausweichen oder sogar wenden konnte. Die anderen duckten sich hinter die Wagenwand und zogen die Köpfe ein ... frech grinsend und sogar mit einer Hand winkend fuhr Strakuweit die Straße weiter hinunter, an den drei Lagerfeuern vorbei, um die dunkle, bärtige, verwegene Gestalten hockten, abgerissen, mit umgehängten Maschinenpistolen. Sie winkten Strakuweit zurück, sie riefen laut Urrää und schwenkten einige Flaschen Wodka. Siegestaumel hatte sie erfaßt, Blutrausch, Freude des Wahnsinns ... wir haben die Deutschen weggejagt! Wir haben Mütterchen Rußland von den westlichen Wanzen gesäubert, wir haben Ungeziefer vertilgt. Nun marschieren wir nach Westen ... nach Orscha, nach Minsk, und weiter, immer weiter ... nach Byalistok, nach Warschau, wo jeder Germanskij ein Sofa haben soll und einen Teppich, wo man in Porzellan scheißt und es mit einem Wasserstrahl wegspült, wo die Weiber so zart sind wie auf den Ikonenbildern die Heiligen und vor Angst vergehen. O Madonna von Kasan ... dahin wollen wir! Das wird ein Leben! Mütterchen Rußland vom Eismeer bis zur Nordsee, von der Ostsee bis zum Schwarzen Meer ... Europa ist Rußland ... sagte es nicht der große Lenin?

Und sie winkten Strakuweit zu, der auf das Gaspedal trat und weiterraste in die Wälder nach Westen.

Bleich drehte sich Strakuweit um, als die Feuer hinter ihnen verschwunden waren.

»Partisanen!« sagte er aufatmend. »Seht ihr nun, was so eine Dreckuniform wert ist? Wie sagte Vogel: ›Ihr grüßt — wenn ihr grüßt — nicht den Mann, sondern die Uniform des Führers!‹«

»Fahr weiter, Idiot!« schrie der Gefreite Krahn. Er zitterte noch immer von dem Anblick der wilden Partisanengruppe und war bestrebt, einen möglichst großen Zwischenraum zwischen sich und den Russen zu gewinnen.

Der schwere Wagen sprang wieder an und ratterte mit seinen Stahlraupen die enge Waldstraße hinab. Rechts neben ihnen zog sich die Rollbahn nach Orscha hin. In der Ferne dröhnte die Artillerie, blitzte es und war der Himmel von grellem Zucken übersät. Der Kampf um Orscha ... der einmalige, verzweifelte

Kampf einer Division um eine schmutzige russische Stadt, weil ein Mann befahl: Es muß gehalten werden! Ein Wahnsinniger, der befahl, weil er wußte, daß die Männer um ihn herum einen Eid auf ihn geleistet hatten ...

Der schwere Geländewagen ratterte durch die schwarze Nacht. Er ratterte genau auf die Gruppe des Majors Schneider zu, die sich durch den Wald tastete und wie Strakuweit parallel zur Rollbahn nach Westen zog.

Leutnant Vogel war der erste, der etwas hörte. Er lauschte nach hinten und vernahm ein Kettenrasseln und das Gestöhne eines schweren Motors. Er hielt Dr. Wensky an und zeigte nach rückwärts.

»Hören Sie, Doktor!«

Stabsarzt Dr. Wensky verhielt den Schritt. »Es kann von der Rollbahn kommen. In der Nacht vermischen sich die Geräusche. Es ist schwer, die Richtung zu bestimmen.«

»Es kommt von hinten auf uns zu. Ich höre es deutlich. Es muß ein Panzer sein.«

»Der fehlt uns jetzt noch.«

Ein Melder wurde losgejagt, Major Schneider zu holen. Als er bei der Hauptgruppe eintraf, war die Lage bereits klar. Die Gruppe lag verstreut im dichten Wald in Deckung. Das Motorengeräusch war ganz deutlich ... durch den Wald bohrte sich – noch schwach, aber deutlich erkennbar in der Schwärze der Nacht – der Widerschein eines starken Scheinwerfers.

Vogel zitterte, als Major Schneider neben ihm niederfiel und auf die Schneise sah, die vor ihnen durch den Wald zog und den Holzfällern als Abschleppstraße für die dicken Stämme diente. Kilometerlang war sie durch die Wälder geschlagen worden, eine jener Energieleistungen der Russen, die nicht nach Opfern fragt, sondern nur nach dem Endziel: Eine Straße durch den Wald!

»Kein Panzer«, sagte Major Schneider. »Die T 34 haben keine Scheinwerfer. Das wäre ja auch Blödsinn. Es muß ein Wagen sein. Vielleicht eine Selbstfahrlafette mit einem schweren Geschütz. Lassen wir es vorbei.«

Sie lagen seitlich der breiten Schneise und warteten stumm und im Schutze des Unterholzes auf den feindlichen Wagen. Major Willi Schneider hatte sogar den stillen Gedanken, mit zwei oder drei geballten Ladungen noch eine Heldentat zu vollbringen und das Gefährt in die Luft zu jagen ... aber dann gab er diesen schönen Gedanken doch auf durch die Überlegung, daß der Feuerzauber schnell andere Truppen von der Rollbahn weg in den Wald locken konnte und somit der ganze Durchbruch gefährdet war.

Hinter dem Steuerrad saßen die ›Russen‹ Strakuweit und Krahn und starrten vor sich auf die von dem Scheinwerfer grell erleuchtete Schneise. Leskau stand hinter dem MG 42, während Oberleutnant Faber seine Karte studierte und feststellte, daß sie bei diesem Tempo gegen Morgen den Dnjepr erreichen mußten. Dann begann das schwerste Stück des Durchbruchs ... das Übersetzen über den breiten Fluß. Von allen Seiten strömten versprengte Trupps durch das Land, Artilleristen, die ihre Geschütze gesprengt hatten, Panzerfahrer, die ihre Tiger ohne Sprit zurücklassen mußten, Infanteristen, Nachschubmänner, Stäbe, Funker, Panzerschützen, Flakkanoniere ... und sie alle strebten dem Dnjepr zu, dem Fluß, der eine neue deutsche Linie bilden sollte, an dem der vorstürmende Russe sich festlaufen sollte, bis weiter hinten, nach Borissow zu und tief gestaffelt bis Minsk, sich eine neue, stabile deutsche Front zusammenfinden konnte.

Es waren Utopien. Denn mit dem Beginn der sowjetischen Offensive begann auch die große Offensive der Partisanen in ganz Rußland. Aus den Wäldern und Sümpfen krochen sie hervor ... von der Taiga bis zur Steppe ... und sprengten die deutschen Nachschublager, vernichteten die jungen, unerfahrenen Ersatztruppen, zerstörten die wichtigste deutsche Nachschubader, die Bahnstrecke Minsk–Orscha, indem sie an fast dreißig Stellen die Schienen in die Luft jagten und mit gesprengten Güterzügen die Strecken blockierten ... sie besetzten sogar zwischen Borissow und Orscha die Rollbahn mit einer kleinen, gut ausgerüsteten Armee von Waldläufern und wilden Sumpfbewohnern und fegten von der zwölf Meter breiten Straße alles herunter, was sich zeigte.

Der Krieg war plötzlich überall! Nicht nur an der Front zwischen Witebsk und Bobruisk, nicht nur im Trommelfeuer auf Orscha und Mogilew, sondern Hunderte Kilometer tief im Rükken der müde, aber verzweifelt kämpfenden deutschen Truppen vollzog sich unaufhaltsam der Zusammenbruch der gesamten deutschen Ostfront.

Es gab keine Gnade mehr, keine Menschlichkeit, kein Verzeihen ... es gab nur noch Tod. Die Hölle war überall, wo sich eine deutsche Uniform zeigte ... Kinder schossen aus Heuschobern, kleine, halbnackte Mädchen warfen Handgranaten in den vorrükkenden Nachschub; aus den Bäuerinnen, die auf den Feldern in ihren bunten Kopftüchern arbeiteten, wurde ein feuerspeiender Kreis, wenn ein deutscher Wagen allein durch die Gegend fuhr.

Überall war Vernichtung, jeder Mensch wurde zum Mörder.

Wie lautete doch der Eid, den Stalin ihnen abnahm: Bis zum letzten Blutstropfen für Heimat, Partei, Regierung ...

Für das herrliche Mütterchen Rußland ... Genosse, jeder tote Deutsche ist ein Stein für die Straße nach Westen ...

Major Willi Schneider duckte sich unwillkürlich tiefer, als der rasende Raupenwagen aus der Dunkelheit brach und mit donnernden Motoren, mit Vollgas und vollen Scheinwerfern auf die kleine, versteckte Gruppe zuratterte.

Im Widerschein des Lichtes sah er die beiden Stahlhelme von Strakuweit und Krahn schimmern. Er drückte Vogel, der seinen Kopf hochnahm, herunter und stieß ihn in die Rippen.

»Ein russischer Mannschaftswagen. Still!«

Die Gruppe Schneider lag regungslos im Dunkeln, als Strakuweit an ihnen vorbeidonnerte. Hinter ihm sah man ein MG 42 und zwei deutsche Köpfe ... Unteroffizier Leskau und Oberleutnant Faber.

Major Schneider zuckte auf. »Ich werd' verrückt!« schrie er. Mit weiten Sätzen sprang er auf die Straße und lief mit beiden Armen winkend dem Wagen nach. Auch Vogel war emporgeschnellt und rannte Major Schneider nach ... er brüllte und hopste auf der Schneise herum wie ein Irrer.

Der Gefreite, der hinten auf dem Wagen saß und die Rückendeckung hatte, schrie »Alarm!«, als er die beiden Gestalten aus dem Dunkeln preschen sah. Er riß die russische Maschinenpistole an die Schulter und wollte gerade mit einigen Feuerstößen den Rücken freikämpfen, als er die unverkennbare Gestalt Leutnant Vogels wahrnahm, der sportgestählt Major Schneider überholt hatte und hinter dem Wagen schreiend herjagte.

»Da wird der Hund in der Pfanne verrückt«, sagte der Gefreite und legte die Maschinenpistole zur Seite. »Der lebt auch noch? Welche Ungerechtigkeit!«

Leskau war unterdessen von den anderen alarmiert worden. Strakuweit hielt so plötzlich an, daß alles übereinanderfiel, und sprang vom Lenksitz auf den Waldboden. Ihm folgte der Gefreite Krahn. Sie vergaßen, daß sie russische Uniformen trugen, und stürmten auf Leutnant Vogel zu.

Für Leutnant Vogel begannen Sekunden, die zu den schwersten seines Lebens gehörten. Er sah zwei wilde, entfesselte, barbarische Russen auf sich losstürzen, Maschinenpistolen in den Händen, mit blutgierigen Augen, wie er zu sehen glaubte, Tataren, Kalmücken, Usbeken ... da fiel er auf die Knie und hob beide Arme hoch in die Luft. Fast weinte er, und er schwankte, als habe ihn schon ein Kolbenhieb getroffen.

Dann standen die Russen vor ihm, er schloß ergeben die Augen, als eine Stimme gemütlich und breit sagte:

»Herr Leutnant ... stehen Sie auf ... es könnten Ameisen auf der Erde sein ...«

Vogel zuckte empor. Ein russischer Stahlhelm, eine erdbraune russische Uniform, eine russische MP mit dem runden Scheibenmagazin ... aber unter dem Stahlhelmrand ein breites, bärtiges grinsendes Gesicht ...

»Strakuweit«, stöhnte Vogel. Er sprang von den Knien auf, heiße Röte stieg in sein Gesicht. »Das werde ich Ihnen nie vergessen!« sagte er leise, während er sich zu dem grinsenden Gesicht vorbeugte. »Das zahle ich Ihnen heim – und wenn es Jahre dauert ...«

Der Gefreite Krahn hatte sich mittlerweile vor Major Schneider aufgebaut, der den auf ihn zustürmenden Russen mit der Pistole in der Hand empfing, sie aber sofort sinken ließ, als der ›Russe‹ schrie: »Nicht schießen, Herr Major.«

»5. Kompanie, Oberleutnant Faber«, meldete Krahn zackig. »Ein Offizier, ein Unteroffizier und zehn Mann.«

Major Schneider lächelte mild. Er klopfte dem Gefreiten auf die Schulter und blickte zu Faber und Leskau, die vom Wagen sprangen und auf ihn zurannten.

»Das ist ja ein tolles Stück«, sagte er. »Fahren die Burschen als Russen durch die sowjetische Armee.« Er drückte Faber und Leskau die Hand und bemerkte, daß Leutnant Vogel mit Strakuweit einen heißen Disput hatte.

»Ich werde dich bei bester Gelegenheit umbringen«, sagte Vogel leise. Und das bärtige, ungewaschene, breite Gesicht unter dem russischen Stahlhelm grinste ihn an und sagte:

»Leck mich am Arsch!«

Verwundert sah Oberleutnant Faber, daß sich die Schneise mit immer neuen deutschen Landsern füllte. Sie kamen von allen Seiten aus den Büschen ... Schemen im Widerschein der Scheinwerfer, die Strakuweit nicht ausgeschaltet hatte.

»Haben Sie eine ganze Armee mit, Herr Major?« fragte Faber lächelnd.

»Ich habe sie gesammelt. Früher war ich Spezialist in Briefmarken ... deutsche Länder und Kolonien ... heute sammle ich Menschen. So ändern sich die Zeiten, Faber.« Er drückte ihm wieder die Hand. »Ich bin glücklich, daß Sie leben und ich Sie gefunden habe. – Haben Sie etwas von den anderen gehört oder gesehen?«

»Nichts, Herr Major. Die 6. Kompanie soll überrollt worden sein ... die 7. Kompanie ist verschwunden, wir haben keinerlei Verbindung mehr gehabt.«

»Und Ihr Troß?«

»Total vernichtet durch Artillerie und Bomben.«

Major Schneider hob die Schultern. »Da nutzte dem Kunze die ganze Feigheit nichts.«

Oberleutnant Faber sah zu Boden. Auch Leskau schwieg. Major Schneider sah die beiden verwundert und mißtrauisch an.

»Ist etwas mit Kunze?«

Faber sah noch immer auf den zerfahrenen Waldboden. »Er lag nicht bei den Toten des Trosses.«

»Getürmt?«

»Ich weiß es nicht. Auch Tamara fehlte.«

»Wer ist Tamara?«

»Die Dolmetscherin, die sich Kunze hielt.«

»So kann man es auch nennen! Schöner Sauladen, Ihr Troß, Faber!«

»Ich mußte mich um die HKL kümmern, Herr Major.«

»Und Sie haben keine Ahnung, wo dieses Schwein jetzt herumläuft?«

»Nein.« Zum erstenmal sprach Leskau. »Wir wüßten es gern. Er hat die ganze Verpflegung mitgenommen.«

Major Schneider steckte die Pistole in sein Koppel. Sein Gesicht war verschlossen. »Wir werden ein Standgericht zusammenstellen, wenn er wieder auftaucht. Ich verspreche es Ihnen, Faber. Auch wenn es bei diesem Zusammenbruch sinnlos ist ... wir können militärisch zusammenbrechen, aber nicht moralisch! Es gibt noch eine Ehre ... auch bei dem Verlierer! – Gehen wir.«

Er trat an den russischen Raupenwagen heran und untersuchte ihn. Bleich, beschämt stand Leutnant Vogel abseits und nickte nur, als Faber ihn begrüßte und auf die Schulter klopfte.

»Jetzt haben wir wieder Zeit, Herr Kamerad«, sagte er. »Wie wär's mit einer neuen Schulungsstunde: Die Strategie des geordneten Rückzuges?«

Ohne Antwort wandte sich Vogel ab und trat in die Dunkelheit des Waldes zurück. Er war dem Weinen nahe. Saubande, dachte er. Dreckige Frontschweine! Gefühllose Hunde! Wenn wir jemals wieder zu einer geordneten Truppe kommen, sollt ihr einen anderen Vogel kennenlernen.

Major Schneider trat von dem russischen Wagen zurück.

»Alle gehen wir nicht drauf. Wir werden die Kranken und Schwachen aufsitzen lassen ... wir anderen gehen weiter zu Fuß!«

»Jawoll, Herr Major.« Es war selbstverständlich und bedurfte keiner Worte, daß der ›schneidige Willi‹ das Kommando übernahm.

»Strakuweit fährt weiter. Auch der Gefreite Krahn. Das MG übernimmt Obergefreiter Blei von der 3. Kompanie. Er ist fußkrank, Leskau, er hat sich die beiden Hacken durchgelaufen, wir mußten ihn streckenweise tragen. Aber Sie sind ja noch gut zu Fuß?«

»Jawoll, Herr Major«, sagte Leskau selbstverständlich.

»Na also!« Er klopfte Faber auf den Rücken. »Mit solchen Männern erreichen wir den Dnjepr! Und hinter dem Dnjepr wird die Lage wieder stabil! Auf, Jungs — jede verpaßte Minute kann uns der Ewigkeit näher bringen. Aber wir wollen ja leben!«

Rasselnd, diesmal langsam, da die zu Fuß Gehenden nachkommen mußten, rollte der schwere Raupenwagen durch die Nacht. Sie zogen dem zuckenden Flammenschein entgegen, der über dem Horizont stand. Sie zogen dem Grollen entgegen, das immer deutlicher die Nacht erfüllte.

Orscha ... der Fluß ... die Rollbahn ...

Nicht mehr allein die Lebensader Rußlands, sondern jetzt auch der Dorn im Fleisch der deutschen Armeen.

Eine zwölf Meter breite Straße, an der zwei Völker verbluteten ...

Wenige Kilometer südlich des eroberten Wagens mit der stummen Gruppe Schneider wanderte Hauptfeldwebel Kunze mit zwei Mann und seiner Tamara durch den Wald.

Sie vermieden alle Wege und schlugen sich quer durch Gestrüpp und Unterholz durch die von Menschen unberührte Einsamkeit. Kunze hatte längst seinen Verpflegungssack abgegeben und einem der Männer aufgebürdet. »Wer fressen will, muß auch schleppen«, sagte er und schritt frei neben Tamara her.

Er war auch nicht gewillt, seinen ›Haufen‹ zu vergrößern. Erstens nahm die Gefahr der Entdeckung zu, wenn zuviel Menschen durch den Wald latschten (Kunzes Spezialausdruck), zweitens belastete es zu sehr seinen Verpflegungssack und drittens war er überhaupt dagegen, mehr Zeugen seines heldenhaften Absetzens von den Russen großzuziehen, als bereits vorhanden waren. Schon die beiden Leute seines Trosses, die den Sack schleppend ihm nachkeuchten, wünschte er zum Teufel. Am liebsten wäre es ihm gewesen, ganz allein mit Tamara in die Wildnis zu gehen und sich überrollen zu lassen. Einfach liegenbleiben, um dann nach einigen Wochen irgendwo in der Kleidung eines russischen Bauern aufzutauchen und mitzuhelfen, einen Bauernhof wieder aufzubauen.

Er malte sich dieses Leben in der Stille mit honigsüßen Farben aus ... der Bauer Kunzew mit seiner Frau Tamara Kunzewa, irgendwo auf einer Klitsche in der Weite des Landes. Am Tage die gesunde Luft und das kräftige Essen, und am Abend im Bett die noch gesündere Tamara mit ihren prallen Schenkeln und den spitzen Brüsten, die so groß waren, daß er zwei Hände brauchte, um sie zu umfassen.

Kunze brach bei diesen Gedanken immer in Schweiß aus, tastete nach Tamara und verfluchte die Gegenwart der beiden Troßleute, die vor, neben oder hinter ihm marschierten.

Ich werde sie los, dachte er. Ich schicke sie einfach auf Spähtrupp und verschwinde mit Tamara. Das ist der einfachste Weg.

So ähnlich hatte er es mit den versprengten Soldaten in der ersten Nacht gemacht, die sie im Wald trafen wie verstörte Hasen. Artilleristen, ein paar Panzerschützen, drei Fahrer, denen man die Wagen unter dem Hintern wegschoß. Kunze suchte mit ihnen ein Nachtquartier und schlich sich gegen Morgen einfach mit Tamara weg. Seine beiden Troßleute nahm er mit – was er heute verfluchte –, weil er zu faul war, den Sack zu tragen.

»Ihr lahmen Ärsche!« sagte er deshalb in dieser Nacht und ließ die beiden Troßleute strammstehen. Auch ein Rückzug verroht nicht die Haltung, und Kunze besaß eine fast perverse Fertigkeit darin, den armen beiden schwitzenden Landsern diesen Rückzug so sauer wie möglich zu machen. »Ihr legt jetzt den Sack hin und geht mal nach vorn! Ich muß wissen, ob seitlich von uns zur Rollbahn hin Russen im Wald sind! Noch besser wären deutsche Truppen!« Das wäre Mist, dachte er, aber er bezwang sich, sein Unwollen in Haltung oder Sprache deutlich werden zu lassen. »Wenn ihr auf deutsche Truppen trefft, holt ihr uns sofort ... bei den Russen paßt auf, welchen Weg sie nehmen. Wir ziehen dann pamarell neben her.«

»Parallel«, sagte einer der Troßleute mild. Er hatte das Einjährige und wollte Drogist werden.

Kunze sah weg. Dusseliger Hund, dachte er. Ob pamarell oder parallel, das ist für dich Scheiße. Mich siehst du nicht wieder. Und dich sieht auch keiner wieder. Was hilft dir dein Einjähriges, wenn du irgendwo im Wald verhungerst?

»Haut schon ab!« sagte Kunze unwillig. Er konnte nicht in gewohnter Art brüllen, um nicht ihr Versteck zu verraten.

In diesem Augenblick hob Tamara, die still neben ihm gesessen und die Arme um ihre starken Beine geschlungen hatte, die Hand. Den Rock hatte sie tief heruntergezogen, denn sie trug keinen Schlüpfer. Das war das erste gewesen, was Kunze ihr schon in Dubrassna beigebracht hatte, und jeden Morgen hatte er ihr den Rock hochgehoben, um zu kontrollieren, ob sie auch nicht wider seinen Befehl handelte.

»Stoj!« sagte Tamara leise.

Kunze sah sie verblüfft an.

»Was ist'n?«

»Tamara gehen.«

»Quatsch!« Er winkte den beiden Landsern zu. »Haut ab, Jungs.«

Tamara erhob sich und strich sich den Rock glatt. Es war ein dünner Leinenstoff. Er schmiegte sich um ihre runden Hüften und zeichnete deutlich die Wölbung des Bauches ab. Unter Kunzes Hirnschale begann es zu prickeln.

»Isch gehen. Isch känne ljeß (Wald).«

»Die beiden gehen!« sagte Kunze. Seine Stimme war rauh und belegt.

»Njet. Tamara gäht. Viel Weeg nach Dnjepr. Bäste Weeeg Tamara findenn.«

»Du bleibst.« Kunze sah auf die beiden Landser, welche zögerten. »Was steht ihr herum, ihr Feiglinge? Soll eine arme schwache Frau zu den Russen gehen?«

»Sie ist doch Russin«, sagte der Einjährige.

»Haut ab!« zischte Kunze.

»Sie kennt den Wald besser als wir. Es ist bestimmt das beste, Tamara geht und erkundet den Weg.«

Kunze tastete nach seiner 08. Ich schieße sie um, durchfuhr es ihn. Mordlust flackerte in ihm auf, eine wilde Gier, alles zu töten, was um ihn war und noch kommen würde ... nur Tamara und er ... so sollte die Welt aussehen.

»Isch gähe.«

Kunze hielt Tamara am Arm fest. Er umklammerte ihn und riß Tamara, die schon zwei Schritte getan hatte, zu sich zurück.

»Nein!«

»Ich finde Weeeg.«

»Die beiden Idioten auch.«

»Tamara besser findenn.«

Der Einjährige grinste. »Laß sie gehen, Kunze«, sagte er so unmilitärisch, daß Kunze nach Atem rang. »Sie kommt wieder. Dafür tut sie's viel zu gern mit dir. Hat sich dran gewöhnt ... ist besser als jeder Magnet.«

Wortlos ließ Kunze den Arm Tamaras los. Bis in seine Mundhöhle hinein spürte er die blinde Wut ... es war, als habe er Sauerteig im Mund quellen lassen. Ich bringe sie in der nächsten Nacht um, schwor er sich. Ich erwürge sie ... einzeln, mit meinen dicken Händen, lautlos. Wo Millionen zum Mörder werden, kommt es auf diese beiden Morde gar nicht mehr an.

Tamara verschwand in der Dunkelheit. Katzengleich, unhörbar ... Kunze sah ihr nach, Sekunden nur, dann war die Schwärze des Waldes wieder eine Einheit. Er setzte sich unter einen Baum und streckte die müden Beine aus. Neben ihm knisterte Papier. Einer der beiden Troßleute aß Schoka-Cola.

»Ruhe!« zischte Kunze. Das Rascheln verstummte.

Sie lauschten in die stille Nacht. Fern rollte die russische Armee über die Rollbahn, in der Ferne wetterleuchtete der Himmel ... Orscha. Aber um sie herum, in der Nähe, war geheimnisvolle Stille.

Drei Kilometer nördlich, nach einer Stunde, wurde Tamara von einigen kräftigen Fäusten zu Boden gerissen. Plötzlich waren vor ihr vier Gestalten aus der Dunkelheit emporgeschnellt, und ehe sie schreien konnte oder um sich schlug, lag sie auf dem Waldboden, eine Gestalt hockte auf ihr und tastete sie ab.

»Junge, Junge«, sagte eine leise Stimme. »Ein Weib!«

»Was?«

»Ein Weib!«

»Wohl verrückt?«

»Aber nein. Wo ich hinpacke, ist Brust.«

Für den Bruchteil einer Sekunde flammte eine Taschenlampe auf, beleuchtete Tamaras verzerrtes Gesicht, den Soldaten, der mit beiden Händen ihre Brüste umklammert hielt und verlosch.

»Komm jetzt!« sagte Feldwebel Steigert. Er war der Führer des Voraustrupps von Major Schneider. »Das Weib muß sofort zu Major Schneider.«

Als sie mit ihrer Beute bei Major Schneider ankamen ... vorweg ein Landser, dann der Obergefreite Knebel mit einem zerknirschten Gesicht, dann Tamara mit Steigert und am Ende ein anderer Landser, als sie in den Schein des Truppentransportwagens kamen, schrie Strakuweit in hellem Entzücken auf.

»Hoh! Die Tamara!«

»Wer?« fragte Major Schneider. Er musterte das etwas in Unordnung geratene Mädchen mit den zerzausten Haaren, dem verrutschten Rock und der zerrissenen Bluse, aus der der obere Ansatz der Brust hervorquoll. Gleichzeitig schielte er zu Feldwebel Steigert. Der wurde rot.

»Nichts, Herr Major. Ich habe aufgepaßt.«

»Wer ist Tamara?« Schneider sah zu Strakuweit empor, der hinter dem großen Steuerrad hockte.

»Die Spezialmatratze von Hauptfeldwebel Kunze, Marke Brustweich.«

»Strakuweit«, rief Oberleutnant Faber warnend.

Leutnant Vogel schoß hinter dem Wagen hervor. Er hatte ein wenig im Stehen geschlafen, denn auch er mußte gehen, und zwar in dem Tempo, das Strakuweit mit seinem Wagen angab. Ein mörderisches Tempo ... ein Wettlauf mit der Zeit und dem Tod. Als er im Halbschlaf den Namen Tamara hörte, wurde er hellwach. Er baute sich vor dem Mädchen auf und hob die Hand. Sein Kopf glühte.

»Na, na«, sagte Major Schneider. »Warum denn, Vogel? Das Mädchen ist doch brav und tut Ihnen nichts.«

»Sie hat die Moral der Truppe zerstört.«

»Auch Ihre Moral?«

»Herr Major ...«

»Na also! Aber denken Sie mal nach, Vogel: Wo diese Tamara ist, steckt auch unser Kunze. Und bei Kunze ist ein Teil der Verpflegung der 5. Kompanie.« Er wandte sich zu Faber um. »Es scheint so, Faber, als kämen wir doch noch vor dem Dnjepr zu unserem Standgericht.«

Über Faber zog ein eiskalter Hauch. Kunze war ein Feigling, ein Schwein ... aber er war ein Mensch. Nicht jeder ist ein Held, und nicht jeder ist überbelastet mit Skrupeln. Standgericht aber bedeutete: Tod!

Major Schneider wandte sich zu Tamara.

»Wo seid ihr?«

»w ljesu.« (Im Wald.) In Tamaras Augen glomm Furcht auf.

»Allein? Oder ist Kunze bei dir?«

»Da (Ja).«

»Und wer noch?«

»Dwa (Zwei).«

»Sieh an. Kunze mit zwei Mann und einer Frau auf dem Wege nach Deutschland!« Er winkte Steigert heran und einige Mann. Faber wandte sich ab und ging zum Wagen. So sehr er Kunze haßte und sein Tun verurteilte ... es war für seine schöne, ideale Seele eine Qual, zu sehen, wie man einen Menschen abschrieb. »Sie holen mir den Vogel, Steigert!«

»Jawoll, Herr Major.«

»Und lebend!« Schneider wandte sich wieder Tamara zu. »Ist es weit?«

»Njet.«

»Gut. Und du gehst mit und führst sie.«

Als Tamara mit Feldwebel Steigert und den anderen aus der Dunkelheit auftauchte, wußte Kunze, welche Stunde geschlagen hatte. Aber selbst in dieser Situation war er noch zu feig, irgend etwas zu unternehmen. Er erhob sich nur plump von seinem Sitz, ging Steigert entgegen und wartete, daß dieser ein Männchen baute.

»Na?« sagte er. »Können Sie keinen Dienstrang mehr unterscheiden?«

Feldwebel Steigert blieb einen Augenblick der Atem weg. Er sah Kunze an wie einen Geist und schob den Helm etwas zurück.

»Dich hat wohl 'n blinder Affe gebissen, was? Wenn du noch mal deine Schnauze aufmachst, tret' ich dir in den Hintern, daß dir der Mastdarm platzt! – Wo hast du Sauhund die Verpflegung?«

»Hier!« rief einer der Troßleute. Er schleifte den Sack heran. Kunze wollte etwas sagen, aber Steigert trat ihm gegen das Schienbein.

»Schnauze, Kunze!«

Schmerzverzerrt krümmte sich Kunze und lehnte sich gegen einen Baum. Er starrte zu Tamara hinüber, deren Schatten undeutlich zwischen den Soldaten herumglitt.

»Du Hurenweib hast mich verraten«, keuchte er. Er schnellte vor und ergriff Tamara. Mit einem Satz war er bei ihr, warf sich auf sie und drückte sie mit seinem Gewicht zu Boden. Sie rollten über den Waldboden. Tamara schlug mit Beinen und Armen um sich und schrie. Kunze versuchte, ihren Hals zu fassen. »Du hast mich ausgeliefert«, stöhnte er unter ihren Faustschlägen, die sein Gesicht trafen. Er zerriß ihre Bluse, wühlte mit den Händen in dem Fleisch ihrer Brüste und biß hinein wie ein Raubtier. Tamara schrie grell ... er spürte in sich die Wildheit eines Tieres und tastete mit den Zähnen nach ihrer Gurgel. Ich zerbeiße sie, durchglühte es ihn. Ich beiße das Luder zu Tode! Sie hat mich verraten ... sie hat mich auf dem Gewissen ... »Du Aas!« stammelte er in sinnloser Wildheit. »Ich bringe dich um ... ich bringe dich um ...«

Steigert und Knebel stürzten sich auf den tobenden Kunze. Sie hieben auf ihn ein, sie rissen ihn von Tamara zurück, schleiften den Schreienden und um sich Tretenden weg, warfen ihn wie einen Sack mit aller Wucht gegen einen Baum ... Jetzt brechen ihm alle Rippen und das Rückgrat, dachte Steigert. Aber Kunze erhob sich wieder und stürmte vorwärts, auf die taumelnde Tamara zu. Steigert warf sich ihm in den Weg, er wurde überrannt von diesem Bullen von Mann, Knebel schleuderte ihm seinen Karabiner zwischen die Beine, Kunze fiel auf das Gesicht und hatte drei Mann auf seinem Rücken sitzen, die mit sechs Fäusten auf ihn eindroschen, bis er laut aufseufzte und sich streckte.

Steigert wischte sich Blut aus dem Gesicht. Er hatte sich beim Niederfallen die Nase aufgeschlagen. »Der hat genug«, sagte Knebel. »Sollen wir ihn fesseln?«

»Ja, mit drei Koppeln! Und schnell zum Major, ehe er wieder Spuk macht.« Steigert wandte sich an Tamara. Sie stand zitternd neben Kunze, die zerrissene Bluse mit beiden Händen zusammenhaltend, und weinte.

»Moi ljublmez«, sagte sie. (Mein Liebling.)

Feldwebel Steigert legte den Arm um sie. »Komm ...«

»Macht ihr ihn tott?«

Feldwebel Steigert blickte zu Kunze hin. Es schien, als wäre der Überfall auf Tamara die letzte Kraftanstrengung gewesen, willig, mit gesenktem Kopf, stumm ließ sich Kunze von Knebel und zwei anderen Soldaten in die Mitte nehmen, die Arme auf dem Rücken mit drei Koppeln zusammengebunden.

»Komm«, sagte Steigert noch einmal zu Tamara.

Langsam gingen sie durch den nachtschwarzen Wald der Gruppe

Schneider zu. Die beiden Troßleute der 5. Kompanie schleppten wieder den dicken Verpflegungssack.

Als Kunze den Schein der Lampen durch die Bäume und Büsche geistern sah, verhielt er den Schritt und wandte sich zu Steigert um.

»Licht? Wer seid ihr denn?«

»Kampfgruppe Schneider ...«

»Major Schneider ...«, sagte Kunze leise.

»Genau der.«

»Alle. Du wirst sie alle wiedersehen, die lieben Kameraden. Sie warten alle auf dich, Kunze ...«

Mit schleppenden Schritten ging Kunze weiter. Er hatte das Gefühl, für einige Sekunden versagt zu haben. Ein Selbstmord wäre besser gewesen als das, was er jetzt erwartete. Er machte sich keine Illusionen mehr. Er wußte, daß es keinen Morgen mehr für ihn gab.

Eine weinerliche Stimmung quoll in ihm empor. Er war versucht, sich wie ein böses Kind einfach hinfallen zu lassen und laut zu fluchen. Er kam sich ungeheuer tragisch vor, verraten, ausgestoßen, verkannt und hingemordet.

Major Schneider stand mit Leutnant Vogel und Oberleutnant Faber neben dem Mannschaftswagen, als Kunze mit Tamara und Steigert auf die Lichtung trat, in den Kegel des Scheinwerfers hinein, den Strakuweit wie bei einer Theateraufführung voll einschaltete. Kunze blinzelte etwas, geblendet, fast angesprungen von dem Schein, und nahm trotz seiner Fesselung stramme Haltung ein. Irgendwo hinter dem Lichtstrahl ahnte er Major Schneider ... sonst war es still um ihn. Keiner sprach ein Wort, keine laute Bemerkung flatterte zu ihm hin ... er hörte nur das Atmen vieler Männer und spürte eiskalt in sich das Bewußtsein: Du bist ja schon tot! Für die da bist du schon tot! Es ist kein Empfang – es ist ein Begräbnis.

Tränen schossen in seine dicken Augen ... er starrte wie durch einen Schleier auf den Scheinwerfer.

»Hauptfeldwebel Kunze!« sagte eine harte Stimme.

Kunze zuckte zusammen. Oberleutnant Faber ... Er lebte auch noch! Kunze sah starr geradeaus. Die Tränen rannen ihm über die dicken Backen in die Mundwinkel.

»Sie kennen das Kriegsrecht?«

»Ja, Herr Oberleutnant.«

»Feigheit vor dem Feind, Desertion, Kameradendiebstahl, Verweigerung der Hilfeleistung, die in diesem Falle schon Mord ist . . .«

Oberleutnant Faber stockte. Er dachte an den kleinen Brehm, der krepieren mußte, weil Major Schneider einen Russen für wichtiger hielt. Er sah kurz zu Major Schneider neben sich und begegnete dessen Blick. Sie verstanden sich in diesem sekundenschnellen Anblicken. Schneider hob die Hand. Seine Stimme war kalt, gefühllos, fast synthetisch.

»Was erwarten Sie, Hauptfeldwebel?«

Kunze schluckte. Er leckte mit der Zunge die Tränen ab, die sich auf seiner Oberlippe sammelten. Seine Stimme flatterte durch die Stille und durch den Kegel des Scheinwerfers.

»Ich . . . ich . . . Herr Major . . .«

Plötzlich weinte er laut wie ein Kind und sank in die Knie. Er senkte den Kopf, als sollte er durch einen Schwerthieb hingerichtet werden. Es war ein unwürdiges Schauspiel.

»Stehen Sie auf!« sagte Major Schneider heiser.

»Ich . . . ich . . . Herr Major . . .«

Strakuweit kaute an dem Nagel seines Daumens. Leskau ging um den Wagen herum in die Dunkelheit und wandte sich weg. Er empfand Ekel vor diesem Schauspiel. Es war ein Zusammenbruch von Männlichkeit und Stolz, der ihn erschütterte, auch wenn er gegen Kunze Haß empfand und sich sagte, daß er mehr als einmal den Tod verdient habe. Nur dieses Schauspiel ekelte ihn an, diese Entpersönlichung eines Menschen, dieses Verjauchen der Seele. Mit zitternden Händen steckte er sich eine Zigarette an und bemühte sich, nicht zu hören, was jenseits des Wagens vor sich ging.

Major Schneider nestelte an seinem Koppelzeug. Er war nervös. Es war nicht sein erstes Standgericht . . . aber es war das erste, dessen Irrsinn er selbst einsah. Wenige Kilometer neben ihnen zogen die russischen Divisionen auf der Rollbahn nach Westen, mit dem großen Ziel, hineinzufluten nach Deutschland, Rußland zu befreien und die Weltrevolution über ganz Mitteleuropa zu jagen, Nachkommen eines Dschingis-Khan, denen das geschwächte, ausgeblutete Europa keine eisernen Reiter mehr entgegenstellen konnte. Um sie herum lagen in den Wäldern die gnadenlosen Partisanen, Wölfen gleich, die ausgehungert das deutsche Wild schlugen, wo immer sie es fanden. Und nun stand Major Schneider hier in einer Lichtung des Waldes und sollte einen erbärmlichen Mann zum Tode verurteilen und hinrichten lassen, weil er ein Feigling war, ein Kameradenschinder, ein Dieb.

Major Schneider schielte zu Vogel hinüber. Er sah dessen Augen vorquellen, sein Mund zuckte hysterisch, Schweiß stand auf seiner Stirn, ab und zu leckte er sich über die trockenen Lippen. Für ihn war dieses Schauspiel eine fast geile Befriedigung. Voll Ekel zuckte Schneiders Kopf herum und zu dem wimmernden Kunze, der noch immer auf dem Waldboden kniete und seinen Nacken in den Scheinwerfer streckte.

»Stehen Sie auf!« brüllte Schneider grell.

Kunze zuckte empor und erhob sich. Sein dickes Gesicht war farblos ... es war schon gestorben.

»Wo ist der Troß?«

»Vernichtet, Herr Major«, sagte Kunze schwach.

»Alles?«

»Alles.«

»Keine Überlebenden, keine Verwundeten?«

Kunze sah Simpelmeier vor sich ... den schmächtigen Simpelmeier mit seinen drei Kindern, wie er sein zerfetztes Bein hinter sich herzog und bettelnd hinter ihm herkroch ... Kunze, nimm mich doch mit ... nimm mich doch mit ... Ich habe drei kleine Kinder ... Nimm mich doch mit ... mit ... Und er hatte ihm eine Pistole hingeworfen ...

Kunze sank wieder auf die Knie.

»Wo ist die Truppenverpflegung?«

»Die habe ich gerettet, Herr Major.«

»Gerettet? Abgehauen sind Sie damit! Selbst fressen wollten Sie die!«

»Ich habe gehofft, auf meine Kompanie zu treffen ...«

»Haben Sie gehofft? Warum sind Sie dann nicht in Dubrassna geblieben, bis die Kompanie zurückkam?«

Kunze schwieg.

»Warum?« brüllte Schneider.

»Ich hatte Angst, Herr Major ...«

»Erschießen!« sagte Leutnant Vogel mit fast jubelnder Stimme. Major Schneider fuhr herum.

»Habe ich Sie gefragt, Vogel?«

»Herr Major ...«

»Dies ist ein Verhör, aber kein Gericht! Wenn Sie schon Wert auf militärische Spielregeln legen, so halten Sie sie bitte auch ein!«

Major Schneider sah auf seine Armbanduhr.

»Wir müssen weiter. Faber, ich übergebe Ihnen den Hauptfeldwebel Kunze in Gewahrsam. Er wird abgeurteilt, wenn wir die nötige Ruhe haben.«

Vogel fuhr herum. »Nicht sofort erschießen?«

»Wir wollen einen Menschen nach dem Kriegsrecht verurteilen, Herr Leutnant, aber nicht ermorden!«

»Eine Ausnahme bildet der Notstand! Wir haben ihn!«

»Haben wir den?« Major Schneider blickte sich um. »Ich fühle mich nicht in Not. Wir sind eine intakte Truppe, die sich durchschlägt. Eine Kampfgruppe, die ein gestecktes Ziel erreichen muß – und wird! Betrachten Sie das als Notstand, Leutnant Vogel?«

Vogel spürte die Schlinge, die ihm Schneider legte. Er lächelte mokant und nahm die Hacken zusammen. Für wie dumm hältst du mich, dachte er. Du kommst dir mit deinen silbernen geflochtenen Schulterstücken so überlegen vor und bist doch nur der kleine Moritz, dessen Denken bis zum Dnjepr reicht. Du bist ein Schaf in der Uniform eines Majors.

»Ich betrachte es als eine Ehre«, sagte er pathetisch.

Feldwebel Steigert riß Kunze vom Boden empor und schob ihn zu Oberleutnant Faber hin. Um den Wagen herum kam Leskau. Er nahm Kunze in Empfang und löste zunächst die Fesseln auf dem Rücken. Verwundert, von unten her, sah Kunze zu Leskau auf.

»Danke, Fritz«, sagte er leise.

»Wenn du Dummheiten machst, schieße ich sofort«, sagte Leskau hart.

»Du tätest mir damit einen großen Gefallen, Fritz.«

»Auf einmal? Wirst du mutig?«

»Ich habe es satt.« Er rieb die Hände, wo die Koppel den Blutkreislauf eingeschnürt hatten. »Sie erschießen mich ja doch. Warum nicht gleich? Warum erst warten?«

Er zuckte zusammen, als Major Schneider an den Wagen trat und ihm einen Karabiner reichte.

»Hier, Kunze.«

»Für mich, Herr Major?« Seine Hände bebten, als er den Schaft der Waffe umklammerte.

»Wir brauchen jeden Mann für den Durchbruch! Wenn wir über dem Dnjepr sind, reden wir weiter! Tun Sie wenigstens jetzt Ihre Pflicht. Sie kämpfen um Ihr Leben ...«

»Um meine gesetzmäßige Hinrichtung, Herr Major ...«

Major Schneider wandte sich ab.

»So kann man es auch nennen«, sagte er und ging.

Um 10 Uhr vormittags, wie es auf dem Schein stand, meldete sich Inge Hellwag in Berlin bei der Außenstelle des Königsberger Rüstungswerkes.

Der Abschied von ihrem Vater war weniger schmerzvoll gewesen, als sie es befürchtet hatte. Der alte, zwangspensionierte Reichsbahnrat hatte sie stumm umarmt, als sie weinend ihren Gestellungsbefehl auf den Tisch legte.

»Geh nur«, hatte er später gesagt. »Mach dir keine Sorgen um mich. Für einen alten Mann findet sich auf der Welt immer ein Eckchen oder ein Winkel, wo er sich verkriechen kann. Solange wir diese Ecken noch haben, dürfen wir glücklich sein. Wir leben heute in Deutschland ja nur noch in den Winkeln und überlassen die Straße und die Säle den ›braunen Bataillonen‹. In diesen Winkeln konservieren wir uns, während die anderen sich austoben und zugrunde gehen.« Er lächelte schwach und streichelte die Haare Inges. Über sein faltiges Gesicht zog ein weises Leuchten. »Vielleicht wird es später einmal heißen: Das neue Deutschland entstand aus einer Konservenbüchse. Seien wir glücklich, daß es uns trotz allem gelingt, noch so viele Ideale aufzuheben.«

Er hatte sie nicht mit zum Bahnhof begleitet. Er hatte Abschied von ihr in der Wohnung genommen. Nach alter Art hatte er Inge gesegnet, ehe er sie gehen ließ. Taumelnd war sie in die Straßenbahn gestiegen und zum Bahnhof gefahren. Die ganze Fahrstrecke über hatte sie am Fenster gesessen und hinausgestarrt auf die vorbeiflutende Landschaft. Aber sie hatte nicht wahrgenommen, was sie sah. Nur ein Gedanke war es, der durch ihren ganzen Körper flutete, mit dem Blutkreislauf gegen das Herz schlug und sie zwang, das Taschentuch vor die Lippen zu pressen, um ein lautes Schreien aufzuhalten: Ich sehe ihn nicht wieder ... ich sehe ihn nicht wieder ...

Jetzt, in Berlin, zu Fuß durch die Trümmer der Häuserreihen gehend, hatte sich eine große Gleichgültigkeit in ihr ausgebreitet. Wachstuch, dachte sie wieder. Eine Seele aus Wachstuch ... und du wirst es überleben. Einmal ist auch dieser Krieg vorbei – dann kommt Fritz zurück, und ein neues Leben beginnt. Ganz von vorn. Ganz neu. Ganz für uns ... Ein wirkliches Leben. –

In den Trümmern wühlten Frauen und alte Männer, Kinder und Krüppel nach den letzten Habseligkeiten, die brauchbar waren für einen neuen Anfang in irgendeinem Keller, zwischen abgestützten Mauern und mit dünnem Drahtglas verschlossenen Fensterhöhlen.

Ein leichter, süßlicher Geruch wehte ihr von den weiten Trümmerfeldern entgegen. Verwesende in den verschütteten Kellern. Niemand holte sie heraus, niemand wagte es, durch die dauernd wieder einbrechenden Trümmer zu kriechen, niemand hatte ein Interesse daran, zu wissen, wer da unten verfaulte ... Frau Meier oder Herr Schulte ... Besser er als ich, dachte man. Es wurde sogar ein Witz, ein makabres Wortspiel ...

Was galt denn noch ein Mensch?

Inge ging durch diese Straßen mit in den Nacken geworfenem Kopf. Das war es, was sie sehen sollte, das sollte sie weich machen für die Gelüste des Herrn Personalchefs ... an der Zahl der Toten sollte sie lernen, wie schön das Leben ist. Ein widerlicher Vergleich, der sie mehr erschütterte als abstieß.

Der Leiter der Außenstelle hauste in einem Büro, das verhältnismäßig gut erhalten war, das noch Glasscheiben besaß und keine gesprungenen Decken. Er war über das Kommen Inge Hellwags bereits unterrichtet worden, hatte die Personalakte vor sich liegen (wie schnell sie arbeiten, durchfuhr es Inge) und musterte Inge beim Eintritt ein wenig verwundert und, wie es schien, nicht gerade feindlich.

»Sie haben Mut«, sagte der Mann. Er war etwas rundlich, sah aus wie ein Beamter und trug im Knopfloch seines hellen Sommersakkos ein kleines silbernes Abzeichen. Zwei Runen ... SS.

»Wieso?« fragte Inge.

»Erst wirft man Ihren Vater hinaus ...«

»Das ist eine Angelegenheit meines Vaters und geht mich nichts an.«

»Dann beleidigen Sie den Personalchef ...«

»Er beleidigte mich! Er machte mir ein schmutziges Angebot.«

Der SS-Mann lächelte schwach. »Wenn man Sie ansieht, kann es sich nur um ein süßes Angebot handeln.«

»Das ist eine Sache der Auffassung.«

»Und nun sind Sie in Berlin und ich soll Sie dort einsetzen, wo die Hölle am schwärzesten ist und Sie am ehesten vor die berühmten Hunde gehen.«

Inge Hellwag blickte auf ihre staubigen Schuhspitzen.

»Legen Sie sich keinen Zwang auf.«

»Sie wissen nicht, was Sie da sagen, Fräulein Hellwag.«

Inges Kopf fuhr hoch. Daß sie jemand in diesem Raum mit Fräulein anredete, war schon des Verwunderns wert. Der Klang der Stimme aber verwirrte sie völlig. Er war mild, fast väterlich. Aha, dachte sie. Er versucht es mit der sanften Platte. Er spielt den gütigen Onkel. Sie beschloß, sich einzuigeln und schüttelte den Kopf.

»Ich weiß es.«

»Ich will Ihnen helfen, Fräulein Hellwag.«

»Sie – mir?«

»Bin ich ein Ungeheuer?«

»Ich habe von dem Zeichen, das Sie im Knopfloch tragen, bisher noch nichts Gutes erfahren.«

Der SS-Mann sah auf seine dicken Hände mit den wulstigen Fingern. »Sie sind ehrlich ... Sie sind verbrecherisch ehrlich. Das sollten Sie nicht sein. Es ist bisher, solange es Menschen gibt, noch keinem gut gegangen, der immer die Wahrheit sagte. Die angenehmste Wahrheit ist die Lüge, das sagte mal ein Philosoph. Sie wurde zum Moralmittelpunkt unserer Welt – diese Lüge.«

Inge Hellwag setzte sich auf den Stuhl, der vor dem Schreibtisch stand. Sie mußte sich einfach setzen, so erstaunt war sie.

»Hat man mich nach Berlin kommen lassen, um Moralphilosophie zu diskutieren?«

»Nein.« Der SS-Mann blickte nicht auf. »Man hat Sie nach Berlin kommen lassen, damit Sie hier sterben.«

Das Wort stand im Raum wie eine mächtige, drückende, die Luft aufsaugende Wolke. Sterben! In Inges Hals quoll ein Würgen empor. Ihr Atem flog.

»Man hätte mich auch in Königsberg umbringen können.«

»Wenn wir jemanden umbringen, so brauchen wir noch seine Arbeitskraft. Er stirbt in den Sielen, wie man so poetisch sagt. Bis zum letzten Atemzug für Führer und Großdeutschland – das ist ein volles Ausschöpfen des deutschen Arbeitspotentials! Das ist das ganze geheimnisvolle Prinzip der KZs. Arbeiten bis zum Umfallen und Verrecken.«

Inge Hellwag fuhr ein kalter Schauer über den Rücken trotz der dumpfen Hitze dieses geschlossenen Raumes.

»Jetzt sind Sie verbrecherisch ehrlich.«

»Es hört uns keiner.« Der SS-Mann erhob sich. Inge setzte sich geradeauf ... sie ging in Abwehrstellung, falls er um den Schreibtisch herum auf sie zukommen sollte. Aber er blieb am Fenster stehen, mit dem Rücken gegen den Rahmen gelehnt, und sah sie an.

»Ich werde Sie bei der Verteilerstelle einsetzen. Sie können Schreibmaschine?«

»Ja.«

»Stenographie?«

»Ja.«

»Silben?«

»180.«

»Es ist eine Stelle, die die Fertigwaren an die Rüstungszweige weiterleitet. Wir stellen Ersatzteile her, die von Fabriken in ganz Deutschland eingebaut werden. Die Verteilungsstelle schlüsselt die Anlieferungen auf und leitet sie an die Fabriken weiter.«

»Unterirdisch?«

»Quatsch! Es ist ein trockener Bürokram. Sie erhalten eine alte Schreibmaschine, Briefbogen, Bestellkarten, Transportbogen, Kontrollzettel ... all den dummen Papierkram, ohne den selbst im Krieg eine Rüstung nicht auskommt. Für eine Schraube dreißig Begleitpapiere.«

Inge sah auf ihre Hände. Sie zitterten und umklammerten die kleine Ledertasche auf ihrem Schoß.

»Danke«, sagte sie leise.

»Haben Sie schon ein Zimmer?«

»Nein. Ich bin doch ganz fremd in Berlin.«

»Keine Bekannten, Verwandten?«

»Nichts.«

»Wir haben ein Haus gemietet. Wenn Sie mit einem anderen Mädchen zusammen in einem Zimmer wohnen wollen ... wir lassen noch ein Bett hineinstellen.«

»Das wäre schön.« Inge erhob sich. Sie trat an den Schreibtisch heran und streckte dem SS-Mann weit ihre Hand entgegen. »Ich danke Ihnen nochmals.«

Er drückte ihre Hand. Es war ein schlaffer, widerlich fleischiger Druck, aber Inge hielt ihn aus.

»Morgen früh treten Sie Ihre Stellung an. Ihre Kollegin im Vorzimmer hat die Adresse. Sie ist auch das Mädchen, mit dem Sie das Zimmer teilen. Heil Hitler!«

»Heil Hitler!« sagte Inge leise und verließ den Raum.

Draußen, im Vorzimmer, lernte sie Grete Bollow kennen.

Abiturientin, 24 Jahre, brünett, etwas drall in Brust und Hüften, geschminkt, mit einem tiefen Ausschnitt in dem feinen wollenen Sommerpulli und einem kleinen Leberfleck auf dem linken Brustansatz.

»How do you do«, sagte sie frech. Ihr grellroter Mund war ordinär, als sie lachte. Sie setzte sich auf den Schreibmaschinentisch und ließ die langen Beine pendeln. Sie trug hauchdünne Strümpfe, Stöckelschuhe und einen spitzenbesetzten Schlüpfer. Man sah ihn in dieser Stellung. »Da staunste, was? Seidenstrümpfe, Pariser Pullover, italienische Schuhe ... Kommt alles von Gustav.«

Inge Hellwag blickte von den weiten Beinen des Spitzenschlüpfers weg. »Wer ist Gustav?«

»'ne wundervolle Type von Schieber! Der kleine König von Berlin! Na ja ...« Grete Bollow stellte sich wieder auf ihre Bleistiftabsätze. »Bist ja noch neu hier im Laden. Kommst auch noch hinter die Schliche und lernst die Gärten kennen, wo die Kirschen wachsen.«

»Ich glaube nicht.«

»Du glaubst!« Grete Bollow lachte hell. Mit flinker Zunge leckte sie sich über die Lippen. »Was bist du armes Luder hier allein in Berlin ohne 'ne richtige Schieberbekanntschaft. Was die von dir verlangen, ist nischt gegen das, was sie dir dafür bringen. 'n bißchen stillhalten, das ist alles ... und du lebst wie 'n Nachkomme von Krupp!«

Inge Hellwag schwieg. O Fritz, dachte sie. Das ist jetzt Deutschland! Das ist aus uns geworden ... Schieber, Huren und kranke, arme, alte Leute, die aus den Trümmern die letzten Stoffetzen zusammensuchen, verbeulte Kochtöpfe, zerrissene Betten, zersplittertes Holz, zerdrückte, durchlöcherte Kleider, ein paar Konserven ... Das ist Deutschland, für das du kämpfst. Dein Ideal! Dein Reich!

Die Stimme Grete Bollows riß sie empor.

»Der Alte sagt, wir pennen zusammen?«

»Ja.«

»Ich heiße Grete.«

»Inge ...«

»Weiß schon. Kenne deine Personalpapiere. Hast 'ne freche Klappe gehabt. Anstatt beim Personalchef 'n bißchen killekille zu machen ...«

»Grete, hör auf.«

Grete Bollow zupfte an ihrem tief ausgeschnittenen Pullover. »Diese Prüde mußte dir bei mir abgewöhnen, Inge. Du schläfst jetzt bei mir, und du kannst nicht verlangen, daß ich meinen Besuch deinetwegen 'rausschmeiße.«

»Besuch?«

»Gustav, der König von Berlin.«

»Ich werde solange spazierengehen.«

»Solange?« Grete wieherte los. »Mädchen — unter 'ner Nacht macht der es nicht. Du kannst dich ja 'rumdrehen und Watte in die Ohren stopfen. Gustav kommt jeden Samstag.« Sie sah auf ihren

Leberfleck und tippte mit dem Zeigefinger darauf. Ihre Nägel waren lilarot lackiert. »Weißt du, wie der Genießer das nennt? Den Wegweiser zur Straße des Glücks. Wird manchmal direkt poetisch, der Gustav . . .«

Aufgelöst, angeekelt, aber hilflos allem preisgegeben, was auf sie einstürmte, zog Inge Hellwag zu Grete Bollow in das Zimmer.

Es war ein großer Raum, breit genug für zwei Betten. Da Grete noch arbeiten mußte, hatte sie ihr den Schlüssel gegeben.

So saß nun Inge allein auf ihrem Bett und sah sich im Zimmer um.

Auf dem Nachttisch Gretes stand ein Bild in einem schweren Silberrahmen. Ein dickes, breit lächelndes Gesicht. Das Gesicht eines Fauns. Unter dem Bild stand in einer zierlich unbeholfenen Schrift mit einem dicken Füller geschrieben: »Meinem Häschen in glühender Liebe.«

Gustav. Gustav Strapinsky.

Ehemaliger Wärter im Berliner Zoo. Abteilung Wasserbüffel und Giraffen. Zukünftiger Anwärter einer Villa in Dahlem.

Inge räumte ihre Sachen ein und saß dann wieder auf dem Bett. Wie sollte das alles weitergehen? Wenn sie an Grete und die Samstagsbesuche Gustavs dachte, bekam sie einen bitteren Geschmack. Sie konnte doch nicht danebenliegen . . . sie konnte es doch nicht mit ansehen, mit anhören . . . Sie fuhr sich mit den Händen durch die Haare und weinte . . .

In der Nacht schreckte sie empor durch das schaurige, auf und ab schwellende Heulen der Sirenen. Grete war schon aus dem Bett und schlüpfte in eine lange Hose und einen dicken Pullover, die sie vor dem Niederlegen schon bereitgelegt hatte.

»Das mußt du kennen«, sagte sie. »Die kreisen schon 'ne Weile über Berlin. Ehe die Sirenen heulen, fallen manchmal schon die Klötze vom Himmel.«

Die Scheiben zitterten. Flak bellte auf, den Nachthimmel überzog ein helles Flackern. Plötzlich blendete ein heller Schein Inges Augen . . . traubenförmig schwebten Leuchtkugeln vom Himmel herab über Berlin. Es sah herrlich aus, phantastisch – wie gebannt stand Inge am Fenster und schaute hinaus.

»Verrücktes Huhn!« schrie Grete Bollow. Sie zog Inge aus dem Zimmer fort auf die Treppe. »Wo die Christbäume stehen, da hagelt es Särge! Runter in den Keller!«

Sie hetzten die Treppen hinunter, vorbei an anderen Hausbewohnern mit Koffern und Taschen in der Hand, an betenden alten

Frauen vorbei und zwei Greisen, die einen Stahlhelm und Gasmasken trugen und als Hauswarte für Ordnung zu sorgen hatten.

Eine Eisentür mit einem großen Hebelverschluß nahm sie auf ... ein Keller mit Sitzbänken längs der getünchten Wand. Vor einem Notausstieg standen Sandkästen, eine Spritze, drei Eimer Wasser, eine Feuerpatsche, zwei Einreißhaken und eine Axt. Grete setzte sich neben den Notausgang und zog den Mantel, den sie lose umgehängt hatte, enger um ihre Schulter.

Der Boden zitterte und bebte, hob und wiegte sich.

Die ersten Einschläge. Die ersten Toten dieser Nacht. Die ersten Schreie. Die erste Erlösung.

Inge Hellwag drückte sich gegen die Wand. Sie spürte das Beben der Erde durch ihren ganzen Körper rieseln. Die Lampe über ihnen pendelte. Es krachte laut ... Kalk rieselte von der Decke und überzog die sich Duckenden. In der anderen Ecke betete noch immer die Frau, die betend die Treppe hinuntergelaufen war. Ein gestrickter Schal bedeckte ihren weißen Kopf und fiel über ihr fahlgelbes, runzeliges Gesicht.

Der Keller wurde durch einen neuen Einschlag erschüttert. Er war stärker als der erste Einschlag ... die Birne flatterte und erlosch. Tiefe Dunkelheit erfüllte den Raum. Stöhnen quoll auf, Weinen ... die Stimme eines der Greise, des Hauswartes.

»Das war im Nebenhaus. Wir haben Glück, Leute. Die nächste geht drüber weg.«

Zwei Taschenlampen flammten auf. Die Frau mit dem Schal lag auf den Knien und betete. Eine junge Mutter hatte ihr Kind an sich gedrückt ... sie lag mit dem Oberkörper über dem weinenden Mädchen, als wolle sie mit ihrem Rücken zuerst die herabstürzende Decke auffangen. Der Mann neben ihr hatte den Arm um sie gelegt und den Kopf zurückgeworfen ... ein alter Mann mit einem weißen Schnurrbart. Ihr Vater ... Drei Generationen in Erwartung des Todes, gefaßt, zu sterben. Hilflose Kreaturen, die nicht wußten, warum dies alles war und warum sie litten.

Grete rückte näher an Inge heran. »Wenn es heute richtig gebumst hat, bekomme ich Samstag einen neuen Ring«, flüsterte sie ihr ins Ohr. Inges Kopf fuhr herum.

»Einen Ring? Woher?«

»Von Gustav. Wenn andere in die Keller kriechen, kommt er aus ihnen hervor wie 'ne Ratte. Und er sammelt Schmuck ... Was braucht 'ne Leiche Schmuck im Grab, nicht wahr?«

Inge wurde es übel. »Das ist Leichenfledderei«, sagte sie mühsam. Sie rückte von Grete ab und fror.

Grete Bollow schüttelte den Kopf. »Ausdrücke hast du! Das ist Rettung des Volksgutes! Kampf dem Verderb! Wir leben nicht mehr im alten Ägypten, wo man die Toten mit Ringen und Goldketten beladen begrub.«

»Auf Plünderung steht Todesstrafe.«

»Huh!« Grete lachte laut und legte den Arm um Inges Schulter. Widerwillig, weil sie nicht zur Seite rücken konnte, ließ es Inge geschehen. »Meinen Gustav und hinrichten! Die leben doch alle von ihm, die ganzen Bonzen, die ihn anzeigen müßten. Die kommen doch jeden Morgen nach 'nem Angriff: Gustav, haste nicht 'n paar Ohrringe für meine Flamme? Gustav, ich brauche ein Kollier ... Gustav ... Gustav ...«

»Das ist ja schrecklich«, sagte Inge entsetzt.

»Das ist der Verfall der guten Sitten.« Grete sagte es geziert wie eine alte Lehrerin. Dann lachte sie wieder und schlug die Beine übereinander. »Wenn wir schon alle im Eimer sind, so soll er wenigstens schön voll mit Jauche sein.«

Der alte Hauswart kam in den Keller zurück. »Sie fliegen ab nach Potsdam. Am Zoo hat's ganz schön gebumst. Da brennt alles.«

Grete erhob sich und zog Inge mit sich hoch. »Komm, wir gehen wieder 'rauf. Die entwarnen erst, wenn die Tommys über Norddeutschland sind.«

Inge lag in ihrem Bett und starrte an die weiße, rissige Decke. Das Fenster war zersplittert, der Rahmen aus der Wand gerissen ... verstreut im ganzen Zimmer lagen Kalkbrocken, Glasscherben und Mauerstücke. Grete hatte das Bett ausgeschüttelt und sich einfach hineingelegt. »Laß alles liegen, wie's ist«, hatte sie gesagt. »Morgen können wir aufräumen.«

Nun schlief sie. Ihr Atem schwebte durch die Dunkelheit ... ein wenig seufzend, langgezogen ... der Leberfleck auf der linken Brust mußte sich jetzt auf und ab heben wie ein kleines Boot auf einem bewegten Meer.

Für Inge gab es keinen Schlaf. Sie hatte das Bedürfnis, still in die Kissen zu weinen, aber sie fand keine Tränen. Sie kam sich ausgebrannt vor ... leer vor Grauen und Entsetzen über das, was sie in diesen wenigen Stunden in Berlin gesehen und gehört hatte. Vielleicht redet sie mehr, als an Wahrheit dahinter ist, versuchte sie sich zu trösten, aber sie spürte, daß es ein schwacher Trost war, der nicht tiefer drang bis zu ihrem willigen Hirn, es zu glauben. Das Herz glaubte es nicht. Es war voll Sehnsucht nach Königsberg, nach dem Vater, nach Fritz Leskau, den sie nie mehr sehen sollte, nach Frieden ...

Sie spürte, daß ein Volk noch nie so rettungslos untergegangen war wie das deutsche in diesen Tagen und Monaten ...

Über Sczynno brach eine Flut von Verwundeten herein.

Die großen Lazarette von Minsk wurden geräumt ... Baranowitschi schickte die Massen zerfetzten Fleisches weiter nach Bialystock ... Bialystock leitete weiter nach Sokolow, nach Warschau, nach Thorn ... Und über das kleine Lazarett Sczynno ergoß sich eine Welle von Blut und Eiter, von Papierbinden und schreienden Menschen, von Sterbenden und Halbirren, daß Stabsarzt Dr. Seidel mit seinem Sanitätsstab fast hilflos zwischen den Stöhnenden und Stinkenden herumwatete und nicht wußte, wo er zuerst anfangen sollte und wo überhaupt ein Ende des Elends war.

Sanitätsunteroffizier Heinrich operierte jetzt selbst mit. Seine vier Semester Medizin reichten aus, um brandige Beine zu amputieren, vereiterte Amputationsstümpfe weiter zu kürzen, Sterbenden durch Morphium das Vergehen leichter zu machen und Schußbrüche zu schienen.

Sogar eine Abteilung Hirnverletzter aus dem Lazarett Baranowitschi rückte in Sczynno ein ... sie wurde bewacht wie eine Sträflingskolonne, kam in geschlossenen Wagen an und wurde in eine Baracke neben dem Lazarett eingesperrt. Hinter den vergitterten Fenstern sah man manchmal die bleichen, kahlgeschorenen Schädel durch die Scheiben starren, grinsend, maskenhaft, Alpträume für die, die draußen vorbeigingen.

Jeden Nachmittag arbeitete Elsbeth Holzer jetzt als Hilfsschwester im Lazarett Sczynno. Nach dem Schulunterricht, der trotz der Frontlage unverändert gegeben werden mußte – Nasielsk ist tiefstes Hinterland, hieß es –, fuhr sie mit einem Rad hinaus nach Sczynno oder wurde von einem Kübelwagen des Lazarettes abgeholt. Sie machte Handreichungen, wusch die Verwundeten, trug die Verpflegung an die Strohsäcke, wickelte durchgeeiterte Verbände ab, hielt die Schalen, wenn die Wunden ausgewaschen wurden, und drückte den Gestorbenen die Augen zu.

In diesen Tagen sprach Walter Heinrich auch mit Stabsarzt Dr. Seidel über die Zukunft Elsbeths.

Es war an einem Abend nach einem neuen Transport. Erschöpft

saßen sie in der ›Messe‹ und tranken einen Cognac, den der Flugplatzkommandant dem Lazarettpersonal spendiert hatte. Die beiden Unterärzte operierten noch, Elsbeth saß am Bett eines Sterbenden und kühlte ihm die Stirn mit Kompressen, wusch ihm den Mund aus und hielt seine fiebernde Hand fest. Bauchschuß ... sieben Schüsse einer Maschinenpistole. Ein Junge von 18 Jahren, mit blonden Locken und einem Mund wie ein trotziges Mädchen. Er weinte in seiner Bewußtlosigkeit.

Walter Heinrich sah in das zerfurchte Gesicht seines Chefs. Auch er ist am Ende, dachte er. Er ist mit 43 Jahren ein Greis geworden. Es geht über unsere Kraft ... unter unseren Händen verblutet die deutsche Jugend ...

Dr. Seidels Kopf zuckte herum, als habe er einen Schlag erhalten.

»Heinrich?« Er lächelte wie verzeihend. »Ich habe gerade ein bißchen geträumt. Mit offenen Augen geschlafen. Was gibt' denn?«

»Wir können die Front nicht mehr halten, Herr Stabsarzt.«

»Das soll nicht unsere Sorge sein.«

»Orscha und Witebsk sollen erobert sein, sagen die Verwundeten. Der Russe rückt über die Rollbahn, die ihm die Partisanen freihalten, auf Minsk zu. Er hat den Dnjepr und die Beresina bereits überschritten ... er geht auf Borissow zu.«

»Ich weiß.« Dr. Seidel nickte. »Wir haben ja schon das halbe Lazarett Borissow durchgeschleust.«

»Und er wird weiterrücken. Keiner kann ihn aufhalten.«

»Vertrauen Sie auf den Führer und sein Genie.«

Heinrich starrte Dr. Seidel an. Er sah kein Zucken in dessen Gesicht. Er meinte es ernst, so schien es. Heinrich schluckte.

»Ich mache mir Sorgen wegen Elsbeth, Herr Stabsarzt. Sie darf ihren Dienst nicht verlassen.«

»Das dürfen wir alle nicht, Heinrich.«

»Aber sie ist ein Mädchen!«

»Auch den Frauen kommen im Kriege, wenn es um den Bestand der Nation geht, große Aufgaben zu.«

»Das könnte von Goebbels sein.«

»Es ist von Goebbels«, sagte Dr. Seidel lächelnd.

Heinrich verkrampfte die Finger ineinander. Sein Gesicht war blaß vor Erregung. »Wenn sie keinen Befehl bekommt, muß sie bleiben! Wissen Sie, was das bedeutet? Sie muß sich von den Russen überrollen lassen! Man gibt sie auf, man opfert sie, man vergißt sie einfach. Was ist denn schon ein Mädchen?«

»Ganz recht.«

»Aber dieses Mädchen ist meine Braut! Wir wollen nach dem Kriege heiraten. Sie soll die Mutter meiner Kinder werden.«

»Sehr sozial, lieber Heinrich.«

»Ich lasse sie nicht hier, wenn der Russe die polnische Grenze überschreitet. Sie muß aus diesem Hexenkessel heraus!«

»Man wird sie rechtzeitig evakuieren.«

»Und wenn nicht?«

Stabsarzt Dr. Seidel sah seinen Unteroffizier mit müden Augen an. »Was wollen Sie von mir, 'raus mit der Sprache.«

»Ich bitte Herrn Stabsarzt, uns zu helfen.«

»Ich?« Dr. Seidel schüttelte den Kopf. »Womit? Soll ich Ihre Elsbeth mit einem Sanka durch Polen und das Reich bis nach Dortmund schaukeln? Wie stellen Sie sich das vor?«

Walter Heinrich beugte sich vor. Seine Stimme war heiser. »Wir haben uns gedacht, Herr Stabsarzt, daß Sie Elsbeth vielleicht als DRK-Schwester in einen Lazarettzug schmuggeln, der ins Reich fährt.«

»Heinrich!« Dr. Seidel sprang auf. »Sie wagen es, von mir als einem deutschen Soldaten zu verlangen, eine Desertion einzuleiten und zu decken?«

»Ich bitte Sie um die Hilfe bei einer Rettung!«

»Sie tun gerade so, als wenn der Krieg schon verloren wäre!«

»Er ist es, Herr Stabsarzt.«

»Sie sind ein Defätist, Unteroffizier!« Dr. Seidel drehte Heinrich den Rücken zu. »Ich hätte jetzt die Pflicht, Sie wegen Wehrkraftzersetzung zu melden! Die Front wird gehalten ... wir schlagen den Russen wieder zurück! Wir werden eine Gegenoffensive starten, die ihn zurückwirft bis Moskau! Der Zusammenbruch Napoleons wiederholt sich nicht bei der deutschen Armee! Wir werden siegen, Heinrich!«

»Warum sagen Sie das, Herr Stabsarzt?« Die Stimme Heinrichs war so sanft, daß Dr. Seidel herumfuhr. »Warum wollen Sie sich das einreden? Nur, um die äußere Haltung zu wahren? Nur, um sich selbst zu belügen und noch einen Sinn in unserer blutigen Arbeit zu sehen? Sie glauben es doch selbst nicht mehr ...«

»Heinrich ...«, sagte Dr. Seidel leise. Seine Stimme war belegt. »Sie sprechen mit Ihrem Chef ...«

»Was uns trennt, ist nur das andere Schulterstück. Sonst sind wir nur Menschen ...«

»Sie hätten nicht Medizin, sondern Machiavellismus studieren sollen. Sehen Sie doch ein, daß es unmöglich ist, Ihre Braut hinauszuschmuggeln! Es geht dabei um Ihren und meinen Kopf, wenn es herauskommt.«

»Zunächst geht es um den Kopf eines unschuldigen Mädchens, das man vergaß.«

»Soweit ist es ja noch nicht!«

»Aber es wird bald soweit sein. Und dann ist es zu spät, zu überlegen. Dann muß gehandelt werden.« Heinrich hob die Hände. »Ich bitte Sie, Herr Stabsarzt. Helfen Sie uns.«

Dr. Seidel wandte sich wieder ab. »Lassen Sie die alberne Theatralik! Es ist ein Verbrechen, überhaupt an so etwas zu denken. Es ist ein Verbrechen, daran zu glauben, daß einmal ein russischer Stiefel deutsche Erde betritt! Es ist undenkbar!«

»Uns stehen Hunderte Divisionen gegenüber. Tausende von Panzern, Tausende Flugzeuge, modernste amerikanische Waffen, ausgeruhte, sibirische Truppen. Und was haben wir?«

»Den Willen und jetzt auch den Zwang zu siegen!«

»Mit bloßen Händen?«

»Mit einer Schleuder besiegte David den Riesen Goliath.«

»Wir haben nicht einmal diese Schleuder ...«

Dr. Seidel antwortete nicht. Er stand am Fenster und sah durch die helle Sommernacht hinüber zu der Baracke mit den Hirnverletzten. Sie lag in tiefer Dunkelheit. Nur eine helle Stimme flatterte durch die Nacht von ihr herüber. Der kleine Fähnrich Kurt Preitz sang eine Opernarie. Er bildete sich ein, ein großer Tenor zu sein, und verlangte den ganzen Tag über nach einem Wollschal, um seine wertvolle Stimme zu schonen.

»Wenn ich es kann, werde ich Ihnen helfen.«

»Mit einem Lazarettzug?« fragte Heinrich atemlos.

»Mit dem, was uns das Schicksal in dem Augenblick bietet.«

Heinrich trat einen Schritt auf Dr. Seidel zu. Seine Stimme stockte.

»Ich ... ich danke Ihnen, Herr Stabsarzt.«

Dr. Seidel fuhr herum. Sein zerknittertes Gesicht überzog ein Zucken.

»Halten Sie den Mund, Heinrich!« schrie er. »Ich will von Ihnen nichts mehr hören! Keine defätistischen Reden mehr, keinen Zweifel an der deutschen Führung, keine Kritik an der deutschen Armee und keinen Unglauben an den Intuitionen unseres Führers! Verstanden?«

»Herr Stabsarzt ...«

»Ich verbitte es mir, daß in meinem Lazarett eine solche Stimmung aufkommt! Durchbruch — Zusammenbruch — verlorener Krieg ... das sind Latrinenreden, Unteroffizier! Jeder Zweifel am Endsieg ist ein Verrat an den armen Burschen, die da draußen liegen und für diesen Endsieg bluten und ihre Glieder lassen! Ich will nichts mehr davon hören!« Er hob den Arm, als Heinrich etwas erwidern wollte, und brüllte: »Raus! Gehen Sie, Unteroffizier! Übernehmen Sie für die Nacht Station III!«

Mit einer Kehrtwendung verließ Walter Heinrich die ›Messe‹ und schwankte durch die Nacht auf die Baracken zu. Station III war die Schwerverwundetenstation. Dort hockte Elsbeth bei dem Bauchschuß.

Stabsarzt Dr. Seidel sah Heinrich durch sein Fenster mit einem stillen Lächeln nach. Armer Kerl, dachte er. Wie recht hast du. Alles, alles ist verloren ... aber wir dürfen unser Rückgrat nicht verlieren. Wir dürfen nicht auf der Erde kriechen ... wir müssen mit hohlem Kreuz untergehen. Aufrecht! Man soll uns von außen besiegen, nicht von innen erweichen! Ein deutscher Soldat wird erobert, aber er schreit nicht um Hilfe und rennt wie ein Waschweib jammernd davon. Wir sterben in Zucht und Ordnung, wie die letzten Goten unter König Teja am Vesuv. Auch wenn es Blödsinn ist und ein dummes Heldentum, ein stures Abschlachten ... man wird uns in ferneren Zeiten nie absprechen können, daß wir die einzigen waren, die den Sturm aus dem roten Asien aufhalten konnten ... wir, die man uns allein ließ ... verraten im Haß, der einmal über diese ganze Welt einen nie wieder zu revidierenden Irrtum bringen wird ...

Er sah, wie Walter Heinrich die Baracke III betrat. Für einen kurzen Augenblick blinkte das Licht aus der Baracke in die Nacht, als er hineinschlüpfte.

Elsbeth saß am Kopf des sterbenden Jungen mit den blonden Haaren. Sie wusch ihm den Mund mit einem Gazelappen aus. Durch die vielfach um seinen Leib geschlungenen Verbände sikkerte das Blut. Er stammelte in der Bewußtlosigkeit und griff mit den Händen unruhig um sich.

Elsbeth sah kurz auf, als Heinrich an das Lager trat.

Er nickte ihr zu, und sie senkte dankbar den Kopf.

»Er hilft uns«, sagte er leise. »Du kannst dich auf ihn verlassen ...«

»Und du?« fragte sie kläglich.

»Ich werde hierbleiben und mit dem Lazarett zurückgehen!«

»Dann bleibe ich auch, Walter ...«

»Nicht weich werden, Elsbeth.« Er legte seine Hand auf ihre langen Haare und streichelte sie sanft. »In Dortmund sehen wir uns wieder. Es wird alles schneller gehen, als wir glauben. Es ist eine Lawine, die unaufhaltsam rollt. Vielleicht noch ein paar Monate ... und dann haben wir ein ganzes Leben vor uns.«

Sie nickte gehorsam, auch wenn sie nicht daran glaubte.

Gegen Morgen starb der blonde Junge mit den Bauchschüssen.

Zu Mittag des nächsten Tages kam von der Sanitätsstaffel ein Versetzungsbefehl.

Der Unteroffizier Walter Heinrich wurde ab sofort zu einem Bataillonsarzt abkommandiert.

An die Front.

Das Oberkommando der Wehrmacht gibt bekannt:
25. Juni 1944
Im Osten stehen unsere Divisionen im gesamten mittleren Frontabschnitt im schweren Abwehrkampf gegen die mit starken Infanterie-, Panzer- und Luftstreitkräften geführte Offensive der Sowjets. Es gelang dem Feind nur östlich Mogilew, an der Smolensker Rollbahn und besonders im Raum von Witebsk, seine Einbrüche zu erweitern ...
27. Juni 1944
Im Mittelabschnitt der Ostfront stehen unsere tapferen Divisionen in den Abschnitten von Bobruisk, Mogilew und Orscha in heftigem Abwehrkampf gegen die mit massierten Kräften angreifenden Sowjets. Westlich und südwestlich Witebsk kämpfen sie sich auf neue Stellungen zurück ...

Abgeschnitten von allen, eine Handvoll Menschen, schlich sich die Gruppe Schneider seitlich der Rollbahn allein durch die Wälder, dem Dnjepr zu.

Über Orscha entlud sich die Bombenlast von Hunderten sowjetischen Kampfflugzeugen, trommelte die schwere Artillerie die Stadt in Grund und Boden, bildeten die Panzerdivisionen mit ihren ungetümen T 34 einen weiten Kreis um die Trümmer.

Der Dnjepr war bei Orscha erreicht ... über die Düna bei Witebsk bauten die Russen Pionierbrücken ... nördlich der riesigen Pripjet-Sümpfe, dem Reservoir einer intakten Partisanenarmee, bejubelten die Sowjets den trägen Flußlauf der Beresina. Bobruisk wurde eingeschlossen ... Wo war noch eine deutsche Front, wo eine kampfkräftige Division?

Brüderchen, Genosse ... die Welt gehört uns!

Der Generalstab in Molodetschno wurde zurückverlegt.

Bleich stand der General noch an seinem Kartentisch, als Oberst v. Bennewitz das Zimmer betrat, um die letzten Kisten und Koffer verladen zu lassen.

»Es wird Zeit, Herr General«, mahnte v. Bennewitz leise. Tiefes Mitleid mit dem einsamen, geschlagenen Mann schnürte ihm die Kehle zu. Er war ein Unschuldiger an dem riesigen Elend und würde doch einmal als der Schuldige hingestellt werden. Es gibt nichts Grausameres als die Geschichte.

Der General nickte.

»Räumen Sie ab.«

Er stand, die Hände auf dem Rücken, daneben, als man den Kartentisch zusammenklappte, die Karten zusammenfaltete und wegtrug. Leer war der Raum ... grenzenlos leer. Wie alles um ihn. Oberst v. Bennewitz trat an ihn heran.

»Der Wagen steht bereit, Herr General.«

Der General sah auf. Er zwang sich, forsch zu blicken, aber es war nur ein trauriges Aufflackern der Augen.

»Nachricht vom Führerhauptquartier?«

»Zwei Divisionen Ersatz sind unterwegs über Bialystok.«

»Zwei Divisionen!« Es war wie ein Schrei. »Was soll ich mit zwei Divisionen, Bennewitz? Ich setze sie bei Mogilew ein und der Russe bricht bei Witebsk durch! Wo sind die versprochenen Kampfreserven?«

»Im Süden! Der Führer nahm an, daß die Offensive bei der Heeresgruppe Süd einsetzen würde.«

»Und warum wirft er sie jetzt nicht zur Mitte? Er sieht doch endlich, wo der Feind steht! Warum schweigt er denn, der Irre auf der Wolfsschanze?«

»Weil er keine Transportmittel hat.« Von Bennewitz reichte dem General seinen Mantel mit den roten Aufschlägen und den dicken, goldenen geflochtenen Schulterstücken. »Wir müßten sie zu Fuß quer durch Rußland in die Mitte werfen. Damit würden wir unsere eigene Flanke aufreißen.«

»Haben Sie Verbindung mit Feldmarschall Busch bekommen?«

»Er ist beim Führer im Führerhauptquartier.«

»Und?«

»Der Führer tobt! Er will die gesamte Generalität des Mittelabschnitts ablösen und vor ein Kriegsgericht stellen lassen.«

»Und Keitel? Und Jodl? Guderian?«

»Sie schweigen ...«

Der General nickte müde. Er legte sich den Mantel lose um die Schultern und knöpfte seinen Rockkragen zu. Das Ritterkreuz und der Pour le mérite des 1. Weltkrieges hinderten ihn etwas ... er schob sie zur Seite. Blech klirrte auf Blech ... ein leiser Aufschrei von Heldentum. Zwei Stationen eines einsamen Lebens.

»Kennen Sie Augustus, Bennewitz?«

Der Oberst blickte erstaunt auf. »Römischer Kaiser.«

»Von ihm gibt es einen Ausspruch, den er in größtem Kummer hinausschrie, als Varus die Schlacht gegen Arminius verlor.«

Von Bennewitz biß sich auf die Unterlippe, ein Frösteln überzog seinen Körper. »Ich kenne ihn, Herr General.«

»Ich möchte es ihm gleichtun, Bennewitz, ich möchte es in alle Welt hinausschreien: Hitler! Hitler – gib mir meine Divisionen wieder!«

Mit einem Ruck wandte er sich ab und verließ den leeren Raum, in dem seine Stimme noch widerhallte und von den kahlen Wänden zurücksprang. Bleich folgte ihm Oberst v. Bennewitz.

Vor der Tür stand der Wagen. Ein alter Mercedes mit einem Stander neben dem Kühler. Die Soldaten grüßten, ein Adjutant riß die Tür auf. In drei anderen Wagen hockte der Stab bereits schon abfahrbereit. Der General grüßte kurz zurück. In straffer Haltung stieg er in den Wagen, rückte zur Seite, um v. Bennewitz Platz zu machen. Der Adjutant, ein junger Leutnant mit einem Knabengesicht, warf die Tür zu.

Der Feldwebel an der Ausfahrt hob die Kelle. Auf der Brust blinkte das breite Schild. Feldgendarmerie. Er fegte die Straße von allen anderen Fahrzeugen leer ... er hielt mit seiner Kelle für ein paar Sekunden den Rückzug auf.

Schnell, in einem weiten Bogen, verließ der Wagen des Generals das bisherige Quartier. Aus dem Rückfenster blickte der General noch einmal zu dem alten Gutshaus, das schloßähnlich in einem dichten Park lag und in dem er und sein Stab gut untergebracht waren.

»Wir lassen die beiden Ersatzdivisionen bei Minsk, Bennewitz«, sagte er. »Sie sollen dort neue Stellungen beziehen und als Riegel für die vorrückenden Sowjets dienen. Vielleicht schließen wir mit ihnen die Frontlücke.«

»Der Führer befahl, sie sollten bei Witebsk eingesetzt werden.«

Der General fuhr im Sitzen herum. »Bei Witebsk gibt es doch gar keine Front mehr! Witebsk ist nur noch eine Insel.«

»Der Führer befiehlt es so, Herr General.«

»Ich brauche doch die Divisionen, um den Russen aufzuhalten, nicht um einen Platz zu entsetzen!« schrie der General. »Das ist doch Irrsinn, was man da macht! Das ist doch völliger Blödsinn! Zwei Divisionen in ein Faß ohne Boden zu werfen! Zwei wertvolle Divisionen! Wozu bin ich der verantwortliche Truppenführer, wenn man mir solchen Dilettantismus vor die Nase setzt? Bennewitz ... lassen Sie sofort eine Verbindung zum Führerhauptquartier herstellen. Ich werde mit dem Führer persönlich sprechen! Ich *muß* ihn sprechen!«

Oberst v. Bennewitz sah auf seine zuckenden Hände, die die Aktentasche mit den Geheimakten umklammert hielten. Seine Stimme war tonlos.

»Es ist zu spät, Herr General ... die Divisionen sind bereits nach Witebsk unterwegs ...«

Hauptfeldwebel Kunze marschierte beim Haupttrupp hinter dem ratternden Wagen her. Er schleppte seinen Karabiner herum wie einen dicken Holzknüppel und verbiß sich die Schmerzen, die seine vom Marschieren aufgescheuerte Ferse durch den ganzen Körper jagte.

Tamara saß vor ihm auf dem Mannschaftswagen. Sie hatte eine alte deutsche Wehrmachtsjacke bekommen, um damit ihre zerrissene Bluse auszugleichen, denn selbst Major Schneider fand, daß trotz allen Formenreichtums von Tamaras Brust diese nicht unbedingt dauernd sichtbar zu sein hatte. Leutnant Vogel hatte zwar den Vorschlag gemacht, Tamara einfach zu erschießen, da sie eine Belastung für die Truppe bilde und Komplikationen bei den ausgehungerten Landsern herbeiführen könnte, aber wiederum war es der ›schneidige Willi‹, der weiterblickte. »Wir können sie am Dnjepr als Erkundung einsetzen«, sagte er. »Ich vermute, daß am Dnjeprufer die guten Partisanen stehen, um alle zurückkommenden Truppen an dieser natürlichen Grenze wie die Hasen abzuschießen. Da kann uns Tamara helfen, ein Loch zu finden, durch das wir in die Freiheit schlüpfen.«

Sie marschierten jetzt den zweiten Tag. Die beiden Nächte, die sie seitlich der langen Schneise im tiefen Dickicht verbracht hatten, waren Musterbeispiele einer militärischen Sicherung, eines tief gestaffelten Kampfsystems gewesen. Major Willi Schneider hatte dieses Lager getreu einer alten Tradition aufgebaut ... zuerst ein loser, weit vorgeschobener Postenring, dann ein engerer Wachring, Pendelposten, und im Zentrum endlich das Lager selbst, wiederum in Form einer Igelstellung, deren unmittelbarer Kern der schwarze Klotz des erbeuteten Truppentransporters war.

Gegen Morgen des dritten Tages, als Gruppe Schneider knapp eine Stunde durch Morgennebel marschiert war, kam von den Spähtrupps die Meldung, daß Partisanen vor ihnen den Wald gesperrt hätten.

Der Kampflärm vom Dnjepr her war jetzt stark und überdeckte alle anderen Geräusche. Seitlich von ihnen, auch im Wald längs der Rollbahn, mußte sowjetische Artillerie in Stellung gegangen sein. Pausenlos donnerten die Abschüsse durch den Morgennebel; durch das wogende Grau des Himmels dröhnten die Motoren Hunderter Kampfflugzeuge. Noch wurde Orscha gehalten, klammerte sich eine schwache deutsche Division in die Erde und widerstand allen Angriffen der Russen, jagte die T 34 in die Luft ... mit geballten Ladungen, mit Haftladungen, mit einigen ausgeleierten Pakgeschützen, mit sieben Flaks, die im Erdeinsatz zur gefürchtetsten Waffe gegen die Panzer wurden. Eine Division in Stärke von zwei Bataillonen, die sich dem russischen Meer entgegenstemmte.

Die Gruppe Schneider versank in vollkommener Stille. Major Schneider beriet mit Faber und Vogel den weiteren Einsatz. Eingeigelt lag das Häufchen im Dickicht und wartete.

»Durchbrechen ist Wahnsinn«, sagte Oberleutnant Faber. Er kannte die Gedankengänge des ›schneidigen Willi‹ und nahm ihnen mit dieser Feststellung jede weitere Ausführung. »Vor uns liegen nicht nur gut ausgerüstete Partisanen, die man eigens dazu zurückließ, daß sie versprengte deutsche Truppen vernichten, sondern vor uns ist die ganze russische Armee aufmarschiert, um den Riegel des Dnjepr zu sprengen!«

»Und gerade über diesen Dnjepr wollen wir«, sagte Major Schneider. Leutnant Vogel enthielt sich einer Meinung ... er hatte keine.

Faber beugte sich über die Karte, die Schneider ausgebreitet vor sich hielt. Mit Rotstift hatte man den bisherigen Fluchtweg gewissenhaft eingetragen ... es waren nur noch 23 Kilometer bis zum Dnjepr ... 23 Kilometer bis in die Freiheit!

23 Kilometer Tod ... eine kleine Wegspanne, die unüberwindbar erschien.

Major Schneider sah zu Faber neben sich. »Es gibt kein Unmöglich, Faber«, sagte er, als errate er dessen Gedanken. »Für einen deutschen Soldaten gibt es keine Hindernisse!«

»Wir sind dreiundvierzig Mann . . .«

»Sechsundvierzig . . . seit Kunze und Ihren beiden Troßleuten.«

»Und vor uns stehen tausend Russen.«

»Das ist ein gutes Verhältnis, Faber. Viel Feind, viel Ehr', heißt es!«

Er sah dabei Vogel an. Der Leutnant starrte bleich zu Boden. Vor sechs Wochen hatte er noch eine Schulungsstunde über dieses Thema gehalten . . . heute stieg Übelkeit in ihm empor. Brechreiz vor Angst.

Stabsarzt Dr. Wensky, der Bataillonsarzt, der bisher auf dem Wagen gefahren wurde und die beiden Leichtverletzten der Gruppe, zwei Leute von den Panzern, pflegte, kam zu der kleinen Versammlung.

»Endet hier unser Ausflug?« fragte er leichthin. Im Gegensatz zu den anderen war er immer frisch rasiert . . . er sah in die ausgelaugten, stoppelbärtigen, bleichen Gesichter der Offiziere und auf die Karte in Schneiders Händen. »Da ist es ja, das Flüßchen. Greifbar nahe.«

Schneider, abhold jeder Schnoddrigkeit, warf einen mißbilligenden Blick auf den Stabsarzt. »Partisanenriegel, Knochensäger.«

»Von Mogilew bis Witebsk? Kaum anzunehmen.«

Schneider war verblüfft. Die hingeworfene Antwort Dr. Wenskys war ein Plan. Er griff ihn auf . . . er hätte fast gejubelt.

»Das ist es!« sagte er, sich mühsam beherrschend. »Vor uns sind Partisanen. Ob sie zehn Kilometer nördlich oder südlich auch noch sind, ist fraglich und ungewiß. Also ziehen wir in einem Bogen weiter . . . wir wenden uns nach Süden und umgehen die Partisanen.«

Dr. Wensky beugte sich über die Karte. »Wir kämen jetzt bei Staroselje an den Dnjepr . . . ziehen wir weiter in Richtung Schklow und dann wieder nach Norden auf Borissow zu . . . wenn wir den Dnjepr bei Schklow überschreiten können.«

Er gab die Karte an Schneider zurück und blickte sich um zu Tamara. »Wie wäre es«, sagte er, »wenn wir unsere Tamara vorschickten?«

»Tamara?« fragte Major Schneider zweifelnd. »Ich hatte immer den Gedanken. Aber manchmal glaube ich, sie ist doch nur eine

Russin und würde uns verraten beim ersten Landsmann, den sie trifft.«

»Das hätte sie schon längst tun können. Katzenhaft wie sie ist, hätte sie in den Nächten keiner hindern können und auch keiner gesehen, wenn sie sich weggeschlichen hätte. Aber sie ist geblieben ... bei ihrem Liebling Kunze — der Geschmack der Weiber ist oft ein Rätsel! — und ihrem Bewerber Strakuweit. Und sie wird zurückkommen, wenn wir ihr sagen, daß Kunze und Strakuweit sofort erschossen werden, falls sie zu ihren Landsleuten überläuft.«

Major Schneider sah den Stabsarzt verblüfft an. »Doktor«, sagte er leise. »Ich entdecke bei Ihnen neue Seiten. Sie sind nicht nur ein Arzt, Sie haben auch das Zeug zum Intriganten.«

Stabsarzt Dr. Wensky lachte leise. »Vielleicht kommt es daher«, sagte er leichthin. »Ich habe als Studiker auf der Studentenbühne immer den Franz Moor gespielt ...«

Eine halbe Stunde später wurde Tamara durch den Wald in Richtung auf den Dnjepr losgeschickt. Major Schneider hatte sie ermahnt, und Leutnant Vogel tat ein übriges, indem er — als Spezialist für perverse Effekte — Kunze und Strakuweit fesseln ließ und an einen Baum festband. »Er spielt Indianer«, sagte Dr. Wensky trocken zu Faber, der dieses Schauspiel widerlich fand. Aber auf Tamaras primitiven Verstand wirkte es ungeheuer. Sie weinte und schwur bei der heiligen Mutter Gottes, daß sie zurückkommen und berichten werde, was sie am Dnjepr gesehen habe.

Sie warf noch einen langen Blick auf die an den Bäumen klebenden Kunze und Strakuweit, ehe sie durch das Dickicht kroch und zwischen den grünen, hinter ihr zusammenschlagenden Zweigen verschwand.

Vogel band Kunze und Strakuweit wieder los. »Die kommt nicht wieder«, sagte er zu Major Schneider. »Ein Russe hat keine Ehre. Verraten wird sie uns! Und das ist unser Tod!«

»Abwarten.« Schneider setzte sich auf den nassen Waldboden. »Am Gefühl einer Frau sind schon Völker zerbrochen ...«

Igor Pjetonnek Graschin war Leutnant der 2. weißrussischen Front und abkommandiert worden, die Partisanen an der Rollbahn militärisch zu organisieren. Ihm zur Seite stand der Unteroffizier Fedja Poltansky, ein kleiner Kalmücke mit krummen Reiterbeinen und einem langen, abwärtshängenden Schnurrbart.

Sie hatten ihre Aufgabe sehr ernst genommen. Als sie vor einigen Wochen als alte Bauern durch die deutschen Linien sickerten und in den einsamen Walddörfern die Partisanen aufgesucht hatten, fanden sie einige wilde Haufen, die wahllos herumzogen, hier und da Brücken oder Geleise sprengten, an der Rollbahn Minen legten, aber sonst zu keinen ernsthaften Unternehmungen die Mittel noch die Lust besaßen.

Das hatte sich geändert, als Igor und Fedja auftauchten. Sie hatten zunächst militärische Disziplin eingeführt, Gehorsam, Bestrafungen und ein für die Bauern und vor allem die Frauen sinnloses Exerzieren mit neuen Waffen, die nachts von einsamen Aufklärern an Fallschirmen abgeworfen wurden.

Innerhalb zwei Monaten hatte Leutnant Graschin so eine Truppe geschaffen, die zwar noch immer wild aussah, die aber ihre Terrorakte wohl durchdacht ausführte und im Rücken der deutschen Truppen spürbare Unordnung schaffte. Vor allem der Nachschub geriet ein wenig durcheinander, da allenthalben an der Rollbahn, auf der Bahnstrecke, auf den Waldstraßen Transporte in die Luft flogen oder deutsche Ersatzkompanien mit jungen Burschen, die kaum ausgebildet waren, aus dem Hinterhalt beschossen und manchmal auch ganz aufgerieben wurden.

Jetzt, nach dem Zusammenbruch der deutschen Mittelfront, waren sie zu Jägern geworden. Sie lauerten in den Dickichten auf zurückgehende, versprengte deutsche Kolonnen, und erbarmungslos schossen sie diese ab, schlichen die Lager an, überfielen sie und mordeten sie mit einem Haß, wie nur ein Asiate ihn besitzen kann.

Fedja Poltansky saß in der Sonne vor einer kleinen Reisighütte und putzte seine Maschinenpistole, als Leutnant Igor Pjetonnek Graschin von einem Postenkontrollgang zurückkam.

»Ein stiller Tag, Genosse Leutnant«, sagte Fedja. Er setzte das Schloß wieder zusammen und wunderte sich ein um das andere Mal, daß dieses wackelige Ding überhaupt schoß und Patronen transportieren konnte.

Igor setzte sich neben Fedja und drehte sich eine Papyrossi.

»Die Deutschen räumen Orscha.«

»Woher weißt du?«

»Funkspruch von Genosse General Jamsjonny. Wir bleiben noch drei Tage und müssen dann zur Truppe zurück. Unsere Aufgabe ist erfüllt.«

»Nawoß!« sagte Fedja laut. (Mist.) »Und die Deutschen, die noch in den Wäldern sind?«

»Die werden eines Tages verhungern oder — wenn sie aus dem Wald herauskommen — einzeln wie streunende Hunde erschlagen werden. Sie werden nie mehr zurückkommen.«

Fedja stellte seine Maschinenpistole zur Seite an die Wand der Hütte und blickte hinüber zum Waldrand. Zwei der ausgestellten Posten kamen ins Dorf zurück und führten in ihrer Mitte ein Mädchen.

»Sieh mal, was da kommt, Genosse«, sagte Fedja verblüfft.

Igor fuhr herum. »Ein Mädchen!«

»Nicht aus unserer Gegend. Ich kenne sie alle.«

Leutnant Graschin erhob sich und ging der kleinen Gruppe entgegen. Er war ein großer, schlanker Mann in der erdbraunen Uniform der Rotarmisten. Zwei Ordensbänder zierten seine Brust. Vor dem Mädchen blieb er ruckartig stehen und lächelte schwach, als die beiden Bauern stramme Haltung annahmen und meldeten:

»Genosse Leutnant! Haben sie im Wald gefangen. Sie umschlich das Dorf. Hat gekratzt und gebissen, das Aas.«

Igor betrachtete das Mädchen. Es hatte den Kopf gesenkt und blickte zu Boden. Ihre starken Brüste drückten sich durch die geflickte Bluse, der Rock klebte an ihrem Körper und zeichnete ihn ab.

»Wer bist du?« fragte Igor. Dabei schlug er mit der flachen Hand unter ihr Kinn. Der Kopf flog empor. Haßerfüllte Augen blitzten ihn an.

»Tamara Turjetza.«

»Woher?«

»Aus dem Schoß meiner Mutter.«

Igor schloß die Augen zu einem Spalt. Dann schlug er wieder zu und riß Tamara, die von diesem Schlag auf die Erde stürzte, wieder empor.

»Ich schlage dich tot, du geiles Luder, wenn du keine Antwort gibst! Warum schleichst du um das Dorf? Was wolltest du wissen? Warum kommst du nicht wie jede Genossin frei zu uns? Was spionierst du? Rede!«

Igor tastete sie mit seinen Blicken ab. Welch ein Körper, dachte er. Der Körper einer Venus mit dem Kopf einer Bauernmagd. Ein starkes männliches Gefühl durchrann ihn wie Feuer. Er biß sich auf die Unterlippe und senkte den Blick. Plötzlich zuckte sein Kopf empor.

»Was ist das?« schrie er. Er zeigte auf die Beine Tamaras. Aus den alten Schuhen ragten die Ränder deutscher Wehrmachtssokken heraus. Kunze hatte sie ihr gegeben, als er Tamara zum erstenmal sah. Damals ging sie mit nackten Füßen durch den Staub von Dubrassna, was Kunze als eine Entweihung so schöner Beine ansah. Igor riß Tamara zu sich heran.

»Woher die Strümpfe?«

»Gefunden, Genosse«, sagte Tamara leise.

»Und die Schuhe?«

»Auch . . .«

Fedja, der hinter Tamara getreten war, tastete sie ab und zog mit einem breiten Grinsen eine flache runde Schachtel aus der Tasche ihres Rockes. Es war eine Packung Schoca-Cola aus der Verpflegung der 5. Kompanie. Kunze hatte sich zehn Packungen zur Seite getan, als eiserne Reserve, wie er sagte.

»Auch gefunden?« sagte Igor leise. Tamara schwieg. In ihren Augen stand helle Angst.

»Mitkommen, Genossin«, sagte Igor hart. Er winkte und ging voraus. Die beiden Bauern und Fedja führten Tamara ihm nach bis zu der Hütte, vor der Fedja seine Pistole putzte. Igor trat zur Seite und zeigte hinein. »Geh!« sagte er. Langsam trat Tamara in die runde, dunkle Hütte. Sie stellte sich mit dem Rücken gegen die Wand und starrte auf die hohe Gestalt Igors, der ihr folgte und die Zeltplane, die als Tür diente, fallen ließ. Sie waren allein. Tamara kreuzte die Arme über ihre Brust und öffnete den Mund, als wolle sie zubeißen, als Igor an sie herantrat. Wie eine umstellte Wölfin sah sie aus, wild, blutgierig, kämpfend. Igor lächelte breit.

»Du bist bei den Deutschen«, sagte er leise. Tamara spürte das Gefährliche, das von ihm ausging, und schüttelte wild den Kopf.

»Njet!«

»Du solltest spionieren, was wir tun! Ich weiß es! Ich sehe es an deinen Augen, Tamaraschka.« Sie zuckte bei diesem Kosenamen zusammen und drückte sich fester an die Rückwand der Hütte. »Du bist eine Russin, Ljubimez . . . du bist eine Genossin des großen Stalin und der glorreichen Roten Armee! Du bist ein Kind unseres Mütterchens Rußland . . . und du verrätst sie wegen einer Nacht mit einem deutschen Schwein!« Er stand dicht vor ihr und schlug ihr plötzlich die Arme herunter. Mit einem Ruck zerriß er ihre morsche Bluse und umklammerte mit beiden Händen ihre straffen Brüste. Er krallte die Nägel hinein und drehte die Hände, bis sie grell aufschrie und sich unter seinem harten Griff wand. »Du hast mit den Deutschen gehurt«, brüllte Igor und schlug Tamara ins Gesicht. Mit der anderen Hand umklammerte er noch immer ihre eine Brust und drückte sie damit gegen die Rückwand, daß sie sich nicht rühren konnte. »Gestehe es, du Saumensch! Du läufige Füchsin! Du bist von den Deutschen geschickt worden! Du bist ihr Spion!«

Tamara schüttelte den Kopf. Sie schlug um sich, ballte die Fäuste und zielte nach den Augen Igors. Sie wußte, daß es ihr Ende war, daß sie nichts mehr zu verlieren hatte ... aber sie wollte nicht kampflos untergehen, sie wollte zeigen, daß sie eine Russin war, die Tochter eines Partisanen, den die Deutschen erschossen.

Leutnant Graschin wich den Schlägen aus. Er duckte sich, unterlief sie und stürzte sich auf sie.

Eine Stunde später hatte die mißhandelte Tamara die Gruppe Schneider verraten.

Igor saß vor ihr auf einem Baumstumpf und betrachtete sie wie einen toten Gegenstand. Hinter ihm hielt Fedja mit breitem Grinsen ein Stück Eisendraht in helles offenes Feuer. Mit weit aufgerissenen Augen starrte Tamara auf den kleinen Kalmücken.

»Nein, Igor«, sagte sie stammelnd. »Nicht das ... Ich will alles für euch tun ... nur das nicht, Igor. Bei der Mutter Gottes ...«

»Wer ist Gott?« fragte Igor gleichgültig. »Ich kenne den Genossen nicht. Ist er General? Oder nur Unteroffizier wie Fedja Poltansky? Ruf den Genossen Gott doch, Tamaraschka ...«

Der Kosename wirkte wie ein Peitschenschlag, Tamara schwankte.

»Ich habe euch alles gesagt. Ich schwöre es euch, Genossen. Ich habe nichts verschwiegen ...«

»Wir glauben dir ja. Unser Spähtrupp hat sie längst gefunden, deine kleinen geilen Füchse. Und wir werden sie abschießen wie lahme Füchse ... nur deinen Liebling werden wir schonen, deinen Hauptfeldwebel Kunze, mein Täubchen. Vor deinen Augen soll er hängen, an den Armen emporgezogen, bis er verhungert und die Krähen aus seinen Augen ihre Nahrung picken!« Igor wandte sich zu Fedja um. »Wie weit bist du?«

»Gleich fertig, Genosse Leutnant.«

Tamara schloß die Augen. Durch ihren mißhandelten Körper lief ein heftiges Zucken. Als sie einen Moment die Augen öffnete, sah sie Fedja mit breitem Grinsen auf sie zutreten. In der Hand hielt er seinen glühenden Eisendraht. Das Griffende hatte er der Hitze wegen mit Lumpen umwickelt. Die ganze asiatische Grausamkeit lag in seinem Blick, eine solche Tiefe von Gemeinheit und Mitleidlosigkeit, daß sie aufschrie und die Hände vor ihr Gesicht schlug.

Jemand riß ihr die Arme herunter. Hände faßten sie, Arme schlangen sich um ihren Leib, ihre Brust ... ihr Kopf wurde nach hinten gerissen, so daß ihre Stirn fast waagerecht lag. Sie wollte noch einmal schreien, als sie der wahnsinnige Schmerz durchfuhr und der Geruch verbrannten Fleisches in ihre Nase drang.

Meine Stirn, dachte sie. Sie brennen mir etwas auf meine Stirn. O Gott ... o Mutter Gottes ... Oh ... oh ...

Dann verlor sie das Bewußtsein und sank in den Armen der sie umfassenden Männer zusammen.

Die Gruppe Schneider hatte sich wieder eingeigelt. Von dem Voraustrupp war Alarm gekommen. Ein Spähtrupp war in Feindberührung gekommen und zusammengeschossen worden. Der Wald wimmelte von Partisanen ... sogar im Rücken zog sich die Nachhut kämpfend auf den Haupttrupp zurück.

Leutnant Vogel schien zum erstenmal recht behalten zu haben, selbst Major Schneider sah es ein. Tamara mußte die Gruppe verraten haben. Der Angriff der Partisanen kam so konzentriert und genau placiert, daß es kein Zufall mehr war, sondern ein organisierter Sturm.

In einem weiten Kreis lag die Gruppe. Die Maschinengewehre waren durchgeladen, der Granatwerfer stand neben dem Wagen. Strakuweit hockte hinter dem Steuer. Noch wußte man nicht, ob es nur Infanterie war, die sie angriff. Gegen sie konnte der schwere Raupenwagen wie ein Panzer eingesetzt werden. Wenn auch nicht die ganze Gruppe, so konnte doch ein Teil der Soldaten mit ihm einen Durchbruch erzwingen und den Dnjepr erreichen, falls nicht neue Partisanenriegel direkt am Ufer alle Aussichten auf Rettung zunichte machten.

Stumm, mit verschlossenen Gesichtern, ausgemergelt, stoppelbärtig, am Ende ihrer physischen und seelischen Kraft lagen die zweiunddreißig Mann der Hauptgruppe hinter ihren Maschinengewehren und den Karabinern, den Maschinenpistolen und dem kleinen Granatwerfer.

Stabsarzt Dr. Wensky lag neben Major Schneider. Auch er hatte ein Gewehr in der Hand. Hier gab es kein Rotes Kreuz mehr, keine Genfer Konvention, keine Haager Landkriegsordnung. Hier gab es nur noch Tod und Vernichtung, grausamen Haß und gnadenloses Sterben. Oberleutnant Faber lag neben einem MG als Schütze 2 und gurtete Patronen. Schütze 1, Unteroffizier Leskau, hatte den Kolben an die Schulter gezogen und den Finger am Abzug. Er starrte in das Dickicht vor sich und war bereit, auf die geringste Bewegung zu schießen.

Neben dem Granatwerfer hockte Leutnant Vogel. Er hatte Hauptfeldwebel Kunze bei sich, der die Granaten zureichen sollte. Beide waren blaß und vermieden es, sich anzusehen. Die Angst in ihren Augen, in ihren bebenden Händen war beschämend. Aber sie zwangen sich, sie nicht zu zeigen. Sie bissen die Lippen aufeinander. Sie wurden Helden aus der Erkenntnis heraus, daß es jetzt wirklich um ihr nacktes Leben ging.

Strakuweit war der erste, der von seinem erhöhten Sitz aus etwas sah. Er riß seine russische Maschinenpistole hoch, ging hinter der gepanzerten Seitenwand des Führerstandes in Deckung und schickte einen Feuerstoß über die Köpfe seiner Kameraden hinweg in den Wald.

Es war wie ein Signal. Der Wald wurde lebendig ... das schaurige, alles übertönende grelle Urrääã der Russen gellte durch die Büsche und Dickichte ... von den Bäumen herab, von allen Seiten peitschten die Schüsse über die Gruppe Schneider hin.

Die MGs begannen zu rattern. Das rrrrr, rrrrr, vom Eismeer bis zum Kaukasus von allen Russen gefürchtet und verflucht, schnurrte durch das Hämmern der Maschinenpistolen und die Schüsse der Gewehre. Der Gefreite Knebel, der seitlich von Major Schneider lag, war der erste, der seine Handgranaten auf einen Busch warf, der sich bewegte. Schmerzensschreie unterbrachen die Schüsse ... zwei Partisanen rollten aus ihrem Busch und schlugen mit den Armen um sich. Mit zwei Schüssen erlöste sie Leskau und schwenkte dann sein MG zurück auf den Weg, der sich vor ihm durch den Wald zog.

Igor Pjetonnek Graschin kniete hinter einem Baum und überblickte die Lage. Fedja humpelte auf ihn zu ... er hatte einen Querschläger in das linke Bein bekommen, der ihm die halbe Wade wegriß. Er jammerte nicht ... er fluchte alle Steppenflüche herunter und hockte sich mit verzerrtem Gesicht neben Graschin.

»Wir haben sie nicht überrascht, Brüderchen.«

»Ich sehe es, Schafskopf.« Igor spähte zu dem schweren Wagen hinüber, hinter dessen Panzerung Strakuweit saß. »Sie haben einen amerikanischen Raupenwagen. Das hat uns die Hure nicht gesagt! Ich werde sie dafür aufhängen!«

»Was ist?« schrie Igor Graschin in der Feuerlinie.

»Sie haben MGs 42!« stöhnte ein Bauer. Er lag auf der Seite und verband sich einen Armschuß. »Sie halten uns nieder, Genosse!«

»Weil ihr Feiglinge seid! Erbärmliche Idioten! Stürmt auf sie zu ... schreit ihren Mut aus ihren Leibern ... fallt über sie her ... und wenn hundert von uns fallen ... denkt an Genossen Stalin und den Sieg der Roten Armee! Auf, ihr feigen Hunde! Urrääà!«

Sein Schrei pflanzte sich fort. Er riß die Partisanen empor, er trieb sie in das Feuer der ratternden MGs 42, in das Explodieren der Handgranaten, in das Ballern des Granatwerfers und das Peitschen der Gewehrschüsse. Es trieb sie darüber hinaus, blind, wild, fanatisiert, irr ... Grölende Gestalten mit aufgerissenen Mündern, flackernden Augen ...

Major Schneider hob die Hand. Es war ein Ruck, aber dieser Ruck fuhr durch die Gruppe wie ein Schlag. Er bedeutete das Ende, das Abschlachten von Mensch zu Mensch.

Nahkampf ...

Vor Leskau tauchte ein breites, verzerrtes Gesicht auf. Der Schrei dieses Gesichtes traf ihn wie ein Orkan. Urrääà ... und in dieses Urrääà hinein stach er mit dem Bajonett, sah die Augen aufreißen, sah einen Sturzbach Blut in den aufgerissenen Mund strömen ... Ein neues Gesicht, überall Gesichter ... überall die schrecklichen Höhlen, aus denen das Urrääà ihm entgegenschrie ... er hieb um sich, er schoß blindlings mit seiner 08 in diese Münder hinein und rannte dann zurück zu dem Wagen, hinter dem sich Leutnant Vogel, Kunze, Strakuweit und Stabsarzt Dr. Wensky verschanzt hatten und mit gezielten Schüssen die durchgebrochenen Partisanen empfingen.

Vom Wald her keuchte Major Schneider. Er rannte gebückt dem Wagen entgegen, gefolgt von dem Gefreiten Knebel und Feldwebel Steigert, der ein MG mit sich schleppte. Kurz vor dem Wagen brach er zusammen, warf das MG im Fallen Strakuweit zu und riß die Arme empor. Eine Feuergarbe aus einer russischen Maschinenpistole zerfetzte ihn, zerschnitt seinen Hals, daß der Kopf zur Seite fiel, nur noch gehalten von einigen Hautlappen und Knorpeln.

Der kleine Gefreite Krahn hockte hinter dem Steuer des Wagens. Vor ihm stand ein MG auf der Brüstung, und während er wie rasend mit ihm die Straße entlangschoß, riß er die Zündung herum und ließ den schweren Motor anspringen.

»Auf den Wagen!« schrie Major Schneider. Er blieb neben ihm auf der Erde liegen und warf in Sekundenabständen die letzten Handgranaten auf die anstürmenden Partisanen. Er sah, wie zwei Panzerschützen, die noch flüchten wollten, von den Russen überrannt und niedergestochen wurden, er sah, wie man auf ihnen herumtrampelte, bis sie zwei blutige Klumpen waren. Mit zitternden Händen umklammerte er seine Maschinenpistole und schoß um sich, bis die letzten hinter den Panzerplatten des Wagens Deckung gefunden hatten.

»Ab!« schrie er. Mit einem Satz sprang er zum Wagen, wurde von Faber und Vogel emporgerissen und fiel zwischen die anderen auf den Boden.

Der schwere Raupenwagen fuhr an. Donnernd raste er die Schneise entlang, auf Igor Graschin zu, der brüllend am Wegrand stand. -

»Haltet ihn auf, ihr Hundesöhne! Zielt auf den Fahrer! Wo habt ihr die Handgranaten? Werft sie auf die Raupen!«

Strakuweit war neben Krahn auf den Sitz geklettert. Er hatte das Steuer wieder in der Hand. Über sein breites Gesicht rann Blut. Ein Streifschuß hatte ihm die Stirn unter dem Haaransatz aufgerissen. Das Blut lief ihm über die Augen ... ab und zu hob er die Hand und wischte es sich fort. Aber er fuhr, fuhr wie der Teufel, und der kleine Krahn neben ihm hielt mit seinem MG die Straße frei.

Igor Graschin stöhnte auf. Er saß neben der Straße, die er hinaufgelaufen war, und band sechs Handgranaten zu einer geballten Ladung zusammen. Dann trat er auf den Weg und sah dem auf ihn zudonnernden Wagen entgegen.

Strakuweit sah die Gestalt im Morgenlicht stehen. Er sah die erdbraune Uniform mit den breiten Offiziersschulterstücken, den Stahlhelm und die faltigen Juchtenstiefel.

Der Gefreite Krahn starrte auf die einsame Gestalt. Dann drückte er ab und jagte einen Feuerstoß aus dem MG auf Igor. Die Kugeln durchschlugen den Körper des russischen Leutnants ... er sank in die Knie, sein Kopf schwankte ... aber er kniete mitten auf dem Weg, den der Wagen entlangraste ... der Weg, der der einzige Fluchtweg war.

Rußland, dachte Igor. O schönes Rußland! Ich bin nur ein kleiner Wurm in dir, aber ich sterbe für dich und nehme sie mit, die dich schändeten. Leb wohl, Annaschka ... leb wohl, Mütterchen in Smolensk ... leb wohl, Väterchen Pjotr.

Sterbend zog er die Reißleine der geballten Ladung ab, drückte die Handgranaten an seinen Körper und warf sich mit letzter Kraft den Raupen des Wagens entgegen.

Strakuweit sah mit entsetzensweiten Augen, was vor ihm geschah. Er konnte nicht mehr ausweichen, ohne links oder rechts an den Bäumen zu zerschellen, er mußte über Igor hinweg, über die geballte Ladung, über den zuckenden Körper mit den aufgerissenen Augen, die ihn anstarrten, im Sterben noch voller Triumph.

»Drüber!« schrie der Gefreite Krahn, als er sah, wie Strakuweit zögerte. Da knirschten auch schon die Raupen über Igor Graschin, drückten ihn in den Waldboden, zerschnitten seinen Leib, schleuderten die Arme zur Seite, zermalmten den Kopf ... die geballte Ladung rollte vom Wagen weg ... einen Meter nur ... Strakuweit trat auf das Gaspedal und nahm den Kopf herunter ... da krachte es auch schon, neben ihnen und doch schon hinter ihnen, den schweren Wagen durchfuhr ein Schlag, aber er raste weiter und entkam den letzten Schüssen, die ihnen nachpeitschten.

Major Schneider legte den glühenden Kopf an die kalte Stahlplatte des Wagens. »Dafür verspreche ich Ihnen das EK 1«, sagte er laut.

Dr. Wensky verband Faber, der einen Bajonettstich in den linken Arm erhalten hatte. Trotz des rasenden, schwankenden Fahrzeuges verband er geschickt und gab Faber sogar eine Tetanusinjektion.

»Wo ist Leskau?« fragte Faber und richtete sich auf. Er sah Kunze auf dem Boden hocken und weinen. Leutnant Vogel klammerte sich am Führerhaus fest, Major Schneider und fünf Landser knieten hinter den MGs. »Leskau war zurück zum Wagen gelaufen.«

Dr. Wensky hob die Schultern. »Ich habe nichts gesehen. Es ging alles so schnell. Er wird gefallen sein.«

»Nein! Er lebte ... er hat mich doch noch auf den Wagen gehoben!« Er richtete sich auf den Knien auf und rief Major Schneider an. »Wir haben Leskau vergessen, Herr Major«, schrie er.

Major Schneider starrte auf den Waldrand. Er schwieg.

»Wir müssen zurück und Leskau holen!« schrie Oberleutnant

Faber. »Wir können ihn doch nicht einfach vergessen! Er lebte doch noch! Ich weiß es genau ...«

Major Schneider nestelte an seinem MG. »Jetzt wird er tot sein«, sagte er hart.

»Und wenn er noch lebt?«

Schneider wandte sich langsam zu Faber um. Über sein Gesicht zuckte es. Er rang nach Worten und sagte sie heiser, mit fast versagender Stimme:

»Es ist *ein* Mensch, Faber! Wir sind zwölf! Wollen Sie zwölf Leben für ein Leben opfern?«

»Herr Major ...«, keuchte Faber. Er umklammerte den Arm Dr. Wenskys, der ihn stützte. »Wir haben einen Kameraden zurückgelassen! Einen Kameraden! Einfach vergessen ... lebend vergessen!«

Major Schneider wandte sich ab. Er beugte sich über sein MG und winkte einen der Soldaten heran. »Ölen Sie das Schloß nach«, sagte er hart. »Und säubern Sie es von Sandkörnern. Das MG 42 ist sehr empfindlich gegen Schmutz ...«

Oberleutnant Faber sank in sich zusammen. Er sah Dr. Wensky an, der sich über ihn beugte.

»Verstehen Sie das, Doktor? Können Sie das verstehen? Begreifen Sie, was hier vorgeht?«

Dr. Wensky drückte den zitternden Körper des Oberleutnants auf die eisernen Planken des Bodens. »Wir werden vieles nicht verstehen, Faber, was heute geschieht«, sagte er sanft. »Wir müssen lernen, keine Moral mehr zu haben, keine Ehre, kein Gewissen ... Wir müssen nur denken: Durch! Zurück! Ganz gleich — wie. Der Krieg ist der einzige Beweis von der im Weltall einmaligen Verwerflichkeit des Menschen! Es gibt keine größere Bestie als ihn. Gewöhnen wir uns daran, Mitglieder dieser Raubtierherde zu sein.«

»Wir haben Leskau einfach zurückgelassen.« Durch Fabers Körper lief ein Beben. Er wollte aufspringen, aber die kräftige Hand des Stabsarztes drückte ihn wieder nieder.

»Liegen Sie still, Faber«, sagte er gepreßt. »Sie ändern es nicht. Auch Leskau ist nur eine Nummer in der Wehrstammrolle, die man durchstreichen wird. Ein Held, Faber! Gestorben für Führer und Großdeutschland ...«

»Hören Sie auf, Wensky!« schrie Faber. »Wir sind Schweine. Wir alle, alle sind Schweine!«

Major Schneider drehte sich brüsk herum. Er musterte Faber mit seinen kalten, blaugrauen Augen.

»Geben Sie ihm eine Morphiumspritze, Doktor«, sagte er heiser. »Er phantasiert bereits. Wenn er in einigen Monaten zu Hause die Beine auf der Couch ausstrecken kann, wird er uns dankbar sein ...« Und als Faber etwas sagen wollte, brüllte Major Schneider und hieb mit der Faust auf den Stahlrand der Panzerung. »Ich will kein Wort mehr hören, Herr Oberleutnant! Jede weitere Äußerung betrachte ich als Wehrkraftzersetzung, die den Geist meiner Truppe demoralisiert! Haben Sie verstanden?«

Faber antwortete nicht. Er drehte Major Schneider den Rücken zu und schloß die Augen.

Leskau, dachte er erbittert. Vier Jahre waren wir zusammen. Freunde waren wir geworden ... und nun vergißt man ihn.

Er biß die Zähne aufeinander, um nicht aufzuweinen. Er schämte sich fast, auch noch zu leben.

Durch den Wald irrte Tamara.

Über ihren nackten, mißhandelten Körper hatte sie die Kleider eines erschossenen Partisanen geworfen, ihren kahlgeschorenen Kopf mit dem brennenden Brandmal auf der Stirn bedeckte eine alte Bauernschirmmütze. Sie wußte nicht, was Fedja ihr in das Fleisch gebrannt hatte ... wenn sie mit den Fingern über die Wunde tastete, waren es Striche, die sie fühlte, blutverkrustet, wulstig aufgeworfen, ein Zeichen für das ganze Leben.

Sie fand die Stelle des Gemetzels schnell. Sie war dem Klang der letzten Schüsse nachgeeilt und verbarg sich nun hinter einem Busch. Sie sah zu, wie die überlebenden Partisanen die deutschen Soldaten plünderten, wie sie sie auszogen, die Stiefel und die Unterwäsche an sich rissen und die nackten Körper einfach zur Seite warfen. Ein junger Gefreiter, der noch nicht tot war, sondern schwerverletzt am Waldrand lag, wurde mit Stiefelabsätzen erschlagen ... man zertrat sein Gesicht zu einer formlosen Masse und sang dabei die Lieder der Revolution. Fedja kam mit den Stiefeln Igor Graschins. Er hinkte mit breitem Grinsen heran, sein breites asiatisches Gesicht mit dem hängenden Schnurrbart glänzte ... ein kleiner, gelber Teufel.

»Genosse Leutnant ist flach wie eine Wanze«, sagte er lustig. »Ich bin jetzt euer Kommandeur, verstanden? Zurück ins Dorf, Genossen! Laßt die deutschen Hunde laufen ... sie werden nicht über den Dnjepr kommen! Dort steht die Rote Armee! Urrää!«

Tamara wartete, bis die wilden Haufen abgezogen waren. Dann kroch sie aus dem Busch hervor und schlich die nackten Leichen der Deutschen ab. Einen Toten nach dem anderen drehte sie auf den Rücken und sah ihnen in die verzerrten Gesichter. Sie suchte Kunze und Strakuweit, und als sie sie nicht fand, atmete sie auf und setzte sich inmitten der nackten Leichen auf den Boden.

Sie saß so eine ganze Weile, die Beine angezogen, die brennende Stirn mit dem Mal in die Hände gestützt. Wohin, dachte sie. Wohin bloß? Ich habe keine Heimat mehr, keine Freunde, keine Landsleute ... nur noch Feinde, die mich wie einen räudigen Hund erschlagen, wenn sie mich sehen. Tamara mit dem Mal auf der Stirn. Ein Mensch, der getötet werden muß, weil er Rußland verriet. Weil er einen Deutschen liebte. Weil er mehr Herz besaß als Vernunft. Weil er jung war und glücklich in den Armen eines Mannes ... Weil er keinen Haß kannte ...

Hinter ihr raschelte es. Sie sprang mit einem leisen Schrei auf und flüchtete, über die nackten Leichen springend, in den Wald hinein. Hinter einem Baum verhielt sie und schaute zurück. Über die Lichtung schwankte eine graue Gestalt. Der blutverschmierte Kopf pendelte beim Gehen auf und ab, als habe der Körper keine Kraft mehr, ihn aufrecht zu halten. Der Mann hatte keine Jacke mehr an ... aber seine Stiefelhose war grau, seine Stiefel waren deutsche Knobelbecher, er stützte sich auf einen deutschen Karabiner wie auf einen Stock, den Lauf nach unten in den Waldboden steckend, als wäre er sein einziger Halt. Mit weit aufgerissenen Augen taumelte er an den Leichen vorbei, der Schneise zu, durch die der Wagen dem Dnjepr zu gefahren war.

Tamara schlich ihm nach, vorsichtig, lautlos, wie ein Fuchs, der den Hasen verfolgt. Der Mann vor ihr stöhnte ein paarmal auf ... er verhielt den Schritt und stützte sich schwer auf seinen Karabiner. Einmal klammerte er sich an einem Baum fest und erbrach sich. Es war ein schreckliches Würgen, ein Keuchen, ein wildes Stöhnen ... dann ging er weiter, an dem in den Boden gedrückten, unkenntlichen Igor Graschin vorbei, von dessen breitgewalztem Körper keiner mehr sagen konnte, daß es noch ein Mensch sei.

Tamara schlug einen Bogen, rannte an dem einsamen Mann vorbei und stellte sich vor ihm auf die Straße.

»Stoj«, rief sie. Sie hob einen Knüppel, den sie aufgelesen hatte, empor. »Stoj! Wer bist du?«

Der Mann zuckte zusammen. Er hob den blutverschmierten

Kopf und stützte sich auf sein Gewehr. In seine Augen trat ein entsetztes Erstaunen.

»Tamara!« sagte er schwach. »Bist du es? Bist du es wirklich?«

Tamara tastete über ihren kahlen Kopf und die Brandwunde auf der Stirn. »Du kennst mich ...« Sie trat näher und sah in das zerstörte blutige Gesicht des Mannes. »Wer bist du ...«

»Leskau ...«

»Oh, der Unterafizärr, der gutte, Freind von Strakuweit.« Sie strich mit der kleinen schmutzigen Hand über seinen Kopf und sah nicht den entsetzten Blick Leskaus.

»Was haben sie mit dir gemacht, Tamara ...«

Sie schüttelte wild den Kopf. »Nischt davon sprächen, nischt daran dänken. Du läbst, isch läbe ... wir wollen gähen zu Dnjepr, zu Freinden, zu Strakuweit ...«

»Sie haben mich vergessen, Tamara. Sie haben mich zurückgelassen. Als ich auf den Wagen springen wollte, sind sie abgefahren. Sie haben mich allein gelassen ...«

»Nischt allein.« Tamaras Hand fuhr wieder über das blutige Gesicht. »Tamara doch da. Tamara bei dir bleiben. Tamara mit dirr gähen. Hinter Dnjepr ist Freiheit ... Komm, Unteraffizärr. Tamara weiß Weg ...«

Sie stützte Leskau, griff unter seinen Arm und ging mit ihm durch den Wald der Spur nach, die die Raupen des Wagens auf dem Waldboden hinterlassen hatten. Das Mal auf ihrer Stirn brannte. Leskau sah es an und biß sich auf die Lippen. Wo die glatte, weiße Stirn Tamaras gewesen war, zerriß blutverkrustet und schwarz ein eingebranntes Hakenkreuz die Haut.

»Sie haben dich gefoltert«, sagte er schwer atmend.

»Titsche! (Still!) Nicht davon sprechen ...«

»Nur darum hast du uns verraten! Nur darum. Es kann dir keiner übelnehmen, Tamara. Niemand hat die Kraft, dies zu ertragen.«

Er blieb stehen und strich mit seinen Händen über ihren Kopf und das Brandmal. Tamara schüttelte den Kopf und wich zurück. »Komm«, sagte sie. »Wir müssen das Dorf umgehen. Dann ist es nur noch eine Nacht bis zum Dnjepr. Bis dahin bringe ich dich ...«

»Und dann, Tamara? Du gehst mit über den Fluß?«

Tamara senkte den Kopf. Auf den kahlgeschorenen Schädel brannte die Sommersonne. Schaurig deutlich hob sich das Brandmal von der Stirn ab.

»Für mich gibt es keine Heimat mehr ... ich bin eine Tote. Jeder, der meine Stirn sieht, wird mich erschlagen. Jeder Russe ... Ich gehöre nicht mehr in diese Welt ...«

Sie sprach es russisch, aber Leskau verstand sie. Mit einer Zärtlichkeit, die aus seinem schwachen, elenden Körper unbewußt hervorquoll, hob er den Kopf Tamaras hoch und sah ihr in die großen, traurigen Augen. Er zwang sich, nur diese Augen zu sehen und nicht das darüber eingebrannte blutigschwarze Hakenkreuz auf der Stirn.

»Du kommst mit uns, Tamara ... du bleibst bei mir und wirst irgendwohin nach Deutschland kommen. Auf einen Bauernhof, auf ein Gut ... ein deutscher Arzt wird dir das Brandmal wegoperieren.«

Langsam wanderten sie durch den Wald, immer der Spur des Raupenwagens nach, einer den anderen stützend.

Kilometer um Kilometer ... durch glühende Sonne, durch Dikkichte, durch Partisanenstreifen, vor denen sie sich im Unterholz verkrochen, um Walddörfer herum ... dem breiten, lockenden Fluß entgegen, der Grenze zwischen Leben und Sterben ...

Sieben Kilometer vor dem Dnjepr lagerte die Gruppe Schneider im tiefen Wald.

Oberleutnant Faber hatte auf der ganzen Fahrt durch das Partisanengebiet kein Wort mehr mit Major Schneider gesprochen. Auch jetzt vermied er es, mit ihm in Berührung zu kommen. Er sonderte sich von den Offizieren ab und hatte sich zu Strakuweit gesetzt, der eine Büchse kalten Gulasch aß. Leutnant Vogel, der bedrückt neben Schneider saß, hatte Hauptfeldwebel Kunze neben sich. Nach dem Zurücklassen Leskaus war er für den Häftling verantwortlich, eine Aufgabe, die ihm unter normalen Umständen einen wirklichen Spaß gemacht hätte und sein Gehirn zu Schikanen angeregt haben würde, die Kunze notgedrungen nur mit einem Selbstmord beantworten konnte. Stabsarzt Dr. Wensky bemühte sich um zwei andere Landser, die leicht verwundet waren, während Strakuweit seinen Streifschuß unter dem Haaransatz schon selbst verbunden hatte und seinen Russenhelm nun auf dem dicken Kopfverband balancierte.

»Wissen Sie genau, daß er lebte?« fragte Strakuweit leise Faber. »Vielleicht hat er vor dem Aufspringen einen Schuß bekommen?«

Oberleutnant Faber schüttelte den Kopf. »Ich war vor Major Schneider der letzte, der auf den Wagen sprang. Leskau hob mich noch hoch, weil ich mich mit dem Arm nicht aufstützen konnte.

Dann sprang Schneider auf und schrie ›Ab!‹ und der Wagen schoß vorwärts ... Und er blieb zurück ... lebendig zurück bei den Partisanen.«

»Sauerei verdammte.« Strakuweit stellte die Gulaschdose auf die Erde. Es war ihm unmöglich, weiterzuessen. Leskau, Fritz, alter Junge, dich haben sie vergessen ... Was soll ich Lottchen sagen, wenn sie mich nach dir fragt? Was soll ich deiner Inge sagen, wenn sie zu mir kommt und sagt: Strakuweit, du warst doch immer bei ihm, ihr wart doch immer zusammen ... Wo habt ihr Fritz gelassen? Was habt ihr mit ihm gemacht? »Mist«, sagte er laut. »Ich gehe nicht über den Dnjepr, ohne Fritz gefunden zu haben ...«

Faber zuckte herum. »Strakuweit, ist das Ihr letztes Wort?«

»Mein allerletztes, Herr Oberleutnant.«

Faber legte dem Obergefreiten die Hand auf die Schulter. »Ich bleibe bei Ihnen, Strakuweit.«

Gegen Morgen wurden zwei Mann der kleinen Gruppe vermißt. Leutnant Vogel war der erste, der es bemerkte ... er mußte in der Nacht austreten, und als er zurückkam, waren die Plätze von Strakuweit und Oberleutnant Faber leer. Er rüttelte den Major wach und nahm die Hacken zusammen, als dieser schlaftrunken aufzuckte.

»Eine Meldung, Herr Major: Oberleutnant Faber und der Obergefreite Strakuweit haben die Truppe verlassen!«

»Na und?« sagte Schneider gleichgültig.

»Das ist Desertion, Herr Major!«

»Bei Ihrer Mentalität, gewiß! Gehen Sie schlafen, Vogel.«

»Herr Major!«

»Herr Leutnant!« schrie Schneider. »Ich habe gesagt: Gehen Sie schlafen! Das ist ein Befehl! Und vor dem Einschlafen denken Sie einmal darüber nach, was das Wort Kameradschaft bedeutet! Wenn Sie es überhaupt kennen ...«

Leutnant Vogel ging zurück zu seinem Platz und legte sich hin. Dr. Wensky richtete sich auf und stützte sich auf die Ellenbogen.

»Sie sind fort?« fragte er Major Schneider.

Der Major drehte sich auf die Seite und winkte schwach mit der Hand.

»Seien Sie still, Doktor ... ich schäme mich ...«

Drei Kilometer östlich des Lagers trafen sie aufeinander.

Strakuweit sah sie zuerst ... zwei Schatten, die im fahlen

Mondschein die Schneise herunterwankten, umschlungen, sich stützend, ab und zu stehenbleibend und verschnaufend.

»Fritz!« schrie er grell. »Fritz! Mein Fritz!«

Er rannte den Waldweg entlang, schwenkte beide Arme, stolperte über eine hervorstehende Wurzel, sprang wieder empor und stürzte den beiden schwankenden Gestalten entgegen.

Oberleutnant Faber raste ihm nach. Sein Herz war ein einziger, heller Jubel. Er griff sich beim Laufen an die Brust. Auch er wollte schreien, aber er konnte es nicht ... er war dem Weinen näher als der Freude, seine Kehle war zugeschnürt, seine Augen brannten.

Die beiden Gestalten blieben auf dem Wege stehen. Strakuweit stürzte auf Leskau zu, er umarmte ihn, er küßte das blutverkrustete Gesicht, und plötzlich heulte er los wie ein junger, verirrter Wolf, er weinte laut, umklammerte Leskau und legte seinen dicken, verbundenen Kopf auf dessen Schulter.

»Fritz, mein Fritz«, stammelte er. »Wir haben dich gefunden ... wir haben dich ...« Seine Stimme versagte, und er heulte wieder auf und schüttelte sich im haltlosen Weinen.

Tamara streichelte ihm über den verbundenen Kopf. Ihre Augen glänzten.

»Strakuweit liebes ...«, sagte sie leise. »Liebes, liebes Strakuweit ...«

Oberleutnant Faber verhielt den Schritt, als er Leskau erreicht hatte. Er streckte ihm die Hand entgegen. Er würgte an den Worten.

»Leskau ... Leskau ... wir haben dich nicht vergessen ...«

Leskau schob Strakuweit zur Seite. Er nahm Haltung an und wollte melden: Unteroffizier Leskau zurück. Oberleutnant Faber riß ihn an sich und umarmte ihn.

»Halt den Mund, mein Junge«, sagte er mit zitternder Stimme. »Halt bloß den Mund ... Du willst doch nicht auch deinen Oberleutnant heulen sehen ...«

Strakuweit hatte sich Tamara zugewandt und starrte sie an. Sie lächelte ihn an, und als sie sah, wie er auf ihren Kopf starrte, hob sie die Hände und bedeckte das Brandmal mit ihnen.

»Es gäht wieder weggg«, sagte sie schwach. »Es ist nur die Haut.«

»Sie haben dich gefoltert«, keuchte Strakuweit. Seine Augen quollen hervor. Auch Faber sah jetzt das Entsetzliche und starrte auf die entstellte Tamara.

»Es tutt nicht mähr wäh ...«, sagte sie und lächelte.

»Dafür wird es bei mir keinen lebenden Russen mehr geben!« keuchte Strakuweit. »Das werde ich nie vergessen, nie! O diese Schweine, diese Bestien ...«

Er legte den Arm um Tamara und küßte ihr Brandmal. Da lief durch ihren Körper ein Zittern, sie umklammerte den starken Strakuweit, plötzlich schrie sie auf und brach zusammen. Wie ein Kind nahm sie Strakuweit auf seine Arme und trug sie fort.

Faber folgte ihm. Er stützte Leskau.

Hinter ihnen, im Osten, dämmerte der Tag herauf. Vor ihnen, im Westen, war der Himmel rot ... Orscha brannte. Es war wie ein Fanal ... der Westen brannte, während im Osten die Sonne emporstieg.

Es war heller Tag, als sie das Lager der Gruppe Schneider erreichten. Der Major hatte befohlen, in dem dichten Wald den Tag über zu bleiben, um die letzten Kilometer in der kommenden Nacht zurückzulegen. Die letzten Kilometer bis zur Freiheit.

»Schlaft, Leute«, hatte er gesagt. »Sammelt Kraft für den letzten Sturm! Morgen um diese Zeit sind wir wieder unter deutschen Kameraden.«

Leutnant Vogel war gerade bei der Bestandsaufnahme der Munition und der Verpflegung, als Faber, Leskau, Strakuweit und Tamara durch die Büsche brachen und den Lagerplatz betraten. Major Schneider kam ihnen mit ausgestreckten Armen entgegen und umarmte Leskau. Faber wandte sich ab ...

In diesem Augenblick geschah etwas Schreckliches.

Leutnant Vogel hatte Tamara bemerkt. Er zuckte empor, warf die Munition und die Verpflegung zur Seite und rannte auf sie zu, im Laufen seine Pistole aus der Tasche reißend und durchladend.

»Da ist sie!« schrie er wild. Sein junges Gesicht war verzerrt. Er gebärdete sich wie ein Irrer, stieß Strakuweit, der begriffsstutzig im Wege stand, zur Seite und stürzte auf Tamara zu, die ihm mit großen Augen entgegenstarrte.

»Da ist sie!« schrie Vogel noch einmal. »Die Spionin! Die Verräterin! Die Mörderin unserer Kameraden!« Er sah das eingebrannte Hakenkreuz auf ihrer Stirn, den kahlgeschorenen Schädel. Mit dem Lauf der Pistole zeigte er auf ihren Kopf. »Da ist der Beweis!« schrie er grell. »Sie war bei den Partisanen! Sie hat uns verraten! Du Hure verdammte!«

»Vogel!« brüllte Major Schneider warnend. Strakuweit stürzte vor ... er machte einen Satz wie ein anspringender Tiger, mit seinem ganzen Gewicht warf er sich auf Leutnant Vogel.

Doch bevor er ihn erreichte, bellte der Schuß schon auf.

Zwischen Tamaras verwunderten, großen Augen entstand ein kleines rotes Loch, genau über der Nasenwurzel, einen Zentimeter unter dem eingebrannten Hakenkreuz.

Ein Meisterschuß. Schon im Offizierslehrgang war Vogel der beste Schütze.

Tamaras letzter Blick war voll Erstaunen und Nichtbegreifen. Er tastete sich zu Strakuweit, der gegen Vogel prallte und ihn mit einem Schrei zu Boden riß. Dann sank sie in sich zusammen und fiel in die Arme Fabers. Dort starb sie mit einem Kopfschütteln, als wollte sie die kleine Kugel aus ihrem Kopf wegschleudern.

Drei Soldaten rissen Strakuweit von Vogel weg. Mit hervorquellenden Augen, Schaum vor dem Mund schrie er unverständliche Worte und zerrte an den Armen der ihn Festhaltenden.

»Loslassen«, brüllte er. »Loslassen! Ich bringe ihn um! Ich bringe ihn um! Mörder! Mörder! Laßt mich doch los!«

Bleich stand Major Schneider vor dem sich erhebenden Leutnant Vogel. Er hielt noch immer die 08 umklammert, aus seiner Nase, die der erste Schlag Strakuweits traf, rann ein dünner Faden Blut.

»Jetzt sind Sie stolz!« sagte Major Schneider mühsam. »Jetzt fühlen Sie sich als Held, was? Sie erbärmlicher Feigling.«

Vogels Hand mit der Pistole zitterte. »Herr Major«, sagte er mühsam. »Ich bin Offizier ...«

»Ein Scheißhaufen sind Sie!« brüllte Major Schneider. »Und ich bitte diesen Ausdruck bei Ihrer Beschwerde an den Divisionskommandeur wörtlich zu erwähnen! Ich verachte Sie nicht nur ... mich ekelt vor Ihnen!«

»Loslassen!« heulte Strakuweit. »Loslassen! Ich bringe ihn um ...«

Oberleutnant Faber legte den Leichnam Tamaras neben sich auf den Waldboden. Er deckte seine Jacke über ihr mißhandeltes Gesicht und wandte sich steif an Major Schneider.

»Ich beantrage ein Standgericht gegen Leutnant Vogel, Herr Major!«

Vogel erbleichte. Er steckte die Pistole in die Tasche und trat auf Faber zu. »Ich habe nur meine Pflicht als deutscher Offizier getan.«

Oberleutnant Faber fuhr zu Major Schneider herum. Sein Gesicht war kantig und hatte die Jungenhaftigkeit verloren. So habe ich ihn noch nie gesehen, durchfuhr es Schneider.

»Herr Major«, rief er. »Ich fühle mich tätlich angegriffen, wenn aus diesem Mund noch einmal das Wort Offizier fällt.«

»Ich habe eine Verräterin bestraft!«

»Loslassen!« brüllte Strakuweit und trat um sich. Leskau lehnte an einem Baum und betrachtete mit stumpfen Augen die widerliche Szene. Er war zu schwach, um etwas zu sagen oder zu unternehmen, er war zu gleichgültig, zu ausgelaugt. Sein Kopf brannte, der Wald drehte sich vor seinen flimmernden Augen, und er sah kaum Dr. Wensky, der auf ihn zutrat und zu ihm sagte:

»Legen Sie sich hin, Leskau ...«

»Durch ihren Verrat sind dreißig unserer Kameraden gefallen!« schrie Vogel. »Wollen Sie dreißig Deutsche über diese russische Hure stellen, Faber?« Er bebte am ganzen Körper. »Unser Führer sagte ...«

»Leutnant Vogel!« Die Stimme Major Schneiders war kalt. Man fror in ihrem Klang und zog unwillkürlich die Schultern hoch. »Ich gebe Ihnen die Möglichkeit, jenseits des Dnjepr Ihrem Führer diese Heldentat zu melden! Ich gebe Ihnen diese Möglichkeit. Aber dann ...«, und seine Stimme schwoll an und überschüttete Vogel wie ein Orkan, »dann wird unser Offizierskorps unabhängig von Ihrer Weltanschauung darüber zu Gericht sitzen, was mit einem Schwein, wie Sie es sind, geschehen soll!«

»Ich werde mich zu wehren wissen!« sagte Vogel frech.

»Schlagt ihn tot, den Hund!« keuchte Strakuweit.

»Gegen den Obergefreiten Strakuweit werde ich Tatbericht einreichen!« sagte Vogel kalt.

In Faber zerriß etwas. Er wußte nicht, was es war ... es fühlte sich wie eine Explosion an, die seinen Kopf von innen her zerriß. Es rauschte in seinen Ohren, durch seinen Körper floß es wie Lava, seine Augen brannten, als habe man Pfeffer in sie geworfen. Er senkte den Kopf, der rechte Arm pendelte zurück, und dann fuhr seine Faust mit einem gewaltigen Schlag in das Gesicht Vogels. Es war ein lautes Klatschen, so wie man einem Pferd auf die Kruppe schlägt.

Leutnant Vogel machte einen kleinen Satz nach hinten und sank dann ohnmächtig zusammen. Über Mund und Nase zog sich eine blutige Schwellung.

Schneider riß Faber am Arm herum. Sein Gesicht flammte.

»Auch das tut kein deutscher Offizier, Faber!« schrie er. »Ich werde auch Sie dafür zur Rechenschaft ziehen.«

»Ich bitte darum, Herr Major«, sagte Faber stolz. »Wenn es in diesem Chaos auch keine Ehre mehr gibt, so gibt es doch noch ein Gewissen! Aus ihm heraus handelte ich.«

Er wandte sich ab und ging zu Leskau, der neben dem Raupenwagen lag und von einem Soldaten gewaschen wurde.

Dr. Wensky trat an Major Schneider heran, der neben dem ohnmächtigen Vogel stand und sich nicht rührte. Er hob ihn nicht auf, er beugte sich nicht herunter ... er sah über ihn hinweg in die Ferne, wo der Dnjepr liegen mußte.

»Sie haben keine Linie, Herr Major«, sagte er leise. »Sie verurteilen Kläger und Angeklagten ... Sie finden das Recht nicht.«

Major Schneider sah den Stabsarzt kopfschüttelnd an.

»Denken Sie, was Sie wollen, Doktor. Ich will jetzt nichts anderes finden als den Dnjepr und den Übergang auf die andere Seite. Nichts anderes! Jenseits des Flusses weiß ich, was ich zu tun habe ... und ich habe die Macht, es zu tun! Und ich werde es tun! Hier, Doktor, sind wir ein wilder Haufen, der um sein Leben kämpft. Um das nackte Dasein. Da brechen Leidenschaften auf, die wir nie kannten, die wir nie in uns ahnten. Wir werden Fremde vor uns selbst. Das Verborgenste kommt nach oben und verdeckt das Antlitz von Moral und Erziehung! Das will ich eindämmen ... diese Flut von entfesselten Leidenschaften will ich aufhalten! Wir wollen uns nicht selbst gegenseitig umbringen ... das können die Partisanen besser. Wir wollen über den Fluß ... das allein ist das Ziel! Was dann kommt ... Lieber Doktor, denken wir noch nicht daran! Es wird schrecklich sein, wenn wir wieder normal werden und die Objektivität besitzen, unsere Sünden aufzuzählen ...«

Er ging fort, als Vogel aus seiner Ohnmacht erwachte und sich vom Boden mühsam erhob. Er tastete über seinen aufgeschlagenen Mund und ging zu Dr. Wensky, der mit Jod auf ihn wartete.

Unter einem Busch wurde Tamara begraben.

Hauptfeldwebel Kunze hob selbst die Grube aus. Er tat es mit einer großen Andacht und trat Strakuweit, der ihm helfen wollte, in den Hintern.

»Das ist meine Arbeit«, sagte er dumpf und grollend. »Ich muß mich üben, wenn es später um mein eigenes Grab geht.«

Dann nahm er den Körper Tamaras auf seine dicken Arme und schleppte ihn zu der tiefen Grube. Er legte ihn so vorsichtig, als könne er ihm noch weh tun, in das Grab, deckte eine alte Zeltplane über das schrecklich mißhandelte Gesicht und den im Tode noch schönen Oberkörper. Er faltete sogar Tamaras schmale, schmutzige Hände über der Brust und saß dann versunken vor dem Körper, mit geschlossenen Augen und zuckendem Mund, in dessen Winkeln sich die Tränen sammelten.

Strakuweit saß auf der Erde neben Faber und kaute an seinen Nägeln. »Er hat sie wirklich geliebt«, sagte er leise. »Ich hätte es nie gedacht ...«

Dann erhob sich Kunze, streichelte noch einmal über die Zeltplane, unter der das entstellte Gesicht lag, und kletterte aus der Grube. Er nahm den kurzen Spaten, drückte ihn in den ausgeworfenen Erdhaufen und warf die erste Erde über den langgestreckten Körper.

Schluchzen schüttelte seine massige Gestalt, aber er warf weiter die Erde in die Grube, füllte sie wieder auf und nahm mit jedem Spatenwurf Abschied von Tamara und der Erinnerung an das kleine Dorf Dubrassna seitlich der großen Rollbahn nach Moskau ...

In der Nacht erreichten sie den Dnjepr. Breit, glänzend, mächtig floß er mit schnellen Wassern durch den trüben Mondschein. Eine Sandbank lag vor ihnen, wie der Rücken eines weißen Wals aus den Strudeln ragend. Nördlich zuckte der Himmel, lag eine Brandwolke über dem Land, grollte es durch die Nacht. Orscha ... die Rollbahn ... die Front ... Der Untergang der deutschen Heeresgruppe Mitte ...

Sie standen am Ufer und sahen über den Fluß. Ihre Herzen jubelten, schienen auseinanderzubrechen vor Freude ... aber ihre Gesichter waren ernst, erschöpft, am Ende der Kraft.

»Hinüber«, sagte Major Schneider leise. »Strakuweit, vernichten Sie den Motor.« Er blickte sich um. »Wer kann nicht schwimmen?« Sie konnten es alle, sogar Kunze. Schneider nickte. »Gut. Die Waffen und Uniformen auf den Kopf. Einzeln, in Abständen von 50 Metern! Jenseits des Ufers sammeln wir uns dort drüben an der großen Weide. Gott mit euch, Jungs ...«

Verzweifelt schwamm die Gruppe Schneider durch den Dnjepr, eine Handvoll Mensch, die nichts wog gegen das Leid, das über die deutschen Mütter und Frauen gekommen war ...

Bei der Sanitäts-Ersatzstaffel in Minsk saß Sanitätsunteroffizier Walter Heinrich und wartete auf seinen Weitertransport an die Front.

Der Abschied von Elsbeth in Nasielsk war schnell und hastig gewesen. Er hatte kaum die Zeit besessen, nach Nasielsk zu fahren. Als er unverhofft in die Schule getreten war und vor ihr stand, mit hängenden Armen, brauchte er keine Worte mehr. Elsbeth hatte das Pult umklammert. Ihre Augen waren leer.

»Du mußt fort –«

»Ja.«

»An die Front?«

»Ja.«

»Wann?«

»Sofort! Ich habe nur noch zehn Minuten Zeit. Sie warten auf mich. Ich habe nur die Zeit zum Abschied bekommen.«

»Abschied –«

Sie schwankte leicht, aber sie behielt ihre Haltung und warf den Kopf weit in den Nacken. Ihre Backenknochen stachen hart durch die Haut. Aber so sehr sie die Zähne zusammenbiß ... aus ihren Augen rollten die Tränen über das Gesicht, winzige Kugeln, in denen sich das Licht brach. Heinrich umklammerte ihre Hand.

»Wir sehen uns wieder, Elsbeth –«

»Ja –«, sagte sie schwach.

»Stabsarzt Dr. Seidel wird dich herausholen, wenn sie dich hier vergessen. Er hat es mir versprochen. Du brauchst keine Angst zu haben –«

»Ich habe keine Angst. Ich bin nur plötzlich so leer –«

»Einmal ist auch dieser Krieg zu Ende. Dann sind wir zusammen, ein ganzes Leben lang. Du mußt daran glauben, daß ich wiederkomme.«

»Ich glaube es, Walter.« Mit steifen Schritten, wie eine aufgezogene Puppe, kam sie die zwei Stufen des Podiums herunter, ging an ihm vorbei und verließ die Klasse. Stumm, ahnend, was sie sahen, blieben die Kinder sitzen. Man hörte nur ihr kleines, hastiges Atmen. Er folgte ihr auf den Flur ... da stand sie an die Wand gelehnt und weinte haltlos. Sie sah nichts mehr hinter dem Vorhang der Tränen ... Heinrichs Gesicht war ein Schatten, ein Bild hinter einer Milchglasscheibe ... sie hörte nichts mehr als ihr eigenes Weinen ... Worte strömten an ihr vorbei, erreichten sie nicht mehr ... sie brach innerlich zusammen, sie löste sich auf in Schmerz und sah und hörte und empfand und begriff nichts anderes mehr als Schmerz – Schmerz –

Er küßte sie, aber er küßte kalte Lippen, die nicht antworten konnten. Er umarmte sie, drückte sie an sich, genoß noch einmal den Druck ihres Körpers, ihrer Brüste, den Geruch ihrer Haare, die Wärme ihrer Arme ...

»Elsbeth«, sagte er heiser. »Elsbeth —«

Er sah auf die Uhr. Die Minuten rasten, die Zeiger wirbelten über das Zifferblatt ... sieben — acht — neun Minuten —

Er küßte sie mit geschlossenen Augen. Er tastete mit den Lippen über ihr tränennasses Gesicht, er preßte sie an sich und zitterte ... Jetzt sterben, schrie es in ihm. Jetzt ... jetzt ... Aber die Uhr raste weiter, und er starb nicht.

Zehn Minuten.

Er riß sich los. Rannte fort aus der Schule, blieb auf dem Schulhof stehen, rannte zurück ... Sie stand noch immer an der Wand, mit leeren, weiten Augen, aus denen die Tränen quollen.

»Elsbeth —«, schrie er. Er stürzte auf sie zu, küßte sie, immer und immer wieder, wühlte sich mit dem Gesicht in ihre Haare und schluchzte.

11 Minuten —

Er nahm ihr Gesicht zwischen beide Hände, hob es zu sich empor. Sie sah ihn an, und sie sah durch ihn hindurch. Sie sah seine blauen Augen, aber es waren plötzlich Sonnen, die sich drehten, sie sah seine Haare, aber sie wurden zu einem Weizenfeld, über den ein Sturm raste ...

»Ich komme wieder!« schrie er in das nasse Gesicht hinein. »Ich — ich — o mein Gott —«

Er rannte wieder aus der Schule, rannte über den Schulhof, griff sich an das Herz und überwand sich, noch einmal umzukehren. Er blickte auch nicht zurück ... er rannte bis zu dem Kübelwagen, der auf dem Marktplatz wartete und hinter dessen Lenkrad der Sanitätsobergefreite Blubbke hockte. Blubbke, von dem im Lazarettbereich die Sage ging, daß er bei jeder Sanierung einen neuen Witz aus der 7. Sohle zum besten gab.

Walter Heinrich schwankte an den Wagen. Er ließ sich neben Blubbke auf den harten Sitz fallen. Das Schluchzen saß ihm noch im Hals und rüttelte seinen Körper.

Blubbke schwieg. Er schaltete den Motor ein. Hier hilft kein Witz mehr, dachte er. Hier hält man am besten die Schnauze.

In einer Staubwolke fuhren sie aus Nasielsk hinaus, hinüber nach Sczynno.

Die Wälder ... das Gut der Rehmdes ... der Park, in dem er

Elsbeth das erstemal küßte ... der kleine Fischteich, an dem sie saßen und von dem Morgen sprachen, von einer gemeinsamen Zukunft ... der Flugplatz mit dem Kasino, in dem sie tanzten ... das Kornfeld, in dem sie, müde von der Liebe, lagen und in die Sonne sahen und auf die Wolken, die im Abendrot schwammen wie zartgefiederte, fremdartige Riesenvögel ...

»Fahren Sie schneller, Blubbke«, sagte Heinrich heiser und stieß den Obergefreiten in die Seite. »Sie schleichen ja.«

»Ick fahre 90!«

»Schneller!« schrie Heinrich.

Und die Welt, die schöne, glückliche, friedliche Welt ging unter in einer Wolke aus Staub –

Das war vor drei Tagen gewesen.

Jetzt saß Heinrich bei der Sanitäts-Ersatzstaffel und hörte sich im Radio die Wehrmachtsberichte an. Unterarzt Dr. Reichert, der mit ihm auf der Stube lag, las in einer PK-Zeitung.

»Wenn das so weitergeht, brauchen die uns gar nicht nach vorn zu schicken. Die kommen von vorn auf uns zu. Um Minsk heben sie schon Panzergräben aus und bauen neue Auffangstellungen. Die armen Kerle, die von vorn kommen, wissen überhaupt nicht, was los ist. Der Russe ist überall, sagen sie. Wir laufen nur noch. Wenn wir in einem Dorf ankommen, wer ist schon da? Der Iwan! Es gibt überhaupt keine Front mehr.«

»Es geht zu Ende.« Heinrich drehte das Radio ab. Er trat an das Fenster der Baracke und sah hinaus auf den Hof, den das Barackenlager bildete. Dort stand Blubbke und hielt einigen Sanitätskameraden einen Vortrag. Sie quietschten vor Lachen. Was ist der Unterschied zwischen einem Mädchenschenkel und einer Gasmaske ...

»Es fängt erst an«, sagte hinter Heinrich der Unterarzt Reichert. Er legte die PK-Zeitung weg. Durchhalte-Parolen, ein Führerspruch ...

> *Das Oberkommando der Wehrmacht gibt bekannt:*
> *28. Juni 1944*
> *Im Mittelabschnitt der Ostfront dauern die erbitterten Kämpfe im Raum Bobruisk und Mogilew an. Nach Räumung der Städte Orscha und Witebsk hat sich die schwere Abwehrschlacht in den Raum östlich der mittleren und oberen Beresina verlagert ...*

29. Juni 1944
Im Mittelabschnitt der Ostfront gewannen die Sowjets im Verlauf der erbitterten Abwehrschlacht an einigen Stellen weiter Raum ...
30. Juni 1944
... In der Mitte der Ostfront wird weiter erbittert gekämpft ... Bei Borissow und südwestlich Polozk kam es zu heftigen Kämpfen mit feindlichen Angriffstruppen ...

Bei Borissow kam die Gruppe Schneider in sogenannte normale Verhältnisse.

Sie wurde aufgefangen, weitergeleitet und zunächst zum Stab der 26. ID. geschafft. Der Kommandeur der Infanterie-Division, Oberst Fromberger, begrüßte Major Schneider mit einem kräftigen Handschlag und der Ankündigung eines neuen Kommandos.

»Das 3. Bataillon ist frei«, sagte er. »Es liegt vor Borissow und hat siebzig Prozent des Offizierskorps verloren. Herr Oberleutnant Faber kann die 9. Kompanie übernehmen. Nach den letzten Meldungen 62 Mann.« Er sah zu Faber hin, der den Arm in einer Schlinge trug. Es war keine Verwundung, über die man hier Worte verlor. Ein Bajonettstich ... ein Kratzerchen. »Was machen wir mit Ihrem Adjutanten, Schneider?«

»Den möchte ich behalten, Herr Oberst«, sagte Schneider schnell. »Wir haben uns so gut aufeinander eingearbeitet ...«

Leutnant Vogel wollte etwas sagen, aber der Blick Schneiders ließ ihn zurückzucken. Gut, dachte er. Schreiben wir es! Machen wir eine Meldung. Vergessen tue ich es nicht! Er hielt gewissenhaft Abstand von Oberleutnant Faber, als stänke dieser. Oberst Fromberger sah auf die kleine Gruppe und zu den Offizieren.

»Noch Wünsche, meine Herren?«

Faber nickte. »Ich möchte das, was von meiner alten Kompanie übriggeblieben ist, zur 9. Kompanie mitnehmen. Den Hauptfeldwebel Kunze, den Unteroffizier Leskau, den Obergefreiten Strakuweit, zwei Mann ...«

»Selbstverständlich.« Der Oberst winkte. »Es ist immer gut, wenn alte, bewährte Leute in der Kompanie sind. Ihre 9. besteht zu 80 Prozent aus jungem Ersatz.«

Ein Adjutant kam in die Hütte. Der Oberst nahm einen Zettel entgegen und überflog ihn. Eine Zusammenfassung der Funkmeldungen von der Front. Sein Gesicht blieb unbewegt, als er den

Zettel zur Seite auf den alten Tisch legte, auf die Karte des Gebietes Borissow.

»Sie fahren in dieser Nacht noch hinaus zu Ihren Truppen. Sie haben keinen weiten Weg«, fügte er mit bitterem Humor hinzu. »Man kommt Ihnen sogar entgegen.« Er reichte Major Schneider die Hand. »Sie haben eine große Leistung vollbracht, Herr Major. Ich werde es der Armee weitergeben.«

Damit waren sie entlassen. Die Troßleute nahmen sich der Landser an ... die Offiziere gingen in das kleine ›Kasino‹, eine verfallene Bauernkate, in der auch der Ia der Division seine Dienststelle aufgebaut hatte und in der die Fäden einer verlorenen Schlacht zusammenliefen.

Über die Rollbahn zurück fluteten die deutschen Divisionen. Bataillonsstark, ausgemergelt, ohne Munition, ohne Sprit, ohne Ersatz, mit ausgeleierten MG-Läufen, wundgeschossenen Kanonenrohren, zerbrochenen Wagen und sinnlos gewordenen Panzern, die ohne Benzin seitlich der Straße lagen und von den zurückgehenden Truppen in Brand gesteckt wurden.

Major Schneider übernahm das 3. Bataillon. Es lag seitlich der Rollbahn bei Studenka in den Sümpfen der Beresina. Es war ein erbärmlicher Haufen, dezimiert nicht allein durch Verwundungen, sondern durch Krankheiten, Mückenplage, Malaria und Unterernährung.

Leutnant Vogel begann, den Bataillonsgefechtsstand einzurichten. Er versammelte zunächst den Bataillonstroß um sich und hielt ihm einen kurzen, markanten Vortrag.

»Das hier ist ein Sauhaufen!« schrie er. »Wir sind mitten durch die russischen Linien und Divisionen marschiert, aber so wie dieser Misthaufen hier haben wir nie ausgesehen! Der deutsche Soldat ist der Träger einer jahrhundertealten Kultur! Ich habe mir die Toilettenverhältnisse angesehen – eine Katastrophe! Ein Loch hinter einem Busch! Ein Loch! Man soll es nicht für möglich halten! Und das sollen Kulturträger sein?«

Der Vortrag dauerte eine Viertelstunde, dann wußte das 3. Bataillon, was die Stunde geschlagen hatte.

Die erste Handlung Leutnant Vogels wurde in der Division berühmt: Nach eigenen Zeichnungen ließ er beim Bataillonsgefechtsstand Latrinen bauen.

Es waren genaue Zeichnungen mit Aufrissen, Querschnitten, Grundrissen. Sogar der Donnerbalken war statisch berechnet für eine ›Nutzlast von 10 Mann‹.

Als die Latrine fertig war, erschien Strakuweit als Melder der 9. Kompanie, verschwand hinter dem Bretterverschlag und beschmutzte den Balken.

Diese ungeheuerliche Tat, geschehen vor der feierlichen Einweihung der Latrinenanlage durch Major Schneider, brachte Leutnant Vogel an den Rand seiner Fassung.

»Strakuweit!« heulte er. »Sie Schwein! Sie Saukerl! Sie Urviech! Wer hat Ihnen erlaubt, die Latrine zu benutzen?«

Strakuweit stand in strammer Haltung vor dem wachsbleichen Vogel. Er hatte den Helm auf, umgeschnallt, die Maschinenpistole straff auf den Rücken gezogen, sogar seine Stiefel waren sauber. Sein Blick ruhte verwundert auf dem tobenden Leutnant.

»Ich mußte, Herr Leutnant.«

»Und gerade auf der neuen Latrine?«

»Dafür ist eine Latrine doch da.«

»Sie war noch nicht eingeweiht!«

»Ach so.« Strakuweit sah Vogel treuherzig an. »Ich wußte nicht, daß beim Bataillon ein Scheißhaus wie ein Denkmal ist. Natürlich gebührt der erste Sitz dem Herrn Major!«

Leutnant Vogel brüllte noch immer, als Strakuweit schon längst den Raum verlassen hatte. Er war auf dem Rückweg zur 9. Kompanie ... ein Weg, der durch einen Sumpf führte, schmal wie ein Steg, gekennzeichnet durch in den Boden gesteckte Zweige.

Beim Kompanietroß hatte Hauptfeldwebel Kunze bereits per Telefon von der neuen Untat Strakuweits erfahren. Er legte den Hörer auf und sah hinüber zu Leskau, der auf einem Strohsack in der Ecke des Bunkers lag und eine alte PK-Zeitung las.

Oberleutnant Faber hatte Leskau beim Troß zurückgelassen. »Sorgen Sie für Nachschub«, hatte er zu ihm beim Abschied gesagt. »Dort kann ich Sie besser gebrauchen als in der HKL. Und im übrigen« — er lächelte schwach — »sehen wir uns ja schnell wieder. Länger als drei Tage ist die Stellung nicht zu halten.«

»Strakuweit hat Vogel aus dem Häuschen gebracht«, sagte Kunze. Er schrieb die Zeit des Telefongespräches auf und in Stichworten den Inhalt. »Jetzt ist er auf dem Rückweg. Wenn das so weitergeht, sitzt der Theo nach dem Krieg ein Jahr Bau ab!«

»Nach dem Kriege?« Leskau warf die PK-Zeitung fort. Die Überschriften ekelten ihn an. Heldentum. Opfer für Deutschland. Unbesiegt! Dem Endsieg zu. Wunderwaffen. Eine Flut von Worten, hinter denen die Angst und die Sinnlosigkeit standen. »Was wird wohl nach diesem Krieg sein ...«

»Die Unsterblichkeit des Führers.«

Leskau drehte sich herum. »Kunze, halt die Fresse! Oder glaubst du wirklich, was du sagst?«

»Glaubst du es nicht?« Kunze legte den Bleistift hin. Seit dem Tode Tamaras war er wie umgewandelt. Als er die Grube zugeschaufelt hatte und betend an dem Grabhügel stand, hatte er geweint. Die Gruppe Schneider hatte es mit einer tiefen Verwunderung gesehen, und selbst der Erzfeind Kunzes, Strakuweit, hatte sich neben Leskau an den gepanzerten Mannschaftswagen gestellt und leise gesagt: »Dafür möchte ich ihm vieles abbitten. Man könnte vergessen, welch ein Hund er ist.« Auch Major Schneider hatte das versprochene Standgerichtsverfahren gegen Kunze vorerst zurückgestellt. Als sich der Hauptfeldwebel zur 9. Kompanie bei Major Schneider abmeldete, hatte Schneider ein Aktenstück auf seinen Tisch gelegt.

»Das ist Ihre Akte, Kunze«, hatte er gesagt. »Was da drin steht, reicht aus, Sie im Schnellverfahren aufzuknüpfen.«

»Ich weiß, Herr Major.« Kunze hatte Schneider mit verzerrtem Gesicht angesehen. Helle Angst stand in seinen Augen.

»Ich gebe die Akte vorerst nicht weiter. Ich schicke Sie zurück an die Front, Hauptfeldwebel! Ich schicke Sie dahin, wo es am heißesten ist. Ich gebe Ihnen die Chance, anständig zu sterben! So wie ein deutscher Mann stirbt ... nicht mit einem Strick um den Hals, sondern mit der Waffe in der Hand vor dem Feind! Nutzen Sie die Chance, Kunze ... sterben Sie als ein Held!«

Wachsbleich war Kunze aus dem Zimmer Major Schneiders gekommen und stumm an Leskau und Oberleutnant Faber vorbei auf den Wagen geklettert, der sie bis auf vier Kilometer an die HKL heranfuhr.

Man fragte ihn auch nicht. Man kannte Major Schneider. Und es war keiner da, der Kunze bedauert hätte. –

Leskau setzte sich auf seinen Strohsack. Kunze stützte den dikken Kopf in beide Hände.

»Glaubst du, daß wir den Krieg verlieren?«

»Das haben wir bereits, Kunze. Morgen räumen wir die Stellung. Durch die Sümpfe, auf unbekannten Pfaden, sickert die Rote Armee in unseren Rücken. Südlich von Borissow tauchen sie auf ... im Nachschub der Division. Wir werden bis Minsk rennen, bis Warschau, bis Breslau ... bis Berlin ... Wer will den Russen jetzt noch aufhalten? Du oder ich oder Faber oder die 100 müden, jungen Burschen da vorne? Die Kinder im grauen Rock? Die armen

Kerle, die man vom Spielplatz wegholte und in eine Uniform steckte, ihnen eine Knarre in die Hand drückte und ihnen kommandierte: Rechts um! Verteidigt eure Heimat! Ihr seid zwar noch Kinder, aber sterben könnt ihr wie Männer! Ihr seid das Holz, aus dem man Helden schnitzt! Und wenn eure Mütter weinen ... laßt sie weinen! Es sind alte Klageweiber, sie erkennen nicht die Größe der Zeit! Sie sind verweichlicht, degeneriert, demoralisiert! Denkt an die Germanenfrauen ... sie standen hinter den kämpfenden Männern und reichten die Pfeile und Speere zu! Das waren Frauen! Das waren Ahnen! Und ihr seid die Nachkommen! Die Helden! Die germanischen Krieger, die den Sturm Asiens aufhalten!« Leskau erhob sich und schnallte sein Koppel um. »Glaubst du, Kunze, daß wir damit einen Krieg gewinnen? Wir bluten aus ... es ist nur eine Frage der Zeit, wann wir eine Hülle ohne Blut sind.«

»Und dann, Fritz?«

»Dann? Es wird schrecklich sein. Wo ein Aas ist, sind Geier ...«

Sie gingen aus dem Bunker und setzten sich vor dem Eingang in die Abendsonne. Vor ihnen dehnten sich die Beresinasümpfe. Einsam, unbewohnbar, nicht betretbar, feindlich, geheimnisvoll. Einige Sumpfhühner schwebten lautlos durch den Abend. Ihr Gefieder glitzerte golden in der untergehenden Sonne. Sie hatten den Krieg überlebt ... sie nisteten im sicheren Schutz des grundlosen schwabbernden Bodens auf einer unberührten Insel inmitten einer brennenden Welt.

»Strakuweit muß bald kommen«, sagte Kunze. »Ob er Ersatz mitbringt?«

»Hat Vogel nichts am Telefon gesagt?«

»Der hat nur über Theo gebrüllt. Einen neuen Donnerbalken soll er beschissen haben.«

»Dann ruf noch mal das Bataillon an.«

»Wohl verrückt! Ich bin froh, wenn ich von dort nichts höre.«

Leskau nahm seine Maschinenpistole und stülpte den Helm über den schmalen Kopf. »Ich gehe Theo entgegen. Er kann nicht mehr weit sein.«

Kunze nickte. »Bis dahin ist das Abendessen serviert«, sagte er grimmig. »Bohnensuppe. Zum sechstenmal.«

»Strakuweit erschlägt den Koch!«

»Noch besser wäre der Stabsintendant, der die Verpflegung nach vorne schickt.«

Leskau schritt über den schmalen Pfad durch den Sumpf. Das

Schilf leuchtete orangenfarbig in den letzten Strahlen der Sommersonne. Die Sumpfhühner kreischten und zankten sich um einen Fisch. Kunze sah Leskau nach, ehe er zurück in seinen Schreibstubenbunker ging. Seit dem Tode Simpelmeiers, den Kunze vergaß mitzunehmen, machte er seine Schreibarbeiten allein. Ein junger Gefreiter war ihm als Schreiber von Oberleutnant Faber versprochen worden ... aber bisher war er noch nicht erschienen. Kunze war das ganz angenehm ... denn erstens sah keiner mehr zu, wenn er von der Kompanieverpflegung jeden Tag einige Gramm zur Seite schaffte und in einer Blechkiste verbarg, und zum anderen würde ihn ein neuer Schreiber immer wieder an den schreienden, zu ihm hinkriechenden und bettelnden Simpelmeier erinnern. Eine Erinnerung, die Kunze aus seinem Gedächtnis streichen wollte.

Endlos dehnten sich die Beresinasümpfe. Die Dämmerung zog über das Schilf. Die Gräser wurden grau und stumpf. Grillen zirpten. Ab und zu klatschte es seitwärts des Weges in den moorigen Boden ... Frösche und Kröten flüchteten vor dem Schritt des Menschen.

Gleich werde ich Theo sehen, dachte Leskau. Er kann nicht mehr weit sein. Vom Bataillon bis zum Kompanietroß geht man gut zwei Stunden. Man muß vorsichtig gehen ... ein Schritt zur Seite, und es ist keiner da, der einen noch retten kann.

Er blieb stehen und lauschte.

Klapperte da eine Gasmaskenbüchse? Knirschte ein Schritt?

»Theo«, rief Leskau in die Dunkelheit. »Theo! Hier ist Fritz ...«

Das Schweigen der Einsamkeit umgab ihn.

»Theo!« schrie er laut. Man mußte seine Stimme in der Nacht Hunderte von Metern weit hören. »Theo!«

Im Sumpf raschelte es. Ein Biber flüchtete ins Schilf. Strakuweit würde auf ihn geschossen haben ... er fraß alles, was eßbar war.

»Theo!« schrie Leskau. »Mensch, melde dich doch! Laß den Blödsinn mit dem Versteckspielen ...«

Strakuweit tappte durch die Beresinasümpfe. Er pfiff vor sich hin und dachte an Leutnant Vogel, der jetzt vor dem beschmutzten Donnerbalken stehen würde und befahl, ihn blankzuscheuern. Ob er eine Rede halten würde, dachte Strakuweit versonnen. Soldaten! Gleich wird der Herr Major die neue Anlage einweihen! Sauberkeit ist eine der Tugenden des deutschen Soldaten. Dazu gehört ein richtiges und hygienisches Scheißhaus! Wo die Sauberkeit nachläßt, beginnt der Zerfall, das Chaos! Der beste Beweis ist der Obergefreite Strakuweit, der heute unsere neue Anlage wie ein Schwein beschmutzte ...

Strakuweit lächelte vor sich hin. Latrinen-Vogel, dachte er. Das ist ein neuer Name. Der wird durch die Division gehen. Dafür müßte man sorgen. Kinder, welch ein Mist wäre der ganze Krieg, wenn es nicht Typen wie Vogel und Strakuweit gäbe ...

Er stutzte und verhielt den Schritt.

Vor ihm, auf einem Schilfhalm, der das Schilfdickicht weit überragte, wiegte sich ein Vogel in der Abendsonne. Ein herrlicher, kleiner, bunter Vogel, wie ihn Strakuweit noch nie gesehen hatte. In seinem gespreizten Gefieder lag das Rot der Sonne, das letzte Blau des Sommerhimmels, das Grün der Gräser und das Graubraun des sumpfigen Bodens.

Der Vogel sang.

Das war etwas, was Strakuweit wie angewurzelt stehen ließ. Inmitten des Krieges, umgeben von brennenden Städten und Dörfern, hineingesetzt in eine Armee von Männern, die man aufeinanderhetzte, damit sie sich töten, sang ein kleiner, bunter, lustiger Vogel mit heller, trillernder Stimme.

Strakuweit sah den kleinen Vogel an. Es ist wie zu Hause, durchfuhr es ihn. Als ich ein kleiner Junge war, hatte Mutter einen Kanarienvogel. In einem kleinen Holzbauer hüpfte er hin und her, steckte den spitzen Schnabel durch das Drahtgitter und klapperte. Wenn er sang, blähte er die Kehle dick auf, legte den Kopf in den Nacken, schloß die kleinen Augen und trillerte mit einem Atemvorrat, der den kleinen Theo Strakuweit staunen ließ. Wenige Wochen später geschah der erste Einbruch auf der langen Liste der Strakuweitschen Taten ... aus der Drogerie von Pillkallen wurde ein Vogelbauer aus Messing gestohlen. Damals war der Landjäger so verständig und nannte es einen Jungenstreich aus Tierliebe ... und die Mutter weinte eine Woche lang über den ungeratenen Theo. Als der Vogel starb, weil Onkel Peter ihm Kuchen zu fressen gab, hatte der kleine Theo seinen ersten großen Weltschmerz, der haften blieb bis auf den heutigen Tag.

Und nun wiegte sich ein kleiner, singender Vogel vor ihm im Schilf ... ein bunter Vogel, der zu ihm beim Singen hinübersah mit fast bernsteinfarbigen Augen.

»Mein Kleiner«, sagte Strakuweit leise. Er trat einen Schritt vor. Der Vogel blieb sitzen, nur hörte er zu singen auf und äugte zu ihm hin. »Wo kommst du denn her, mein Süßer?« Strakuweit hob die Hand. »Du hast keine Angst, was? Du kennst die Menschen noch nicht? Du bist ein glücklicher Vogel, mein Kleiner ...«

Seine Maschinenpistole schlug gegen die Gasmaskenbüchse. Der Vogel sträubte die Flügel, als wolle er erschreckt davonfliegen.

»Bleib, bleib doch, Kleiner«, sagte Strakuweit. Er hob die Maschinenpistole über den Helm und warf den Riemen zurück. Dann legte er die Waffe zur Seite auf den Weg. Er griff in den Brotbeutel, brach etwas von dem gestohlenen Brot ab und hielt es mit ausgestrecktem Arm dem Vogel hin. »Komm, nimm es dir ... komm zu Theo, mein Kleiner ... Sei lieb ... hab' keine Angst ...«

In diesem Augenblick fiel ein schwerer Gegenstand gegen seinen Rücken, er fühlte etwas Kaltes in sich hineindringen und wußte, daß es ein Messer war.

Stöhnend ließ er sich in die Knie fallen und griff mit beiden Armen nach hinten. Er faßte einen Körper, sank nach vorn und schleuderte ihn über sich hinweg auf den Sumpfpfad.

Der Vogel vor ihm kreischte, schlug mit den Flügeln und riß den Schnabel auf.

»Du hinterlistiger Hund«, keuchte Strakuweit. Er kroch auf den Knien zu dem dunklen Körper hin und warf sich auf ihn, als sich der Russe aufrichtete. Er trug die Sommerbluse der Roten Armee. Seine blaue Zivilhose steckte in hohen Juchtenstiefeln. In der Faust hielt er ein breites Messer, dessen Schneide blutig war.

Strakuweit stürzte dem Messer entgegen. Er spürte den Stich in der Brust, aber er umklammerte mit eisernen Fingern den Hals des Russen und drückte ihn zu. Stöhnend lag er auf ihm, das Messer in der Brust, schlug mit dem Kopf in das breite, gelbe Gesicht und spuckte das Blut, das sich in seiner Mundhöhle ansammelte, in die Augen des röchelnden Sowjets.

Von weitem hörte er Rufen. »Theo ... Theo ...« Das war Leskau, der ihm entgegenkam. Strakuweit hob den Kopf.

»Fritz!« keuchte er. Blutiger Schaum verschluckte die Worte. Der Vogel vor ihm kreischte. Sein Geschrei drang in seine Ohren, als zerrisse der Himmel unter fürchterlichem Gellen. »Fritz ... Hierher! Hierher!«

Sein Schrei ging unter in der blutigen Schaumwatte vor seinen Lippen. Er spürte unter sich den sich aufbäumenden Körper des Russen ... wieder stieß er mit dem Kopf in das Gesicht, drückte die Hände um den Hals ... die Rückenwunde brannte, als stäke ein feuriges Eisen zwischen den Schulterblättern, in der Brust, unter dem dritten Knopf der Uniform, ragte das breite Messer aus seinem Fleisch. Er fühlte, wie seine Kräfte nachließen, wie seine Finger zu Eis wurden, wie der Hals unter ihnen sich dehnte, ohne daß er die Kraft hatte, ihn wieder zuzudrücken.

»Fritz!« stammelte er. »Fritz ...« Er hieb noch mal in das hochkommende Gesicht des Russen, dann sank er ohnmächtig zurück.

Der Russe sprang auf. Er hörte, wie Leskau den Weg entlang kam, er hörte, wie er rief ... nahe schon, gefährlich nahe ... Da nahm er den Körper Strakuweits, stieß ihn vom Weg in den Sumpf und hob die rechte Hand.

Der bunte Vogel schwieg. Er flatterte auf die Hand des Russen, rieb seinen spitzen, gelben Schnabel an seiner Wange und stieß einen Laut aus, der wie ein Kichern klang, wie ein Lachen.

Wie ein Schatten glitt der Sowjet vom Pfad weg in den Sumpf. Auf einem Bretter- und Knüppeldamm, der einen halben Meter unter der Oberfläche lag und unsichtbar war, rannte er hinein in die dunkle Einsamkeit der Beresinamoore.

Langsam, Zentimeter um Zentimeter, versank der schlaffe Körper Strakuweits in die breiige Tiefe des Sumpfes ...

Als Leskau an der Stelle des Kampfes erschien, sah er zunächst die auf dem Weg liegende Maschinenpistole Strakuweits. Er warf sich auf den Boden, riß seine eigene Waffe nach vorn und starrte vor sich auf den Weg, der in der Dunkelheit und im wuchernden Schilf unterging.

»Theo!« rief er laut. Ein Krampf schnürte seine Kehle zu. Das ist doch nicht möglich, schrie es in seinem Hirn. Hier, mitten im Sumpf, in unserem Rücken. Und ausgerechnet Strakuweit. Er kroch auf dem Weg vorwärts, seine tastenden Hände wurden feucht, klebrig. Blut!

Leskau biß die Zähne aufeinander. Er sprang auf und sah zur Seite in das Schilf. Etwas Dunkles, Verkrümmtes lag im Moor und versank langsam. Es war nicht zu erkennen in der hereinbrechenden Nacht ... es war ein Klumpen, der sich von dem helleren Schilf abhob.

»Theo!« schrie Leskau. Er trat auf den Klumpen zu und zuckte zurück. Wo er hintrat, gab der Boden nach. Er ließ sich auf die Knie fallen und kroch mit dem Oberkörper über den Weg hinaus, die Beine und den Unterkörper als Stütze auf dem festen Weg lassend. Mit ausgestreckten Armen konnte er einen Zipfel der Uniform erfassen ... nur einen Zipfel. Er krallte sich Halt suchend in dem harten Schilf fest, umklammerte den Zipfel und zog.

Theo wiegt 150 Pfund, dachte er. 150 Pfund, an einem kleinen Zipfel hängend. Und unter diesen 150 Pfund die saugende Kraft des Sumpfes.

Er stieß mit der Faust gegen den Körper, immer und immer wieder. »Theo!« brüllte er. »Theo, Mensch ... sag doch etwas! Wach doch auf, Theo ...« Er zerrte wieder an dem Zipfel und spürte, wie unter seinen krallenden Fingern der Körper tiefer und tiefer sank. Unaufhaltsam, aufgesogen von der meterdicken breiigen Masse des Moores.

Schwitzend legte Leskau seinen Kopf auf den Arm. Es geht nicht mehr, schrie es in ihm. Ich habe keine Kraft mehr ... ich kann ihn nicht herausziehen. Ich muß dabeisitzen und zusehen, wie er versinkt ... Vielleicht lebt er noch, und er wird lebend im Moor untergehen, grauenhaft ersticken ... »Theo!« schrie er grell. Seine Stimme brach auseinander, sie zerschellte in diesem Schrei. »Theo! Junge! Theo!«

Er schnellte sich zurück und ergriff seine Maschinenpistole. Er hob sie in den Nachthimmel und schoß.

Ein Magazin ... er riß das zweite aus der Tasche, setzte es ein und schoß weiter. Die Leuchtspur raste in die Schwärze des Himmels. Sie müssen es doch hören, schrie er sich zu. Sie müssen es doch hören beim Troß. Schüsse im Rücken ... sie werden kommen ... sie werden alle kommen ... Kinder, lauft doch! Kommt doch! Er sinkt ja immer tiefer! Hört ihr denn die Schüsse nicht, ihr Idioten? Kommt doch ... lauft wie nie in eurem Leben ... lauft!

Er warf seine Maschinenpistole weg und schoß mit der Strakuweits weiter. Ich schieße Gott von seinem Himmel, durchjagte es Leskau. Ich werde ihn nicht mehr kennen, wenn er Strakuweit so elend verrecken läßt. Es wird für mich keinen Gott mehr geben! Ich werde ihn anschreien, wenn er zu mir kommt. Geh, werde ich schreien. Geh! Du hast Theo verrecken lassen, schlimmer als ein Tier! Wie kannst du das zulassen, du, der du Gott sein willst. Unser aller Vater ...

Er schoß und zitterte wie in einem Fieber.

Lauft doch, Kinder ... lauft ...

Noch zehn Minuten — und es gibt keinen Strakuweit mehr ...

O Gott — o Gott — o Gott —

Hilf —

Hauptfeldwebel Kunze schrieb gerade seinen Tagesrapport zu Ende, als es draußen in der Nacht knallte. Verwundert sah er auf seine Uhr. 23 Uhr 12.

Er trat hinaus in die Dunkelheit und lauschte. Wieder knallte es ... schnelle Schüsse ... Maschinenpistolen ... Über Kunzes Gesicht zog fahle Blässe. Sein Kopf flog herum zu dem Sumpfpfad.

Von der Feldküche und der Kompanieschmiede kamen drei Mann durch die Dunkelheit gerannt.

»Es schießt in unserem Rücken!«

»Ich bin doch nicht taub!« Kunze sah zum Sumpf hinüber. In unserem Rücken ... der Russe ... wir sind eingekreist, abgeschnitten ... Wir werden aufgerollt. Sein Herz schlug unter seinem Kehlkopf.

»Wer ist draußen?« fragte der Küchenunteroffizier. Er hatte einen Karabiner in der Hand. Im Koppel blinkten schwach die Büchsen von vier Stielhandgranaten. Kunze atmete tief durch. Er gab seiner Stimme einen festen Klang.

»Strakuweit und Leskau. Vielleicht jagen sie einen Biber. Russen können es nicht sein ... wenn wir nicht durch den Sumpf kommen, können die es auch nicht. Und hier gibt es nur den einen Weg.«

Wieder knatterte die Maschinenpistole durch die Nacht.

»Das ist doch Rabatz!« schrie der Küchenunteroffizier. Er wollte mit den drei anderen den Pfad zum Sumpf hinabrennen, aber Kunze hielt ihn fest. In seinen Augen stand helle Angst.

»Macht keinen Quatsch«, sagte er grob. »Leskau sagte doch vorhin, daß er jagen wollte.«

»Und vier Magazine verschießt? Das glaubst du selbst nicht.«

Das Geknatter in der Ferne erstarb. Kunze wischte sich über die Stirn. Sein Arm zitterte dabei.

»Es ist vorbei. Sie haben den Biber ...«

»Auf jeden Fall gehen wir nachsehen! Kommst du mit?«

»Ich muß beim Telefon bleiben.«

»In der Nacht ruft keiner an!«

»Das Bataillon. Der Chef ...«

»Feiger Hund!«

Die vier marschierten durch die Dunkelheit davon. Kunze sah ihnen nach. Er lehnte am Eingang des Bunkers und umklammerte die Pistolentasche. Partisanen, dachte er. Im Sumpf. In unserem Rücken. Wir sind alle keinen Pfennig mehr wert. Aber er wagte nicht, wie in Dubrassna, seinen Verpflegungssack wieder zu pakken und sich durch den Sumpf nach hinten in Sicherheit zu bringen. Es gab nur einen Weg zurück, und auf diesem wurde geschossen.

Mit bleichem Gesicht und verstörten Augen lief er in der Kompanietroßstellung herum und lauschte hinaus in den Sumpf. Einen Gefreiten, der leicht verwundet von der HKL gekommen war, um sich hier beim Troß zu erholen, und der am Rande des Sumpfes stand und ein Geschäft verrichtete, brüllte er zusammen, weil der Gefreite sich im unklaren war, ob er seine Handlung unterbrechen und grüßen oder sie zu Ende führen und dann eine Ehrenbezeigung anbringen sollte.

»Was stehen Sie hier herum?« schrie Kunze. Es tat ihm wohl, jemanden gefunden zu haben, der wie ein Ventil auf seinen inneren Überdruck wirkte. Schreien behebt die Angst ...

Der Gefreite entschloß sich, seine naturbefohlene Handlung doch zu unterbrechen, und drehte sich stramm herum.

»Ich uriniere, Herr Hauptfeld.«

»Was tun Sie Schwein?« brüllte Kunze.

»Ich ...«

»Schnauze! Ein so junger Bengel, und dann solche Sauerei!« Er stockte. Vom Sumpf her hämmerte wieder der Feuerstoß einer Maschinenpistole. Der junge Gefreite knöpfte seine Hose zu.

»Wo kommt denn das her?« fragte er verblüfft.

»Aus einem Stall, Sie Idiot! Da scheißt eine Ziege auf ein Trommelfell!« Hauptfeldwebel Kunze krallte seine Finger um das Koppel. Es ist wirklich ein Überfall, durchzitterte es ihn. Sie greifen Leskau und Strakuweit an. Wie hatte Leskau vorhin gesagt: Nach dem Krieg sind wir die ärmsten Schweine. Nach dem Krieg ... es würde kein Nachher mehr geben. Hier, in den Sümpfen der Beresina, würde der Krieg für sie zu Ende sein.

»Mitkommen!« befahl Kunze dem Gefreiten.

»Wohin?«

»Mitkommen, Sie Selbstverstümmler!«

Der Gefreite trottete dem Hauptfeldwebel nach. Kunze ging mit schnellen Schritten zu seinem Bunker und drehte sich erst in dem dunklen, dumpfen und niedrigen Raum nach dem jungen Soldaten um.

»Haben Sie Kraft?«

»Es kommt darauf an, Herr Hauptfeld.«

»Was sind Sie von Beruf?«

»Abiturient.«

»Auch das noch!« Kunze schleifte seinen heimlichen Verpflegungssack aus der Ecke und stellte ihn vor den Gefreiten hin. »Sie bleiben hier bei diesem Sack stehen, Sie Träne, verstanden? Und wenn es nötig ist, werden wir zwei den Sack in Sicherheit bringen.« Kunze ging zur Tür, aber dort drehte er sich noch einmal um und sah den in der Dunkelheit hockenden Gefreiten an. »Sie haben Eltern?«

»Ja. In Magdeburg.«

»Ein Mädchen?«

»Jugendliebe, Herr Hauptfeld.«

»Sie wollen doch Ihre Eltern und das Mädel wiedersehen?«

»Natürlich ...«

»Dann halten Sie die Schnauze über alles, was jetzt kommt. Ich bin gleich wieder zurück. Und dann tragen wir den Sack weg. Ab morgen sind wir Versprengte. Verstanden?«

»Nein, Herr Hauptfeld.«

Kunze winkte ab. »Ist auch nicht nötig. Dafür sind Sie ja Aburent.«

»Abitu ...«

Kunze trat hinter sich die Tür zu. Latein kann er, Mathematik, Physik, vielleicht sogar Griechisch. Aber wie man sich absetzt und den eigenen Hintern rettet, das lernen sie nicht auf den Schulen. Was nutzt alles Latein, wenn man im Loch liegt und die Gruppe steht darum und singt: Ich hatt' einen Kameraden ... Ich sage Aburent ... aber ich rette meine Haut! Und ich pfeife auf alle Majore Schneider und auf alle Standgerichte, auf alle Bewährungen und alle Chancen des Heldentodes ... Ich will leben, nach dem Krieg in Berlin wieder meine Molle trinken und ein anständiges, dralles Weib im Bett haben!

Er stand in der Nacht und lauschte. Es war ihm, als hörte er Stimmen. Eine wilde Angst erfaßte ihn, daß es bereits zu spät sei und die Russen die Troßstellung umzingelt hätten.

Er rannte in den Bunker zurück und traf den Gefreiten dabei an, wie dieser den Sack abtastete.

»Der ist ja voller Verpflegung«, sagte er.

Kunze riß den Sack empor und warf ihn über seine breite Schulter. »Glaubst du, ich schleppe Pferdeäpfel durch Rußland? Los, faß hinten an. Es geht ab ...«

»Wohin denn?«

»An die Riviera, du Idiot!«

Der Gefreite blieb am Tisch stehen. Über sein Gesicht zog der Ausdruck tiefster Verachtung.

»Wir können doch nicht einfach abhauen. Das ist doch Fahnenflucht! Feigheit vor dem Feind. Darauf steht Todesstrafe.«

Kunze beugte sich nach vorn. Er keuchte. Der Sack war schwer und krümmte sein Kreuz.

»Komm!« stöhnte er. »In fünf Minuten ist es zu spät.«

Strakuweits Kopf und Schulter ragten noch aus dem Sumpf, als der Küchenunteroffizier mit seinen drei Männern den Pfad hinabrannte. Leskau hörte ihre Schritte und schrie. Er lag wieder auf dem Bauch, umkrallte mit der rechten Faust einen Rockzipfel Strakuweits und hielt sich mit der Linken an einem Büschel Schilf fest.

»Hierher!« schrie er. »Hierher! Ich kann ihn nicht länger halten! Mir schlafen die Arme ein!«

»Haltet mich an den Beinen fest!« rief der Küchenunteroffizier. Er warf seinen Rock ab und schnellte sich in das Moor, hinüber zu dem langsam versinkenden Strakuweit. Die drei umklammerten seine Beine. Wie eine Brücke lag der Körper im Sumpf ... es glukkerte unter ihm, und Blasen quollen hervor.

»Hast du ihn?« keuchte Leskau. Er kroch auf den Weg zurück und fühlte, wie seine Knie zitterten und seine Arme leblos an der Seite seines Körpers hin und her pendelten.

»Ziehen!«

Mit beiden Händen umfaßte der Unteroffizier den Kopf Strakuweits. Dann tastete er sich tiefer, griff in das breiige Moor und schob seine Hände unter die Arme des leblosen Körpers.

»Ziehen! Langsam!«

Auf dem Weg stemmten sich die drei anderen gegen den festen Boden und zogen an den Beinen. Die Gelenke knackten, sie ließen nach.

»Weiter!« schrie der Unteroffizier.

»Wir ziehen dir die Beine aus, Franz.«

»Idioten! Und wenn ich 3 cm länger werde ... zieht doch! Ich habe ihn doch gepackt. Er kommt hoch! Zieht doch ...«

Strakuweits Kopf begann zu röcheln. Die Ohnmacht glitt von ihm ... er blickte um sich, schmerzverzerrt, mit weit aufgerissenem Mund.

»Fritz!« röchelte er.

Leskau beugte sich vor. »Ich bin da, Theo. Halt durch, alter Junge. Wir holen dich heraus ... beiß die Zähne zusammen ...«

Tränen rannen ihm über das ausgelaugte Gesicht. Er achtete nicht darauf. Als er versuchte, mitzuhelfen, konnte er seine Arme nicht heben. Die Muskeln versagten einfach, sie reagierten nicht mehr auf den Befehl des Gehirns, sich zu straffen.

Strakuweits Kopf bewegte sich hin und her. Seine Augen sahen am Schilf empor.

»Wo ist der Vogel ...«, stöhnte er. »Der schöne Vogel.«

Der Küchenunteroffizier ließ den Kopf auf seine ausgespannten Arme sinken. Schweiß rann ihm über die Augen, in den Mund. Seine Glieder waren ausgestreckt ... ein lebendes Seil, das eine Zentnerlast aus dem Sumpf zieht.

»Der Kerl denkt jetzt noch an den Leutnant«, keuchte er. »Und schön nennt er ihn auch noch ...«

»Er konnte so schön singen ...«

»Halt die Fresse, Theo«, schrie der Unteroffizier. Er umkrallte die Achselhöhlen des langsam aus dem Moor Auftauchenden. »Noch ein Wort von Vogel und ich lasse los!«

»Er war so bunt«, stöhnte Strakuweit. Seine Augen waren starr und sahen über die Männer hinweg. Durch Leskau zog ein eisiger Strom. Er ist irr geworden, empfand er schaudernd. Er hat den Verstand verloren. Theo, Mensch Theo ... willst du so den Krieg überleben? In einer Irrenanstalt ...

»Ziehen! Zieht doch, ihr Schlappschwänze!«

Mit keuchenden Lungen arbeiteten sie über zwanzig Minuten. Dann lag Theo Strakuweit auf dem Weg, und Leskau zog ihm das Messer aus der Brust.

»Partisanen«, sagte der Küchenunteroffizier leise. Er hockte neben Strakuweit auf dem Boden und biß sich die Lippen blutig vor Schmerzen. Er konnte nicht mehr auftreten ... wenn er seine Beine bewegte, knackte es in den Gelenken.

Leskau beugte sich über das gelbe Gesicht des Freundes. Der Mund klaffte auf, die Zunge hing dick und scheußlich zwischen den Lippen hervor. Die glasigen Augen waren ohne Reaktion. Aber durch die Brust und die Adern lief ein leises Beben, kaum spürbar, nur wenn man die Hand flach auf die haarige Brust legte, war es, als zitterte die Haut.

»Er lebt noch«, sagte Leskau glücklich. »Sofort zurück zum Troß!«

Als sie in der Stellung ankamen, trat ihnen Hauptfeldwebel Kunze entgegen. Er hatte seitlich des Weges in einem Schilfdikkicht gelegen und war zur rechten Zeit aus dem Versteck gekrochen, als er die deutschen Uniformen erkannte. Seinen Verpflegungssack ließ er im Schilf liegen.

Er sah den schmutzigen Körper, den Leskau und zwei andere Soldaten zwischen sich trugen, und erkannte Strakuweit.

»Nanu?« sagte er laut. »Besoffen?«

»Dafür schlage ich dir die Zähne ein!« knirschte Leskau. »Ruf das Bataillon an!«

»Man kann doch wohl mal fragen ...«

»Ruf an!« schrie Leskau. »Einen Wagen zum Sumpf.«

»Die halten mich beim Bataillon für verrückt!« Kunze wollte noch etwas sagen, aber er schwieg, als er Strakuweits Gesicht sah.

Im Bunkerraum stand noch immer der Gefreite am Tisch, als Kunze die Tür aufstieß und zum Hörer des Telefons griff. Er zögerte einen Augenblick, ehe er die Kurbel drehte, und sah den jungen Soldaten aus zusammengekniffenen Augen an.

»Es gibt Leute, die nichts hören und nichts sehen, und es gibt Pistolen, die gehen plötzlich von selbst los und machen ein kleines Loch im Gehirn. Wir haben uns verstanden, mein Junge?«

»Ja, Herr Hauptfeld.« Der Gefreite erwiderte Kunzes Blick, als wolle er ihn anspucken oder vor ihm auskotzen. »Das ändert aber nichts daran, daß Sie in meinen Augen der erbärmlichste Kerl sind, den ich kenne.«

»Schon gut.« Kunze lachte gemütlich und klopfte dem Gefreiten auf die Schulter. »Du bist noch jung und kennst nicht viel ...« Er drehte an der Kurbel und meldete sich, als von drüben eine Stimme schnarrte. »Hier XN 9. Hatten soeben beim Troß Feindberührung. Im Sumpf ... jawoll. Ein Schwerverwundeter. Strakuweit. Bitten um Saniwagen. Jawoll. Ende.«

Er legte den Hörer hin und wandte sich zu dem Gefreiten.

»Der Major selbst«, sagte er zufrieden. »Weißt du, was er sagte: Brav, Kunze! Sie scheinen Ihre Bewährung zu bestehen! — So ist das, mein lieber Junge ...« Er tätschelte dem jungen Gefreiten die schmale Wange, »... man wird zum Helden gemacht, weil heute Helden Mangelware sind ...«

Borissow fiel. Die Beresina-Sümpfe wurden geräumt. Shodin, Smolewitschi, Sutoki wurden aufgegeben. Wo die deutschen Truppen das Land zurückließen, gab es keine Straßen mehr, keine Bahnlinie, keine Gehöfte, keine Läger, keine Masten. Eine Säule von Sprengwolken zeigte den Rückzug der deutschen Armee an, eine verbrannte Erde war alles, was die 3. weißrussische Front unter General Tschernjakowski eroberte.

Der Zusammenbruch der deutschen Front bei Bobruisk riß die Flanke der deutschen Stellungen auf. Hier stieß mit seiner 1. weißrussischen Front Marschall Rokossowski in die dünne Naht zwischen der 4. und 9. deutschen Armee, durchtrennte sie mit schnellen Panzerbrigaden, schwenkte im Rücken der 4. Armee auf Minsk und trieb die 9. Armee südlich Bobruisk vor sich her nach Sluzk, Stolpce und Baranowitschi.

Als seine ersten Stalinpanzer den Njemen erreichten, wehten aus ihren Luken die roten Fahnen mit dem goldenen Stern. An der Beresina stand General Tschernjakowski und grüßte den Fluß wie eine heilige Fahne der Revolution — General Zakharow fuhr im offenen Panzer durch Mogilew und Beresino und nahm die Blumenberge in Empfang, die kleine Bauernjungen ihm zuwarfen. An der Rollbahn standen die Partisanen, ausgehungert, verdreckt, zerlumpt und winkten mit den Waffen. Die Mädchen tanzten auf den Straßen, und die Nachschub-Armisten der Roten Armee wurden noch nie so heiß geliebt wie in diesen Tagen, wo in jedem Heustapel und in jeder Scheune der Sieg über die Deutschen in einem rasenden Taumel gefeiert wurde.

Im Süden von Minsk tauchten die ersten Panzerspitzen auf. T 34, Stalinpanzer, überschwere Kolosse mit riesigen Kanonen. Die Kanoniere an den deutschen Flaks froren in der Sommersonne bei diesem Anblick. Aber sie schossen, und die Ladekanoniere verbrannten sich die Hände an den heißen Verschlüssen.

Mit Panzerfäusten stürzten sich die deutschen Landser auf die feuerspeienden Ungeheuer. Mit Hafthohlladungen zwischen den Fäusten sprangen sie die Ungetüme an, verbluteten unter den Schüssen der Nebenpanzer, aber sie umklammerten sterbend die Minen und gingen mit dem Panzer unter in einer schwarzen Explosionswolke.

Minsk ... das war das Ziel Rokossowskis. Minsk ... das war nicht nur ein Name, eine Stadt, ein strategischer Punkt ... das war vor allem ein moralischer Sieg! Mit Minsk mußte das Tor nach Deutschland aufreißen ... mit dem Verlust der Rollbahn, die in Minsk begann, wurde der völlige Zusammenbruch der deutschen Rußlandfront offenbar. Wer Minsk besaß, besaß die Rollbahn, besaß den 12 Meter breiten Weg nach Moskau, den Weg in das Herz von Mütterchen Rußland.

In seinem Stabsquartier bei Nowogrodek saß der General an der

Karte und hörte sich den Vortrag von Oberst v. Bennewitz an. Er hatte es aufgegeben, den Verlauf der Front mit Fähnchen abzustekken, wie er es auf der Kriegsschule gelernt hatte. So schnell, wie sich die Front änderte, wie die deutschen Divisionen auseinanderbrachen, wie die Kilometer unter den Stahlraupen der T 34 Rokossowskis hinwegglitten, konnten die Fähnchen gar nicht gesteckt werden.

»Die Panzerspitze bei Minsk konnte unter dem massierten Einsatz aller Waffen vernichtet und geworfen werden.« Die Stimme v. Bennewitz' war nüchtern und klar. Er war der Vortragende, weiter nichts. Er hatte keine Entscheidungen zu fällen, er trug keine Verantwortung. Er sah nur den Zusammenbruch der Front, den Zusammenbruch des Generals, den Zusammenbruch des Volkes, und er wunderte sich, warum man nicht die Konsequenzen zog, um weiteres Blutvergießen zu vermeiden.

Er hob die zusammengefaßten Meldungen wieder in Augenhöhe. Das Rascheln des Papiers ließ den General aufblicken.

»Bei Smolewitschi versteift sich unser Widerstand. Es ist aber mit der Aufgabe des Ortes im Laufe der nächsten 26 Stunden zu rechnen. Im Raume Baranowitschi sind Kommandotrupps der Roten Armee gesichtet worden, die die Partisanen unterstützen. Dort stehen unsere Bataillone in regelrechter Schlacht mit schätzungsweise zwei Divisionen bestausgerüsteter Partisanen. Die vier Bahnlinien, die sich in Baranowitschi kreuzen, sind nämlich an vielen Stellen gesprengt und fallen für den Nachschub aus. Die 4. und die 9. Armee melden, daß sie die Front weiter zurücknehmen, unter Umständen bis an die Grenze des Generalgouvernements ...«

»Polen heißt das Land«, sagte der General laut.

»Die 3. Panzerarmee besteht nur noch aus Restgruppen, die keine Verbindung mehr zur 4. Armee besitzen. Sie kämpft sich südostwärts Polozk und südlich der Düna verzweifelt zurück. Zwischen ihr und der 4. Armee ist eine Lücke von 90 km aufgerissen, durch die die Russen beiderseits Senno hineinfluten, als sei ein Staudamm zerstört und die Wassermassen werden frei.«

Generalfeldmarschall Busch, der Oberbefehlshaber der Heeresgruppe Mitte, wurde am 28. Juni 1944 von Hitler abgelöst und in die Verbannung gejagt. Generalfeldmarschall Model, der Chef der Heeresgruppe Nordukraine, übernahm den Mittelabschnitt. Er schlug Hitler vor, die gesamte Heeresgruppe Nord zurückzunehmen, um die Front hinter der Düna zu stabilisieren und Kräfte für die Mitte der Front freizubekommen. Hitler warf ihn aus seiner Wolfsschanze hinaus ... er brüllte und tobte.

Oberst v. Bennewitz verlas mit leiser Stimme die Abberufung Feldmarschall Buschs und die Ernennung Models zum neuen Oberbefehlshaber Mitte. Der General nickte.

»Das alte Lied, Bennewitz. Ein Sündenbock muß her ... und wenn es der ist, der vor einem halben Jahr schon sagte, daß die russische Offensive in der Mitte stattfindet und nicht im Süden, wie der geniale Führer dachte.« Er erhob sich von seinem Klappstuhl und drehte den Rücken der Karte zu. »Was glauben Sie, Bennewitz, wie lange es dauert, bis man mich in den Hintern tritt?«

»Herr General!«

»Ich habe Orscha verloren. Ich habe Borissow aufgegeben. Und ich werde in zwei oder drei Tagen Molodetschno räumen lassen und die wichtige Bahnlinie Molodetschno–Minsk den Russen überlassen. Ich werde es *müssen,* denn ich habe keine Divisionen mehr, ich habe keine Verbindung zu Nebenarmeen, ich habe keinen Sprit für meine Panzer mehr, keine Granaten für meine Artillerie, keine Panzerfäuste und Fahrzeuge. Ich habe nur noch verwundete, arme, ausgelaugte, müde Landser, bedauernswerte Schweine, die sich abschlachten lassen, weil ich täglich befehle: Es muß gehalten werden. Es *muß*! Es *muß*! Ich hämmere es ihnen ein. Halten! Halten! Halten! Für Großdeutschland!« Der General sah Oberst v. Bennewitz aus weiten Augen an. »Wann, glauben Sie, wird man in der Wolfsschanze soweit sein, mich an die Wand zu stellen?«

»Nie, Herr General. Nie!« Der Oberst warf die Meldungen auf den Kartentisch. Er trat einen Schritt vor und richtete sich steil auf. »Man müßte sonst alle töten ... uns, den ganzen Stab! Wir stehen vor Ihnen, Herr General.«

»Den ganzen Stab.« Der General lächelte schwach. »Mein lieber Bennewitz ... als ob das für diesen Hitler eine Schwierigkeit wäre ...«

Zwischen Smolewitschi und Minsk, an der Rollbahn und auf der Rollbahn, ging kämpfend und sich verblutend das 3. Bataillon Major Schneiders zurück.

Leskau und Kunze hatten den schwerverletzten Strakuweit aus den Sümpfen herausgebracht und beim Bataillon abgeliefert. Dort trafen sie auf Leutnant Vogel, der beim Anblick des röchelnden und Blut spuckenden Strakuweit sich selbst übertraf und sofort eine Verbindung zu Stabsarzt Dr. Wensky herstellte, der acht Kilometer hinter dem Bataillonsgefechtsstand als neuer Chef eines vorgeschobenen Hauptverbandplatzes operierte und auf den versprochenen Ersatz wartete, auf Sanitätsunteroffizier Walter Heinrich.

»Strakuweit ist schwer verwundet«, schrie er in die Telefonmuschel. Er schwitzte dabei, ob vor Erregung, Sommerwärme oder Erschütterung wußte er selbst nicht zu sagen. »Ja, ein Überfall in den Sümpfen. Messerstich in den Rücken. Lunge angekratzt, er spuckt Blut. Und ein Stich in den Oberschenkel. Schicken Sie sofort einen Wagen.«

Dr. Wensky stand blutverschmiert neben einem kleinen Tisch und drückte den Telefonhörer eng an sein Ohr. Das Röcheln und Wimmern um ihn übertönte die Stimme Vogels. Auf einem einfachen, rohen Küchentisch, den sie aus einer Bauernkate holten und den der Sanitätsobergefreite Peter Schiff, den sie beim Bataillon nur den ›schiffenden Sanitäter‹ nannten, mit zwei Stück Kernseife abrieb, lag ein Verwundeter mit einem zerfetzten Bauch. Er war vor einer Stunde auf der Straße nach Rudnja auf eine Partisanen-Mine getreten. Es war ein Wunder, daß er noch lebte und nicht mehr abbekommen hatte als einen zerrissenen Unterbauch und grauenhaft verstümmelte Genitalien. Peter Schiff schnitt gerade die durchgebluteten Papierbinden durch, als Vogel anrief.

»Einen Wagen?« sagte Dr. Wensky. »Vogel ... ich habe hier 69 schwere Fälle! Ich kann Ihnen keinen Wagen schicken.«

»Strakuweit ...«

»Auch für einen Strakuweit nicht! Es tut mir leid, Vogel. Ich hänge an Strakuweit genau wie Sie ...« Er wußte, daß es blutige Ironie war. In dieser Situation ein makabrer Humor, der Vogel ansprang wie eine Ohrfeige.

»Sie müssen doch etwas für ihn tun können!« schrie Vogel. Er saß mit durchgedrücktem Kreuz auf einem Holzklotz und umklammerte den Hörer wie ein Ertrinkender den rettenden Bambusstab des Bademeisters. »Er kann doch nicht hier verrecken!«

»Mensch, Vogel, Sie werden ja ein Mensch! Sie haben Regungen. Kann den Strakuweit denn keiner bringen? Ich habe keinen Wagen hier!«

»Ich auch nicht!«

»Zu Pferde!«

»Die brauchen wir für die Feldküche.«

»Mein Gott, Sie haben doch einen Kübelwagen oder sonst ein Gefährt! Erfinden Sie etwas, Vogel! Hören Sie ...« Dr. Wensky hielt den Hörer ab, dem stöhnenden Mann mit dem aufgerissenen

Bauch entgegen. Dann sprach er weiter: »Haben Sie gehört, Vogel? Da liegt ein armer Kerl, der alles das verloren hat, was die Welt der Madame de Pompadour ausmachte. Ich muß operieren. Ende.«

Leutnant Vogel wischte sich den Schweiß von der Stirn. Strakuweit, dachte er. Seit ich ihn kenne, habe ich ihn verflucht. Er hat mir das Leben schwergemacht, er ist ein Urviech, ein Idiot ... aber er ist so etwas wie ein Mythos des 3. Bataillons. Wenn ein Mythos stirbt, stirbt eine Nation ... das hatte er bei Rosenberg gelernt. Wenn Strakuweit stirbt, ist das Bataillon wie eine Halbwaise.

»Unteroffizier Leskau!« brüllte Leutnant Vogel. Er rannte aus dem Nachrichtenraum und winkte mit beiden Armen. »Leskau, Kunze ... Sie müssen sofort zu Dr. Wensky! Er erwartet euch!«

Hauptfeldwebel Kunze sah sich um. »Womit?«

»Erfindet etwas! Ich kann mir keinen Wagen aus dem Hintern schneiden!«

Zehn Minuten später waren Leskau und Kunze auf dem Wege zum vorgeschobenen Hauptverbandplatz Dr. Wenskys.

Sie schoben Strakuweit vor sich her, den stöhnenden, wachsbleichen, Blut spuckenden und in den wenigen klaren Momenten schrecklich fluchenden Strakuweit.

In einer Schubkarre, die sie in einer Scheune fanden. Eine hölzerne Schubkarre mit zwei Holmen und einem alten, eiernden Holzrad.

Acht Kilometer lang schoben sie die Schubkarre mit Strakuweit vor sich her ... durch Waldwege und Sümpfe, über die Rollbahn, wo die Nachschubwagen an ihnen vorbeirasten, junger Ersatz, schon jetzt vor Angst halbtot, ihnen marschierend entgegenkam und nach einem Blick auf den mit Blutschaum bedeckten Strakuweit leichenblaß den Blick nach vorn wandte ... Acht Kilometer mit einer Schubkarre, schwitzend, vor Tieffliegern seitwärts ausbrechend und Strakuweit auf den Schultern mitnehmend. Acht Kilometer durch die Hölle, sich immer abwechselnd ... mal schob Leskau die Karre, und Kunze lief nebenher, tupfte Strakuweit das Blut vom Mund und hob die herunterhängenden Arme zurück in die enge Karre ... nach 500 Metern löste Kunze Leskau ab, drückte die Holme schwitzend und keuchend vor sich her, während Leskau sein Taschentuch mit kaltem Tee tränkte, den ihm der Fahrer eines Nachschubwagens in einer alten, verbeulten Feldflasche zuwarf. Mit diesem nassen, kalten Tee kühlte er Strakuweit die fiebrige

Stirn, rieb ihm die aufgesprungenen Lippen ab und drückte das Tuch zwischen seine Zähne, wenn er in wachen Augenblicken auf Leskau und Kunze starrte und »Wasser! Wasser!« röchelte.

Zwei Kilometer vor dem vorgeschobenen Hauptverbandplatz schwankte Kunze neben der Karre. Die Haare hingen ihm ins Gesicht. Plötzlich blieb er stehen und lehnte sich an einen zerschossenen Baum. Er riß seinen Rock auf und warf den Kopf in den Nacken. Leskau stellte die Schubkarre ab.

»Weiter, Kunze«, keuchte er. Er wischte sich über das nasse Gesicht. »Du kannst doch hier nicht stehenbleiben und einschlafen!«

»Ich kann nicht mehr.« Kunze knickte in den Knien ein und kniete neben dem zerschossenen Baumstumpf. Er lehnte den dikken Kopf an den zerfetzten Stamm und weinte. Würgend beugte er sich nach vorn, als wolle er sich übergeben.

Leskau umklammerte wieder die Holme der Karre. »Steh auf!« schrie er. »Eine halbe Stunde noch ... dann sind wir da.«

»Ich halte es nicht durch ...« Kunze sah mit irren, tränennassen Augen auf Strakuweit und Leskau. Er versuchte, sich an dem zerschossenen Stamm emporzuziehen, aber seine Arme zitterten wie in einem Krampf, und er fiel auf die Knie zurück.

An ihnen vorbei rasten die Lastwagen, ratterten Tiger-Panzer, wand sich mit anhaltender Hupe ein schwerer Horchwagen durch das Gewühl der vor- oder zurückgehenden Kolonnen. Ein General.

Leskau ließ die Karre stehen und rannte die zehn Meter seitwärts zur Rollbahn. Er stellte sich an den Rand der zwölf Meter breiten Straße und winkte. Den Helm am Koppel, mit schweißverklebten Haaren, unrasiert, hohlwangig, stand er im aufwirbelnden Staub und winkte.

Ein einsamer Mann inmitten einer zurückflutenden, geschlagenen, fast kopflosen Armee.

Die Wagen rollten an ihm vorbei, deckten ihn mit Staub zu, drückten ihn zur Seite, wenn sie überholten. Aber sie hielten nicht. Eine Artillerie-Abteilung, die mit schnaubenden Pferden zurückgaloppierte, warf Leskau von der Straße. Neben der Fahrbahn stand er, mit beiden Armen winkend, bis ein Offizier auf einem Pferd anhielt. Ein Artillerist. Wahrscheinlich der Chef der Abteilung.

»Was stehen Sie hier, Sie Pflaume?« brüllte er Leskau vom Pferd herab an. »Per Anhalter wohl zur Mutti fahren, was? Vorne ist alles am Arsch, und jetzt aber weg? Hauen Sie ab in die Wälder, ehe Sie die Feldgendarmerie an den nächsten Baum knüpft!«

»Ich brauche einen Wagen, ein Pferd.« Leskau sah den Offizier aus flatternden Augen an. Sein von Staub graugelbes Gesicht war wie aus Lehm geformt. In diesem Lehmklumpen riß der Mund beim Sprechen auf, als platze eine Wunde. »Ich brauche irgend etwas, was fahrbar ist. Dort hinten ...«, er streckte den Arm aus und zeigte auf Kunze und die kleine Schubkarre, aus der die Beine Strakuweits über den Rand ragten, »... dort liegt ein verwundeter Kamerad. Wir müssen ihn zum Hauptverbandplatz bringen.«

Der Offizier sah hinüber zu der Schubkarre und dem knienden Kunze.

»Der Kerl stirbt ja schon.« Er zog die Zügel seines Pferdes an. »Da kniet ja einer und betet bei ihm! Vielleicht hilft's!«

Er wollte anreiten, aber Leskau fiel ihm in die Zügel.

»Nehmen Sie ihn auf einer Protze mit. Nur zwei Kilometer! Nur zwei ...«

»Nehmen Sie Ihre Dreckfinger von meinem Pferd!« Der Offizier ließ den Gaul hochsteigen ... Leskau warf sich zurück, um nicht unter die schlagenden Hufe zu kommen. »Frechheit! Vorne liegen Divisionen an Toten, und hier jammert einer um einen einzigen Mann! Aus dem Weg, Sie Idiot! Wir müssen die Batterie retten ...«

Er gab dem Pferd die Sporen und galoppierte seinen Geschützen nach, untergehend in einer Staubwolke.

Leskau wandte sich ab. Langsam ging er zurück zu dem zerrissenen Baum, zu dem keuchenden, würgenden Kunze, zu dem stöhnenden und nach Wasser schreienden Strakuweit. Kunze sah ihm entgegen wie ein angeschossenes Reh, mit bettelnden, großen, ängstlichen Kinderaugen.

»Sie fahren weiter, die Schweine«, stöhnte er.

Leskau schwieg. Er sah hinüber zur Rollbahn, die knapp zehn Meter von ihnen von Minsk bis Moskau quer durch das riesengroße Rußland führte. Hunderte, Tausende Wagen zogen zurück nach Westen; ein Gewimmel ohne Beispiel, ein Ameisenheer, quoll auf ihr zurück ... und keiner war da, der einen Strakuweit mitnahm, einen kleinen, einsamen, zusammengestochenen Landser, der in einer Schubkarre lag und im Delirium um sich schlug.

»Wer flüchtet, hat kein Herz mehr für die anderen.« Leskau nahm die Holme der Karre wieder in die aufgerissenen Hände.

»Komm, Kunze ... es hilft uns keiner. Wir sind jetzt ganz allein auf dieser Welt. Allein unter Tausenden. Kein Mensch ist einsamer als der aufgegebene Mensch. Steh auf, Kunze ... und wenn wir neben Theo zusammenbrechen ... wir bleiben zusammen.«

Hauptfeldwebel Kunze drückte sich an dem zerschossenen Baum empor. Er sah hinüber zu der Rollbahn, die plötzlich leergefegt war, einsam, nur bestanden von wenigen Panjewagen, in deren Deichseln ein paar magere Pferde zitterten.

Tieflieger ...

Über die Straße hinweg, kaum fünfzig Meter hoch, rasten mit knatternden Maschinengewehren die kurzen, gedrungenen Jagdflugzeuge der Russen. Aus einem Busch feuerte leichte Flak, ein losgerissenes Pferd raste schreiend, mit weit aufgerissenem Maul über die Straße und brach unter einer Garbe aus dem Maschinengewehr eines niederstürzenden Jägers zusammen. Von allen Seiten knatterte es jetzt ... eine Gruppe Infanterie lag hinter einem umgestürzten Protzenwagen und beschoß die niederheulenden Flugzeuge mit leichtem MG und aus Karabinern.

In seiner Schubkarre richtete sich Strakuweit auf, als das Heulen der Maschinen über ihnen den Himmel ausfüllte und das Schießen und die leichten Bomben die Erde schwanken ließen. Er stemmte die Arme gegen die Holzwand der Karre und wollte sich herausschnellen.

»Deckung!« brüllte er heiser. »Fritz ... Fritz ... Sie kommen wieder! Laß mich 'raus ... laßt mich doch 'raus ... Deckung Fritz ...«

Leskau sprang zu Strakuweit und drückte ihn in die Karre zurück. Kunze kroch auf dem Bauch unter einen Busch und legte beide Hände gegen die Ohren. Wir sind verraten worden, durchjagte es ihn. Wir sind allein gelassen ... wir sind schon tot, obwohl wir noch atmen. Aber wie lange atmen wir noch ... wie lange noch ... wie lange ...

Er drückte den Kopf in die Erde und wünschte sich, nie geboren zu sein ...

Nach zehn Minuten wanderten sie weiter. Über die Rollbahn jagten die Wagen zurück, mischte sich Artillerie und Flak in den Rückzug, tauchten Mannschaftswagen mit Infanterie, Pionieren und Waffen-SS auf, die auf der anderen Seite, fast einsam, in der entgegengesetzten Richtung zogen ... nach vorn, nach Osten, wo der Himmel flammte, die Erde bebte und der Wind das Grollen andauernder Gewitter herübertrug.

Sie zogen hinaus zum Sterben. Zusammengeschmolzene Bataillone, Kompanien von 20 oder 30 Mann Stärke, zusammengekratzt im Hinterland, hinausgekämmt aus den Lazaretten, mit kaum verheilten Wunden. Und sie sangen ... sie zogen singend in den Tod, getreu der deutschen Militärmoral, daß der Heldentod ein schöner Tod sei und der Stolz eines jeden Mannes!

Leskau schob wieder die Karre. Kunze stolperte nebenher, mit pendelndem Kopf und einknickenden Beinen. Aber er lief mit. Er hielt die Hände Strakuweits, er sprach mit ihm, wenn er aus seinen Ohnmachten aufwachte und schreien wollte.

»Sei ruhig, du Saustück!« schrie er mit letzter Kraft. »Halt die Fresse, Theo! Die Schnauze zu oder ich jage dich über die Erde, daß du die Pfützen ausleckst wie süßen Wein!«

Dann überzog das eingefallene Gesicht Strakuweits ein schwaches Lächeln. Kunze, mochte er denken. Kunze, du Vollidiot. Mich nicht ... nicht den alten Strakuweit. Dann sank er wieder in die Bewußtlosigkeit, gestärkt mit dem Willen, durchzuhalten, weil er es Kunze zeigen wollte ...

Am Telefon saß Leutnant Vogel und rief jede halbe Stunde Dr. Wensky an. Major Schneider, der von einer Frontinspektion zurückgekommen war, machte seine Meldung an das Regiment fertig.

»Ihre Sorge um Strakuweit ist rührend«, sagte er sarkastisch. »Ich glaube, Sie haben ihn erst richtig ins Herz geschlossen, seitdem er Ihre wunderbare Latrine beschissen hat.«

Leutnant Vogel antwortete darauf nichts. Er wußte auch keine Antwort. Es war alles so merkwürdig in ihm, so fremd, so unverständlich. Er hatte Strakuweit gehaßt, wie man nur einen Menschen hassen kann. Jetzt zitterte er bei dem Gedanken, daß Strakuweit zu spät zu Dr. Wensky kam. Es war, als sei etwas in ihm zerrissen, als er Strakuweit blutend vor sich liegen sah und keinen Wagen bekam. Der Sanitätsfeldwebel des Bataillons, ein junger Arzt, hatte nur mit den Schultern gezuckt, als er Strakuweit untersuchte. »Hier kann ich gar nichts machen!« hatte er gesagt, und Leutnant Vogel hatte sich dazu hinreißen lassen, ihn anzubrüllen: »Um dies zu sagen, mußten Sie zwölf Semester Medizin studieren? Das kann auch ein Steineklopfer sagen!«

Das Telefon schellte. Leutnant Vogel riß den Hörer an sein Ohr.

»Erna III.«

»Hier Wensky.« Die Stimme des Stabsarztes war belegt. »Ihr Strakuweit ist hier. Er liegt schon auf dem Tisch.«

Leutnant Vogels Hand zitterte. Er sah zu Major Schneider hinüber, über sein schmales Gesicht zog ein Schimmer, der es fast sympathisch machte.

»Sie sind da«, sagte er glücklich.

»Was reden Sie?« rief Dr. Wensky.

»Ich sagte dem Herrn Major, daß sie da sind. Wie geht es ihnen?«

»Schlecht, Vogel. Sehr schlecht. Aber ich bekomme den zähen Burschen durch.«

Major Schneider war neben Vogel getreten und nahm ihm jetzt den Hörer ab. »Wensky?«

»Herr Major?«

»Schicken Sie mir sofort Leskau und Kunze zurück.«

Am anderen Ende der Leitung war eine Sekunde Stille. Dann antwortete Dr. Wensky.

»Herr Schneider, das kann ich nicht verantworten.«

»Aber ich, Dr. Wensky!«

»Die beiden sind am Ende. Ich habe sie ins Bett gelegt!«

»Man gewinnt Kriege nicht im Bett, sondern im Graben!«

Dr. Wenskys Stimme wurde lauter: »Sagten Sie gewinnen, Herr Schneider?«

»Ja. Das sagte ich. Und ich wiederhole: Gewinnen!«

»Gut. Ich mache Ihnen einen Vorschlag, Herr Major.«

»Bitte?«

»Kommen Sie zu mir. Sie haben einen widerlichen Virus im Gehirn ... ich möchte ihn Ihnen wegnehmen. Hinausklopfen, Herr Schneider.«

Major Schneider lächelte vor sich hin. Alter Wensky, dachte er. Wie wir uns verstehen! Er schielte zu Vogel, der neben ihm saß und ihn anstarrte.

»Ich brauche jetzt jeden Mann«, sagte er hart. »Lassen Sie Leskau und Kunze bei Ihnen liegen, wenn Sie heute nacht weiter nach Westen gehen. Ich komme im Laufe des frühen Morgens an. Wir setzen uns weiter ab. Wir brauchen uns jetzt nicht mehr die Leute nach vorn zu schicken ... wir sammeln die Wartenden auf. Nehmen Sie auf keinen Fall Leskau und Kunze mit ... Faber hat mit seinem jungen Ersatz die Nase voll. Die Kinder halten ihre Köpfe hin, als wären sie Zielscheiben. Er hat nur noch 19 Mann.«

»Als Kompanie?« Die Stimme Dr. Wenskys war entsetzt.

»Das haut Sie um, was? 19 Mann! So löst man heute auf elegante Weise Übervölkerungsprobleme. Wir werden nach dem Rummel in Deutschland Platz genug haben, und was Poincaré nicht erreichte, nämlich, daß 20 Millionen Deutsche zuviel auf der Welt sind, das schafft unser Führer mit einem artistischen Schnurrbartzittern. Gute Fahrt, Wensky.«

Major Schneider legte den Hörer auf. Er sah auf Vogel hinunter und nickte mehrmals.

»Haben Sie's gehört, Vogel? Toll, was? Da zuckt Ihr Hitlerjugendführer-Herz und empört sich die braune Galle. Soll ich Ihnen die Nummer der nächsten SD-Einheit geben?«

Leutnant Vogel sprang auf. »Sie verkennen mich, Herr Major.«

»Das wäre das erstemal, daß ich einen Minderwertigen nicht erkenne.«

»Warum beschimpfen Sie mich dauernd und behalten mich doch?« Über Vogels asketisches Gesicht lief ein Zucken. Er ballte die Fäuste und drückte sie an die Hosennaht. »Sie behandeln mich nicht wie einen Offizier, sondern wie ein Stück Dreck. Ich habe bisher immer meine Pflicht getan.«

»Das haben Sie, Vogel. Sie haben auf Ihren Lehrgängen die Idee des Führers wundervoll logisch und klar umrissen propagiert. Sie haben sogar — alle Achtung! — diese Idee im Einsatz realisiert. Sie haben die Leute an der Front noch geschliffen, getreu dem Leitsatz: zäh wie Leder, flink wie Windhunde, hart wie Kruppstahl. Sie haben Tamara erschossen, obwohl sie unschuldig war — aber der Führer sagte ja: Der Russe ist kein Mensch im üblichen Sinne. Man darf ihn ohne Gewissensbisse liquidieren. Sie haben Ihren Fahrer bei Dubrassna einfach im Feuer liegenlassen, obwohl Sie die Möglichkeit hatten, ihn zu retten! Aber auch hier triumphierte der Geist des Führers und des deutschen Soldatentums: Die Ehre des Heldentodes. Haben Sie es nicht am Grab gesagt? Er starb stolz für Großdeutschland. Und dabei hat der arme Kerl geschrien wie ein Tier.« Major Schneider winkte ab, als Vogel etwas einwerfen wollte. »Nein, nein, Vogel ... Sie waren immer korrekt. Sie waren immer ein Musterbild. Sie sind aber — und das werfe ich Ihnen vor — kein Soldat, sondern eine umherwandelnde Ideologie im Waffenrock. Das Gefährlichste, was es gibt! Ein politischer Soldat! Vielleicht gibt es etwas noch Gefährlicheres — den soldatischen Politiker ... im Endeffekt aber gleicht es sich aus: Sie leben von der Geburt des Chaos!«

Er wandte sich ab und ließ den sprachlosen Vogel allein in der niedrigen, holzverschalten Erdhöhle.

Als er hinaustrat in die untergehende Sonne, jagte auf einem Motorrad ein Melder in den Bataillonsgefechtsstand. Er warf die Maschine mit laufendem Motor seitlich weg und stürzte zu Major Schneider hin.

»Herr Major!« brüllte er. »Herr Major! Zwischen der 9. und 10. Kompanie ist der Iwan durchgebrochen. Zwölf Panzer ... T 34! Mit aufgesessener Infanterie. Sie sind in zehn Minuten hier.«

Major Schneider nickte. Er ging zurück zu seinem Unterstand und zog an dem Draht, an dem eine Reihe Blechdosen hing. Rappelnd und scheppernd tönte der Alarm durch die Stellung.

Aus den Unterständen rannten die Landser. Leutnant Vogel, der Sanitätsfeldwebel, ein Leutnant des Bataillonstrupps liefen auf Major Schneider zu. Nach einem oft geübten Plan wurde aus dem Bataillonsstab eine Igelstellung.

»Leute!« sagte Major Schneider. Seine Stimme war hell und flog über den weiten Platz. Er stülpte seinen Helm über den Kopf, zog den Kinnriemen an und ergriff seine Maschinenpistole. »Fertigmachen zum Sterben!«

Durch Smoliwitschi rollten die Panzer auf das 3. Bataillon.

Sie feuerten nach allen Seiten.

Sie feuerten auf Menschen, die wie Hasen im Zickzack um ihr Leben liefen ...

Mit dem Auftauchen der ersten Panzerspitzen südlich von Minsk und dem Vorstoß der Truppen Marschall Rokossowskis durch die zerrissene 9. Armee war für Oberstabsarzt Dr. Seidel der Zeitpunkt gekommen, sein Lazarett in Sczynno zu räumen und weiter rückwärts zu verlegen.

Er ließ zunächst die Schwerverletzten mit einigen Lazarettzügen wegbringen ... nach Thorn, Graudenz und Deutsch-Eylau. Dann fuhr er an einem Abend hinüber nach Nasielsk und besuchte Elsbeth Holzer.

Er traf sie auf dem Boden der Schule an, wo sie vor großen Glaskästen saß und eine Schmetterlingssammlung katalogisierte. Sie bemerkte seinen Eintritt nicht, sondern blätterte in einem Bilderbuch über Entomologie und suchte eine bestimmte Rasse.

»Interessant?« fragte Dr. Seidel.

Erschrocken fuhr Elsbeth Holzer herum und ließ das Buch fallen. Als sie Dr. Seidel erkannte, lächelte sie.

»Sie haben mich erschreckt, Herr Oberstabsarzt. Ich habe Sie nicht hereinkommen gehört.«

»Sie waren so beschäftigt, Fräulein Lehrerin.« Er betrachtete kurz die Glaskästen mit den kleinen Körpern und den bunten, herrlich gefärbten, weit ausgespannten Flügeln. »Draußen werden die Menschen und die Natur zerstampft, und Sie hocken hier auf dem Dachboden Ihrer Schule und katalogisieren Insekten.«

»Würde es draußen anders sein, wenn ich hier säße und Trübsal bliese? Sehen Sie diese Schmetterlinge an. Sie sind tot und erfreuen doch die Menschen.«

»Was man im allgemeinen von Toten nicht sagen kann.«

»Aber irgendwie ist es tröstlich zu wissen, daß manchmal der Tod doch einen Sinn und Nutzen hat.«

»Ein makabrer Trost, Fräulein Holzer.«

»Aber immerhin ein Trost. Wissen Sie einen besseren?«

»Die Aufgabe unseres Fatalismus. Das Schlußmachen mit dieser wahnsinnigen Zeit!«

»Ein Wunsch, den Ihnen keine Märchenfee erfüllen könnte.« Elsbeth Holzer schob die Glaskästen zur Seite und erhob sich. In ihren Augen glomm Angst auf. »Sie wollen Sczynno verlassen, habe ich gehört. Sie transportieren die Verwundeten ab.«

»Ich verlege weiter nach hinten. Die ersten Panzerspitzen sind bei Minsk gesichtet worden. Wenn Minsk fällt ...«

»Davon haben wir nichts gehört im Wehrmachtsbericht ...« Elsbeths Gesicht wirkte fahl.

»Wenn es der Wehrmachtsbericht bringt, steht der Russe schon bei Warschau. Unsere Quelle ist der englische Sender. Hören Sie ihn nie?«

»Nein. Es ist doch verboten.«

»Es ist heute alles verboten – sogar die Wahrheit. Wer noch Ideale besitzt und glaubt, das Wahre sei auch das Recht, wird unter der Schlinge, die an einem Fleischerhaken hängt, eines anderen belehrt: Macht geht vor Recht!« Oberstabsarzt Dr. Seidel ruckte am Rock seiner Uniform, als schlüge er Falten. Es war ein Verlegenheitsrucken ... er suchte einen Übergang zu dem, was ihn zu Elsbeth Holzer geführt hatte. »Ihre Schmetterlinge sind tot«, sagte er ungelenk. »Jetzt ruhen sie in Schaukästen, erfreuen die Nachwelt und dienen als Bildungsmaterial. So betrachtet haben Sie recht ... ihr Tod hat einen Sinn. Was man vom Menschen nicht sagen kann, wenn er irgendwo in der russischen Weite oder in einem polnischen Keller abgeschlachtet wird.« Er räusperte sich.

»Ich habe damals Ihrem Verlobten ein Versprechen gegeben, mich um Sie zu kümmern, wenn es an der Zeit ist. Ich meine, es ist soweit.«

»Nasielsk wird geräumt?«

»Nein!« Dr. Seidel fuhr sich mit dem Zeigefinger zwischen Uniformkragen und Hals, als schwitze er. »Aber es ist anzunehmen, daß die Räumung Nasielsks erst erfolgt, wenn der Russe hineinschießt. Dann dürfte es für Sie zu spät sein. Erfahrungsgemäß stehen Sie dann allein, denn die Parteidienststellen sind die ersten, die heimlich abhauen, um in ›rückwärtigen Gebieten neue Verteidigungslinien zu organisieren‹, wie man so schön den Begriff ›volle Hosen‹ umschreibt!« Er zögerte. Was er jetzt zu sagen hatte, riß in ihm einen Zwiespalt auf. Den Wahnsinn des Krieges einsehend, mit offenen Augen den Untergang von Moral und Sitte erlebend, mit Ekel gefüllt bis in die Mundhöhle, hielt er sich doch immer noch an seinen Eid und an die Ehre des Offiziers. Er sah selbst diesen Widersinn ein, er redete sich zu, kein Irrer zu sein ... und nun sagte er etwas, was gegen diese sture Ehre war und doch zutiefst menschlich. »Ich habe die Möglichkeit, Sie aus Nasielsk wegzubringen.«

»Herr Oberstabsarzt ...«

»Durch Betrug. Ich wollte Sie erst als Rote-Kreuz-Schwester in einen Lazarettzug schmuggeln ... aber das ging nicht. Dazu brauchen auch Sie einen Marschbefehl. Der ist nicht zu bekommen. Aber morgen geht ein Transport mit Müttern und Kindern ins Reich. Eine Frau, die sieben Kinder hat, ist bereit, Ihnen zwei Kinder für die Dauer des Transportes abzugeben. Sie könnten als Mutter mit zwei Kindern Nasielsk, Polen, den Krieg, diese ganze große Schweinerei hier verlassen.«

»Und meine Dienststelle? Der Schulrat in Plonsk, die Regierung in Zichenau ... Sie werden mich wegen Verlassens meiner Stelle anklagen.« Elsbeth Holzer schüttelte den Kopf. Sie sah Dr. Seidel dankbar an. »Es ist gut gemeint von Ihnen, Herr Oberstabsarzt ... aber es geht nicht.«

»Wird der Schulrat, wird die Regierung Sie fragen, wenn sie flüchten müssen? Glauben Sie, Sie bekommen ein Rundschreiben: Der Herr Regierungspräsident hat sich entschlossen, seinen Amtssitz ins Reich zurückzuverlegen. Wer dagegen ist, schreibe sofort! – Ich will Ihnen sagen, wie das geht! Eines Tages sind die Herren weg, und Sie sitzen vergessen in diesem Nest hier und werden von den Russen überrollt. Und keiner wird mehr fragen: Wo ist diese kleine Lehrerin? Elsbeth? Gab es nicht ein solches Mädchen in Nasielsk? Ach ja ... die Elsbeth Holzer. Armes Kind. Mußten wir zurücklassen. Ging alles so schnell. Und außerdem war ja kein Platz mehr in dem Wagen ... wir mußten die Akten retten! Gut, daß wir sie haben! Da können wir gleich einen Strich machen ... einen langen Strich durch den Namen Elsbeth Holzer. Und ab zum Archiv! Armes Kind! Ein Trost bleibt: Sie starb wie ein echtes deutsches Mädchen. Pflichterfüllung bis zum letzten. Wir werden ihr ein ehrendes Andenken bewahren. – Und im Inneren denken die Herren: Es muß Rindviecher geben, die den Kopf hinhalten, damit wir weiterleben können! Im Krieg ist sich jeder der Nächste ... wer Moral mit sich herumträgt, ist ein Selbstmörder! Was heißt hier Humanität? Das ist eine dumme Erfindung des Erasmus von Rotterdam. Gut, daß der Kerl schon 400 Jahre tot ist! Und noch nicht mal ein Deutscher war er! Was heißt hier also Humanität? Weg mit den Fremdworten!«

Elsbeth Holzer sah zu Dr. Seidel empor. Ihre Blicke trafen sich, und sie sagten das gleiche: Wie arm sind wir doch!

»Glauben Sie, ich sollte es tun?« fragte Elsbeth. Ihre Stimme war tonlos.

»Ich habe es Ihrem Walter versprochen.« Dr. Seidel setzte seine Mütze wieder auf. Es war, als gäbe ihm die Kopfbedeckung inneren Halt. Er straffte sich. Die Uniform formt den Menschen, hat einmal ein Militärhistoriker gesagt. Daß sie ihn auch verformt, wagte er nicht zu sagen. »Morgen früh um sechs Uhr geht der Zug. Sie sind auf dem Bahnhof?«

»Ja.«

»Ich werde auch dort sein und Ihnen die beiden Kinder geben. Mehr brauchen Sie nicht ... die Kinder sind Ausweis genug.«

Elsbeth Holzer streckte Dr. Seidel beide Hände entgegen. Es war eine Gebärde zwischen Dank und Flehen.

»Ich ... ich ...« Plötzlich weinte sie. Sie senkte den Kopf und schluchzte. Dr. Seidel legte den Arm um ihre zuckenden Schultern.

»In drei Tagen sind Sie in der Heimat. In Dortmund.«

»Und Walter ...«

»Daran dürfen Sie jetzt nicht denken.«

»Und die Kinder ...«

»Welche Kinder?«

»Die ich hier zurücklasse, Meine Schulklasse ... Panie professor, nennen sie mich. Als ich herkam, sprachen sie kein Wort

Deutsch ... jetzt singen sie deutsche Volkslieder und lernen wie alle anderen deutschen Kinder.«

Dr. Seidel zupfte sein Taschentuch aus der Rocktasche und trocknete Elsbeth damit die Tränen aus dem schmalen Gesicht.

»Eine echte nationalsozialistische Kulturtat! Die Aufnordung des Ostens. Der Geist der Ordensritter in der kleinen BdM-Lehrerin. Haben die Kinder unglücklicher gelebt, als sie nur polnisch sprachen und dachten? Fehlte ihnen etwas, daß sie nicht den Geburtstag Hitlers oder Görings kannten und Friedrich den Großen nicht als den großen Preußen, sondern als den Unruhestifter Europas ansahen? Ändert es etwas im Lauf der Welt, wenn man nicht weiß, daß Pinneberg in Holstein liegt? Wenn Sie weg sind, Fräulein Lehrerin, werden die Kinder wieder polnisch sprechen und vielleicht ab und zu zurückdenken an ihre nauschischelka ... mehr auch nicht.«

»Die Kinder sind die Gegner von morgen.«

»Ein absolut reiner, logischer Gedanke. Darum sollen Sie auch zwei deutsche Kinder nehmen und sehen, daß Sie so schnell und so sicher wie möglich nach Hause kommen! Morgen früh um sechs ...« Er stopfte sein Taschentuch in die Rocktasche zurück und legte die Hand grüßend an den Mützenschirm. »Machen Sie 's gut, Elsbeth ... Sie haben hier eine Chance ... und der Russe steht vor Minsk!«

Als Oberstabsarzt Dr. Seidel die Schule verließ und schnellen Schrittes über den großen Hof ging, wo sein Kübelwagen parkte, wußte er nicht, ob er richtig gehandelt hatte.

Sein Fahrer, ein Oberschnäpser, ließ den Wagen an. Er war ein älterer Mann, der erst bei den Landesschützen als AvH.-Mann diente, bis man merkte, daß er früher einmal in einer Apotheke tätig war. Er wurde daraufhin für gut befunden, bei der Sanitätsstaffel zu dienen, und kam nach Sczynno zu Dr. Seidel als Fahrer, Schreiber und Hilfssanitäter.

Dr. Seidel setzte sich neben ihn auf den harten Sitz

»Sie sind verheiratet, Kraemer?«

»Jawoll, Herr Oberstabsarzt.« Obergefreiter Kraemer schielte zu Dr. Seidel. Dumme Frage, der weiß das doch. Aber Offiziere sind meistens so ... wenn sie ein Gespräch mit einem Mannschaftsdienstgrad beginnen, ist es entweder eine Meckerei oder eine dumme Frage. »Ich habe auch drei Kinder«, sagte er schnell, um der unvermeidlichen zweiten Frage zuvorzukommen.

»Was würden Sie tun, wenn Ihre Frau allein wäre und würde von den Russen bedroht.«

»Ich holte sie heraus, Herr Oberstabsarzt.«

»Sie sind aber hier, und Ihre Frau ist Hunderte Kilometer entfernt!«

Obergefreiter Kraemer sah den Oberstabsarzt lange an. »Das stimmt«, sagte er rauh. »Herr Doktor — das ist alles eine sehr große Sauerei ...«

Irgendwie innerlich beruhigt fuhr Dr. Seidel zurück nach Sczynno.

Den ganzen Abend über packte Elsbeth Holzer ihre Sachen.

Erst waren es ein Koffer und ein großer Rucksack ... dann packte sie alles wieder um. Sie mußte ja zwei Kinder an die Hände nehmen ... da gab es keinen Platz für einen Koffer mehr. Sie legte alle Sachen, die sie mitnehmen wollte, auf ihr Bett und breitete sie aus.

Ein paar Kleider, zwei Mäntel, Unterwäsche, Blusen, Schuhe, Strümpfe, zwei Fotoalben, ein Kästchen mit Bernsteinschmuck, einige Akten und Bücher.

Verlassen saß sie inmitten der ausgebreiteten Sachen und weinte. Da stand auf einem Tischchen eine Vase ... ein Geschenk von Mutter zum 21. Geburtstag ... Und dort hing ein Bild an der Wand. Ein Aquarell. Die Küste bei Rositten. Wenn man es ansah, glaubte man, das Meer rauschen zu hören und den Schrei der Möwen, wenn die kleinen Fischerboote an den Strand gezogen wurden und ihre Kiele über den körnigen Sand knirschten. Und ein Teppich lag vor dem Fenster. Sie hatte ihn gekauft bei einem Besuch in Königsberg. Einen handgeknüpften Schafwollteppich ... die Ersparnisse von zwei Monatsgehältern. Es war so vieles, woran ihr Blick haften blieb und was zurückgelassen werden mußte ... eine ganz kleine Welt, der sie den Rücken kehrte, weil eine Woge von Blut und Erbarmungslosigkeit von Osten heranrollte und alles zu vernichten drohte.

Es blieb nichts übrig als der Rucksack.

Ein halber Kubikmeter, gestopft voll Kleider und Wäsche. Und oben, als Abschluß, als Beschwerer, als Deckel unter den Schnüren des Rucksackes lag ein Buch. Nietzsche. Also sprach Zarathustra ... Walter hatte es ihr geschenkt. Sie hatte es nie gelesen, aber sie nahm es mit, weil es von ihm war. Es hatte in seiner Hand gelegen, seine Augen hatten es angesehen, sein Gehirn hatte dabei gedacht, als er es schenkte.

Dann ging sie durch die große Schule; ohne Licht tappte sie durch die dunklen Gänge und die Klassenzimmer, setzte sich noch einmal hinter das Pult und nahm das lange Lineal, mit dem sie an der Tafel die Buchstaben oder Ziffern anzeigte, die die Kinder im Chor lesen mußten.

Sie schloß die Klassenschränke auf und schloß sie wieder zu; sie räumte die Schmetterlingssammlung fort und zerstörte mit beiden Händen die Hügellandschaft und das Dorf, das sie mit den Jungen und Mädchen der Oberklasse in dem Lehrsandkasten gebaut hatte.

Zerstören, dachte sie. Das ist aus uns geworden. Jahrhunderte haben die Menschen aufgebaut ... jetzt wird es in Wochen, Tagen, in Minuten zerstört!

Sie blickte sich um. An der Wand des Lehrmittelzimmers hing ein Plakat. Eine flatternde Fahne im Sonnenlicht. Darunter in flammender Schrift: Uns geht die Sonne nicht unter!

Sie trat unter das Plakat und starrte es an. Dann hob sie die Hände, umkrallte das Papier und riß es von der Wand.

Um sechs Uhr stand sie auf dem Bahnsteig des Bahnhofs Nasielsk, zwei Kinder an der Hand, den schweren Rucksack auf dem Buckel, ein Kopftuch um die kupferfarbigen Haare.

Dr. Seidel hatte sie wie eine Fremde begrüßt. Die politischen Leiter in ihren diarrhöe-farbenen Uniformen rannten den Zug entlang und wiesen die Mütter in die einzelnen Waggons ein. Zwei Sanitäter verteilten heißen Kaffee ... ihre Anwesenheit rechtfertigte auch die Gegenwart Dr. Seidels. Er drückte Elsbeth schnell die Hand und rannte weiter.

Die Frau mit den sieben Kindern, von denen sie zwei an Elsbeth abgegeben hatte, schob sich neben sie.

»Wir sollen nach Frankfurt an der Oder. Dort werden wir verteilt. Geben Sie mir meine Kinder in Frankfurt wieder?«

»Ja. Selbstverständlich.« Elsbeth Holzer schluckte. »Wo wollen Sie denn hin mit den sieben Kindern?«

Die Frau hob die schmalen Schultern. »Ich weiß es nicht. Ich habe eine Tante in Leipzig. Aber ob sie noch lebt ...«

»Und Ihr Mann?«

»Ist in Rußland. Von ihm höre ich auch nichts.«

»Aber Sie können doch nicht allein mit sieben Kindern ...«

Die Frau nickte. Sie strich mit den Händen über die Köpfe der Kleinen. Sie merkte es gar nicht ... es war eine Bewegung, zu der man kein Wissen und keinen Grund braucht. Sie ist einfach da, wie bei allen Müttern.

»Ich muß ... Irgendwie wird es schon weitergehen.«

Irgendwie ... und irgendwo ... Elsbeth schob den Kragen ihres Mantels hoch. Sie fror.

Um sieben Uhr fuhr der Zug an. Niemand winkte, es fiel kein lautes Wort. Die Frauen standen an den Fenstern und zeigten den Kindern noch einmal die Heimat.

Dort das Haus ... siehst du es? Da bist du geboren. Und dort, die Bäckerei, die gehörte Pappi. Kannst du den Garten sehen, in dem du gespielt hast? Die Schaukel, die Wippe, den Sandkasten? Und dort ist der Wald von Sczynno, das Gut der Rehmdes, die Felder, die Wiesen und der Weiher, an dem Walter saß und zum erstenmal sagte, daß er jetzt wüßte, was wirkliche Liebe sei. Damals stand der Mond über dem Wald, und er sah aus wie auf einem japanischen Seidengemälde.

Langsam fuhr der Zug hinaus in den Morgen. Die politischen Leiter standen auf dem Bahnsteig und sahen ihm nach. Dr. Seidel winkte ... aber er tat es erst, als ihn niemand mehr sehen konnte. Der Ortsgruppenleiter kam an seine Seite und wischte sich den Schweißrand im Innern der Mütze ab.

»Die sind gut 'raus«, sagte er. »Was erzählen Ihre neuen Verwundeten, Herr Oberstabsarzt.«

»Dasselbe, was der Wehrmachtsbericht meldet!«

Dr. Seidel wandte sich schroff ab und ging davon. Der Ortsgruppenleiter setzte seine Mütze auf.

»Kommißkopp!«

Wie gut, daß man seine Sachen schon seit Tagen gepackt im Keller stehen hatte.

Der Rückweg von Fritz Leskau und Hauptfeldwebel Kunze war kurz. Sie kamen in die vorstoßenden Panzerspitzen, die die Stellungen des 3. Bataillons überrollt hatten.

Vor den Panzern her lief der Rest der zerstreuten, vernichteten, zermürbten, in den Boden gewalzten deutschen Kompanien.

Oberleutnant Faber jagte in einem Kübelwagen auf der Rollbahn zurück. Wie Trauben hingen sechs Landser seitlich des über die aufgerissene Straßendecke schleudernden Fahrzeuges, sich festklammernd an der Windschutzscheibe, am Stahlsitz, an der Türkante. Eine Kolonne mit Munition, die ihnen entgegenkam, weil niemand in dem Durcheinander des Rückzuges wußte, wo noch deutsche Truppen standen, und sich die Lage von Minute zu Minute änderte, wurde von den weittragenden Geschützen der T 34 zusammengeschossen, ehe sie wenden konnte. Die Wagen flammten auf, die Munition explodierte ... ein Gewirr von Eisen, Holz, Leinwand und zerfetzten, unkenntlichen Leibern blieb auf der Rollbahn zurück und verstopfte die zwölf Meter breite Fahrbahn.

Major Willi Schneider und Leutnant Vogel hatten ein Motorrad aufgelesen. Es lag neben einem erschossenen Kradmelder, mit laufendem Motor, so, als wäre der Fahrer eben zur Seite getreten, um zu pinkeln.

»Rauf, Vogel!« schrie Major Schneider. »Können Sie Motorrad fahren?«

»Nein, Herr Major.« Vogel stand mit blutendem Gesicht neben der Rollbahn. Ein Streifschuß hatte ihm die Stirn unter dem Haaransatz aufgerissen ... nur ein Hautritzer, aber es blutete, als laufe Vogel aus.

»Was können Sie eigentlich?« brüllte Schneider. »Los, sitzen Sie auf! Ich fahre!«

Wie die Irren jagten sie über die Rollbahn, vor den Panzern her, die mit ihren Kanonen nach ihnen schossen, weil sie außer Reichweite der schweren MGs waren. Rechts von der Straße gingen die 10. und 11. Kompanie zurück, die in einem Staffelsystem hinter der 9. Kompanie Fabers gelegen hatten. Sie bestanden aus elf Männern unter der Führung eines Feldwebels mit dem Deutschen Kreuz.

Leskau und Kunze, die zu Fuß seitlich der Rollbahn nach vorn gingen, bemerkten erst die völlige Zersprengung der Front, als sie die schweren Stahlklötze der russischen Panzer auf der Rollbahn herandonnern sahen. Sie taten zuerst das, was zur Grundausbildung des Soldaten gehört: Sie warfen sich hin, drückten sich an die Erde, wurden klein oder – wie Kunze bei der Ausbildung sagte – sie traten in intime Beziehung zur Erde.

Vierzig Meter von ihnen entfernt rollten die Panzer nach Westen. Ihnen folgte russische Infanterie ... Ameisen mit runden Helmen, die hin und her hüpften, ausschwärmten und die flüchtenden deutschen Landser abschossen wie auf einer Treibjagd.

Leskau umklammerte die Maschinenpistole. Er sah, wie die russische Infanterie drei Deutsche aus einem Erdloch holte. Ganz deutlich konnte er es sehen ... sie kamen aus der Erde mit hocherhobenen Armen, ohne Helm, ihre Haare flatterten im Sommerwind.

Die Russen lachten ... man hörte es deutlich. Sogar Kunze hob den Kopf und starrte hinüber.

»Germanskij kaputt!« schrien sie im Chor. »Heij batjuschka Stalin!«

Sie stürzten sich auf die drei Gefangenen, rissen ihnen die Uniformen vom Körper und trieben sie nackt vor sich her auf die Straße. Dort stellten sie die Deutschen vor sich auf und schossen ihnen mit den Maschinenpistolen in die Unterleiber.

Kunze würgte, als das Schreien der Mißhandelten zu ihnen flatterte. Er drückte den Mund auf die Erde und stöhnte in den staubigen Boden hinein. Leskau sah mit starren Augen, wie die drei Landser übereinanderfielen ... ein Panzer, der über die Straße donnerte, fuhr über sie hinweg, zermalmte sie, drückte sie auf den Boden, zermahlte sie zu einem unförmigen Brei von Blut, Fleisch und zersplitterten Knochen.

»Los!« sagte Leskau heiser. Er konnte nicht mehr sprechen ... das Grauen lähmte seine Zunge.

»Wohin?« stammelte Kunze.

»In die Sümpfe.«

»Dort sind Partisanen. Ich hebe die Hand hoch.«

»Und wirst in den Unterleib geschossen wie die drei da! Los ... zurück. Weg von der Rollbahn!«

Sie robbten durch die Gebüsche und das hohe Gras von der Straße weg. Als sie glaubten, außer Sicht zu sein, sprangen sie auf und rannten geduckt den Weg zurück, den sie gekommen waren. Ein Unteroffizier kam ihnen entgegen ... er lief im Zickzack auf die Rollbahn zu, mit offenem Mund, die Augen hervorquellend. Als er näher kam, sah Leskau, daß beide Arme um seinen Körper pendelten. Der ganze obere Teil der Uniform war zerfetzt, ein Gemisch von Blut und aufgerissenen Muskeln.

»Zurück!« schrie Leskau. »Du läufst ja dem Iwan entgegen! Zurück!«

Der Unteroffizier blieb stehen. Seine abgeschossenen Arme pendelten vom schnellen Lauf noch um seinen Körper.

»Wir werden siegen!« schrie er zurück. »Die ganze Kompanie hört auf mich! Wir halten den Brückenkopf! Wir halten! Wir halten!«

Er rannte weiter ... den Kopf nach vorn, die zerfetzte Brust vorwärtsstoßend, schreiend und kommandierend.

Kunze schwankte. Er umklammerte den Arm Leskaus und riß ihn zu sich herum.

»Mach Schluß, Fritz«, keuchte er. »Komm, erschieß mich. Ich halte das nicht mehr aus! Erschieß du mich – nur nicht die Russen ... laß nicht die Russen kommen.«

»Weiter!« Leskau riß sich los. »Für diesen Blödsinn ist immer noch Zeit!«

»Wir kommen nicht durch, Fritz! Überall ist der Russe! Es ist aus!«

»Halt keine Volksreden – lauf, du Saukerl!« Er trat den wimmernden Kunze in den Hintern und rannte weiter. Wie die Hasen liefen sie, hinein in die Sümpfe und auf den bekannten Pfaden zurück nach Westen.

Nach zehn Minuten blieb Kunze zurück. Er konnte nicht mehr. Der Atem setzte aus, die Lunge zersprang, das Herz drückte gegen den Kehlkopf. Er schwankte, fiel auf den glitschigen Boden, kroch auf allen vieren weiter und lag dann, zu Tode erschöpft, neben dem Pfad in einer Wasserlache. Die Schritte Leskaus entfernten sich. Kunze hatte nicht einmal mehr die Kraft zu rufen. Er lag auf dem Rücken und starrte in den blauen Sommerhimmel. Lämmchenwolken zogen weiß und leicht wie Federn über ihm hin.

So lag er ein paar Minuten, nach Luft ringend, eine dicke Masse Mensch, die sich aufgegeben hatte. Als er das Schlagen seines Herzens wieder spürte und die Lungen wieder atmeten, richtete er sich auf und sah schaudernd fünf Meter seitlich von sich einen russischen Soldaten durch den Sumpf gehen. Er war auf gleicher Höhe mit ihm ... er konnte das Profil des Gesichtes erkennen ... ein breites, gelbes, knochiges Gesicht. Ein Tatar, ein Mongole oder Kirgise. Sein runder Stahlhelm blinkte schwach in der Sonne.

Von der Rollbahn her donnerten Geschütze. Deutsche Flak war aufgefahren und hieb im Direktbeschuß in die anrollenden Panzer hinein.

Der Kirgise blieb stehen. Er drehte lauschend den Kopf zur Straße. In diesem Augenblick hob Kunze die Pistole, zielte kurz und schoß. Die dünne Detonation ging unter im Inferno der Granateinschläge und der Explosion des vordersten der T 34.

Lautlos sank der Russe zu Boden. Keuchend sprang Kunze über das Schilf zu ihm hin. Als er sah, daß sich der Kirgise noch bewegte, schoß er noch einmal, in den Nacken. Da streckte sich der Körper.

Mit zitternden Händen zog Kunze den Toten aus. Er drehte den schweren Körper hin und her, nahm die Hose und das Hemd, die Jacke und den Helm, warf seine eigene Uniform in den Sumpf und zog die russische Montur an. Sie war etwas knapp, aber der Helm paßte. Wo die Hose am Bund offenstand, ließ er die weite Sommerbluse des Russen überfallen. Dann nahm er die Maschinenpistole mit dem runden Magazin, rollte den Körper neben seiner deutschen Uniform in den Sumpf und ging den Weg weiter, den Leskau zurückgelaufen war.

Links und rechts von sich sah er die sowjetische Infanterie die verlassenen deutschen Stellungen durchkämmen. Auf einem Pfad, der zwanzig Meter neben dem seinen herlief, gingen etwa vierzig deutsche Gefangene zurück, bewacht von drei grinsenden Mongolen. Kunze winkte ihnen zu, er machte eine Faust und hob sie empor. Die Mongolen schrien.

»Pabjäda!« schrien sie (Sieg!). »Pabjäda!«

Kunze verstärkte die Geschwindigkeit. Nur weg! Nur weg! Er rannte den Weg zum Hauptverbandplatz, in der Hoffnung, irgendwo auf Splitter der Kompanie zu stoßen, auf Faber, auf Schneider, wenn es sein mußte, auch auf Vogel ... Der Trick mit der russischen Uniform war gut ... so war Strakuweit von Dubrassna durchgebrochen bis zum Dnjepr ... so würde auch Kunze wieder die deutschen Linien erreichen.

In einem Waldstück verbarg er sich und wartete die Nacht ab. Die Panzer auf der Rollbahn und die sowjetische Infanterie seitlich der Straße waren nicht weiter vorgestoßen. Nachdem die deutsche Flak vier T 34 abgeschossen hatte, wurde der Vorstoß abgeblasen. Major Grischa Naretkin meldete es seinem General. Tagesziel erreicht. Eine Lücke von 10 km in der deutschen Front. Wir brauchen schwere Waffen, um nachzustoßen. Es wird ein Spaziergang sein ... es gibt keine deutsche Linie mehr. Das Wunder des deutschen Soldaten ist zerstört. Es gibt in unserer Zeit keine Wunder mehr ...

Östlich des Hauptverbandplatzes, den Stabsarzt Dr. Wensky räumte, indem er die Schwerverwundeten in Sankas abfahren ließ und den leichter Verletzten ein Gewehr in die Hand drückte, hatte sich das 3. Bataillon Major Schneiders festgesetzt.

Oberleutnant Faber war mit seinen letzten Männern zu ihm gestoßen. Unter dem Schutz der Flak, die den Panzervorstoß aufhielt, und einer Batterie leichter Geschütze, die einen Riegel vor die sowjetische Infanterie legte, hatte Major Schneider nach alter

Manier alles aufgesammelt, was in seinem Gebiet an Versprengten herumlief. Es war dabei gleichgültig, ob es sich um Verwundete, Pioniere, Nachrichtenmänner oder gar einige Hiwis handelte ... er scharrte alles zusammen und unterstellte sie seinem Kommando.

Leutnant Vogel, mit dick verbundenem Kopf, hatte die Kontrolle der Nachtposten übernommen. In den Erdlöchern hockten die Männer und gurteten MG-Munition. Oberleutnant Faber wartete am Feldtelefon auf die Verbindung zum Regiment ... vier Störungssucher waren unterwegs, um die Leitung zu suchen und anzuzapfen. Major Schneider war unterwegs ... er kam von Dr. Wensky zurück, niedergeschlagen, mager, farblos im Gesicht.

Gegen 21 Uhr traf Fritz Leskau ein ... er schwankte auf die ersten Posten zu, fiel Leutnant Vogel in die Arme, bekam ein Gewehr in die Hand gedrückt und fiel in ein Schützenloch. Dort schlief er ein, das Gewehr im Arm, kaum, daß er Halt spürte und der Körper nicht mehr lief.

Als Russe marschierte Hauptfeldwebel Kunze durch die Nacht. Nachdem er ein paar Stunden wirklich tief geschlafen hatte, fühlte er sich wieder frisch. Die kühle Nachtluft gab ihm neue Kräfte, er setzte seinen Helm auf und machte sich auf den Weg nach Westen.

Vier Stunden ging er einsam durch ein schlafendes Land. Keine Leuchtkugel zischte empor, kein Schuß unterbrach die Stille ... es war, als hätte es keinen Krieg gegeben und keine Panzer, die schreiende Menschen vor sich herjagten und in die Erde malmten zu unkenntlichen Klumpen.

Daß er an versteckten deutschen Landsern vorbeiging, merkte Kunze nicht. Wer ihn kommen sah, schemenhaft in der Dunkelheit, unverkennbar als Russe durch seinen Helm, duckte sich und verhielt sich still. Ein Russe ist nie allein ... und Feindberührung war das letzte, was sich die müden deutschen Landser wünschten.

In der Postenstellung 2 hockte Leutnant Vogel neben einem Unteroffizier der 10. Kompanie und sah durch das Nachtglas zu den Sümpfen hin. Deutlich hoben sich im Mondschein der Pfad und die Schilfwälder ab ... dann kam ein unübersichtliches Gelände mit Zwergbirken und verfilzten hohen Gräsern, die übergingen in einen Wald. In ihm lag das 3. Bataillon, ein waffenstarrender, aber müder Igel, der sich gegen Morgen weiterrollen wollte nach Westen, Minsk entgegen, der unüberwindbaren Festung, zu der sie Hitler erklärt hatte.

Leutnant Vogel hob sein Glas und sah hinüber zu dem Pfad. Er wackelte mit der Hand, als der Unteroffizier etwas sagen wollte und machte »Psst!«

Im Schilf erschien ein Schatten. Noch blieb er in dem dichten, hohen harten Gras verborgen, aber man sah ihn deutlich durch das Glas.

»Da ist einer«, flüsterte Vogel heiser. »Lassen Sie ein MG fertigmachen.«

»Wir haben Schießverbot, Herr Leutnant. Nur bei direkter Feindberührung und in Notwehr, befahl der Herr Major«, flüsterte er zurück.

Vogels Kopf zuckte herum. »Wenn ich sage: fertigmachen, dann ist das auch ein Befehl«, zischte er. »Wissen Sie nicht, daß ein Befehl durch einen nachfolgenden Befehl unwirksam wird? Was haben Sie eigentlich in der Ausbildung gelernt?«

Er hob das Nachtglas wieder an die Augen, schraubte am Okular und sah plötzlich lächelnd zu dem verdrießlichen Unteroffizier hin. »Was habe ich gesagt, Sie Pflaume – ein Iwan! Ein sorgloser, spazierengehender Iwan. Denken wohl, sie haben den Krieg schon gewonnen! Germanskij kaputt ... ich will es dir zeigen, mein Junge!« Er sah zu dem MG hinüber, das in einer Senke hinter dem Busch lag und das Vorfeld des Waldes bestreichen konnte. »Alles fertig?«

Der Unteroffizier schob sich an Leutnant Vogel heran.

»Jawoll, Herr Leutnant.«

»Wir lassen das Vögelchen näher kommen. 200 Meter, dann ein Feuerstoß! Aber der muß sitzen!«

»Und wenn noch mehr kommen? Wenn das nur ein Spähtrupp ist? Bis jetzt weiß keiner, daß wir hier sitzen! Aber wenn wir schießen, locken wir die halbe Rote Armee auf uns.«

Leutnant Vogel setzte sein Nachtglas ab. Über sein Gesicht, soweit es durch den dicken Verband noch zu sehen war, zog der Ausdruck tiefster Verachtung, ja fast des Ekels.

»Sie haben zu schießen, weiter nichts, Unteroffizier. Hinterher können Sie sich vor Angst die Hosen vollscheißen, so lange Sie wollen.« Er setzte das Glas wieder an die Augen. »Wenn ich jetzt noch ein Widerwort höre, fasse ich das als Feigheit vor dem Feinde auf! Was darauf steht, wissen Sie ja.«

Der Unteroffizier schwieg. Er biß sich auf die Unterlippe und kniete neben dem MG. Schwein, dachte er. Du erbärmliches Schwein. Genauso, wie du diesen Russen abknallst, schießt du auf deine eigenen Kameraden, wenn du glaubst, im Recht zu sein. Und es macht dir gar nichts aus, daß jetzt gleich unser Feuerstoß vielleicht die ganze Front wieder rebellisch macht und Hunderte von uns fallen. Wenn ich der Major wäre, würdest du längst nicht mehr leben ...

Leutnant Vogel leckte sich über die Lippen. Der Russe trat aus dem Schilf. Ganz deutlich sah man ihn ... er ging durch den Mondschein, sein runder Helm blinkte schwach. Vor seiner Brust baumelte die Maschinenpistole mit dem großen, runden Magazin. Eine lebende Zielscheibe ... ein wunderbares Tötungsobjekt ... Ein Mensch, der geradezu reizt, ihn zu töten, so wie eine schöne Frau reizt, sie zu erobern.

»Achtung!« flüsterte Leutnant Vogel. Er preßte das Glas an die Augen, daß seine Augäpfel schmerzten. In seiner Brust bebte das Herz. Jetzt renne ich nicht weg, durchrieselte es ihn. Jetzt bin ich nicht der Gejagte, sondern der Jäger. Einmal, endlich einmal ist es umgekehrt ... ich werde nicht verfolgt, um getötet zu werden, sondern ich töte selbst. Welch herrliches Gefühl der Macht ...

Er kostete es aus ... er ließ den Russen näher kommen ... 150 Meter an den Wald heran.

»Feuer!« sagte Leutnant Vogel. Aber er sagte es nicht, wie es üblich ist ... er schrie es heraus, er brüllte, er jubelte: »Feuer! Feuer!«

Die dunkle Gestalt war bei dem grellen Aufschrei Vogels stehengeblieben und hob beide Hände. In der kleinen Sekunde zwischen Befehl und Ausführung flatterte ein dünner Ruf durch das fahle Dunkel.

»Halt! Halt!«

Der kurze Feuerstoß jagte heraus. Er war nicht zurückzuhalten ... ehe der Schütze den Finger wieder straffte, waren dreißig Schuß — jeder fünfte eine Leuchtpatrone — aus dem schwarzen Lauf gespritzt. Leutnant Vogel stand starr neben dem Busch ... die Gestalt vor ihm schwankte, griff mit beiden Armen um sich, der Helm fiel vom Kopf auf den Boden ... dann brach der Russe in die Knie, rollte nach vorn über in das Gras und lag auf der Seite, ein dunkler Fleck im helleren Grün des Bodens.

Vogel sah zu dem Unteroffizier. Um seinen Mund zuckte es.

»Haben Sie das gehört?«

»Ja, Herr Leutnant.«

»Der Russe hat ›halt‹ gerufen.«

»Zu spät, Herr Leutnant.«

Vogel machte einen Schritt vorwärts, einen langsamen, fast tastenden Schritt.

»Der Russe hat – der Russe ...« Er trat aus dem schützenden Walddunkel und ging auf die im Gras liegende Gestalt zu. Als er bei ihr stand, brauchte er sich nicht zu bücken, um sie zu erkennen ... der Mond schien direkt in ihr Gesicht ... Ein großes, breites, vor Schreck und Verblüffung noch im Tode ratloses Gesicht.

»Kunze«, sagte Leutnant Vogel leise. »Himmel – welche Schweinerei!«

Er wandte sich ab und ging zu dem Wäldchen zurück. Aus der Dunkelheit trat ihm der Unteroffizier entgegen. Vogel straffte sich, sein ›markantes Gesicht‹ trat unter dem Kopfverband hervor.

»Unteroffizier!« schrie er hell. »Sie melden sich sofort bei dem Herrn Major! Sie haben auf einen Mann geschossen, der sich ergab und ›halt‹ rief. Auf einen Wehrlosen! Sie haben das primitivste Kriegsrecht verletzt!«

»Herr Leutnant! Ich –« Der Unteroffizier starrte Vogel an. »Sie haben doch selbst ...«

»Ich habe nichts!« brüllte Vogel. »Nehmen Sie die Hacken zusammen, wenn ich mit Ihnen rede, Sie Kameradenmörder! Sie haben geschossen, nachdem der Mann ›halt‹ rief! Ich habe es deutlich gehört! Sie haben einen Kameraden abgeknallt!«

Er ging an dem vor Entsetzen und Wut weißen Unteroffizier vorbei in den Wald.

Kunze ... ich habe ihn erschossen, dachte er.

Einmal war ich der Jäger ... und traf mich selbst.

Er lehnte sich an einen Baum und preßte den Kopf gegen die zerrissene Rinde.

Ihm war übel vor Angst und Enttäuschung.

Am nächsten Morgen fiel der Unteroffizier.

Er lief in die Schußrichtung eines russischen Panzers hinein, obwohl er dort gar nichts zu suchen hatte. Er lief, gegen alle Vernunft, über den Weg und blieb stehen, bis er niedergemäht wurde.

Er war verheiratet und Vater zweier kleiner Mädchen.

Ein Postbeamter aus Duisburg.

»Sehen Sie, Herr Major«, sagte Leutnant Vogel, als man den Tod meldete. »Er fühlte sich schuldig. Es macht einen doch immer wieder stolz, wenn man sieht, daß auch solche Leute eine soldatische Ehre haben und aufrecht zu sterben verstehen.«

Major Schneider antwortete darauf nichts.

Er sah Leutnant Vogel nur an.

Und Vogel senkte den Blick und wandte den Kopf zur Seite ...

Das Oberkommando der Wehrmacht gibt bekannt:
19. Juli 1944
... Im Osten dauert die große Abwehrschlacht auf der gesamten Front zwischen Galizien und dem Peipussee an.
20. Juli 1944
Im Mittelabschnitt dauern nördlich Brest heftige Kämpfe an. Im Raum von Grodno auf das Westufer des Njemens übergesetzte sowjetische Kampfgruppen wurden in Gegenangriffen zurückgeworfen.

Die Schlacht um Rußland war verloren.

Minsk war gefallen ... sowjetische Panzer hatten die von Hitler zur Festung erklärten Stadtteile einfach durchrollt. An den Straßenrändern standen die Frauen und Mädchen, die Greise und Kinder, und winkten und warfen Blumen auf die donnernden Panzer. Aus den Fenstern und über den Trümmern flatterten rot gefärbte Bettücher, wehten verborgene Fahnen, schossen aus den Kellern gekrochene Partisanen mit ihren Waffen Freudenschüsse in den Sommerhimmel. Auf dem Marktplatz von Minsk, vor dem riesigen Gebäude der Kommunistischen Partei Rußlands, tanzten Mädchen in Volkstrachten und gaben sich in Kellern und Mauerecken den siegreichen Brüdern aus dem Osten hin. Ein Jubel lag über dem Land, wie ihn Rußland noch nie gehört hatte ... die Menschen sangen sogar, wenn sie auf großen Karren die deutschen Gefallenen zusammenscharrten und sie außerhalb der Stadt in eine riesige Grube schütteten, so wie man zerbrochenes Geschirr oder Müll abládt.

Über Minsk hinaus strömten die unaufhaltsamen russischen Divisionen. Die Rollbahn wurde aufgegeben ... auf breiter Front alles niederwalzend, die riesigen Verluste nicht achtend, eine Apokalypse, die keine Phantasie eines Dichters je ersinnen könnte, strömten die russischen Armeen nach Westen.

Molodetschno ging verloren ... die völlig zerstörte Stadt Baranowitschi wurde unter großen Verlusten für die deutschen

Truppen geräumt ... immer weiter, immer schneller stießen die sowjetischen Panzer in die aufgerissene Mittelfront und jagten die deutschen ausgebluteten Truppen vor sich her.

25 deutsche Divisionen waren entweder eingeschlossen oder vernichtet. Am 4. Juli bereits meldete die Heeresgruppe Mitte nach der Wolfsschanze zu Hitler: auf einer ca. 350 km breiten Durchbruchsfront stehen uns an sowjetischen Kräften gegenüber: 126 Schützen-Divisionen, 17 motorisierte Brigaden, 6 Kavallerie-Divisionen und 45 Panzer-Brigaden. Die eigene Stärke, um diese stählerne Walze auf 350 km Breite aufzuhalten: 8 – in Worten acht – schwache, ausgemergelte, verblutende, hungernde, müde und sterbende deutsche Divisionen.

Acht Divisionen gegen 132 Divisionen und 62 Brigaden!

Die Antwort Hitlers: Minsk, Wilna und Grodno sind wegen ihrer ›ungeheueren operativen Bedeutung bis zum letzten Atemzug‹ als feste Plätze zu halten!

Weiter nichts. Bis zum letzten Atemzug!

Acht Divisionen gegen einen Ozean von Waffen und Menschen.

Generalfeldmarschall Model versuchte zu retten, was zu retten war ... er wurde im Führerhauptquartier von Hitler zusammengebrüllt. Nach Wilna wurden Truppen verlegt, herausgezogen aus den acht Divisionen ... sieben Infanterie-Bataillone und einige Batterien Artillerie.

Eine Handvoll Menschen, die eine Lawine aufhalten sollten ... bis zum letzten Atemzug.

Sieben Bataillone gegen 100 Divisionen!

Wahnsinn ... alles, alles Wahnsinn!

Wieder reiste Model in die Wolfsschanze. Er schlug die ›große Lösung‹ vor ... die Zurücknahme der ganzen Heeresgruppe Nord hinter die Düna ... Verkürzung der Front ... dadurch Freiwerden neuer Kräfte für die Durchbruchstellen.

Hitler warf ihn hinaus. Er befahl die Aufstellung neuer, schneller Divisionen aus den Heimatbeständen, aus Polizeieinheiten, Sicherungsbrigaden, selbst das Führer-Begleit-Bataillon wurde auf die Stärke einer Panzer-Grenadier-Brigade gebracht und in den Mittelabschnitt geworfen, in den Rücken der zerrissenen, aufgelösten und ohne Zusammenhalt operierenden 3. und 4. Panzer-Armee.

Es war sinnlos. Am 13. Juli meldete Model lakonisch: Selbst wenn die versprochenen Truppen planmäßig eintreffen, stehen unseren 16 deutschen Divisionen dann immer noch 160 russische Divisionen gegenüber!

Wahnsinn! Alles, alles Wahnsinn!

Und die russische Dampfwalze lief weiter ... sie lief auf Brest zu ... sie näherte sich dem Njemen bei Grodno ... sie erreichte den Raum von Wilna ... die ersten Panzerspitzen erreichten die Düna ... die Pferde der Kavallerie-Divisionen tranken aus ihr und badeten die schwitzenden Leiber in den kühlen Wellen.

»Wir werden sie jagen wie Wölfe ...«, hatte Stalin gesagt. Aber es waren keine Wölfe mehr, die mit starren Augen, knochigen Gesichtern, blutend, zerschlagen und von blutgierigen Partisanen aus jedem Haus, aus jedem Heuschober, aus jedem Keller beschossen, zurückgingen – es waren armselige, verhungerte Hasen, an den Läufen verletzte Rehe, die zitternd und um sich beißend flüchteten und irgendwo zusammenbrachen und verendeten.

In Orscha, Mogilew und Witebsk wurden die Trümmer weggeräumt und begann der Aufbau ... in Smolensk spielte schon wieder das Theater ... eine Oper ... ›Rußland und Ludmilla‹ von Glinka ... Smolensk ... hier war tiefste Etappe, hier war schon Frieden ... Wie lange war es her, daß der Deutsche weggezogen war ... Ach ja, kaum ein Jahr ... Am 24. September 1943 wurde Smolensk geräumt. Ein kleines, knappes Jährchen, und schon spielt die Oper wieder, Brüderchen, gehen die Mädchen in Sommerfähnchen über den Stalin-Platz und sitzen die schmucken Offiziere der Militär-Akademie in den Cafés an der Rulasskaja.

So schnell geht der Krieg vorbei, so schnell haben wir die Deutschen weggejagt ... so schnell wollen wir ihn vergessen. Nur noch ein weiteres Jährchen ... und es gibt keine Deutschen mehr auf der Welt! In einem Monat werden wir Warschau haben, dann Königsberg, dann Berlin ... Genosse Stalin ist wie ein kleiner Gott, Brüderchen ... er schafft eine neue Welt ... die Welt der siegreichen Bolschewiki ...

Das 3. Bataillon Major Schneiders war eines der letzten, das die Rollbahn verließ und nach Minsk auswich. Es zog sich kämpfend zurück wie alle Kampfgruppen neben und hinter ihm ... ein armseliges Häuflein Männer, bestehend aus drei Offizieren und 149 Landsern.

Es gab keine Kompanien mehr, nur noch Gruppen. Es waren Verbände, die selbständig kämpften, nur locker geleitet von den Regimentern oder Divisionen, verbunden durch Funk oder Telefon, oft abgeschnitten, Inseln im Roten Meer der Sowjets, manchmal kleine Stoßkeile, die versuchten, die wie Zahnräder ineinandergefügten russischen Divisionen zu durchbrechen, um den Weg nach Westen freizubekommen.

Auch Theo Strakuweit war nicht weit gekommen.

Nachdem Dr. Wensky seinen Hauptverbandplatz fluchtartig räumen mußte, war Strakuweit, noch besinnungslos, mit dem ersten Sanka zur Division gefahren worden, wo er so lange im Feldlazarett blieb, bis auch dieser Platz ›zurückgenommen wurde‹, wie der militärische Ausdruck für Flucht heißt.

Nach einigen Röntgenaufnahmen stellte es sich heraus, daß die Verletzungen Strakuweits nicht besorgniserregend waren. Sie waren nach zehn Tagen sogar soweit verheilt, daß ein Transport in die Heimat gestrichen wurde.

»Eine Scheiße ist das!« schrie Strakuweit, als der Sani ihm die Nachricht aus der Oberstabsarztbesprechung mitbrachte. »Da läßt man sich fast umbringen, und was kommt dabei heraus? Ein Aufenthalt in der Etappe und vielleicht Hilfsdienste beim Zahlmeister! Es ist zum Tränen scheißen! Was muß man eigentlich haben, um in die Heimat zu kommen?«

»Nen Hodenschuß!« sagte der Sani grinsend. Strakuweit angelte nach der Glasente unter seinem Bett.

»Raus, du Saustück!« schrie er. »Glaubst du, ich will mein Lottchen schon jetzt zur Witwe machen?«

Dann war er plötzlich still, legte sich auf den Rücken und starrte sinnend an die Decke. Lottchen ... sein Kind, das bald zur Welt kam. In diese grauenhafte, aus den Fugen springende, brennende erbarmungslose Welt. War es noch eine Gnade Gottes, Kinder zu zeugen und Kinder zu gebären?

»Du«, sagte Strakuweit zu seinem Bettnachbarn, einem älteren Unteroffizier, dem man beide Füße abgeschossen hatte. »Es wäre wirklich besser, sich was Gewisses wegnehmen zu lassen.«

»Mit'm Gehirn haste ja schon angefangen.«

Strakuweit entgegnete nichts. Er drehte sich auf die Seite und furzte in Richtung des Unteroffiziers.

Ein hörbarer Beweis, daß er auf dem Wege der Besserung war.

Zwei Tage später wurde Strakuweit weitergereicht. Mit einem Verband um den Brustkorb meldete er sich beim Generalstab und wurde vom Adjutanten des Generals, Hauptmann Hellberg, in Empfang genommen.

»Sie sind der neue Cheffahrer?« fragte er. Die Musterung Strakuweits fiel ohne Urteil aus ... er machte den Eindruck aller Landser, die jahrelang in Rußland waren. Nur, als die Antwort Strakuweits kam, wußte Hauptmann Hellberg, wen er vor sich hatte.

»Ich weiß nicht, Herr Hauptmann! Als mich das Lazarett entließ, sagte der Oberstabsarzt zu mir: Strakuweit – Sie werden abkommandiert als Geheimwaffe der deutschen Wehrmacht! Die Intelligenz hat den Krieg verloren – vielleicht gewinnt ihn die Blödheit!«

Hauptmann Hellberg lachte nicht. Es gab nichts zu lachen mehr. Die Lage war verzweifelt, und der Witz wurde Galle.

»Sie melden sich nachher bei dem Herrn General. Sie sind als Cheffahrer abkommandiert. Wenden Sie sich an Feldwebel Pulle. Er weist Ihnen das Quartier zu.«

Theo Strakuweit ging über den Hof des kleinen Landgutes, in dem der Stab lag. Die Ställe waren leer, das Vieh weggetrieben in die Wälder zur Ernährung der Partisanen. Nur drei Hühner waren zurückgeblieben ... für sie hatte der Zahlmeister extra einen Mann als Wache abkommandiert, denn das Herumstreichen durchziehender Landser um den Hühnerstall war immer eine Gefahr für das tägliche Frischei des Herrn Generals.

Auch Strakuweit fand nichts, was ihn interessierte. Die Stabsküche war in einem festen Gebäude, bei dessen Betreten sofort der Küchenbulle wie ein gepickter Stier heranraste und alles brüllend hinausschmiß. Die Marketenderei war im Keller, der Furier bewachte seine Schätze in einem ehemaligen Pferdestall mit einem dicken Holztor ... ein trauriges Kommando, das man ihm gegeben hatte, stellte Strakuweit fest.

Mit der ihm eigenen Art führte er sich beim Stab ein. Er hielt auf dem Hühnerhof einen Feldwebel an und fragte ihn:

»Sag mal, mein Junge, wo treffe ich hier die liebe, süße Flasche?«

»Wen?« fragte der Feldwebel. Er sah großzügig darüber hinweg, daß ihn Strakuweit duzte. Ein Mann mit beiden EKs auf der Brust, dem Gefrierfleischorden, der silbernen Nahkampfspange und anderen Klamotten auf der Brust und am Ärmel, konnte sich schon etwas leisten.

»Die Flasche«, sagte Strakuweit zwinkernd. »Den ollen Pulle ...«

Der Feldwebel holte Luft und brüllte, und Strakuweit stellte fest, daß Feldwebel eben Feldwebel bleiben, ob vorn im Dreck oder hinten beim General.

Es dauerte auch eine ganze Weile, bis Strakuweit erfuhr, daß der brüllende Feldwebel Pulle selbst war.

»Wenn man Pech hat, pißt man sich in die eigenen Schuhe«, sagte Strakuweit und ließ Pulle stehen.

Am Mittag schon saß er neben dem General in einem Horchwagen und fuhr ihn zum Kommandeur einer Panzer-Division. Er fuhr wie der Teufel, er umging Schlaglöcher und hüpfte über Knüppeldämme. Oberst v. Bennewitz, der hinten im Wagen saß, umklammerte die Vorderlehne.

»Wollen Sie uns umbringen?« schrie er Strakuweit ins Ohr.

»Nein!« schrie Strakuweit zurück. »Aber wir haben wenig Zeit! Wenn wir nicht schneller sind als der Iwan, können wir nicht mehr zu Mutti ins Bett kriechen.«

Oberst v. Bennewitz lehnte sich konsterniert zurück. Der General blickte zur Seite und lächelte.

Meine Jungs, dachte er. Ist es nicht ein Verbrechen, sie für einen Wahnsinnigen zu opfern ...

In Nowy Dwor, nördlich von Brest, hatte Stabsarzt Dr. Wensky sein Lazarett neu eingerichtet.

Der überstürzte Rückzug, die Flucht über Minsk hinaus durch das von Partisanen verseuchte Gebiet von Baranowitschi, das Herumirren mit einer Kolonne Sankas und schreienden Verwundeten, zu denen an jedem Straßenknotenpunkt, in jedem Dorf, bei jedem Anhalten neue Verletzte kamen, die man auf den Kotflügeln und auf den Dächern der Wagen festband und mitnahm, dieses ganze Inferno eines hoffnungslos verlorenen Krieges hatte Stabsarzt Dr. Wensky still und verbittert werden lassen.

In Nowy Dwor fanden sie im Haus des Stadt-Sowjets eine vorläufige Bleibe. Hier traf auch endlich Sanitätsunteroffizier Walter Heinrich ein, der wochenlang von Truppe zu Truppe zog, bis er das ihm zugeteilte Feldlazarett III und Dr. Wensky fand.

»Ein Ersatzmann!« rief Dr. Wensky, als sich Heinrich meldete. »Ja, gibt's das noch bei der deutschen Wehrmacht! Ich bekomme tatsächlich Hilfe? Jetzt, wo alles zusammenbricht?« Er gab Heinrich die Hand und hielt sie fest. »Sie sind Idealist, was?«

»Warum?«

»Weil Sie gekommen sind! Manch einer wäre an Ihrer Stelle weiter von Truppe zu Truppe gezogen, immer schön im Kreis herum um die befohlene Einheit, und immer weiter zurück, bis in die Heimat! Sie aber schlagen sich durch Partisanengebiete durch, kommen nach Nowy Dwor, obwohl Sie wissen, daß wir jeden Tag in den Flanken eingedrückt werden können.« Dr. Wensky setzte sich auf die Kante des zusammenklappbaren Operationstisches. »Mich interessiert das psychologisch: Warum sind Sie gekommen?«

»Ich hatte einen Befehl, Herr Stabsarzt.«

»Hm. Und weiter?«

»Ich dachte an meine verwundeten Kameraden. An der Front wird keiner mehr gebraucht und gesucht als der Arzt.«

Dr. Wensky nickte. »Ein Widersinn, nicht wahr? Da schickt man gesunde Männer los, damit sie totgeschossen werden. Gelingt das nicht und sie werden nur verwundet, muß der Arzt heran, um sie wieder zurechtzuflicken. Wozu? Damit sich die Geheilten wieder totschießen lassen! Wir reparieren Leiber, damit man sie wieder zerstört. Ist das nicht Idiotie?«

»Es ist Krieg.«

»Das dürfte das gleiche sein.« Dr. Wensky sah auf zwei Sanitäter, die die Tür des Operationszimmers öffneten. Früher saß hier der Stadt-Sowjet an seinem Schreibtisch und las die täglichen Posteingänge durch: Schreiben des Bezirks-Sowjets, Tabellen über die Stadt-Kolchosen, Meldungen der Arbeits-Brigaden, Denunziationen lieber Nachbarn ... »Was ist?« fragte Dr. Wensky.

»Vier Neueingänge, Herr Stabsarzt.« Die Sanitäter zeigten auf den Gang. Dort standen vier Bahren mit flachen, zugedeckten Gestalten. Lehmgraue Gesichter mit großen, fiebrigen Augen starrten Dr. Wensky an.

»Wieviel Semester haben Sie, Heinrich?«

»Sechs, Herr Stabsarzt.«

»Wunderbar. Dann haben Sie schon feste an Leichen herumgeschnippelt. Arme und Beine abgeschnitten, Nerven freipräpariert, Brustkorb geöffnet, um zu gucken, was eigentlich unter der Haut und den Rippen in dem großen Hohlraum alles versammelt ist.« Er wandte sich an die beiden Sanis, die die vier Bahren in das Zimmer schleppten. »Was haben wir denn da?«

»Einen Magenschuß, ein Oberschenkel, Explosivgeschoß ...«

»Sauerei«, sagte Dr. Wensky.

»Ein Lungenschuß und ein Granatsplitter linke Hüfte.«

Dr. Wensky wandte sich an Walter Heinrich, der auf die vier lehmgrauen Gesichter blickte. »Eine schöne Sammlung für einen Chirurgen. Nehmen Sie als Antrittsvorstellung den Oberschenkel.«

Unteroffizier Heinrich fuhr herum. Sein Gesicht war ratlos und verblüfft. »Ich habe noch nie operiert, Herr Stabsarzt.«

Wensky winkte ab. »Sie haben an Leichen gelernt, wie man ein Bein abnimmt. Dieses Wissen brauchen Sie hier nicht einmal auszuwerten. Das hat das Explosivgeschoß schon für Sie getan. Sie brauchen nur die Arterien abzubinden und was da drunter ist abzuschneiden und abzusägen. Hautlappen übern Stumpf — aus! Los, fangen Sie schon an, Heinrich!«

Er wandte sich ab, winkte und ließ sich auf einen Tisch am Fenster den Magenschuß bringen. Der Verwundete stöhnte, als ihn die Sanitäter auf die Tischplatte hoben und die Verbände durchschnitten.

Walter Heinrich ging zu einem Haken, an dem noch ein weißer Mantel hing. Er zog ihn an und krempelte die Ärmel, die ihm zu lang waren, zweimal um. Dann sah er sich um und ging im Zimmer herum. Dr. Wensky schielte zu ihm hin.

»Was suchen Sie?«

»Handschuhe.«

»Sie Wunderknabe! Wir sind ein auf der Flucht befindliches Feldlazarett. Erwarten Sie da noch eine große, elektrische Sterilanlage? Tauchen Sie die Hände dort hinten in die Waschschüssel. Da ist Sublimatlösung drin. Das tut's auch!«

Heinrich legte seine Hände in die kaum den Boden der Schüssel bedeckende Lösung. Dann ließ er sie abtropfen und wandte sich dem Oberschenkel zu, den die beiden Sanitäter auf den OP-Tisch gelegt hatten.

Eine riesige, gräßliche Wunde sah Heinrich an. Zehn Zentimeter unterhalb der Beckenschale war das Explosivgeschoß eingedrungen und hatte den dicken Oberschenkelknochen zersprengt. Ein Haufen von Stoffetzen, Fleisch, Knochen, Blut und Adern war alles, was zwischen Knie und Becken übriggeblieben war.

Die Wundränder waren gerötet und geschwollen ... als Heinrich seine Hand auf die Stirn des Verwundeten legte, brauchte er alle Beherrschung, um nicht zurückzuschrecken.

»Er hat hohes Fieber. Wundbrand. Wie lange liegt denn der Mann unversorgt herum?«

Seine Stimme war laut, erregt. Dr. Wensky wandte den Kopf zu ihm hin.

»Keine Regungen, Heinrich! Verlieren Sie nicht schon bei Ihrem ersten Fall die Nerven, wenn Sie auf Schweinereien stoßen. Daran müssen Sie sich gewöhnen: Im Krieg ist der Mensch einen Haufen Dreck wert.« Er zog die Decke über den Mann mit dem Magenschuß und winkte den Sanitätern. »Sehen Sie sich meinen armen

Kerl hier an. Wenn er vor drei Tagen zu uns gekommen wäre, hätte ich ihn vielleicht — ich sage vielleicht — retten können. Eine Maschinenpistolengarbe durch den Magen ... sechs Schüsse. Keiner war tödlich ... man hätte ihn sofort weitergeschleust, und ein Kollege in Deutschland hätte vielleicht sogar eine Magenverkürzung gemacht. So aber lag er vier Tage lang in einem Waldbunker, bis man ihn zu uns bringen konnte. Quer durch Partisanen, die ein wildes Feuer eröffneten, als sie den Wagen mit dem Roten Kreuz sahen. Sie wissen genau, daß diese Wagen nicht bewaffnet sind und schießen sie deshalb mit einer besonderen Wonne ab. Ich nehme an, daß Ihr Oberschenkel auch damit gekommen ist.«

Heinrich nahm Skalpell und Schere von dem kleinen Klapptisch, der neben dem OP-Tisch stand. Ein Sani assistierte ... er hielt die Venenklammern bereit und fädelte Catgut in die Nadeln.

»Es ist kein Sterben mehr, es ist ein Verrecken«, sagte Heinrich bitter. Dr. Wensky trat neben ihn und sah auf den grauenhaft zerfetzten Oberschenkel.

»Es ist der Heldentod, mein Lieber!« Er beugte sich über den ohnmächtigen Verwundeten und streckte die Hand aus. »Kommen Sie, ich assistiere Ihnen. Den Lungenschuß brauche ich mir gar nicht anzusehen ... er liegt schon in Agonie. Vielleicht können wir den Jungen hier retten, auch wenn er impotent bleiben wird.« Er sah, wie Heinrich in die blutige Masse des zerfetzten Fleisches einschnitt. »Man sollte jeden Politiker, der von der Notwendigkeit des Krieges spricht, erst in ein Kriegslazarett führen.«

Heinrich schwieg. Er durchschnitt die Sehnen und streckte die Hand aus. »Klammer ...«

»Bitte. Kneifen Sie den Knochenrest durch.« Dr. Wensky gab ihm die Knochenzange. »Gut so, mein Sohn. Und jetzt schälen wir alles schön ab und suchen einen Lappen, den wir drüberziehen können.«

Hinter ihnen starb der Lungenschuß. Er röchelte laut auf, spie Blut und schlug um sich, ehe er sich ausstreckte. Auch der Magendurchschuß erwachte aus seiner Ohnmacht und stöhnte. »Wasser!« rief er. »Wasser! Hunde — ihr laßt mich verdursten! Ihr gemeinen Kerle! Ihr Lumpen! Gebt mir doch zu trinken.«

Dann weinte er und fiel schluchzend in eine Bewußtlosigkeit.

Dr. Wensky hielt den Stumpf des amputierten Beines fest, während Heinrich den Hautlappen überklappte und vernähte. Er nähte in aufgedunsenes Fleisch hinein, in gerötete Muskeln, in fieberheiße Haut.

»Gut«, sagte Dr. Wensky, als der Amputierte weggetragen wurde. »Sie werden einmal ein guter Arzt, Heinrich. Nur, daß Sie Regungen haben, macht mir Kummer. Ideale und realer Geist sind etwas, was immer Anstoß erregt. Es ist zu erwarten, daß die Menschheit aus diesem Kriege auch nichts lernt. Es wird Politiker geben, die hoch dafür bezahlt werden, einem ausgebluteten Volke wieder einen Wehrgedanken einzubläuen, und es wird Militärs geben, die ebenfalls gegen hohes Gehalt vergessen, was sie heute sehen, und weiter den Totentanz spielen. Sie haben ja nichts anderes gelernt, als Generationen zu dezimieren. Vielleicht hat die Natur sie sogar als biologische Notwendigkeit zwischen uns gestreut, damit die Erde nicht übervölkert wird . . .«

Unteroffizier Heinrich legte seine Hände wieder in die kleine Schüssel mit der Sublimatlösung. Er schwieg noch immer. Aber in seinem Gehirn kreisten die Worte und dröhnten wie Paukenschläge.

»Was machen Sie denn da?« fragte Dr. Wensky verblüfft.

»Ich will den Granatsplitter behandeln. Von vier Verwundeten wollen wir wenigstens einen retten.«

»Da haben Sie recht«, sagte Dr. Wensky. »Das ist ein vernünftiger Prozentsatz . . .«

Durch Nowy Dwor rollte neuer Ersatz.

Der ›Heldenklau‹ hatte die rückwärtigen Dörfer und Etappenformationen durchkämmt, er hatte die Lazarette geleert und nichtwichtige Truppenverbände zu Kampfgruppen umgebildet. Wer vorher als AvH-Mann eine geruhsame Wache an einem Munitions- oder Verpflegungsdepot ging oder als Schreiber in einer Ortskommandantur saß, eine herrliche, ruhige Kugel schob und die Matkas in den prallen Hintern kniff, sah sich plötzlich mit Stahlhelm, Tarnzeug und einem MG in den Händen irgendwo im Dreck liegen und auf einen Wald von Panzern schießen. Eine feuerspeiende Wand, die unaufhaltsam vorwärtsrückte und alles niederwalzte, was sich ihr in den Weg stellte.

Seit dem Fall von Minsk und dem schnellen Vordringen Marschall Rokossowskis auf die polnische Grenze, seit der überstürzten Flucht der ›Goldfasanen‹, wie man die politischen Leiter nannte, die als Ortsgruppen- oder Kreisleiter bereits in den eroberten Gebieten gesessen hatten und den Muschik zum Nationalsozialisten erziehen sollten, war das Gespenst des ›Heldenklaus‹ der Grund schlafloser Nächte in allen rückwärtigen Gebieten.

Die Offiziersschicht trug es mit Würde. Kommandieren ist immer noch besser als gehorchen ... aber das Unterführerkorps und die Landser, die sich auf Druckposten wohler als zu Hause im Luftschutzbunker fühlten, gerieten durcheinander wie ein Hühnerhof, in den ein Fuchs eingebrochen war.

Die Reviere und Lazarette füllten sich mit Magenkranken, Herz- und Kreislaufstörungen, Tbc, Nervenleiden und Gallenschmerzen. Noch nie gab es in einer Armee so viele kranke Soldaten wie zu jener Zeit, in der der ›Heldenklau‹ von Stube zu Stube ging und auskämmte.

Der Krieg braucht Helden. Der Krieg braucht Kanonenfutter. Der Krieg braucht Leiber, die die Flut aus dem Osten aufhalten. Der Krieg braucht Tote!

Die ersten Panzerspitzen fuhren am Ufer des Njemens entlang. Auf deutsch heißt dieser Fluß: Die Memel!

Wie heißt es in der deutschen Nationalhymne: Von der Maas bis an die Memel ...

Und an der Memel standen russische Panzer und beschossen die deutschen Stellungen jenseits des Flusses mit Brandgranaten. Die Stalinorgeln heulten über den Strom und zerrissen die Leiber blasser, junger Menschen oder alter, verhärmter Männer, die als ›Ersatz‹ in den schnell aufgeworfenen Gräben lagen und denen man sagte: Jetzt geht es um eure Heimat! Um eure Frauen und Kinder! Um eure Häuser, um euer Vieh, um euer ureigenstes Leben! Haltet die Sowjets auf! Haltet! Haltet!

Auch durch Nowy Dwor marschierte jetzt der Ersatz, die Ausgekämmten aus den Schreibstuben und Verpflegungslagern, aus den Ecken der Lazarette und bisher sicheren Kleiderkammern.

Sanitätsunteroffizier Heinrich stand vor dem Lazarettbau und sah dem Zug nach, der unlustig, müde und mit hängenden Köpfen an ihm vorbeimarschiert war und nun außerhalb Nowy Dwors auf Lkws verladen werden sollte.

Ein Obergefreiter war stehengeblieben. Er sah zu Heinrich hinüber, unschlüssig, zögernd. Dann kam er auf ihn zu und grüßte.

»Verzeihung, Kamerad«, sagte er. »Warst du nicht vor einigen Wochen in Sczynno?«

»Ja.«

»Welche Pflaume bleibt da zurück?« schrie der Oberfeldwebel, der den Zug befehligte. Walter Heinrich winkte ihm zu.

»Einen Augenblick!« rief er zurück. »Der Mann kommt gleich.«

»Sollen wir den Krieg solange abblasen?« schrie der Oberfeldwebel zurück. »Die Lkws warten!«

»Nur eine Sekunde!« Heinrich sah den jungen Mann an. Kaum 20 Jahre, dachte er. Und er nennt Sczynno. »Kennst du denn Sczynno?«

»Ich lag in der Baracke III. Flecktyphus. Ich habe dich oft gesehen. Bei der Chirurgischen. Auch abends ... Du hast mit der kleinen Lehrerin aus Nasielsk poussiert. Wir haben dich alle beneidet. Ein rassiges Weib, die Kleine.«

»Wir wollen heiraten«, sagte Heinrich steif. Aber dann lächelte er. Natürlich. Die Jungen. Sie haben ja nichts anderes gehört von den alten Säcken. Karbolmäuschen nennen sie die Schwestern, Offizierswärmer die Nachrichtenhelferinnen ... für sie ist eine Frau zum Objekt geworden, zum Thema 1, wie es der Landser nennt.

»Deine Braut ist weg aus Nasielsk.«

»Was?« Heinrich zog den jungen Landser an den Uniformaufschlägen zu sich heran. »Sag das noch einmal. Sie ist weg?«

»Als Minsk fiel, ist sie abgehauen. Unser Oberstabsarzt hat ihr geholfen! Er hat dafür vom Oberstarzt eine dicke Zigarre bekommen. Und der Ortsgruppenleiter, du kennst ihn ja, den Dicken mit dem Pferdegebiß, hat eine Meldung gemacht wegen Wehrkraftzersetzung.«

»Sauhund!«

»Aber der Oberstabsarzt ist aus der Schlinge herausgekommen. Nur strafversetzt ist er ... als Truppenarzt nach Kowno.«

Walter Heinrich atmete schneller. Elsbeth ist weg. Dr. Seidel hat sein Wort eingelöst ... er hat sie weggeschafft in die Heimat. Sie wird den Krieg überleben. Er legte den Arm um die Schulter des Jungen.

»Ich danke dir.«

»Du freust dich?«

»Es ist die beste Nachricht, die ich je erhalten habe.«

Der Junge sah zu dem Zug hin, der an den Lkws stand und verladen wurde. Man hörte den Oberfeldwebel wieder brüllen. Von fern, dort, wo die Front liegen mußte, lag ein dumpfes Grollen wie weiter Donner in den Wolken.

»Ist es schlimm?«

»Was?«

»An der Front!«

»Du warst noch nie draußen?«

»Nein. Immer AvH ... Ich habe einen Herzfehler.«

Walter Heinrich sah in das blasse, ängstliche Gesicht des Jungen. Er wird einer der ersten sein, der fällt, durchfuhr es ihn. Er wird vor Angst wimmern und hineinlaufen in die MG-Garben. Er wird die morgige Sonne nicht mehr sehen. Sein Leben kann man nach Stunden berechnen.

»Kann ich etwas für dich tun?« fragte er. »Brich zusammen ... werfe die Arme hoch und laß dich fallen. Ich halte dich hier fest. Schon wegen der schönen Nachricht von Elsbeth.«

Der Junge schüttelte den Kopf. »Es hat doch keinen Zweck, Kamerad. Mich haben sieben Ärzte untersucht. Und immer hieß es: Geschossen wird mit der Hand und den Augen. Wir fahren dein krankes Herzchen an die Front. Und da brauchst du nichts anderes zu tun als zu knallen! Selbst das Ziel brauchst du nicht zu suchen ... es kommt auf dich zu. Junge, wo hat es das jemals bei der deutschen Armee gegeben ... ein Infanterist wird zur Stellung gefahren! — Das haben sie alle gesagt. Herzkrank sind wir alle, schrie mich ein Stabsarzt in Warschau an. Solange Sie Ihre Herzklappe nicht an einem Fädchen hinter sich herschleifen, sind Sie für mich kv, verstanden?« Er gab Heinrich die Hand und drückte sie schwach. „Leb wohl, Kamerad. Und sei froh, daß deine Lehrerin in Sicherheit ist.«

»Leb wohl, mein Junge. Wie heißt du?«

»Peter Schmeltzer.«

»Auf Wiedersehen, Peter.«

»Auf Wiedersehen, Herr Unteroffizier.«

Schmeltzer rannte dem Zug nach. Der Oberfeldwebel empfing ihn und schnauzte ihn an. Was er sagte, verstand Heinrich nicht. Er wandte sich ab und ging in das Haus zurück.

Ein Glücksgefühl durchzog ihn wie ein heißer Strom. Sie ist gerettet ... sie wird den Krieg überleben! Ob wir uns wiedersehen? Ob es wirklich noch ein Zurückkommen für uns gibt, für uns, die wir verraten sind und aufgegeben? Aber was macht es, sie wird weiterleben, sie wird einmal in eine Zeit kommen, die glücklicher ist und freier als die unsere. Sie wird vergessen können ... hoffentlich kann sie. Es ist eine der schlechtesten Eigenschaften des Menschen, nicht vergessen zu können, denn nichts lebt zäher als der Haß!

Dr. Wensky hob den Kopf, als Heinrich ins Zimmer trat. Verwundert legte er einen Bericht hin, den er soeben mit der Post vom Oberarzt bekommen hatte.

»Sie lächeln ja, Heinrich!«

»Tat ich das, Herr Stabsarzt? Verzeihung.«

»Aber warum entschuldigen Sie sich? Wenn Sie etwas haben worüber Sie lächeln können, dann pflegen und hegen Sie es! Sie sind ein glücklicher'Mensch.« Er warf den Bericht zu Heinrich hin. »Hier, lesen Sie ... Der ›Heldenklau‹ kommt auch zu uns. Auskämmen aller Verwundeten, die gehfähig sind! Alle leichten und mittelschweren Verletzungen sind sofort zu melden. Man will den Krieg mit Kranken, Krüppeln und Verbundenen gewinnen.«

»Was werden Sie tun, Herr Stabsarzt?«

»Das, was auch Sie tun würden: Gehorchen!«

»Sie wollen die armen Kerle melden? Sie haben ihre Knochen hingehalten ...«

»Heinrich ... schon wieder diese Moral!« Dr. Wensky knickte den Bericht wieder zusammen und schob ihn in das Kuvert, mit dem er gekommen war. »Sie müssen mit anderen philosophischen Vorzeichen denken: Wenn wir die Jungs wieder hinausschicken, haben sie ein schnelles Ende mit Schrecken. Was wir erleben werden, wird ein Schrecken ohne Ende sein. Ich weiß nicht, wer mehr zu beneiden ist. Ob heute oder in einer Woche oder in einem Monat ... einmal beißen auch wir in die Grasnarbe ... Oder können Sie es ändern?«

»Das haben Sie mich schon zehnmal gefragt. Das hat mich der ›schneidige Willi‹ gefragt ... das fragen sie alle. Das ist ja eben die Idiotie in unserem Volk: Alle fragen sich gegenseitig: Kannst du es ändern? Sie fragen bloß ... wenn alle, ohne zu fragen, zupacken würden, wäre die Antwort da! Mit Fragen kann man nicht Weltpolitik revidieren. Die großen Männer der Geschichte waren entweder Schreier oder Schweiger ... das Mittelding ist hirnloser Brei. Man nennt es gemeinhin Volk!«

Drei Tage später wurde Peter Schmeltzer in Nowy Dwor eingeliefert. Lungenschuß.

Hoffnungslos.

Er erlangte die Besinnung nicht wieder und starb Walter Heinrich unter den hilflosen Händen.

»Ich könnte jetzt heulen wie ein Hund«, sagte Heinrich, als er ihm die Augen zudrückte.

»Tun Sie es.« Dr. Wensky hob die schmalen Schultern. »Auch das gehört zur Staatsführung: Hunde, die heulen, beißen nicht ...«

Das Deutsche Nachrichten-Büro (DNB) meldet:
20. Juli 1944:
Auf den Führer wurde heute ein Sprengstoffanschlag verübt. Aus seiner Umgebung wurden hierbei schwer verletzt: Gen.-Leutnant Schmundt, Oberst Brandt, Mitarbeiter Berger. Leichtere Verletzungen trugen davon: Gen.-Oberst Jodl, die Generale Korten, Buhle, Bodenschatz, Heusinger, Scherff, die Admirale Voß, von Puttkamer, Kapitän z. See Aßmann und Oberstleutnant Bogmann. Der Führer selbst hat außer leichten Verbrennungen und Prellungen keine Verletzungen erlitten.
Er hat unverzüglich darauf seine Arbeit wieder aufgenommen und – wie vorgesehen – den Duce zu einer längeren Aussprache empfangen. Kurze Zeit nach dem Anschlag traf der Reichsmarschall beim Führer ein.

Die Welt hielt den Atem an. Die Front merkte nichts davon. Aber in den Generalstäben, bei den Divisionskommandeuren, in den Lazaretten, bei den Stäben aller Armeen und Korps breitete sich tiefes Schweigen aus.

Betretenes Schweigen. Ängstliches Schweigen. Tödliches Schweigen.

Hitler lebte!

Ein Anlauf, die Geschichte der Welt zu ändern, war mißglückt!

Was kam nun? Was folgte auf diesen Schlag der Verzweiflung? Wie reagierte der Irre von der Wolfsschanze?

Verstand er die Warnung? Merkte er, daß die Uhr eine Minute vor zwölf stand?

Die Reaktion folgte in der Nacht.

Himmler, der Bluthund Hitlers, wurde zum Oberbefehlshaber des Heimat- und Ersatzheeres ernannt. In seinen Händen vereinigte sich alle Macht des Staates ... Polizei, SS, Gestapo, Ersatzheer. Er war der mächtigste Mann hinter Hitler. Sein Haß auf die Generale wurde belohnt. Er räumte auf ...

Dr. Wensky saß Walter Heinrich gegenüber, als der Rundfunk die Meldung von der Rettung Hitlers brachte, von der Gnadenhand der Vorsehung, wie es Goebbels nannte.

»Vorbei«, sagte Dr. Wensky. Er drehte den Apparat ab und setzte sich wieder. »Oder wollen Sie weiterhören, Heinrich? Namen, die man auslöschen wird. Namen, die zu tragen eine Schande sein wird ... für Kinder und Kindeskinder, wenn diese ›Vorsehung‹ uns wirklich das Tausendjährige Reich bringt! Wollen Sie hören, wie man dort in der Heimat arbeitet ... Kopf nach Kopf, Leben nach Leben ... Die Henker machen Überstunden.«

»Der nächste Anschlag wird es vollenden! Es war nur der Anfang.«

»Glauben Sie? Ich nicht! Es wird kein Attentat mehr geben. Man wird die Starken abschlachten und die Feiglinge und Arschlecker an ihre Stelle setzen. Wir werden regiert werden von Mördern oder solchen, die es werden wollen, um die Gnade des Herrn damit zu erwerben. Es ist am besten, sich selbst eine Kugel durch die Rübe zu jagen.«

»Das sagen Sie, Herr Stabsarzt? Sie, der Sie immer vom Überleben reden?«

»Lohnt sich das Überleben denn noch?«

»Hoffen wir auf einen verlorenen Krieg.«

»Nie, Heinrich. Nie!« Dr. Wensky sprang auf. »Das ist ja die Hoffnungslosigkeit unseres Volkes: Ob wir diesen Krieg gewinnen oder ob wir ihn verlieren ... wir werden zugrunde gehen. Als Gewinner tauschen wir gegen den Sieg einen Wahnsinnigen ein — als Verlierer wird es das nie wiederkehrende große Vergnügen der Welt sein, uns so unter sich aufzuteilen, daß Ihre Großmutter im Nachbardorf eine Ausländerin wird!«

Major Willi Schneider lag auf einer Pritsche in einem Unterstand und dachte an den kommenden Tag und daran, wie er ihn erleben würde, als Vogel die steile Treppe heruntergestürzt kam und sich atemlos auf den aus Brettern gezimmerten Schemel fallen ließ.

»Herr Major«, keuchte er. »Herr Major ...« Seine Stimme versagte. Er strengte sich an, weiterzusprechen, aber das Keuchen seiner Lungen verhinderte es. Major Schneider richtete sich auf.

»Ist Strakuweit wieder da? Bescheißt er wieder Ihre Latrine?«

»Der Führer ... der Führer ...«

»Sieg Heil!«

»Der Führer lebt!«

»Daran werde ich hier jede Minute erinnert.«

»Er lebt noch! Die Vorsehung hat ihn gerettet! Er ist aus einem Bombenanschlag lebend entkommen.«

»Himmel, Arsch und Wolkenbruch!« Major Schneider schnellte von seiner Pritsche und stürzte auf Vogel zu. »Was sagen Sie da,

Vogel? Man hat auf Hitler ein Attentat verübt? Man hat wirklich ... man hat ...« Schneiders Stimme erstickte. »Und er hat ...«

»Der Himmel hat ihn gerettet! Er lebt!«

»Es gibt wirklich keinen Himmel mehr, wenn das wahr ist!«

»Herr Major!« Leutnant Vogel sprang auf. »Der Führer ist einem Mordanschlag gewissenloser Offiziere entgangen, und Sie sagen ...«

»Vogel! Keine Reden!« Major Schneider starrte Vogel mit zitternden Augen an. »Wer hat die Bombe gelegt?«

»Ein gewisser Oberst von Stauffenberg.«

»Und er ist mit in die Luft gegangen?«

»Nein. Er hat seine Aktentasche an den Tisch gelehnt und hatte den Raum verlassen, als die Bombe explodierte.«

»Er hat nicht gewartet? Er hat nicht dabeigestanden und hat den Feuerschlag so dirigiert, daß er treffen *mußte*?«

»Nein ...«

Major Schneider legte beide Hände über die Augen. Er wandte sich ab. Es war, als weinte er.

»Gibt es denn keine Helden mehr?« stöhnte er. »Gibt es denn keine Männer mehr, die ihr Volk mehr lieben als sich selbst? Warum wollen Dilettanten Helden sein, wenn ihnen das Herz fehlt, sich selbst zu opfern?« Er fuhr herum und sah Vogel in die starren Augen. »Wissen Sie, was ich getan hätte? Vogel ... ich hätte die Aktentasche mit der Bombe an meine Brust gedrückt, ich hätte mich neben Hitler gestellt und ihn umarmt in dem Augenblick, wo sie krepierte. Arm in Arm mit ihm wären wir dahingegangen ... Aber es gibt in Deutschland eben keine Kamikaze, die sich opfern wollen ...«

Leutnant Vogel stützte die Hände auf den Brettertisch. Sein schmaler Kopf zuckte vor.

»Was Sie reden, ist Hochverrat, Herr Major!«

»Ich sage nur die Wahrheit!«

»Wer den Führer tötet, tötet das deutsche Volk.«

»Wer diesen Satz prägte, hatte ein syphilitisches Gehirn!«

Das Telefon gellte durch den Unterstand. Schneider nahm den Hörer ab. Er lächelte grimmig, als er die Stimme am anderen Ende vernahm.

»Ja, hier Major Schneider. Gute Nacht, Herr General. Im doppelten Sinne. Ja – ich habe es soeben erfahren. Mein tüchtiger Adjutant und HJ-Führer brachte mir den Sieg der Vorsehung frei Haus. Hitler lebt ... ist das nicht herrlich? Wir werden uns diese

Nacht sinnlos besaufen müssen. Immerhin ist es eine Lehre, Herr General: Der Lauf der Geschichte läßt sich nicht beeinflussen. Die Historiker mögen anderer Ansicht sein ... ich habe immer das Gefühl gehabt, daß die Geschichte nicht von den sichtbaren Männern geschrieben wird, sondern von einem Unsichtbaren, Größeren als wir! Und Er läßt sich nicht beeinflussen von einer Bombe oder einer aufschreienden Nation ... Er hat ein Ziel vor Augen, und dem steuern wir entgegen. Nennen Sie mich jetzt einen pseudoreligiösen Phantasten ... ich ertrage es. Das Überleben Hitlers gibt mir recht ... unsere Nation hat noch viel zu erwarten. Und so soll es denn eben sein ...«

Er legte auf. Leutnant Vogel stand noch immer zitternd am Tisch. Vor dem Unterstand knatterte ein Motorrad ... wenig später rannte Oberleutnant Faber in den Bunker und warf seine schweißnasse Feldmütze auf den Tisch.

»Stimmt das, was man draußen erzählt, Herr Major?« rief er. Als er zur Seite auf Leutnant Vogel blickte, wußte er, daß es kein Gerücht, sondern Wahrheit war.

»Er lebt«, sagte Vogel laut. »Unser Führer lebt!«

»Und Himmler ist Befehlshaber des Ersatzheeres!«

»Nein!« schrie Major Schneider. Seine Augen wurden weit.

»Auch das wird erzählt. In der Nachrichtenstaffel will man das im Rundfunk gehört haben. Himmler hat alle Macht im Inneren Deutschlands in der Hand.«

»Dann gnade uns Gott.«

»*Uns*?« sagte Leutnant Vogel anzüglich.

Major Schneider nahm seine Mütze vom Haken und schnallte sein Koppel mit der Pistole um. »Kommen Sie, Faber. Wir fahren hinüber zur Division. Vogel, Sie führen solange das Bataillon.«

»Kommen Sie wieder?« fragte Vogel frech. Faber biß sich auf die Lippen. Es zuckte in seinen Fäusten. Schneider legte ihm begütigend die Hand auf den Oberarm.

»Lassen Sie ihn, Faber. Er ist ein Herdentier ... wenn sein Leitbulle stinkt, stinkt er mit!«

Haßerfüllt sah Vogel auf den sich schließenden Vorhang aus zwei Tarnzeltbahnen. Draußen sprang das Motorrad wieder an.

Zur Division, dachte Vogel. Ich werde die Gestapo in Brest anrufen.

Er tat es und sprach zehn Minuten lang über Major Schneider.

In dem kleinen Landgut am Njemen brannte die Nacht über das Licht nur hinter den vor den Fenstern gehängten Säcken des Generalzimmers. Auch Oberst von Bennewitz und Hauptmann Hellberg sowie der ganze Stab saßen in ihren Zimmern vor den Rundfunkgeräten und hörten die in immer kürzeren Abständen kommenden Meldungen aus dem Führerhauptquartier und Berlin mit.

Verhaftung aller an dem Anschlag verdächtigen Offiziere. Standrechtliche Erschießung von Stauffenbergs und General Olbrichts im Hof des Allgemeinen Heeresamtes in der Bendler-Straße von Berlin. Selbstmord von Gen.-Oberst Beck und mißglückter Selbstmord General von Stülpnagels in Paris, den man schwer verletzt und erblindet verhaftete.

Sofortige Auskämmung aller adligen Offiziere aus allen Stäben und Schlüsselstellungen. Verhaftung aller Familienangehörigen der beteiligten Offiziere.

Überall Erschießungen, Entlassungen, Verhaftungen. Himmlers schwarze Schergen wüteten wie entfesselte Bestien. In Berlin schrie Goebbels über den Äther in alle Welt: Nie ist die göttliche Sendung des Führers mehr offenbar geworden als durch diese wunderbare Rettung!

»Sie waten in Blut, Bennewitz«, sagte der General. Er saß zurückgelehnt in einem alten Sessel und hörte mit geschlossenen Augen die Funkmeldungen an. Seine Lider waren blau und eingesunken, das Gesicht faltig geworden und fahlgelb. Es war das Gesicht eines Greises, der auf dem Totenbett liegt. »Wann werden sie zu uns kommen ...?«

»Zu uns, Herr General? Was haben wir damit zu tun? Wir sind Fronttruppe.«

»Auch Rommel war dabei. Stülpnagel. Busch verhielt sich neutral, aber er sympathisierte mit Witzleben und Goerdeler. Viele, viele waren innerlich dabei, Bennewitz ... Auch ich!«

»Sie sind 1000 km von der Wolfsschanze entfernt!«

»Aber mein Name steht in den Listen. Ich sollte die Heeresgruppe Mitte übernehmen und sie zurückführen bis zur Grenze. Ich sollte einen Raum schaffen, um mit den Russen zu verhandeln. Ich sollte ...« Er legte die Hände über seine Augen. »Ach, Bennewitz ... ich sollte soviel. Jetzt ist es vorbei. Jetzt werden sie kommen. Wir haben versagt.«

Oberst von Bennewitz erhob sich ruckartig. Wie ein dunkler Baum ragte er vor dem sitzenden General in den halbdunklen Raum hinein. »Der Stab steht hinter Ihnen, Herr General. Die ganze Armee! Wir werden Sie mit der Waffe in der Hand verteidigen. Es wird keiner in dieses Haus kommen.«

Der General schüttelte müde den Kopf. »Utopien, Bennewitz. Heldische Wahnbilder. Warum sollten Sie sich und alle anderen Männer in Gefahr bringen wegen eines alten Mannes, der auf eine Karte setzte, von der er glaubte, sie sei ein Trumpf? Wir haben falsch gespielt ... jetzt müssen wir zahlen. Das ist alles. Es ist wie beim 17 und 4 ... die andere Seite hat die 21er-Karte ...«

Er erhob sich und trat an das Fenster. Langsam schob er den Sack zur Seite und blickte hinaus in den dunklen Hof. Ordonnanzen jagten herum ... im Zimmer des Nachrichtenoffiziers brannte helles Licht. Die Ia- und IIb-Abteilungen arbeiteten wie immer Tag und Nacht, ohne Unterbrechung, ohne Müdigkeit. Der Krieg ging ja weiter ... er blieb nicht stehen, weil eine Bombe die falsche Wirkung zeigte.

»Spätestens in zehn Stunden sind sie hier«, sagte der General. Von Bennewitz zog wie fröstelnd die Schultern hoch.

»Was werden Sie tun, Herr General?«

»Darf ich ganz dumm fragen, was Sie tun würden?«

»Ich weiß nicht, wie stark Sie exponiert sind, Herr General.«

»Sehr stark. Sehr stark, Bennewitz. Ich habe für diesen Tag gelebt, an dem Stauffenberg die Bombe legte.«

»Ich würde versuchen, abzuschwächen. Man braucht Sie, Herr General. Der Rückzug ist in vollem Gange ... man kann den Truppen nicht die Köpfe entziehen.«

»Es wachsen immer genug nach, mein Lieber. Es war in Deutschland immer so, daß das Elend des einen der willkommene Aufstieg des wartenden anderen war.«

»Sie werden sich stellen?« Oberst von Bennewitz spürte, wie trotz der kühlen Nacht Schweiß auf seine Stirn trat. Er biß die Zähne aufeinander und verkrampfte die Hände auf dem Rücken. »Wir werden es nicht zulassen, Herr General. Ich wiederhole es in aller und endgültiger Form: Wir werden jeden erschießen, der sich Ihnen nähert.«

»Denken Sie an Ihre Kinder. Sie haben vier kleine Kinder, Bennewitz!«

»Haben Sie an Ihre Kinder gedacht, Herr General?«

»Sie sind groß. Sie sind verheiratet und haben selber Kinder. Sie kommen ohne mich aus. Sie haben ihre eigene Welt gegründet, in der ich nur ein Gast bin.«

»Aber sie bleiben doch die Kinder! Und Sie bleiben der Vater!

Ein Kreis hat kein Ende, Herr General ... und jede Familie ist ein Kreis!«

»Warum haben Sie statt Strategie nicht Philosophie studiert, Bennewitz.« Der General lächelte schwach. Er raffte sich zu diesem Lächeln auf, weil er sah, wie Bennewitz' Backenmuskeln zuckten. »Sie hätten einen wunderbaren Moraltheoretiker abgegeben.« Er reichte plötzlich abrupt die Hand hin, streckte sie vor, Bennewitz gerade unter die Augen. »Schlafen Sie, Bennewitz. Gehen Sie ins Bett. Sammeln Sie Kraft für den morgigen Tag. Er wird nicht leicht werden.«

Oberst von Bennewitz ergriff die Hand des Generals nicht. Er sah über ihn hinweg auf das sackverhangene Fenster, vor dem die Scheinwerfer der Meldermotorräder aufzuckten.

»Und Sie, Herr General?«

»Ich setze mich noch hin und ziehe eine Bilanz.«

»Und dann?«

»Dann werde ich an den Kreis schreiben, wie Sie es nennen. An meine Familie.«

»Und dann?«

»Und dann! Und dann! Halten Sie mich wirklich für einen Kindskopf, Bennewitz? Glauben Sie, ich stecke den Pistolenlauf in den Mund und drücke ab?« Seine Stimme wurde leiser und war kaum vernehmbar. »Ich glaube sogar, daß ich dazu zu feig wäre ...«

»Es wäre Wahnsinn, Herr General! Wir alle lieben Sie! Die Landser draußen im Dreck gehen durchs Feuer für Sie. Unser Alter, nennen sie ihren General. Ihre Schuld ist nicht größer als unsere. Auch wir haben ein Ende herbeigesehnt. Auch wir bedauern das Mißlingen des Anschlages. Wir stehen alle hinter Ihnen!«

Der General nickte müde. »Gehen Sie, Bennewitz. Legen Sie sich hin. Erholen Sie sich von diesem Schreck.«

»Ich lasse Herrn General in dieser Stunde nicht allein«, sagte von Bennewitz steif. Der General sah zu ihm auf ... er kannte seinen Oberst. Da gab es keine Befehle mehr, die er befolgte. Er schüttelte den Kopf.

»Sie haben Angst.«

»Um Sie, Herr General.«

»Ich verspreche Ihnen, nichts zu tun. Wir sehen uns am Morgen wieder.«

»Lebend ...?«

»Lebend!«

Zögernd verließ Oberst von Bennewitz den Raum.

Am Morgen wartete Theo Strakuweit mit dem Chefwagen, dem Acht-Zylinder-Horch, vor dem Herrenhaus des kleinen Gutes.

Er hatte gut gefrühstückt. Da alle Organisationsmöglichkeiten beim Furier und beim Küchenfeldwebel versagten und die Sicherung der Vorräte eine mustergültige war, hatte Strakuweit seine Zuflucht zu einem Tauschhandel genommen.

»Du«, hatte er zu dem Furier gesagt. »Was hältst du davon: Du gibst mir ein Viertelpfund Blutwurst, und ich erzähle dir drei neue Witze aus der 7. Sohle.«

»Verrückt!« Der Furier hatte abgewinkt. »Die alten Kalauer kenne ich alle! Kannst von mir noch welche haben.«

»Auch den von der Witwe, die im Heu lag und ...«

»Nee.« Der Furier machte lange Ohren.

»Oder den von dem Oberschnäpser, der in Frankreich Wein holen soll und sich in ein Puff verläuft.«

»Auch nicht.«

»Oder von der Emma, die Kühe melkte und später merkte ...«

Der Furier hatte einen Kanten Blutwurst abgeschnitten, und Strakuweit tauschte Witze gegen Wurst. Es waren Witze, die der Furier brüllend an den Kammerbullen weitergab, der sie dem WuG erzählte.

Nun wartete er zufrieden an der offenen Tür des Horch-Wagens auf den General. Seine drei Witze, die nicht zu unterbieten waren, kursierten im Generalstab und drangen sogar bis zu Hauptmann Hellberg vor. Eine Ordonnanz erzählte sie gerade, als der Hauptmann unbemerkt das Zimmer betrat.

»Von wem sind diese Sauereien?« brüllte er. »Das ist ja der Gipfel der Schweinerei! – Peters, wiederholen Sie die Witze!«

»Jawohl, Herr Hauptmann! – Die Emma ging in den Stall und wollte Kühe melken. Da die Kuh auf dem Boden lag ...« –

Pünktlich um 8 Uhr 15 verließ der General das Haus. Strakuweit knallte die Hacken zusammen und riß die Tür weit auf. Lächelnd blieb der General vor ihm stehen.

»Aha, unser Rennfahrer.«

»Zu Befehl, Herr General.«

»Was sind Sie von Beruf?«

»Landarbeiter in Pillkallen, Herr General.«

»Verheiratet?«

»Nein, Herr General. Aber Vater.«

»Sieh an! War die gute Luft in Pillkallen schuld?«

»Nein, die Gelbsucht, Herr General.«

»Junge oder Mädchen?«

»Das ist noch nicht 'raus, Herr General. Es kommt erst noch. Mein Lottchen will rechtzeitig schreiben. Bekomme ich dann Urlaub, Herr General?«

»Aber sicher, mein Junge. Vielleicht sind wir dann alle schon zu Hause!«

»Zu Hause . . .«, stotterte Strakuweit.

»So etwas kann schnell gehen.« Der General stieg ein und winkte. »Fahren Sie, Strakuweit.«

»Und der Herr Oberst?«

»Der bleibt heute einmal im Haus. Wir wollen uns die Gegend einmal allein ansehen. – Zur 3. Panzer-Division.«

»Zu Befehl, Herr General.«

Er setzte sich hinter das Steuer und wollte den Motor anlassen, als der General ihm die Hand auf die Schulter legte.

»Haben wir Handgranaten bei uns, Strakuweit?«

»Einen ganzen Kasten, Herr General.«

»Das ist gut, Strakuweit. Fahren wir!«

Oberst von Bennewitz stand hinter dem Fenster und sah dem Wagen nach, wie er aus dem Hof hinaus auf die ausgefahrene Straße schoß.

Er hatte ein ungutes Gefühl im Magen und wußte nicht zu sagen, warum.

Sie fuhren eine halbe Stunde, als der General sich wieder nach vorn beugte und Strakuweit auf die Schulter tippte.

»Fahren Sie zur 6. Kompanie, Obergefreiter.«

Strakuweit umklammerte das Steuerrad. Es wäre ihm vor Schreck weggeglitten, wenn er es nicht mit verkrampften Fingern festgehalten hätte. Sein Kopf fuhr herum.

»Wohin?« fragte er völlig unsoldatisch.

»Zur 6. Kompanie.«

»In die HKL?«

»Ich glaube nicht, daß die Kompanie hinten in der Etappe liegt.«

»Aber Herr General können doch nicht . . .«

»Warum kann ein General nicht, Strakuweit? Weil er ein General ist? Nur weil er goldene geflochtene Schulterstücke trägt und rote Mantelaufschläge, kann er nicht in die HKL? Glauben auch

Sie, daß ein General nur hinten in Sicherheit lebt, Sekt trinkt und nette Russinnen ins Bett nimmt?«

»Aber Herr General ...«

»Also fahren Sie schon, Strakuweit.«

Strakuweit ließ den Wagen ausrollen und hielt. Er wandte sich ganz um und sah dem General in die müden, schwarzumränderten Augen.

»Was wollen Herr General denn da vorn?«

»Blümchen suchen! Fahren Sie!«

»Da knallt es, Herr General.«

»Glauben Sie, ich habe es noch nie gehört? Ich bin im Pulverdampf aufgewachsen. Im übrigen wünsche ich keine Diskussionen. Sie fahren — und weiter nichts! Verstanden?«

»Jawoll, Herr General.«

Strakuweit fuhr an. Er dachte an die Worte Oberst von Bennewitz', der ihn zur Seite genommen hatte, als er den Chefwagen vor die Tür gefahren hatte.

»Strakuweit«, hatte der Oberst gesagt. »Wenn der General irgend etwas Außergewöhnliches macht, rufen Sie mich sofort an. Ich bin immer neben dem Telefon!«

Was heißt Außergewöhnliches, grübelte Strakuweit jetzt. Ist es außergewöhnlich, daß ein General in die HKL will? Er wagte es nicht zu entscheiden und tröstete sich damit, daß ja auch kein Telefon erreichbar war. Ein Funkgerät war neben dem Fahrersitz — aber Strakuweit hatte nie morsen gelernt. So fuhr er in gemäßigtem Tempo die Straße hinunter, den Njemen entlang, der rauschend an die flachen Ufer spülte.

Die Dörfer, die sie passierten, waren angefüllt mit Truppen und Trossen. Überall ging ein Ruck durch die Landser, als sie den Stander am Wagen sahen und die roten Aufschläge, die an ihnen vorbeisausten. Ehe sie strammstehen und grüßen konnten, war der Horch vorbei. Die Offiziere rannten an die Telefone und benachrichtigten die Einheiten, die am Wege lagen.

»Der Alte kommt nach vorn.« Dicke Luft! Was will der General in der Feuerlinie? Und dann mit einem rasenden Auto? Merkwürdig ...

Man fragte zurück. Zur Division ... die Division zum Generalstab. Oberst von Bennewitz ließ den Telefonhörer fallen, als er den Weg des Generals auf der großen Karte verfolgte.

»Ein Motorrad!« schrie er durch das Haus. »Das schnellste und schwerste, das hier ist! Sofort ein Motorrad!«

Zehn Minuten später jagte Oberst von Bennewitz auf einer 500er-BMW wie ein Teufel über die Njemenstraße dem Wagen des Generals nach.

Er will in die HKL! Er will zur Truppe. Er will ...

Es darf nicht sein ... es darf nicht sein ... Mein Gott, laß mich schneller sein als er ... Laß mich bitte, bitte schneller sein ...

Strakuweit hielt beim Troß der 6. Kompanie. Der Hauptfeldwebel stürzte aus der Schreibstube. Er war verwirrt, aufgelöst, am Boden zerstört. Der General bei ihm! Und die Kessel der Feldküche waren noch nicht geputzt. Die Muniprotze war kaputt ... links der Straße saß der Oberschütze Patzke auf dem Latrinenbalken und schiß in aller Ruhe. Dabei las er die neueste PK-Zeitung. Er grüßte sogar im Sitzen und streckte seinen nackten Hintern stramm über den Balken, als der General an ihm vorbeifuhr. Kreuzdonnerwetter! Immer muß der Patzke scheißen, wenn es am falschen Platze ist!

Der Hauptfeldwebel meldete. Er stand wie eine Eins und schnarrte seine Meldung herunter. Der General winkte ab und blieb am Wagen stehen.

»Wie heißt Ihr Kompaniechef?«

»Leutnant Vorberg, Herr General.«

»Ist vorne?«

»Jawoll, Herr General.«

»Rufen Sie durch, daß ich komme.«

»In die HKL?«

»Ist das solch ein Wunder, Hauptfeldwebel?«

»Nei ... nein, Herr General.« Der Hauptfeldwebel sah zu Strakuweit hinüber. Dessen Gesicht war ernst. Hier stimmt doch etwas nicht, dachte der Hauptfeldwebel. Hier ist doch etwas faul.

»Soll ich Herrn General einen Melder mitgeben, der den Weg genau kennt?«

»Nein, danke. Wir finden den Weg allein. Rufen Sie Leutnant Vorberg an. Wie sieht es vorne aus?«

»Mulmig, Herr General. Uns liegen die Elitetruppen von Rokossowski gegenüber.«

»Na und?« Der General klopfte dem Hauptfeldwebel auf die Schulter. »Was macht das schon? Ihr seid meine Elitetruppe. Das gleicht das doch aus, was?«

Der Hauptfeldwebel sah dem General nach, wie er, von Strakuweit gefolgt, dem Wald zuging, hinter dem vier Kilometer weiter die notdürftige Bunkerstellung der 6. Kompanie lag. Ein kleiner, armseliger Puffer für die gewaltige russische Lokomotive.

Ist doch ein Pfundskerl, der Alte, dachte der Spieß der 6. Kompanie. Elitetruppe ... das hat uns noch keiner gesagt. Er rannte in die Schreibstube und rief Leutnant Vorberg im Graben an. Seine Stimme war stolz und überschlug sich fast.

Am Waldrand erwarteten Leutnant Vorberg und sein Kompanietruppführer den General und Strakuweit. Sie grüßten stramm, als die beiden aus dem Wald traten ... der General vorweg, mit gesenktem Kopf, Strakuweit keuchend unter der Last der Handgranatenkiste, die er auf Befehl des Generals aus dem Wagen mitschleppen mußte.

»Leutnant Vorberg, 6. Kompanie ...«

Der General winkte ab, als die Meldung herunterrasselte. Er klopfte Leutnant Vorberg auf die Schulter. Eine schmale Jungenschulter unter einem noch jugendlicheren Gesicht. Lieber Kerl, dachte der General. Abitur, Grundausbildung, Kriegsschule, Patent ... und jetzt am Njemen, um zu sterben wie ein Held. Der kurze Weg der deutschen Jugend ... in jeder Generation einmal. Es ist zum Kotzen mit den Deutschen ...

»Ich möchte mir die Sowjets einmal von nahem ansehen«, sagte er mit merkwürdig fester Stimme.

»Das ist gefährlich, Herr General.« Leutnant Vorberg sah hinüber zu dem Streifen Kusselgelände, wo sich — noch den Blicken verborgen — die Front hinzog. »Der Iwan ist wunderbar auf uns eingeschossen.«

»Wenn Sie da liegen, Leutnant Vorberg, kann auch Ihr alter General einmal dort liegen. Wir haben alle das gleiche Risiko im Krieg zu tragen.«

»Jawoll, Herr General.«

»Gehen wir also.«

»Ab 200 Meter müssen wir robben.«

»Dann robben wir eben. Es wird noch gehen. Ich habe meine gründliche Grundausbildung im märkischen Sand noch nicht vergessen. Trotz der goldenen Tressen.«

Beim Kompanietroß traf in diesem Augenblick wie ein wilder Affe Oberst von Bennewitz auf seiner BMW ein.

»Wo ist der General?« brüllte er den Hauptfeldwebel an, der wieder hervorstürzte.

»Zur HKL, Herr Oberst.«

»Was? Und das lassen Sie zu? Warum rufen Sie nicht sofort an?«

»Wo denn?« stotterte der Hauptfeldwebel.

»Bei Tante Anna, Sie Trottel!«

Er warf sein Motorrad dem Hauptfeldwebel vor die Füße und rannte dem Wäldchen zu.

»Was ist denn da los?« fragte der Oberschütze Patzke. Er knöpfte sich die Hosenträger fest und sah dem rasenden Oberst nach.

»Schnauze!« brüllte der Hauptfeldwebel. »Noch ein Wort, Patzke, und ich begehe einen Lustmord!«

In der Bunkerstellung lehnte der General an der Grabenwand und blickte hinüber zu den sowjetischen Linien. Die Bataillone Rokossowskis hatten sich eingegraben ... hier stagnierte die Front einige Tage, während sie seitlich weiter vordrang. Es war ein Keil, den das 2. Bataillon im russischen Vormarsch bildete, ein Keil, der bald eingedrückt werden würde.

»Das also ist das Niemandsland«, sagte der General sarkastisch. »Und dort drüben liegt der Feind. Es ist alles so, wie man sich als kleiner Moritz einen Krieg denkt. Die Front schweigt. Man könnte ein lyrisches Gedicht von Lord Byron lesen. Oder eins von Ossietzky. Aber das wäre verboten ...« Er wandte sich um. »Strakuweit, geben Sie mir sechs Handgranaten.«

»Was, Herr General?«

»Handgranaten!«

Strakuweit kannte diesen Ton. Er bückte sich, öffnete den Verschluß der Kiste und reichte dem General sechs Stielhandgranaten hinauf. Langsam steckte sie der General hinter sein Koppel. Verwundert sah ihm Leutnant Vorberg zu. Will der einen Stoßtrupp machen? Am hellen Tag?

Aus dem Wald rannte Oberst von Bennewitz. Er ließ sich zur Erde fallen, als drüben bei den Sowjets ein MG aufhämmerte und das Kusselgelände abstrich. Auf dem Bauch kroch er weiter, schweißüberströmt, keuchend, mit rasendem Herzschlag.

Der General! Der General! Der General!

Strakuweit schob die Handgranatenkiste weg. Leutnant Vorberg wollte etwas sagen, aber der General setzte den Fuß vor.

»Vorberg«, sagte er leise. Seine Stimme war so gütig wie die eines märchenerzählenden Großvaters. »Sie haben Eltern?«

»Jawoll, Herr General.«

»Grüßen Sie Ihre Eltern unbekannterweise von mir. Und Sie, Strakuweit«, er wandte sich um, »seien Sie gut zu Ihrem Lottchen und ziehen Sie einen strammen Deutschen groß.«

Er zögerte einen Augenblick. Niemand nahm ihn wahr, niemand hielt ihn in diesen letzten Sekunden des inneren Zögerns zurück.

Sie erkannten es nicht in ihrer Verwunderung ... da schnellte der General mit einem Schwung über den Grabenrand und rannte aufrecht durch das Kusselgelände auf die sowjetischen Linien zu.

»Herr General!« schrie grell Oberst v. Bennewitz. Er richtete sich auf ... vierzig Meter vom Graben entfernt. »Herr General! Das dürfen Sie nicht!«

Ein Feuerstoß zwang alle in die Deckung zurück.

Langsam, aufrecht, den Kopf weit in den Nacken geworfen, so, als sehe er in die Sonne, die seine goldenen Litzen und seine roten Rockaufschläge beschien, schritt der General auf die russischen Linien zu. Die Feuerstöße jagten an ihm vorbei ... auch als Granatwerfer nach dem einzelnen Mann tasteten, ging er aufrecht weiter.

»Holt ihn zurück!« schrie Oberst v. Bennewitz. »Strakuweit ... holen Sie doch Ihren General.«

Strakuweit schnellte aus dem Graben. Er robbte dem General nach. Er lief im Zickzack hinter ihm her und schrie.

Der General hörte es nicht ... er wollte es nicht hören. Mitten im Niemandsland blieb er plötzlich stehen. Er schraubte mit schnellen Fingern die Verschlußkapseln von den sechs Handgranaten, die er im Koppel trug. Dann sah Strakuweit, wie er nacheinander an den Reißleinen zog.

»Herr General!« heulte er auf. Er heulte wie ein Wolf, langgezogen, gräßlich, das Gehirn zerspringend.

Noch einmal sah der General empor. Er sah tatsächlich in die Sonne, die noch im Osten stand ... die helle, sommerliche Morgensonne, die wie gleißendes Platin ist ... weiß, blendend, die Wolken und den Himmel zerreißend.

Er breitete die Arme aus, als wolle er sie umfassen ... da krepierten die sechs Handgranaten vor seinem Bauch, und in einer weißgrauen Wolke sank er zusammen. Nur seine Mütze flog noch ein Stück weiter und rollte in einen Birkenbusch.

Oberst v. Bennewitz lag auf der Erde, das Gesicht ins Gras gedrückt, und weinte. Strakuweit kroch zu dem Toten hin und zog langsam hinter sich her, was von dem General übriggeblieben war. Ein zerrissener Körper mit einem lächelnden Kopf daran.

Selbst der Russe schwieg und schoß nicht mehr. Es war, als hielte für diese Minuten die Front wirklich den Atem an.

Das Verhaftungskommando der SS, das gegen 10 Uhr vormittags beim Generalstab erschien, kam zu spät.

Mit der Übernahme des Heimat- und Ersatzheeres durch den Reichsführer-SS Himmler begann in der deutschen Wehrmacht eine neue Ära.

Nach russischem Muster wurden politische Offiziere ernannt. Jede Truppe erhielt ihn ... sie sollten das Rückgrat der Armee sein, die politische Sicherheit, die ideologische Stütze, der Drohfinger aus Berlin! In Plötzensee können noch viele am Fleischerhaken hängen. Auch du, Kamerad ... wenn du anfängst zu denken!

Man nannte sie NSFO ... Nationalsozialistische Führungs-Offiziere. Sie kamen zu den Einheiten meistens aus den Etappen. Junge Hengste oder alte, müde Klappergäule, die man aus den Landesschützenkompanien zusammengekratzt hatte.

Ehemalige politische Leiter. HJ-Führer. Ordensburg-Jünger. Schneidige Draufgänger und großschnäuzige Rindviecher, die Tapferkeit durch Parolen ersetzten.

Es war das Natürlichste in dieser politischen Entwicklung des deutschen Heeres, daß auch Leutnant Vogel als NSFO nach einer kurzen Schulung in Warschau zurück zur Truppe kam und sich wieder bei Major Willi Schneider meldete.

Er brachte als Geschenk gleich eine Weisung des politischen Führungsstabes mit: Major Schneider hat in allen Dingen, die mit der weltanschaulichen Schulung der Truppe zusammenhängen, sich an Leutnant Vogel als NSFO zu wenden.

»Herrlich«, sagte Major Schneider, als er den Brief gelesen hatte und ihn Vogel zurückgab. »Darf ich den Herrn Leutnant bitten, das Wort Scheiße als weltanschauliches Charakteristikum mit Genuß auszusprechen?«

Vogel wurde rot. »Ich habe mich für Sie verwandt, Herr Major«, sagte er laut. »Sonst säßen Sie schon in Warschau.«

»Das wissen Sie so genau?« Major Schneider schwieg. Plötzlich begriff er die Gefährlichkeit und die Macht des kleinen Leutnants Vogel in ihrer ganzen Größe. Das hat uns noch gefehlt, durchfuhr es ihn eiskalt. Politische Offiziere mit dem Gehirn eines Vogels ... wie kann das anders enden als im Chaos ...

»Lassen Sie es gut sein, Vogel«, sagte er mühsam, mit einem bitteren Ton in der Stimme. »Ich werde mich bemühen, brav zu sein und Ihr Wohlwollen zu erhalten ...«

Mit rotem Kopf, verwirrt und innerlich wirklich beschämt, verließ Leutnant Vogel den notdürftigen Bunker. Draußen prallte er auf einen kleinen Trupp Landser, der sieben zerlumpte, stumpfsinnige, mit Dreck überstaubte Gestalten mit sich führte. Nur an den Röcken sah man, daß auch zwei Frauen darunter waren.

»Was soll das?« schrie Vogel. Er spürte ein Kribbeln unter der Kopfhaut. Seine erste Handlung als NSFO begann.

»Partisanen, Herr Leutnant.« Der Obergefreite, der den Trupp führte, baute sich stramm auf. »Wir haben sie überrascht, als sie unsere Leitungen durchschneiden wollten.«

»Ein Sabotagetrupp!«

»Jawoll, Herr Leutnant.«

Vogels Gesicht verklärte sich. Partisanen sind eine Sauerei ... aber für Sabotagetrupps gab es einen Sonderbefehl. Jeder, der einen Saboteur auf frischer Tat ertappt, kann ... Vogel schnalzte mit der Zunge.

»Weiß der Herr Major davon?«

»Nein, wir wollten es eben melden.«

»Das ist hiermit getan!« Vogel winkte lässig durch die warme Luft. »Ich übernehme den Fall.« Er wandte sich an den ersten Russen, einen alten bärtigen Bauern, wie er in alten Bilderbüchern auftaucht, einem Petruskopf auf den Ikonen gleichend. Vogel sah ihn mit schräg geneigtem Kopf an, er kreuzte den Blick mit dem Alten, der ihn ansah wie ein geprügelter Hund. Dann hob er das Bein mit den sauberen, maßgearbeiteten Stiefeln, die er von seinem Lehrgang aus Warschau mitgebracht hatte, und trat dem Alten in den Unterleib. Aufschreiend drückte der Bauer beide Hände gegen die Genitalien ... sein Mund zwischen dem Gewirr der Barthaare riß auf wie eine gesprengte Höhle.

»O bog! O bosheßtwo!« heulte er. (O Gott, o Gottheit!) Der Obergefreite biß sich auf die Unterlippe. Es ist Krieg, dachte er. Verdammt ja, es ist Krieg. Da kennt man keine Gnade. Und sie haben die Leitungen durchschnitten. Aber gleich in den Unterleib treten. Soll er doch schießen ...

Leutnant Vogel ließ den wimmernden und sich krümmenden Alten stehen. Er betrachtete die beiden Frauen ... eine ältere Frau mit einem farblosen Kopftuch und ein junges Mädchen mit hohem vollen Busen, ihre Tochter. Ihr Haar war schwarz und lang, über den breiten, asiatischen Backenknochen sahen ihn zwei glühende Augen an.

Vogel atmete rascher. Zum erstenmal spürte er einen Drang in sich, weißes Fleisch unter den Händen zu haben. Einen Augenblick dachte er sich die zerrissene, schmutzige Kleidung weg, die plumpen Schuhe, die umgewickelten Beinlappen, das Kopftuch ...

er dachte sich alles weg und sah diesen Körper nackt vor sich mit seiner hohen, schweren Brust, den prallen weißen Schenkeln und dem geschwungenen Leib.

»Und du?« sagte er mühsam beherrscht. Er tippte dem Mädchen mit dem Zeigefinger auf die Brust. Der Finger federte zurück ... durch Vogels Brust rann ein warmer Strom.

»Iiiisch Tochterr!«

»Von dem Alten dort?«

»Da!« (Ja.)

»Ihr habt die Kabel durchschnitten?«

»Da.«

»Warum?«

»Germanskij kaputt!«

Leutnant Vogel rang einen Augenblick zwischen Eros und nationaler Pflicht. Er sah auf die Brust des Mädchens und hörte das Heulen des Alten, der noch immer seine Hände auf den Unterleib preßte. Als er sich umblickte, sah er in die Augen des Obergefreiten. Es war ihm, als habe dieser gegrinst. Das entschied. Vogel straffte sich und setzte sein ›markantes Gesicht‹ auf.

»Mitkommen!« kommandierte er. »Obergefreiter – Sie folgen mir mit den Delinquenten.«

Er ging voraus, einem Wäldchen zu, das seitlich des Bataillons zum Troß der 7. Kompanie hin lag. Ein nicht ausgebauter Weg führte durch den Wald, der irgendwo an einem Flüßchen endete ... so hatten es Spähtrupps erkundet, als sie die Flanken nach sowjetischen Stoßtrupps absuchten.

Die sieben Russen marschierten mit ihrer Bewachung, dem Obergefreiten und zwei Landsern, Leutnant Vogel nach. Die Mutter und die Tochter stützten den Alten, der leise vor sich hinweinte. Die anderen vier Russen, Bauern wie der gequälte Alte, gingen stumpf neben den Deutschen her. Ihre Gesichter waren lehmgrau, ihre Augen tief in den Höhlen ... sie waren müde ...

Auf einer Lichtung hielt Leutnant Vogel an. Er ließ die sieben Russen dreimal um sich herummarschieren. Auch die drei deutschen Bewacher marschierten mit ... es war ein Vorbeimarsch, den Vogel genoß wie damals die Gesangsübungen des Hauptfeldwebels Kunze. Einen Augenblick war er wieder versucht, das junge Mädchen auszugliedern und zu reservieren, aber dann siegten der nationale Geist und seine Empörung über den Sabotageakt.

»Halt!« kommandierte er. »Mit dem Gesicht zu den Bäumen ... hopphopp!«

Die Russen drehten Vogel den Rücken zu. Langsam schob Vogel die Klappe der Pistolentasche auf und holte die 08 aus dem Futteral. Er wog sie in der Hand, ehe er sie durchlud, den Sicherungsflügel mit dem Daumen zurückschob und sich langsam den sieben Wartenden näherte.

Der Obergefreite schnaubte durch die Nase. Er will es allein tun, durchjagte es ihn. Mein Gott, hat dieser Mensch keine Regungen? Siebenmal mit eigener Hand einen Genickschuß ... ich würde bis zu meinem Lebensende nicht mehr schlafen können. Das ist ja Mord, regelrechter Mord ... Und zwei Frauen sind auch dabei ...

Leutnant Vogel blieb hinter dem noch immer wimmernden Alten stehen. Er hob die linke Hand, drückte den Kopf des Alten nach vorn und legte den Zeigefinger auf die Stelle des Nackens, wo er den Lauf seiner Pistole ansetzen wollte. Er nahm Maß ... er erschoß mit wissenschaftlicher Gründlichkeit ... er trieb ein Anatomiestudium: Wo ist der beste Ansatzpunkt für einen sicheren Tod?

Durch den Körper des Alten rann ein Zittern. Er löste die Hände von dem getretenen Unterleib und faltete sie über der Brust.

Mit leisem Murmeln begann er zu beten.

Fünf Meter weiter, im dichten Unterholz des Waldes, lagen hinter ihren Maschinenpistolen Pjotr Sabkorin und Wassilij Dschugarow Barkow. Sie sahen sich an und nickten sich zu.

Nicht den Offizier, hieß dies.

Njet, Brüderchen, den heben wir uns auf.

Dann drückten sie ab, gerade als Vogel die Pistole hob, um sie an die im Nacken gekennzeichnete Stelle zu setzen.

Der Obergefreite und die beiden Landser fielen um wie drei Puppen. Sie schrien nicht einmal ... die Schüsse jagten durch ihre Köpfe und Brustkörbe ... sie merkten nicht einmal, daß sie starben. Es wurde dunkel vor ihnen.

Leutnant Vogel warf sich zu Boden. Er riß das junge Mädchen mit sich herunter und drückte sie vor sich her als Kugelfang auf den Boden. Das Mädchen hieb mit Armen und Beinen um sich, es wollte Vogel treten, da schlug er ihr mit dem Griff seiner Pistole gegen die Schläfe. Sie streckte sich und lag wie ein hoher Wall vor ihm.

Sabkorin erhob sich etwas vom Boden. »Sswinjja!« sagte er laut (Schwein). Er schoß noch einmal in Richtung Vogels, der sich eng an den Körper des Mädchens drückte.

»Idi soda!« schrie Sabkorin.

Vogel schwieg. Er schob die Pistole über die Brust des Mädchens hinweg und visierte den Strauch an, aus dem die Schüsse gekommen waren. Dann drückte er ab ... zwei-, dreimal und duckte sich sofort wieder hinter den schlaffen Körper.

Sabkorin hob die Schultern. Die Schüsse peitschten an ihm vorbei in die Bäume.

»Schieß, Wassilij«, sagte er.

Wieder hämmerte die Maschinenpistole. In ihrem Schutz kroch Sabkorin an Vogel heran, der nicht wagte, über den ihn deckenden Körper hinwegzusehen. Erst als Sabkorin nahe genug herangekrochen war, stellte Wassilij Dschugarow Barkow das Feuer ein.

In diesem Augenblick zuckte der Kopf Vogels hoch. Er sah in die Augen Sabkorins und schrie vor Angst und Grauen auf. Dann fiel der schwere Körper des Russen über ihn her ... er wehrte sich noch, er schrie, er biß sogar ... verzweifelt rollte er sich hin und her ... dann war auch Dschugarow da und trat ihn ins Gesicht.

Erst vier Tage später, als die deutschen Truppen auch diesen Landstrich räumen mußten, weil sie der Zange sowjetischer Armee-Partisanen nicht mehr standhalten konnten, wurde Leutnant Vogel jenseits des Waldes am kleinen Flüßchen Pjeljew gefunden.

Er hing zwischen zwei Bäumen, mit einem Drahtseil gefesselt. Sein nackter Körper war entstellt und verstümmelt. In jeder Stunde dieser vier Tage hatte man ihm einen Teil seines Körpers abgeschnitten, abgehackt und abgerissen ... jeden einzelnen Finger, jede einzelne Zehe, jedes Ohr, die Zunge, die Genitalien, die Nase ... Er war stückweise gestorben ...

Major Schneider ließ den Körper abnehmen und unter den Bäumen, an denen er gehangen hatte, begraben.

»Das habe ich ihm nicht gegönnt«, sagte er zu Oberleutnant Faber, der mit ihm an der offenen Grube stand. »Aber selbst sein Tod war Weltanschauung ... er verpflichtet uns, bis zum letzten Mann zu kämpfen, um dieses schreckliche Ende nicht an uns selbst zu erleben.«

Oberleutnant Faber warf die ersten Spatenstiche Erde über den mit einer Zeltplane zugedeckten Körper. Er schwieg.

Bis zum letzten Mann, dachte er. Der Tag ist nicht weit, an dem wir alle die letzten sind.

Und was übrigbleibt, wird ein Deutschland sein, das so verstümmelt und unkenntlich aussieht wie Leutnant Vogel.

»Wollen wir singen: Ich hatt' einen Kameraden?« fragte Schneider sarkastisch.

Wortlos wandte sich Faber ab und ging.

Die Front brach zusammen. Rußland war verloren, die Rollbahn aufgegeben ... jetzt fluteten die Massen der zurückweichenden deutschen Divisionen nach Polen hinein, empfangen von den fanatischen Mitgliedern der polnischen Untergrundbewegung. Hinter jeder Hausecke, aus jedem Gully hervor, von allen Dächern wurde auf die ausgehungerten, müden deutschen Soldaten geschossen ... es war ein Kesseltreiben, ein Abschlachten, ein Vernichten, wie es der Mensch bisher noch nicht vollbracht hatte.

Kowno wurde eingekreist, Panzerspitzen der Zakharow-Armeegruppe näherten sich Bialystok ... die Stoßkeile über Brest-Litowsk zielten nach Warschau, das in einem Siegestaumel war und von Freiheitskämpfern wimmelte. Es war unmöglich, allein durch Warschaus Straßen zu gehen. Nur Gruppen von deutschen Soldaten, schwer bewaffnet, konnten nachts zu ihren Quartieren rennen ... und auch sie verschwanden in den Niederungen der Weichsel und den Katakomben der Warschauer Altstadt und des Gettos.

In der Wolfsschanze vergrub sich Hitler. Fühlte er den Zusammenbruch seiner Macht? Sah er endlich das Ende seines Reiches und seines Wahns?

Die Generale um ihn zitterten vor jedem Lagebericht. Göring kam nur noch selten zum Führerhauptquartier und ließ sich vertreten. Himmler wütete in der Heimat ... er vergaste in sechs Wochen 270 000 KZ-Häftlinge, um in den Baracken Platz für die neuen Nachschübe zu bekommen. Nicht nur in den bombardierten Städten gab es ein Wohnungsproblem, auch in den Zuchthäusern und KZs. Nur wurden sie auf andere Art gelöst als in den Städten, wo die Menschen zu Kellerschaben wurden und sich vergruben in die Feuchtigkeit neugegrabener Stollen, die Luftminen standhalten sollten.

Die deutsche Front riß auf. Im Norden ... in der Mitte ... im Süden ... sie hatte kaum noch einen Zusammenhalt, kaum noch einen strategischen Wert, überhaupt keinen Sinn mehr. Sie bestand aus losen Verbänden, die kämpfend zurückgingen, sich vom Feind absetzten, sich selbst verpflegten, selbst ihre Stellungen suchten und allein gelassen untergingen und starben.

Mit ihnen starb ein ganzes Volk.

Mit ihnen verging das Deutschland, das sie noch retten wollten.

Auch Stabsarzt Dr. Wensky, der nach seiner Zurücknahme in ein Feldlazarett fast über Nacht allein auf sich gestellt war und keinerlei Verbandmaterial und Medikamente mehr bekam, weil die rückwärtigen Lager kopflos gesprengt wurden, noch bevor die zurückgehende Truppe sie passiert hatte, stand vor der Frage, entweder seine Verwundeten im wahrsten Sinne des Wortes verrecken zu lassen oder irgendwie und irgendwo unter Umgehung aller Verbote und Vorschriften Material heranzuschaffen.

»Sie müssen Verbandzeug organisieren«, sagte er zu Sanitätsunteroffizier Walter Heinrich. »Woher, das ist mir egal! Ich habe meine Hände, mit denen ich operiere ... sorgen Sie für die Verbände. Ich kann allein nicht alles machen!«

Unteroffizier Walter Heinrich hob die Schultern. Er saß Dr. Wensky im Operationsraum gegenüber ... der letzte neueingelieferte Verwundete war versorgt. Jetzt hatte man Zeit zu einer Zigarettenpause, zu einem kurzen Verschnaufen, zu einem kleinen Gespräch. Dann kamen die neuen Sankas mit neuen, stöhnenden Menschen, zerrissenen Leibern, abgeschossenen Gliedern und zerfetzten Muskeln. Eine endlose Karawane des Schreckens, des Grauens, des sinnlosen Leidens. Eine Armee Halbtoter, aus der die Gehfähigen schon aussortiert waren. Sie mußten weiterkämpfen bis zum Umfallen, bis zum Ende.

Ein bitterer Landserspruch machte die Runde: ›Ruhe haste erst im Grab. Solange du loofen kannst, läuft dir der Heldenklau hinterher!‹

Heinrich sah auf die Karte, die Dr. Wensky auf dem kleinen Seitentisch ausgebreitet hatte.

»Wo soll das nächste Lager sein?«

Dr. Wensky tippte auf einen Punkt.

»Hier!«

Heinrichs Gesicht wurde fahl.

»Sczynno.«

»Stimmt. Sie kennen das Nest?« Dr. Wensky faßte sich an den Kopf. »Natürlich. Werde alt, Heinrich. In Sczynno lebte doch Ihre Braut, nicht wahr?«

»In Nasielsk. Das liegt nahebei. Aber sie ist längst in der Heimat. Oberstabsarzt Dr. Seidel hat sie herausgeschmuggelt ... als Mutter mit zwei Kindern!«

»Ein kleiner Vorgriff auf die Zukunft, was?« sagte Wensky in seiner ironischen Art. Heinrich wurde ein wenig rot.

»Vielleicht, Herr Stabsarzt. Wenn wir hier 'rauskommen.«

»Das wollen wir hoffen!« Er tippte wieder auf den kleinen Punkt auf der Karte. »Also, Heinrich ... fahren Sie mal nach Sczynno. Frischen Sie mal die seligen Erinnerungen auf ... dort der Strauch, da habe ich sie geküßt ... dort, unter dem Baum, ... und dort, wo der Bach die Biegung macht ...« Er wischte sich über die Augen. »Ist ja alles Quatsch, was, Heinrich? Wir sind rauhe Krieger! Besorgen Sie mir Verbandmaterial und Medikamente. Vor allem Narkotika, Sulfopuder, Strophantin, Aspirin, Calcium ... Sie wissen schon, was wir brauchen. Und kommen Sie sofort zurück, wenn Sie das Zeugs haben! Jede Minute kann ein Leben kosten.« Er lächelte wieder ironisch. »Klingt wie aus einem billigen Boulevardreißer, was? Na ja — hauen Sie schon ab!«

In der Nacht fuhr Walter Heinrich mit einem Kübelwagen los. Er fuhr die ganze Nacht hindurch, oft aufgehalten von den an den Straßenkreuzungen stehenden Feldgendarmen, die mißtrauisch seinen Marschbefehl kontrollierten.

Es wimmelte von Deserteuren, die mit gefälschten Marschbefehlen sich in die Heimat durchschlagen wollten. Meistens endeten ihre Abenteuer an der deutsch-polnischen Grenze, wo sie in den Wäldern von Posen entweder aufgehängt wurden oder nach einem Militärgerichts-Schnellverfahren in den Strafbataillonen verschwanden.

Er erreichte Sczynno bei strahlendem Sonnenschein und suchte in dem Gewirr der Nachschubtruppen, der Lazarettstaffeln und der Trosse nach dem Lager der Heeres-Feldapotheke.

Er fand nur eine leere Baracke. Die Apotheke war vor drei Tagen nach Warschau verlegt worden ... noch wußte niemand, daß sie nie in Warschau ankam, sondern unterwegs an der Weichsel von den polnischen Widerständlern aufgebracht wurde und einfach verschwand.

Das einzige, was vorhanden war, war ein kleines Lager der Luftwaffen-Feldapotheke. Die Fernaufklärer und Nachtjäger, die auf dem Flugplatz bei Sczynno lagen, hatten ihre eigene Sanitätsversorgung. Dort bettelte Walter Heinrich um ein paar Binden und Medikamente.

»Mann!« sagte der Feldapotheker zu Heinrich, als er seine Wünsche vorbrachte. »Da kommen Sie zu mir? Mir hauen sie die Rübe ab, wenn ich nur eine Pille vergebe! Der Göring hat extra befohlen, daß wir auf unsere Sachen aufpassen sollen!«

»Sind die von der Infanterie keine Menschen? Ihr habt hier

für eure paar Flieger ein Lager wie im tiefsten Frieden, und draußen an der Front verbluten die Kameraden, weil wir keine Verbände haben! Das ist doch eine Sauerei!«

»Alles ist Sauerei!«

»An der Front ...«

»Die Front ist überall, Mann! Ich brauche meine Narkotika selbst! Die hängen mich auf, wenn ich sage: Ein Junge vom Heer war hier und hat's mitgenommen!«

Walter Heinrich schwitzte. Er setzte sich auf die Tischkante. Verhandeln, dachte er. Er *muß* es herausgeben. Im Lazarett schreien sie, weil wir kein Morphium haben. Die Jungen werden wahnsinnig vor Schmerzen. Und hier stapeln sie die Kartons mit Narkotika.

»Wir sind doch eine Truppe, Kamerad! Wir kämpfen doch für eine Sache! Wenn wir da draußen nicht wären, läge der Russe längst hier!«

»Das wäre nicht übel. Dann wäre der Scheißdreck zu Ende!«

»Mensch! Begreifst du denn nicht: Da draußen sind Männer wie du und ich, die verbluten, weil du Rabenaas keine Medikamente herausrückst!«

»Ich darf nicht, du Rindvieh. Begreif das doch auch!«

»Und wenn der Russe durchbricht?«

»Dann geht alles in die Luft!«

»Und das darfst du?«

»Ja. *Das* darf ich!«

»Und du siehst nicht ein, daß das alles Irrsinn ist?« schrie Heinrich unbeherrscht.

Der Luftwaffen-Feldapotheker nickte. »Doch, mein Junge. Aber ich habe diesen Irrsinn nicht erfunden!«

Nach drei Stunden hatte Heinrich seine Medikamente. Er hatte mit dem Kommandeur des Flugplatzes telefoniert. Zwar unterstand die Apotheke nicht dem Truppenführer, aber der Apotheker beugte sich dem Befehl. Er forderte ihn zur eigenen Sicherheit schriftlich an.

Es war gegen Mittag, als Walter Heinrich wieder aus Sczynno herausfuhr. Er hatte den Wagen vollgeladen. Was er hinter seinem Sitz gestapelt hatte, bedeutete das Leben von vielen Kameraden. Sogar zwanzig Kartons mit Damenbinden aus den Beständen der zurückgeschafften Nachrichtenhelferinnen hatte er mitgenommen. Die dicken Zellstoffpacken eigneten sich wunderbar für das Aufsaugen stark blutender Fleischwunden. Selbst tamponieren konnte man mit ihnen ... alles, was Wunden verschloß, war wertvoll.

Er fuhr einen kleinen Bogen und wollte Nasielsk, das am Rückweg lag, durchrasen, als er auf dem Marktplatz plötzlich stoppte.

Im Gegensatz zu Sczynno war Nasielsk fast leer von Menschen. In der Schule, in den Klassenzimmern, in denen einmal Elsbeth unterrichtet hatte und die Kinder deutsche Volkslieder sangen, lag eine ungarische Kompanie. Ein deutscher Feldwebel exerzierte auf dem Schulhof mit einem Zug und schrie halb deutsch und halb ungarisch seine Befehle. Im Hotel ›Deutsches Haus‹ lag ein Stab. Wenige Polen gingen durch die Straßen ... zwei Frauen fegten vor einem Haus die Straße. Aus dem Haus hing die deutsche Kriegsflagge. Ein Hohn auf die Lage, in der sich Nasielsk befand.

Auf der Straße aber, auf dem Marktplatz, mit einem verblichenen Kopftuch, allein, so, als habe man sie ausgesetzt und sie wisse nicht, wohin die Wege um sie herum führen, stand eine junge Frau und sah den beiden kehrenden Polinnen zu.

Walter Heinrich hielt seinen Wagen an. Ein irrsinniges, ein heißes, ein unglaubliches, ein schmerzliches, ein den Kopf fast zersprengendes Gefühl durchjagte ihn wie ein Fieberschauer. Er blieb hinter dem Steuerrad sitzen und umklammerte es. Er wollte etwas sagen, aber er hatte keinen Ton mehr in der Kehle. Die Stimmbänder waren gelähmt, das Entsetzen zerbrach den Kehlkopf ... überall waren Leere, Rauheit, Tonlosigkeit ... in der Kehle, im Gehirn, in der Brust, um ihn herum.

Die junge Frau drehte sich herum. Unter braunbronzenen Haaren schob sich ein fahles, ratloses Gesicht durch das Kopftuch. Große Augen ... schmale, rote Lippen ...

In Walter Heinrich zerbrach etwas. Er hörte es deutlich. Es war, als zerplatze sein Herz. Und plötzlich konnte er schreien. Und er schrie ... laut, grell, unmenschlich.

»Elsbeth! Elsbeth!«

Das Mädchen fuhr herum. Es stand starr auf dem Marktplatz; dann begann es zu laufen, es lief immer schneller, es stürzte vorwärts, es warf die Arme nach vorn, als könnten sie die Strecke überbrücken, die noch zu laufen war.

»Walter!« schrie es. »Walter! Walter!«

Dann war es am Wagen ... es warf die Arme um den Hals Heinrichs und sank weinend an seiner Brust zusammen.

»Du bist da ... du lebst ... du lebst ... o du lebst«, wiederholte Elsbeth immer wieder. »Du lebst ... lebst ... lebst ...«

»Was machst du hier?« stammelte Heinrich. Er spürte wieder das Würgen in seiner Kehle. Das Grauen schlich wieder in ihm empor. »Du solltest doch in der Heimat sein.«

»Da war ich ...«

»Da ... warst ... du ...?«

Sie nickte. Sie drückte sich an seine Brust und streichelte seine schmutzige Uniform. »Daß ich dich wiedersehe ... daß du da bist ... Es ist wie ein Wunder ...«

»Warum bist du zurückgekommen?« stöhnte Heinrich. Er umfaßte die zuckende Schulter Elsbeths und preßte sie an sich. Ich laß dich nie wieder los, durchrann es ihn. Nie! Nie! Jetzt bleiben wir zusammen, und wenn die Welt um uns herum untergeht! Arm in Arm gehen wir mit ihr unter! Es trennt uns keiner mehr ... kein Krieg, kein Befehl, kein Führer, kein Gewissen, keine Moral. Nichts, nichts trennt uns mehr!

»Ich mußte es, Walter.«

»Du mußtest?«

»Kaum war ich zu Hause, bekam ich ein Telegramm des Regierungspräsidenten aus Zichenau: ›Sofortiger Dienstantritt in Nasielsk. Die Volkstumsarbeit ist jetzt wichtiger als je!‹ Da bin ich wieder zurückgefahren. Später wurde ich strafversetzt nach Serok. Das ist ein erbärmliches Nest. Als ich ankam, waren alle Kinder schon evakuiert ... alles war fort, nur ich blieb zurück. Da bin ich wieder nach Nasielsk.« Sie umklammerte Heinrich und zitterte. »Man hat mich zurückgeholt in die Hölle und jetzt vergessen ...«

»O diese Schweine! Diese Mörder! Diese Mörder!« Heinrich ballte die Fäuste. Er schob den Kopf Elsbeths zurück.

Er sah in ihre tränennassen Augen, die ihren grünen schillernden Glanz verloren hatten. Sie waren stumpf, wie gestorben, durchdrungen von der großen Hoffnungslosigkeit. »Was soll nun werden?« fragte er leise.

»Ich werde hier bleiben, bis der Russe kommt.«

»Und dann?«

»Wenn mich keine Truppe mitnimmt, werde ich mich erschießen.« Sie griff in die Tasche und zeigte Heinrich einen kleinen Revolver.

»Das darfst du nicht tun, Elsbeth«, sagte er erschüttert.

»Was bleibt mir anderes übrig? Ich will den russischen Sturm nicht überleben. Weißt du, was sie mit mir machen ...?«

Er nickte. Er dachte an die Bilder von zurückeroberten Dörfern. Er dachte an die Ukrainemädchen, die auf der Dorfstraße neben den Hütten lagen, mit aufgeschlitzten Unterleibern und abgeschnittenen Brüsten. Er dachte an die Hiwis, die in sowjetische Hände gefallen waren ... mit ausgestochenen Augen und entmannt krochen sie schreiend durch den Staub der Dorfstraßen.

»Ich bringe dich weg«, sagte er laut.

»Wohin denn?«

»Irgendwohin! Nur weg aus der Frontnähe. Die Panzerspitzen können in zwei Tagen hier sein!«

»Und du? Du kannst doch nicht einfach weg! Du mußt doch zur Truppe zurück!«

»Ich desertiere!«

»Walter!« Sie drückte das Gesicht ängstlich an seine Brust. »Das darfst du nicht tun! Das darfst du nicht. Nicht meinetwegen! Überall stehen die Kettenhunde, überall wird man dich finden und dich einfach erschießen! Es gibt jetzt einen Befehl, der jeden Fahnenflüchtigen sofort zum Tode verurteilt! Jeder Truppenführer hat das Recht, Erschießungen vorzunehmen! Wir würden nicht weit kommen ... und was wird dann aus mir, wenn du erschossen wirst?«

»Wir werden durchkommen! Und wenn ich durchbreche mit der Waffe in der Hand.«

»Das ist doch Dummheit, Walter.« Sie schüttelte den Kopf und löste sich aus seiner Umarmung. Ihr Blick fiel auf die Pakete, auf die Kartonstapel und Kisten im rückwärtigen Wagen. »Was hast du da?«

»Das ist nicht so wichtig! Nichts ist wichtiger auf dieser Welt als dein Leben. Nichts ist eiliger als dein Wegkommen!«

»Es ist Verbandzeug! Es sind Medikamente.«

»Hast du deine Sachen gepackt? Wir fahren sofort weiter!«

»Du bist geschickt worden, um Lazarettmaterial zu holen. Sie warten auf dich! Du darfst sie nicht warten lassen.«

»Wo hast du deine Sachen?«

»Irgendwo.«

»Du sagst es nicht?«

»Nein!«

»Dann fahren wir so!« Er riß sie in den Wagen hinein. Sie sträubte sich, aber er ließ den Anlasser an, und der Motor heulte auf.

»Walter!« schrie sie. »Sei doch vernünftig! Du bist ja irr! Wir kommen nie durch ... und draußen an der Front warten die Verwundeten auf dich! An dir hängt ihr Leben ... Was ist dir denn mehr wert: Hundert Männer ... Söhne hoffender Mütter, Väter unschuldiger Kinder ... Männer liebender Frauen ... Hundert Menschen ... oder ich?«

»Du!«

»Walter!«

Sie griff in sein Steuerrad. Sie wären gegen eine Hauswand gefahren, wenn er nicht gebremst hätte. Quer zur Straße stand der Wagen. Aus einem Friseurgeschäft sah ein erstauntes Gesicht. Pawlek Staniswortsky. Er rasierte die deutschen Offiziere und war der Leiter der Nasielsker Untergrundbewegung.

»Du kannst doch nicht hierbleiben!« schrie Heinrich.

»Und du kannst deine Verwundeten nicht einfach verlassen! Ich werde schon eine Möglichkeit finden ... aber die armen Kerle haben diese Möglichkeit nicht. Sie sterben, wenn du nicht kommst.«

Walter Heinrich senkte den Kopf. Plötzlich schluchzte er auf und legte das Gesicht auf die Schulter Elsbeths.

»O wie gemein, wie gemein ist dieser Krieg!«

»Sei glücklich, daß wir uns noch einmal gesehen haben. Wer von all den Millionen, die gefallen sind und noch fallen werden, hat dieses Glück? Wir sind Auserwählte des Schicksals. Und wir wollen deshalb auch stark genug sein ...«

»Das sind doch Reden! Dumme, heroische Reden! Die Wirklichkeit ist anders. Du siehst es doch: Die sowjetischen Panzer rollen heran. Wenn du nachts hinhörst, kannst du schon die Front grollen hören. Wir haben doch keine Zukunft mehr ... jetzt nicht mehr! Dann laß uns doch wenigstens die Gegenwart genießen und zusammen untergehen.«

»Und deine Kameraden? Dort hinten in deinem Wagen liegt das Leben! Du kannst dich doch nicht mit dem Leben in der Hand einfach wegstehlen! Das wäre gemein, Walter ... Ich würde dich verachten!«

»Elsbeth!«

»Ja, ich würde es! Du mußt gehen ...« Sie streichelte zärtlich über sein zuckendes, schmales, staubiges Gesicht. »Es war so schön, dich noch einmal zu sehen. Wir wollen das nie vergessen.«

»Woher hast du nur die Kraft, das zu sagen?« stammelte er.

»Hat es jetzt Sinn, zu klagen? Wir haben abgeschlossen — du und ich! Wir stehen schon jenseits des Leides. Wir sind zurückgekehrt zur primitivsten Alternative der Kreatur: Leben oder Sterben. Wir nehmen hin, wie es kommt. Ohne zu denken, ohne Bewegung — wir sind wie ein Ball, den man wirft. Ob nach rechts oder nach links ... kann es der Ball ändern?«

Walter Heinrich umfaßte Elsbeths Schulter. Sie verzog das Gesicht unter seinem harten Griff, aber sie sagte nichts.

»Ich kann es nicht. Elsbeth, ich kann es nicht! Ich werde wahnsinnig, wenn ich daran denke, daß ich jetzt wegfahre und dich hier allein zurücklasse. Allein unter einer zurückgehenden, sich auflösenden Armee, allein für die sowjetischen Panzer, die über Nasielsk rollen werden. Ich werde wahnsinnig!«

»Du hast Kameraden, die auf dich warten.« Sie legte ihm die Hand auf den Arm. Mit aller Macht zwang sie sich, nicht zu zittern. »Fahr jetzt, Walter ...«

Heinrich schluckte. »Ich ...«

»Fahr ...«

»Elsbeth ...«

»Wir sehen uns wieder ...«

»Ich ...«

»Sie warten auf dich, Walter ...«

»Du ...«

Er riß sie in seine Arme und küßte sie. Mit geschlossenen Augen, mit flatternden Lippen, mit Tränen, die unter den Lidern hervorrannen, küßte er sie und verging fast vor Schmerz. Dann spürte er, wie sie sich von ihm löste ... er hielt die Augen geschlossen, als sie aus dem Wagen stieg, er hörte ihre Schritte, wie sie sich entfernten ... schnell, fast rennend, eine Flucht vor dem Ich, eine Flucht vor der Wahrheit ... Da verkrampfte er die Finger um das Lenkrad und hielt sich an ihm fest, drückte die Nägel in das Holz und biß sich die Lippen blutig, um nicht nach ihr zu schreien.

Erst nach langen Minuten öffnete er die Augen.

Die Straße war leer. Hinter den Gardinen der Fensterscheibe sah er das runde Gesicht des Friseurs Pawlek Staniswortsky. Es sah aus wie ein grinsender Mond zwischen Nebelwolken.

Da trat er wieder auf das Gas, riß den Wagen herum und raste durch die Straßen Nasielsks hinaus auf die Landstraße, die nach Osten führte ... nach der Front, in das Sterben ...

In der Nische einer Haustür sah ihm Elsbeth Holzer nach. Mit leeren Augen verfolgte sie den kleinen, rasenden, in der Kurve schleudernden Wagen ... dann trat sie aus der Nische hervor und ging langsam über die Straße, wieder dem Marktplatz zu.

Als sie die Straße überquert hatte, traf sie auf Pawlek Staniswortsky. Er vertrat ihr den Weg und winkte ihr, mitzukommen.

»Pany professori«, flüsterte er, als Elsbeth Holzer in dem leeren Friseurladen stand. Er zog die Gardinen dichter vor das Fenster und setzte sich in einen seiner Rasiersessel. »Der Krieg ist aus!«

»Um mir das zu sagen, tust du so geheimnisvoll, Pawlek?«

»Ich will dir helfen, pany.«

»Helfen! Womit! Wozu?«

»Ich habbe Möglichkeit, pany. Wenn Ruuusse kommtt, ich dich nicht vergesse.«

Durch Elsbeth zog es wie ein eiskalter Hauch. Wenn der Russe kommt. Er sagte es so sicher, als stände er schon vor Nasielsk und warte auf ein Zeichen, durch die Wälder von Sczynno in die Stadt zu ziehen.

Sie sah sich in dem kleinen Friseurladen um. Fast zwei Jahre hatte sie sich hier frisieren lassen ... Pawlek hatte ihr die Haare geschnitten, gewaschen, Dauerwellen gelegt ... sie kannte jeden Winkel des kleinen Ladens. Und doch war es heute anders als in den beiden Jahren zuvor. Irgend etwas war verändert, war neu, war gefährlich in seiner Fremde. Die Gardine — oder die neu lackierte Tür ... oder ein neu bezogener Sesselsitz. Plötzlich sah sie, was sie erfühlt hatte: Neben dem hinteren Sessel lag in einer Porzellanschale, in der Pawlek sonst den Seifenschaum für die Rasuren anrührte, eine neue, kleine, schwarze Pistole.

Pawlek Staniswortsky folgte dem Blick Elsbeths. Über sein zernarbtes Gesicht — ein Andenken der Pocken, die er als Kind bekommen hatte — zog ein leises Lächeln.

»Er isst geladden.«

»Wenn die deutschen Soldaten das sehen, erschießen sie dich!«

»Sie werden es nicht sehen! Jeder deutsche Soldat — rrtschscht!« Er fuhr mit der flachen Hand rund um die Gurgel.

Elsbeth schrie leise auf und wich zurück. Beruhigend wedelte Pawlek mit der Hand.

»Sie nischt Angst, professori! Sie immär gutt zu mir. Nie geschimpft, nie gehauen, nie gesagt: Dreckiger Pole! Sie immär nett. Immer gesaggt: Liebär Pawlek! Das hatt Pawlek nicht vergässen ...«

»Und wie stellst du dir das vor: Weg von den Russen? Wir bekommen kein Fahrzeug, es fährt kein Zug mehr ...«

»Wir wärden sähen ...« Pawleks Stimme wurde wieder leise. »Haben Vertrauen, professori ... Wir wärden finden Wäg weg von Ruuuuussen ...«

»Durch die deutschen Soldaten hindurch?«

»Ja.«

»Du sagst es so, als könnte es wahr sein.«

Der kleine polnische Friseur lächelte breit. »Es isst wahr, pany ... Sie brauchen habben keine Angst ...«

Vor dem Fenster des kleinen Ladens ratterten Sturmgeschütze durch die Straßen Nasielsks. Eine Kompanie Infanterie zog singend über den Marktplatz. Junger Ersatz, Milchgesichter, Kinderaugen unter grauen Helmen. Vor ihnen her marschierte ein Leutnant mit dem Deutschen Kreuz in Gold auf der Brust. Sie bewunderten ihn. Das ist ein Kerl, dachten sie. Ein Held! So wollen wir auch sein ... und in zwei Tagen lagen sie mit zerfetztem Leib irgendwo am Njemen oder an der Weichsel, und ihre weiten, leeren Kinderaugen starrten in den Himmel.

Die Stimme Pawleks riß Elsbeth Holzer aus ihren Gedanken.

»Es isst umsonst.«

»Was?«

»Die neuen Truppen, die Panzer ... Der Russe ist stärker. Deutschland isst kaputt.«

Durch die Straßen Nasielsks klirrte der Gesang der Jungen.

»Auf der Heide blüht ein kleines Blümelein, und das heißt ... Eeeeerika ...!«

Es ist schrecklich, zum Tode Verurteilte singen zu hören.

Mit dem Tode des Generals zerfiel der Stab.

Oberst v. Bennewitz wurde versetzt ... er bekam ein Frontkommando und übernahm die 234. Division, die, neuaufgestellt in Posen, als schnelle Truppe in die Lücke zwischen der Heeresgruppe Nord und Heeresgruppe Mitte geworfen wurde. Er erreichte sein befohlenes Ziel gar nicht ... auf halbem Wege kamen ihm die Feuerwalzen der Sowjets entgegen und ging seine halbmotorisierte Division im Feuer der russischen Panzerbrigaden unter.

Oberst v. Bennewitz starb, wie er gelebt hatte, korrekt und aufrecht. In seinem Befehls-Panzerwagen, mit dem er den Truppen nach dem Muster Rommels vorausfuhr, verbrannte er nach einem Volltreffer.

Es blieb von ihm nichts mehr übrig, was man mit militärischen Ehren hätte begraben können.

Aber man schrieb es so an seine Witwe. Man legte sogar ein Foto des ›Heldengrabes‹ bei. Die PK-Kompanien hatten solche Fotos in Serien vervielfältigt.

Für Theo Strakuweit hieß es, sich nach einem neuen Job umzusehen. Der neue General brachte seinen Fahrer mit. Er sprach Strakuweit seinen Dank für die Treue aus, die er dem verblichenen General und Vorgänger gehalten hatte. Er brauchte es nicht, es war eine völlig unmilitärische und vom Vorgesetztenverhältnis aus betrachtet auch völlig abwegige Sache, aber der General tat es, weil er im Innern spürte, daß dieser saudumme Obergefreite an seinem Vorgänger wie an einem Vater gehangen hatte.

»Sorgen Sie dafür, daß dieses Schafsgesicht bald verschwindet«, sagte er zu dem neuen Personaloffizier. »Am besten zurück zur Truppe!«

Strakuweit hatte den gleichen Gedanken. Gleich nach der Verabschiedung erschien er bei Hauptmann Fortmann und knallte die Hacken zusammen.

»Ich bitte um Versetzung zu meinem alten Haufen, Herr Hauptmann.«

Hauptmann Fortmann nickte. »Wenn er noch besteht ... Wo waren Sie?«

»Zuletzt 26. ID. 2. Bataillon, Major Schneider. 6. Kompanie, Oberleutnant Faber.«

»Sie hören von mir. Bleiben Sie in Ihrem Quartier.«

Hauptmann Fortmann rief die 26. ID an. Er sprach zwei Minuten mit Oberst Berneis; dann legte er den Hörer langsam und nachdenklich auf die Gabel zurück.

Major Schneider, dachte er. Bekam nach dem Fall Orschas für seinen kühnen Durchbruch zum Dnjepr das Ritterkreuz. Vor drei Tagen holte ihn ein Sonderkommando des SD aus Warschau ab. In einer Schneise bei Sokolow, mitten im Wald, wurde er erschossen.

Auf der Flucht erschossen, hieß es in dem Bericht.

Als man den toten Körper umdrehte, umklammerten seine starren Hände das Ritterkreuz. Im Fallen, im Sterben hatte er es sich vom Hals gerissen. Und der Tod war schneller als sein Wille, es wegzuwerfen ...

Oberleutnant Faber, zum Hauptmann befördert, führte jetzt das Bataillon. Die 6. Kompanie stand unter der Leitung von Oberfeldwebel Leskau ... man hatte keine Offiziere mehr ... sie fielen an der Front oder wurden in der Heimat hingerichtet. Der Nachschub von den Kriegsschulen reichte nicht aus ... man beförderte alte Oberfeldwebel zum Leutnant, um den Schein zu wahren, daß das deutsche Heer nicht ohne Köpfe war.

Zwei Tage nach seiner Meldung wurde Strakuweit in Marsch gesetzt. Zurück zur Truppe, zurück zur Front.

Es war, als habe der Krieg etwas den Atem angehalten, als verschnaufe er sich, als habe er sich mit dem eigenen Tempo erschöpft. Der Druck ließ etwas nach, die deutschen Divisionen, zerschlagen, zersprengt, zu Bataillonen zusammengeschmolzen, konnten sich ausruhen, füllten sich langsam auf und bauten rückwärtige Stellungen.

Aber die Stille war trügerisch. Auch der Russe brauchte sie. Er mußte seinen Nachschub organisieren, er mußte die Straßen säubern, die Bahnstrecken neu verlegen ... die schnellen Panzerverbände jagten den Möglichkeiten, sie mit Sprit und Munition zu versorgen, voraus ... sie mußten zurückgenommen werden, weil sie vom Nachschub zu weit entfernt waren.

Mit Hunderttausenden Sträflingen und Kriegsgefangenen bauten die Sowjets in den zurückeroberten Gebieten die Straßen auf, errichteten Magazine, legten die Bahnstränge neu, zogen Telefon und Telegraf, Licht und Kabel, schoben die ungeheure Masse ihrer Trosse und ihrer Munitionskolonnen weiter nach Westen und bauten vor den Toren Deutschlands eine neue, unübersehbare, drohende und alles vernichtende Streitmacht auf. Sie wurden nicht gestört, keiner hinderte sie daran, die Weite der ukrainischen Felder als neue Aufmarschbasis auszubauen. Die deutsche Luftwaffe war gestorben ... nur die Aufklärer brachten Bilder und Meldungen mit, bei deren Betrachtung den Offizieren ein Frieren über den Rücken glitt.

Der Generalstab des Heeres legte Hitler diese Beobachtungen vor:

Das Kräfteverhältnis ist: Für die Infanterie — 11 : 1, für die Panzer — 7 : 1 und für die Artillerie 20 : 1! Von der Luftflotte wurde gar nicht gesprochen ... hier besaß der Russe die völlige Lufthoheit.

Aber noch etwas anderes lag bei Hitler auf dem Tisch: Die genaue Aufstellung der Heeresgruppen der Sowjets, die ihm die ›Deutsche Abwehr — Abteilung Fremde Heere Ost‹ geschickt hatte:

Im Norden, mit der Stoßrichtung Ostpreußen, stand die ›3. weißrussische Front‹ unter Marschall Tschernjakowski. Mit 54 Schützendivisionen, zwei Panzerkorps und neun selbständigen Panzerverbänden sollte sie die deutsche Flanke aufreißen.

Ihr schloß sich nach Süden zu die ›2. weißrussische Front‹ unter Marschall Rokossowski an, gleich stark, gleich bewaffnet ... zwei Stoßkeile, die die Aufgabe hatten, nach Aufreißen der Front Berlin zu erobern! Noch vor den im Westen vorrückenden Amerikanern und Engländern! Es ging um eine Prestigefrage zwischen den Verbündeten: Wer Berlin erobert, ist der wahre Sieger!

Den frontalen Stoß auf die mittlere Oder sollte die ›1. weißrussische Front‹ unter Marschall Shukow führen. Ihm standen zur Verfügung: 31 Schützendivisionen, fünf Panzerkorps und drei selbständige Panzerverbände.

Ihm folgte, besonders stark, besonders gefährlich, als Flügel, der Breslau erobern sollte, die ›1. ukrainische Front‹ unter Marschall Konjew. Mit 60 Schützendivisionen, acht Panzerkorps, einem Kavalleriekorps und acht selbständigen Panzerverbänden war er eine Faust, deren Zuschlag den Verlust Schlesiens bedeutete.

Ganz im Süden stand, Gewehr bei Fuß, die ›4. ukrainische Front‹ unter General Petrow mit 15 Schützendivisionen und zwei selbständigen Panzerkorps.

Die Generale nahmen Hitler selbst das Rechnen ab ... sie legten die Zahlen addiert vor:

214 Infanterie-Divisionen!
17 Panzerkorps!
31 selbständige Panzerverbände!
1 Kavallerie-Division!

Zusammen:

263 kampfstarke, ausgeruhte, blutdurstige Divisionen!

Auf deutscher Seite:

Eine Handvoll müder, ausgemergelter, in hundert Schlachten ausgebrannter Männer.

»Die Einbruchslücken sind im Angriff zu schließen!«

Das war die einzige Antwort aus dem Führerhauptquartier auf die Zahlen und den Hinweis, daß Deutschland verloren sei.

Im Angriff schließen ... gegen 263 Divisionen ...

Nie – solange es Völker gibt – wurde ein Volk so bewußt hingeschlachtet wie das deutsche!

Aber der kleine Mann, die Strakuweits, Leskaus, selbst die Fabers wußten und ahnten es nicht. Sie marschierten, sie kämpften sich zurück, sie hungerten und fluchten und bluteten und starben. Für sie galt das, was der Wehrmachtsbericht meldete: Der Russe hat sich ausgeblutet! Die Offensive steht! Es geht wieder vorwärts! Die Dampfwalze zerbricht ... Das Heldentum des deutschen Soldaten brachte die größte Offensive aller Kriege zum Stehen!

Sie glaubten es, die dreckigen, hohlwangigen Landser in den Schützenlöchern, den Erdbunkern, den Schützengräben oder den Wäldern. Sie sahen sich an und lachten. Der Iwan steht ... Mensch, Junge, Fritze ... der Iwan hat die Neese voll! Jetzt kommen neue Divisionen aus der Heimat, und dann jagen wir sie wieder bis Moskau zurück! Hat der Goebbels im ›Reich‹ geschrieben! »Die geschichtliche Wende!« Nun siegen wir wieder! Mensch, Fritze, is det 'n Ding! Erst loofen wir wie die Hasen, und jetzt siegen wir wieder! Is doch alles varrückt, wat?

Und sie lachten und brieten ihre organisierten Schweine und Hühner, suchten sich die Läuse aus den Unterhosen und den Nähten der Hemden und ließen sich von Hiwis in den Banjas abbrausen und in den Saunas mit Birkenreisern schlagen. Die Welt schien wieder schön zu werden. Der Iwan war am Ende ...

Und jenseits der Flüsse und Wälder, der Felder und Steppen marschierten 263 Divisionen auf!

Zwei Millionen sowjetischer Soldaten, denen man gesagt hatte: Kennt keine Gnade ... hört kein Wimmern und Schreien ... kennt keine Furcht ... seht und hört nicht, sondern stürmt ... stürmt ... Es geht um Berlin! Wir müssen Berlin erreichen vor Eisenhowers kapitalistischen Truppen! Wir müssen das siegreichste Volk der Erde sein! Stürmt! Hinter euch steht der große Stalin, euer aller Vater ...

Sie waren wie Arenastiere, die man zehn Tage hungern und dürsten ließ.

Zwei Millionen Soldaten. Aus der Krim, aus der Tundra, vom Peipussee, aus dem Ural, aus den Steppen von Usbekistan, vom Baikalsee, aus den Urwäldern Sibiriens, aus den Steppen der Mongolei und den Weiden der Kirgisen.

Und in ihren Erdlöchern hockten die deutschen Landser, suchten die Läuse ab und erzählten Witze.

Sie glaubten an eine Wendung.

So erreichte auch Theo Strakuweit seine Truppe wieder. Es geschah ohne Schwierigkeiten, wenn man davon absieht, daß Strakuweit bei einem Bauern eine Gans gegen drei Ohrfeigen eintauschte und den dazukommenden Feldgendarmen einen armseligen Bettpisser nannte.

Die Meldung der Gendarmerie-Einheit traf sogar eher als Strakuweit ein ... vom Regiment wurde sie per Feldtelefon an Hauptmann Faber, 2. Bataillon, weitergegeben.

»Der Theo kommt wieder«, sagte Faber, als er die Meldung las, die der Ia-Schreiber ihm hinreichte. Der Bataillonsadjutant, Leutnant Mönkeberg, sah von seinen Verlustlisten auf.

»Wer ist Theo?«

»Ein Naturereignis, Mönkeberg.« Hauptmann Faber zerknüllte lächelnd die Meldung zwischen den Fingern. »Sie kennen doch einen Taifun?«

»Nicht aus eigener Anschauung, aber gelesen habe ich davon.«

»Ein Taifun schickt seine Boten voraus. Erst fällt das Barometer, dann wird es windstill, dann sehen Sie gelbe Wolken am Horizont, das Meer wird grün und schäumt ... und dann kommt er über sie hinweg! So ähnlich ist es bei Strakuweit ... erst kommen seine Boten: Beschwerden, Tatberichte, Meldungen ... dann kommt er.«

»Und?«

»Was und? Dann ist alles gut! Sie kennen Strakuweit noch nicht!«

»Und der Herr bleibt Offizier?«

»Offizier?« Faber lachte dröhnend. »Mein lieber Mönkeberg ... wären Sie länger beim Bataillon, würden Sie ein Buch schreiben können. Es ist ein Obergefreiter ... ein simpler Oberschnäpser ... ein Offiziersschreck, ein Kaschmarek, ein Tünnes, nennen Sie ihn, wie Sie wollen! Aber die Kompanie war irgendwie verwaist, seitdem er beim Generalstab war.«

Zwei Tage später marschierte Strakuweit beim Bataillon an. Seinen Affen trug ein zerlumpter Russe, den Strakuweit singend und nach jeweils fünf Schritten in den Hintern tretend vor sich hertrieb.

Vor Faber, der mit Leutnant Mönkeberg aus dem Bunker kam, blieb er stehen, kommandierte: »Halt! Du Scheißkerl!« und grüßte stramm und – wie Kunze gesagt haben würde – kasernentreu.

»Obergefreiter Theo Stra ...«

Faber winkte ab. »Halt'n Mund, Theo. Wen hast du denn da mitgebracht?«

»Meinen Burschen, Herr Hauptmann.«

»Ihren was?« sagte Mönkeberg verblüfft. Strakuweit schielte

zu dem jungen Offizier hinüber. Kein Typ Vogel, dachte er. Aber man kann nie wissen. Adjutanten sind eine Bande für sich. Und Jungs von der Kriegsschule haben Halsschmerzen. O Gott, nun geht die Scheiße wieder los mit dem Offiziersärger!

»Meinen Putzer, Herr Leutnant! Als preußischer Obergefreiter mit fünf Kriegsjahren habe ich mir gedacht: Legst dir einen Burschen zu, Theo ... wer weiß, ob du später Zeit genug hast, deine Klamotten aus der HKL zu bringen.«

Leutnant Mönkeberg sah Strakuweit mit leicht geöffnetem Mund an. Dann wandte er den Blick zu dem alten Russen, der struppig und dreckig, mit Angst und Haß in den Augen die beiden Offiziere musterte.

»Woher?« fragte Mönkeberg.

Strakuweit hob die Schultern. »Er saß am Waldesrand und sang Stenka Rasin.«

»Strakuweit ...«, sagte Faber mahnend.

»Er sang nicht schön, Herr Hauptmann. Bestimmt nicht. Da habe ich mir gedacht: Wenn der Alte schon so unmusikalisch ist, kann er wenigstens meinen Affen schleppen.«

Hauptmann Faber winkte ab, als Mönkeberg noch etwas sagen wollte.

»Sie gehen mit den Essenträgern nach vorn«, sagte er dienstlich. »Zur 6. Kompanie.«

»Zu Befehl, Herr Hauptmann. Ist dort auch der Fritz?«

»Der Leskau? Der führt sie.«

»Das ist schön, Herr Hauptmann.«

Zufrieden wie ein Bär, der Honig geschleckt hat, ging er zu den Leuten des Bataillonstrupps. Mönkeberg sah ihm kopfschüttelnd nach, wie er den alten Russen vor sich hertrieb.

»Das ist mehr, als ich nach Ihren Erzählungen erwartet habe! Dieser Kerl kann einen Gemütsathleten zum Wändehochklettern bringen.«

In der Nacht war der alte Bauer aus dem Bataillonsabschnitt verschwunden. Er hatte sich gegen Morgen weggeschlichen. Strakuweit hatte es gemerkt ... er hielt die Augen geschlossen und blieb liegen. Er schwieg auch, als man ihn fragte, woher er den Russen wirklich hatte. »Er saß am Wege, weiter nichts«, blieb er bei seiner Aussage.

Nur er allein wußte, daß der alte Bauer in einem Gebüsch gelegen hatte, zwei Tellerminen neben sich, die er auf dem Waldweg, über den der Nachschub nach vorn kam, vergraben sollte.

Strakuweit merkte es, weil ein verborgener Spaten schlecht im Gras versteckt war.

Ich hätte ihn erschießen müssen, dachte Strakuweit. Jetzt legt er wieder Tellerminen, und die Kameraden fliegen in die Luft. Zum Teufel mit der Anständigkeit! Er lag die ganze restliche Nacht wach und zergrübelte sich das bißchen Gehirn, ob er richtig gehandelt hatte oder es besser gewesen wäre, zum Mörder an dem Alten zu werden. Er kam zu keiner Lösung dieser Frage und machte sich beim Morgengrauen auf, in der Bataillonsküche etwas für seinen Magen zu tun.

Eine Stunde später wurde der Bauer im Bereich der 5. Kompanie von einem zurückkommenden Spähtrupp erschossen. Sie trafen ihn an, wie er mit einer roten Lampe Lichtzeichen zur russischen HKL gab.

»Na also«, sagte Strakuweit. »Im Leben regelt sich alles.«

In Prushany, südlich der Jossiolda-Sümpfe, wurde der neue Hauptverbandplatz aufgebaut.

Stabsarzt Dr. Wensky, Unterarzt Dr. Bohr und Sanitätsunteroffizier Walter Heinrich waren wieder nach vorn geworfen worden, um — wie es hieß — die Verwundeten schon kurz hinter der Front soweit zu versorgen, daß sie bei einer neuen sowjetischen Offensive mit in die Verteidigung der polnischen Grenze eingegliedert werden konnten. Man wollte sogar den Transport der Verwundeten in die Heimat sparen ... entweder krepiert oder mit der Waffe in der Hand bis zum letzten Atemzug! Gotentreue, nannte es der Reichsführer-SS Himmler. So wie einst die letzten Goten am Vesuv unter König Teja untergingen, würde das deutsche Volk gegen den roten Sturm kämpfen ...

Die Erinnerung an das Wiedersehen mit Elsbeth in Nasielsk, das ungewisse Schicksal, in dem er sie zurückließ, hatte Heinrich um Jahre altern lassen.

»Seien Sie keine Memme, Heinrich!« hatte Dr. Wensky ermunternd zu ihm gesagt, als er wie ein Irrer im Lazarett angekommen war und herumlief wie ein Amokläufer. »Man erspart uns nichts für die 99,8 Prozent Ja-Stimmen, die wir 1933 für den herrlichen Führer abgaben! Die Quittung ist nun da. 99,8 Prozent werden vor die Hunde gehen.«

»Es ist schrecklich, Herr Stabsarzt.« Heinrich hatte sich auf sein Bett gesetzt und den Kopf in die Hände vergraben. »Was hat unsere Generation nur verbrochen, um so gestraft zu werden?«

»Das kann ich Ihnen sagen: Das gleiche, was die Generation vor uns auch verbrochen hat, als sie 1914 in den Ersten Weltkrieg zog! Sie war blind gegenüber der Wahrheit, sie war taub gegenüber den Mahnern, sie war geblendet vom Glanz der Uniformen und Reden, der Fahnen und Märsche, der blitzenden Waffen und dem Gift der Siegessicherheit. Sie war einfach zu dumm für die große Politik! Das ist ein Schicksal, das uns Deutschen in jedem Jahrhundert mindestens einmal passiert: Wir gehen zugrunde an der Zipfelmütze, wie sie bezeichnenderweise der deutsche Michel trägt!«

Es kamen dann Tage, an denen Dr. Wensky mit Heinrich nur das Notwendigste sprach. Das Eintreffen von Unterarzt Dr. Bohr, der wegen seines jungenhaften Aussehens schnell den Spitznamen ›Borwasser‹ bekam, brachte noch einmal einen Eishauch von der fast abgeschnittenen Heimat in das abgelegene Feldlazarett.

Die Berichte, die Dr. Bohr mitbrachte, verbreiteten Schweigen.

Die Großstädte Deutschlands stehen nicht mehr! Es gibt kein Köln mehr, kein Düsseldorf, kein Wuppertal, kein Kassel, kein Hamburg, kein Nürnberg, kein Dortmund ... es gibt nur noch Trümmer, gräßliche, von Phosphorbrand geschwärzte Ruinen und Massengräber auf den riesigen Friedhöfen am Rande der gestorbenen Städte.

»In Barmen brannten die Straßen«, sagte Dr. Bohr leise. »Die Menschen, die aus den zusammenbrechenden Häusern stürzten, verglühten auf dem flammenden Asphalt! Man hat die Toten nicht mehr gezählt ... auf Lastwagen wurden die verkohlten, zusammengeschrumpften Leichen weggefahren und als unbekannte Tote irgendwo verscharrt. Man kennt heute in der Heimat keine Gräber mehr ... nur noch Gruben, in denen die Toten liegen wie in einer Sardinenbüchse.«

»Und was sagen die in der Heimat dazu?« Dr. Wensky ging in dem kleinen Zimmer mit weiten Schritten hin und her. »Sie müssen doch aufschreien, sie müssen doch die Dienststellen der braunen Bonzen stürmen und brüllen: Genug! Aufhören! Macht Schluß!«

Dr. Bohr schüttelte den Kopf. »Sie sagen nichts. Sie packen bei Einbruch der Dunkelheit ihre Koffer und Taschen und rennen in den nächsten Luftschutzbunker. Sie schlafen in den Kellern, und wenn sie die Nacht überlebt haben, gehen sie am Tage weiter zu ihrem Dienst ... so, als gehöre das Donnern der Geschütze, das

Rauschen und Pfeifen der Bomben, das Zusammenstürzen der Häuser, das Brennen der Wohnungen und das Schreien der Verwundeten zum Alltag! Sie nehmen es hin wie eine Hammelherde, solange der Leithammel noch blökt. Und das tut er noch ... jeden Tag, jede Woche ...« Dr. Bohr winkte ab. »Man sollte nicht darüber sprechen. Man beschmutzt sich ja selbst damit. Auch meine Eltern leben seit einem Jahr in ihrem Keller, zwei Stockwerke unter der Erde ...«

Dr. Wensky verhielt den Schritt. »Und Ihr Vater? Er ist doch Universitätsprofessor! Er hat doch eine Meinung! Was sagt er?«

»Nichts! Er liest jeden Morgen die Zeitung – wenn sie gedruckt werden kann – und legt sie stumm wieder weg. Ohne Kommentar. Das ist mehr als Reden.«

»Es ist zum Kotzen!« Dr. Wensky nahm seine unruhige Wanderung durch das Zimmer wieder auf. »Und wir, die wir etwas sagen könnten, wir liegen hier im Dreck und verrecken!«

»Sind wir nicht ebenso träge wie die in der Heimat?«

Walter Heinrich hatte es herausgeschrien. Dr. Wensky blieb ruckartig stehen.

»Wollen Sie von Rußland aus eine Revolution machen?«

»Wir sind nichts anderes als strammstehende Befehlsempfänger! Wir sind Nickemänner, die zu allem nicken, wie Spielzeugpuppen mit einem Spiralhals.«

»Und wenn wir nicht mehr nicken, wird uns diese Spirale durchtrennt. Sie haben es beim 20. Juli gesehen. Was ist von allen Heldentaten geblieben? Ein noch mehr entrechtetes Offizierskorps, dem man jetzt politische Offiziere vor die Nase setzt; ein Heimatheer, das Himmler untersteht und sich nicht mucksen darf, eine Sippenhaft aller Offiziere, die verdächtig sind, mehr zu wissen als der oberste Kriegsherr, und eine Fronttruppe, die weiter blutet und deren Kommandeure man ›auf der Flucht erschießt‹!«

Dr. Wensky stellte sich an das Fenster. Draußen lag der Abend über den polnischen Wäldern. Vor drei Jahren hatten hier noch in den Winternächten die Wölfe geheult und hatten die Schafe gerissen, die in weiten Verschlägen standen. Dann war der Krieg über die Wälder hinweggefegt, und die Wölfe waren die ersten, die nach Osten flüchteten, hinein in die russische Steppe, in die Tundra, in die Taiga. An der Flucht der Wölfe erkannten die Russen den Erfolg des deutschen Vormarsches, noch ehe es die Wehrmachtsberichte meldeten oder die Agenten es berichteten.

»Wen hat man erschossen?« fragte Dr. Bohr.

»Meinen Freund! Den besten Menschen, den ich je kannte. Einen Major Schneider ... nur einen kleinen Major, lieber Kollege, von dem niemand spricht, den keiner kennt außer ein kleiner Kreis, dessen Tod keine Lücke hinterläßt, dessen Ermordung überhaupt nicht zur Kenntnis genommen wurde. Er verschwand still ... er war einfach nicht mehr da wie Hunderttausende, die gefallen sind. Nur traf ihn die Kugel in den Nacken. Eine deutsche 08-Pistole! Aber was macht das aus in diesen Tagen? Welcher Hahn kräht danach? Major Schneider hatte eine eigene Meinung – das genügte. Ob zu Hause eine Frau weint, ob Kinder auf den Vater warten ... wen kümmert auch das? So wird ein Mord einfach hingenommen wie tausend Morde vor ihm. Er ist zur Alltäglichkeit geworden ... ja, man glaubt es sogar! ›Auf der Flucht erschossen‹! Warum will der Idiot auch weglaufen? So oder so rollt doch sein Kopf!«

Dr. Bohr fragte nicht weiter. Die Worte Dr. Wenskys waren lauter und lauter geworden, die letzten Sätze schrie er fast. Jetzt stand er schwer atmend am Fenster und legte die Hände flach gegen die Scheiben.

»Wir können gar nichts tun«, sagte er nach einer Weile in das dumpfe Schweigen hinein. »Wir können nur sterben ...«

Ein paar Tage später kamen sie weg.

An die Front.

Nach Prushany.

Opfer der Auskämmung in rückwärtigen Gebieten.

Sie kamen in ein Dorf, das von den Bewohnern verlassen war, dessen Zufahrtsstraßen voller Minen staken, in dessen Wäldern die Partisanen hausten und darauf warteten, daß die Front weiter vorrückte, um die Deutschen in eine tödliche Zange zu nehmen.

Sie waren kaum in Prushany, als sie Arbeit bekamen.

Eine Flut von Verwundeten, die sich bisher bei den Trossen aufgehalten hatte, notdürftig von den Sanis versorgt, wanderte zum neuen Hauptverbandplatz und trug die große Hoffnung in den Herzen, zurück in die Heimat zu kommen.

»Ein schönes Schüßchen«, sagte ein Obergefreiter. »Schußbruch! Reicht für zu Hause.«

»Nee«, sagte Walter Heinrich, indem er den Papierverband abwickelte. Er war durchgeeitert und stank.

»Wieso nee?« Der Obergefreite wurde blaß. »Ich dachte ...«

»Wer denkt, ist kein Soldat! Der Soldat gehorcht und denkt

nicht!« Heinrichs Humor war grimmig und bissig. Er tupfte die Wunde sauber. Ein Schuß, der ein Musterbeispiel war. Knochen zersplittert, Radialisnerv angeritzt ... alles sauber und präzise, ein wundervoller Heimatschuß. Aber man lebte nicht mehr im Jahre 1939 oder 1940, sondern Ende 1944! Das war der einzige Unterschied der Verwundung ... sie kam zu spät! »Was willst du zu Hause, Kamerad?«

»Meine Frau wiedersehen. Nach zwei Jahren!«

»Das gibt ja doch bloß ein Kind!«

Der Landser grinste. Er biß die Zähne aufeinander, als Heinrich den Mullpacken von der Wunde riß.

»Aber ein Mädchen! Keinen Jungen. Man sollte überhaupt keinen Jungen mehr zur Welt bringen. Dann hört der ganze Scheißdreck auf.«

»Denkste. Dann führen die Weiber den Krieg! Wenn es mal zwanzig oder dreißig Jahre still auf der Welt geblieben ist, juckt irgendeinem Uniformträger die Hand. Und wieder geht's los! Wir Menschen sind eine komische Gesellschaft, Kamerad. Eigentlich sind wir die größte Fehlschöpfung der Natur.«

»Halt die Fresse.« Der Soldat verzog das Gesicht. Heinrich hatte den Oberarm bewegt, um festzustellen, wie weit der Knochen zersplittert war.

»Himmel noch mal – muß das sein?« stöhnte der Landser.

»Leider, mein Junge. Wir werden dir einen Gipsverband machen, und dann legst du dich auf einen Strohsack, liest die neueste PK-Zeitung und träumst von zu Hause und von deiner Frieda und dem Kind, das du machen willst.«

»Und wann geht's nach Hause?«

»Überhaupt nicht!«

Der Landser richtete sich auf. Er stützte sich mit dem gesunden Arm ab und sah Heinrich mit weiten Augen an.

»Das ist doch'n fauler Witz, Unteroffizier?«

»Leider nicht.«

»Aber ich kann doch nicht mit kaputten Knochen ...«

»Wir müssen es können ...«

»Und Radialislähmung ...«

»Nützt alles nicht! Die einzige Lähmung, die gilt, ist der Tod. Sei froh, daß du noch weggekommen bist.«

»Um hier zu verrecken, wenn der Russe durchbricht!« schrie der Obergefreite. »Die schlagen uns tot, wenn sie uns erwischen. Die schlagen uns tot wie die Hunde, mit der bloßen Faust, mit einem Knüppel ...« Heinrich wandte sich ab und verließ den Raum.

»Die wollen uns hier fertigmachen!« brüllte ihm der Verwundete nach. »Kameraden – die lassen uns zurück! Die liefern uns den Russen aus! Kameraden – wehrt euch doch! Die lassen uns einfach liegen ...«

Auf dem Gang traf Heinrich auf Dr. Wensky.

»Was ist denn da los?« fragte er.

Heinrich biß die Lippen zusammen. »Einer sagt die Wahrheit, Herr Stabsarzt.«

»Und da brüllt er so?«

»Er begreift die Wahrheit nicht ...«

»Begreifen Sie sie?«

»Nein!«

»Und warum brüllen Sie nicht?«

»Ich habe nicht mehr die Kraft dazu.«

»Das ist gut.« Dr. Wensky lächelte sarkastisch. »Sie haben das Zeug, ein Held zu werden ...«

Südlich Prushanys, nach Linowo zu, lag an der Straße ein einsamer Bauernhof.

Es war ein typischer russischer Kotten, hingeduckt, mit flachem Strohdach, einem Ziehbrunnen, dessen Hebebalken wie ein einsamer, klagender Finger in den Winterhimmel starrte, ein paar Ställe mit windschiefen Türen, neben der Scheune eine Banja, ein halber, ausgehöhlter Baumstamm als Viehtränke und um einen Gemüsegarten ein wackeliger, gezimmerter Birkenzaun.

Ein Haus wie hunderttausend andere Häuser in der russischen Landschaft. Grau, verkommen, die Armut der Muschiks hinausschreiend. An der Tür hing noch ein Plakat der Kolchosenverwaltung mit einem Aufruf des Genossen Distrikt-Kommissars: Der Deutsche rückt vor. Jede Kolchose gibt seine Kühe in Prushany ab. Er darf behalten: vier Hühner, ein Schwein, zwei Gänse. 30. Juni 1941.

Kurz vor dem Zusammenbruch der sowjetischen Front unter den Panzerkeilen und Stukas der deutschen Angreifer.

Jetzt, dreieinhalb Jahre nach diesem Tag, lebten in diesem Haus noch immer der Bauer Igor Tscherasow, seine Frau Wanda Tscherasowa und seine Tochter Vera. Sie hatten alle Stürme überlebt, sie hatten hinter den deutschen Linien ihre kleinen Felder bebaut, sie hatten die Hühner vermehrt, die Gänse gezüchtet, sogar zwei Kühe hatten sie aufgetrieben.

Ab und zu hatte der Ortskommandant von Prushany, ein alter Reservehauptmann und Studienrat, einen Besuch bei den Tscherasows gemacht. Meistens brauchte er Eier oder Hühner für die Lazarettverpflegung, und der alte Igor gab sie ihm, so wie es sich gehörte, gegen Rubel oder Schokolade, die Wanda Tscherasowa so gern aß.

»Wenn ihr hierbleibt, Väterchen Offizier«, sagte der alte Igor einmal, »geht es uns gut. Wir können endlich wieder unseren eigenen Boden so bebauen, wie wir wollen! Bleibt ihr hier?«

»Aber sicher.« Der Ortskommandant sagte es damals mit tiefster Überzeugung. Die deutschen Divisionen standen bei Moskau ... es war nur eine Frage der Zeit, wann der russische Koloß ausgeblutet zusammenbrach.

»Wenn ihr hier bleibt, Väterchen Offizier«, sagte der alte Igor in diesen Tagen zu seiner Wanda. »Der Genosse Kommissar wird uns nie verzeihen, daß wir hiergeblieben sind und die Deutschen beliefert haben. Sollen wir mit ihnen gehen, Wandaschka? Vielleicht nehmen sie uns mit, die Deutschen. Wir waren doch immer ihre Freunde.«

»Njet«, sagte die Tscherasowa. »Ich bleibe in meinem Haus. Ich gehe nicht weg von Mütterchen Rußland.«

»Sie werden uns quälen, Wandaschka. Sie werden uns wegschleppen nach Sibirien.«

»Ich will nicht nach Deutschland.«

»Sie waren immer gut zu uns.«

»Ich kann mit ihnen nicht leben. Laß uns bleiben, Igorowitsch.«

»Und wenn der Genosse Kommissar uns tötet?«

Die Tscherasowa schwieg. Sie ging in ihre Schlafkammer. In der Nacht schnitt sie sich die Pulsadern durch. Als es Vera merkte, jagte sie den Vater aus dem Stroh. Auf seinem alten, knöcherigen Panjegaul, den er auf der Rückzugsstraße der deutschen Armee auflas, ritt er wie der Teufel durch die Nacht und fiel vor dem Hauptverbandplatz Dr. Wensky in die Arme.

»Wandaschka stirbt!« schrie er. Es war, als brülle ein angeschossener Bär. »Hilf mir, Doktor! Hilf meiner kleinen Mamuschka! Sie hat sich die Arme aufgeschnitten ... aus Angst vor dem Kommissar. Hilf mir, Doktor. Um Gottes willen, hilf mir ...«

Er weinte und umklammerte die Hand Dr. Wenskys. Unterarzt Dr. Bohr kam hinzu und wäre von dem scheuenden Panjepferd fast umgerissen worden.

»Was ist denn hier los, Herr Stabsarzt?«

»Eine Russin hat sich die Pulsadern aufgeschnitten. Aus Angst vor den eigenen Leuten. Anscheinend hat der Bauer mit uns konspiriert.«

»Ich habe für Kommandantura, für Lazarett, für Truppe Hühner, Eier, Butter geliefert«, schrie Igor Tscherasow. »Nun hilf du mir, Doktor. Wandaschka verblutet . . .«

»Sie wollen doch nicht etwa hingehen, Herr Stabsarzt?« Dr. Bohr schüttelte den Kopf. »In der Nacht . . .«

»Was heißt in der Nacht, lieber Kollege? Die Nacht unterscheidet sich nur darin vom Tag, daß sie dunkel ist. Aber die Leiden bleiben die gleichen, die Patienten, die ärztlichen Pflichten.«

»Bei einer Russin . . .«

»Ist sie kein Mensch? Kein Patient, wenn man mich ruft?«

»Wir sind im Krieg, Herr Stabsarzt!«

»Schließt das die Humanität aus? Entbindet uns das von unserem Eid als Arzt, jedem an jedem Ort zu jeder Zeit zu helfen?«

»Aber Sie können doch nicht mitten in der Nacht in einer sowjetischen Bauernkate . . .«

Dr. Wensky winkte ab. »Ich werde die Arme abbinden und die Bäuerin dann zu uns bringen. Hier sehen wir weiter, was geschehen kann.«

»Ich halte das für eine übertriebene Pflichterfüllung.«

»Akzeptiert!« Dr. Wensky winkte einem Sanitäter. »Mütze und Mantel!« rief er. »Und lassen Sie den Kübel fertig machen!« Er wandte sich wieder zu Bohr und klopfte dem zitternden Igor auf die schmalen Schultern. »Dieser arme Kerl hier hätte, statt uns zu verpflegen, auch Minen legen können. Er hatte die Möglichkeit, das Lazarett in die Luft zu sprengen. Was tat er? Er schickte uns Eier und Hühner.«

»Um sich bei uns einzuschmeicheln.«

»Hatte er das nötig?« Dr. Wensky schlüpfte in seinen Mantel und setzte die Schirmmütze auf. Der Kübelwagen, von einem Gefreiten gelenkt, rollte heran. »Man darf nicht in den Fehler verfallen, lieber Kollege, im Kriege, besonders im Kriege, die Menschen zu katalogisieren. Von einer bestimmten Grenze ab gibt es keine Deutschen, Russen, Tataren, Mongolen, Engländer, Franzosen, Neger oder Malaien mehr, sondern nur noch Menschen. Einfach Menschen! Und diese Grenze ist der Schmerz, ist der Hilfeschrei! Wenn wir diese Unterschiede verlernt haben, wird es Zeit, daß wir uns darauf besinnen, daß auch wir einmal um Hilfe schreien könnten und dann die Bereitschaft der anderen erhoffen.«

Er stieg in den Kübelwagen. Igor Tscherasow sprang neben ihn auf den Sitz ... das Panjepferd ließ er zurück. Dr. Bohr trat an Wensky heran. Seine Stimme war heiser.

»Sie werden ja ein Philanthrop, Doktor! Ich dachte immer, Sie hassen den Menschen?«

»Tat ich das?« Dr. Wensky beugte sich zu Dr. Bohr vor. »Die Inkonsequenz ist ein typisches Charaktermerkmal des Menschen. Hätte er es nicht, sähe die Welt noch wüster und leerer aus ...«

Der kleine Wagen fuhr an und verschwand keuchend in der Dunkelheit. Dr. Bohr sah noch eine Hand winken ... er winkte zurück, mit einem unguten Gefühl im Magen und einer Sorge, die er mit Worten nicht umreißen konnte ...

Eine Stunde später kniete Dr. Wensky vor Wanda Tscherasowa neben dem Strohbett und hatte ihr beide Hände abgebunden. Igor hielt eine Stall-Laterne, Vera wusch mit einem alten Lappen und Wasser in einer zerbrochenen Schüssel den blutbesudelten Körper der Mutter ab.

»Wird mein Täubchen leben?« fragte der alte Igor. Die Hand, die die Laterne hielt, zitterte nicht, aber die Stimme war weit weg, wie weggejagt von der Angst, die ihn durchströmte.

Dr. Wensky wickelte die Verbände über die zerfetzten Handgelenke. Sie hat ein stumpfes Messer genommen, dachte er dabei. Ihre Adern sind mehr zerrissen, als zerschnitten. Wie muß sie mit der stumpfen Klinge gedrückt und gestochen haben, ehe sie den Puls traf und durchtrennte!

»Ich glaube es, Igor. Aber Gott muß mithelfen! Kennst du noch Gott?«

»Ich habe ihn nie vergessen.«

»Trotzdem er Rußland verlassen hat?«

»Eben darum, Herr. Wer fern ist, wird mehr geliebt als der, der neben einem sitzt.«

Dr. Wensky erhob sich und klopfte den Staub von seinen Knien. Er knöpfte den Mantel wieder zu und griff nach seiner Mütze.

»Hast du einen Karren?«

»Eine Handkarre, Doktor.«

»Deine Frau muß ins Lazarett. Ich habe nur dort die Möglichkeit, sie zu retten.«

»Dann nimm sie in deinem Wagen mit, Towarisch.«

»Mich könnten die Partisanen beschießen ... dir tun sie nichts.«

»Ich werde mitfahren und mich vorn auf die Haube setzen. Wenn sie schießen, sollen sie mich zuerst treffen.«

Wensky betrachtete den alten Tscherasow und schüttelte den Kopf.

»Du bist kein Russe, Igor.«

»Warum, Herr?«

»Du müßtest mich hassen. Wer ein Russe ist, verflucht die Deutschen.«

»Nicht alle, Herr. Warum soll ich Sie verfluchen? Weil Sie hier sind? Wollten Sie denn hier sein? Wäre es nicht schöner, wenn Sie in Ihrem Hause wären und schliefen jetzt in Ihrem Bett? Man hat Ihnen befohlen, hierher zu kommen. Und Sie haben gehorcht, weil Sie Ihren Kopf behalten wollten. Sehen Sie ... ist es anders bei uns, bei allen Völkern? Wir alle werden nur befohlen, und wir alle gehorchen nur ... wir Kleinen, Doktor. Immer ist einer da, der sagt: Du mußt! Bei mir, bei Ihnen, bei allen Menschen. Warum sollen wir Kleinen uns hassen, wo wir doch nur Kaninchen sind, die sich vor dem Hetzhund verstecken ...?«

Dr. Wensky wollte etwas sagen, aber er kam nicht mehr dazu, dem alten Tscherasow zu antworten.

Durch den Nachthimmel gurgelte es ... es war, als sei der Himmel ein riesiges Meer, das einen Damm gebrochen hatte und nun herniederstürzte in die Niederungen. Dem Gurgeln folgte das dumpfe Grollen der Abschüsse. Es war, als wäre die Luft im Zimmer plötzlich weggesaugt ... selbst die schwache Wanda starrte empor an die Balkendecke und suchte mit den zerschnittenen Armen die Hand Igors.

»Artiljärija«, sagte sie dumpf. »Pretsmjärtnuj tschas.« (»Artillerie! Die Todesstunde!«)

»Mamuschka!« schrie Vera auf. Sie fiel neben der Mutter auf den Boden und legte ihren Kopf zwischen ihre Brüste.

In diesem Augenblick schlug es ein. Die Erde riß auf unter einem gewaltigen Feuerschlag ... 30-cm-Granaten orgelten heran und pflügten den Wald durch, zerstampften die Straße, fegten den Ziehbrunnen weg, die Banja, die Scheunen ... Als ein Volltreffer das Haus traf, hörten sie den Krach des Einschlages nicht mehr. Sie sahen nur die Decken zusammenbrechen, die Wände kamen auf sie zu, giftiger, beißender Qualm nahm ihnen den Atem ... Dann war es vorbei.

Vereint starben Igor, Wanda und Vera ... sie knieten am Lager Mamuschkas, als der Volltreffer das Haus zermalmte. Sie hielten sich an den Händen und beteten, bis die Balken sie erschlugen. Auf dem Hof wurde der Kübelwagen zerfetzt ... der Gefreite, der ihn fuhr und sich gerade eine Zigarette ansteckte, flog durch die Nachtluft und wurde von einer Zaunlatte aufgespießt. Er schrie noch einmal gräßlich, ehe er mit Händen und Beinen um sich schlug und starb.

Auf einem Balken lag Dr. Wensky und starrte in den Nachthimmel. Die Feuersäule der schweren sowjetischen Artillerie wanderte weiter, auf Prushany zu. Vernichtung der rückwärtigen Verbindungen, hieß ihr Auftrag. Sie erfüllten ihn vorbildlich ... die Straße, die sie zog, war ein Streifen verbrannter Erde, mit Mondkratern durchsetzt.

Mein Gott, dachte Dr. Wensky. Es ist merkwürdig, daß ich an dich denke, wenn es zu Ende geht. Ich, der Nihilist. Sicherlich hast du geglaubt, daß mich das Sterben überzeugt ... Das Gegenteil ist der Fall. Mein Tod ist so sinnlos, daß eigentlich nur du einen Sinn darin finden kannst. Ich habe einem Menschen geholfen ... und dafür sterbe ich jetzt! Dem barmherzigen Samariter erging es anders!

Er tastete mit beiden Händen an seinen Leib. Dort, wo der linke Oberschenkel in die Beckenknochen mündet, war ein tiefer Riß, ein klaffendes Loch, in dem ein zwei Hände großes Stück Eisen stak. In rhythmischen Schlägen strömte das Blut über seine tastenden Finger.

»Ein klarer Fall«, sagte er laut. »Ich werde verbluten. Selbst den Genuß des Sterbens darf ich auskosten. Ich danke dir, Gott!«

Er legte sich etwas auf die Seite, drückte das zerfetzte Bein mit beiden Händen nach und lag, mit dem Gesicht auf dem Balken so, als wollte er schlafen.

In die Wälder zwischen Prushany und Linowo hämmerte die sowjetische Artillerie. Nach dem Feuerschlag der 30-cm-Geschütze zerpflügten die mittleren Kaliber die Troßstellungen, die Bataillons- und Regimentsgefechtsstände, die Zufahrtswege des Nachschubs von den Artillerieprotzen und die Laufgräben zur HKL.

Bis zum Morgen würde das so gehen ... Tausende von Granaten, tausend Tote, tausendfaches Entsetzen, bis im Morgengrauen die Panzer vorbrachen und die Infanterie mit ihrem fanatischen Urrääå-Geschrei gegen die dünne deutsche Linie anrannte.

In dem zerstörten Haus knackte es. Die Balken verschoben sich unter der drückenden Last und fielen zusammen. Das Haus streckte sich, so wie sich ein Toter streckt.

Vor Wenskys Augen wurde es trüb. Er umklammerte den Balken, um nicht herunterzufallen und am Ende seines Lebens noch den bestialischen Schmerz zu spüren, der ihm jetzt abging. Das abgetrennte, nur an Fetzen hängende Bein lag breit und ruhig auf dem Balken ... von ihm hinunter floß das Blut in einem breiten Bach und versickerte in dem aufgewühlten Boden.

Das Herz begann zu flattern. Wensky stellte es mit der Erwartung eines Arztes fest, der am eigenen Körper ein Experiment durchführt. Das Blut wurde weniger ... die Herzmuskeln pumpten ins Leere ... auch die Lunge wurde nicht mehr durchblutet ... das Atmen wurde schwerer ... aber das Gefühl, leichter zu werden, so leicht wie eine Feder, nahm zu.

Gleich wird eine große Müdigkeit kommen, diagnostizierte Wensky. Nach dieser Müdigkeit erfolgt die Bewußtlosigkeit, bis das Herz aufhört und das sinnlos gewordene Pumpen einstellt.

Ein Schüttelfrost durchjagte ihn plötzlich. Er seufzte und legte den Kopf flach auf den Balken.

Das Ende ... wirklich, das Ende ... Wie leicht man ist, wie müde ... wie fern schon allen Geräuschen und Eindrücken. O es ist herrlich, zu sterben ... so herrlich ... man gleitet hinüber und ist glücklich, schlafen zu können.

Schlaf – allzeit getreuer Freund ... Goethe ... Egmont ... Der Monolog im Kerker ... In der Schule lernten wir ihn, und ich mußte ihn aufsagen: »Wensky, deklamieren Sie den Schlafmonolog«, sagte Dr. Perser. »Er ist wie für Sie geschrieben! Sie schlafen gern während des Unterrichts!«

Ein heißer Schmerz durchglühte ihn vom Becken bis zu den Haarwurzeln. Es war ihm, als zöge durch seine Arterien ein Strom von Feuer. Er stöhnte auf und hieb die Zähne in das Holz des Balkens, um nicht aufzuschreien.

Dann war wieder die Müdigkeit um ihn, die Schwerelosigkeit, das selige Gefühl des Schwebens.

Er lächelte. Und mit diesem Lächeln schlief er ein. Als sein zerfetztes Bein vom Balken fiel, hinein in die große Blutlache, spürte er es schon nicht mehr.

Durch das Artilleriefeuer ging die 6. Kompanie zurück.

Sie bestand aus sieben Mann, die mit zwei MGs 42 wie die Hasen im Zickzack nach rückwärts hetzten. Hinter ihnen her brummten die sowjetischen Panzer und besetzten die russischen Infanteristen die verlassenen deutschen Bunker. Vor ihnen her sprang das Feuer der leichten Feldgeschütze, eine Feuerwalze, der sie nachliefen, weil sie in ihrem Schutz sicherer waren als in dem Vakuum zwischen Artillerie und Panzergeschützen.

Im Bataillonsgefechtsstand trafen sie Hauptmann Faber sterbend an. Leutnant Mönkeberg sammelte die Reste der Trosse auf, die er nach vorn beordert hatte, bevor die letzte Sprechverbindung zerriß.

Fritz Leskau kniete neben Faber auf der Erde und gab ihm aus seiner Feldflasche zu trinken. Es war Wahnsinn ... der braune Tee lief, kaum daß er ihn trank, aus dem gräßlich aufgerissenen Magen wieder heraus ... er sickerte durch die zerfetzten Därme, die der Bataillonssanitäter mit Mullbinden zurückgedrückt hatte.

Faber schlug für einen Moment die Augen auf. Sein Blick traf auf Leskau, und sein Kopf zuckte hoch.

»Leskau? Du hier? Was ist mit der Front?«

»Das alte Lied, Herr Hauptmann. Wir laufen mal wieder. Eines Tages wird das ganze deutsche Volk nur noch aus Langstreckenläufern bestehen.« Er versuchte ein Lächeln. »Das wird eine Olympiade, Herr Hauptmann! Wir bekommen alle Goldmedaillen in den Laufdisziplinen!«

Strakuweit hinkte heran. Jenseits des Waldes waren die sowjetischen Panzer aufgefahren. In einer Viertelstunde konnten sie aus dem Wald kommen und den Bataillonsgefechtsstand aufrollen.

»Wir müssen abhauen, Fritz«, flüsterte er Leskau ins Ohr. »Ich muß doch Lottchens Kind den Vater erhalten.«

»Und Faber?«

»Willst du den mitnehmen? Der ist doch nicht transportfähig!«

»Aber er lebt noch! Wir können ihn doch nicht lebend liegen lassen!«

»Aber der Iwan ...« Strakuweit schluckte und sah auf den röchelnden Faber. Sein Magen war ein einziger Blutsee. »Mit fünfunddreißig Panzern steht er hinter dem Wald! Die machen uns zur Minna ...«

Leskau beugte sich wieder über Faber. Er nahm die Hand des Sterbenden und tastete nach dem Puls. Noch war er fühlbar, flatternd, ab und zu aussetzend ... aber das Herz arbeitete noch in einem Körper, der in der Mitte fast durchtrennt war.

»Pack an, Theo!«

Strakuweit starrte Leskau wie einen Verrückten an. »Wo denn? Er bricht ja durch, wenn wir ihn wegschaffen.«

Über den Wald hinweg schoß leichte russische Feldartillerie, Leutnant Mönkeberg zog mit seinem zusammengescharrten Haufen zurück zum Regimentsgefechtsstand. In den Feuerpausen der Artillerie hörte man das Fauchen und Kettenklirren der durch den Wald sich vortastenden Panzer. Sie fuhren langsam, vorsichtig, auf weiten Abstand. Man dachte, der Wald sei vermint.

Faber schlug die Augen wieder auf.

»Theo ist auch hier? Meine ganze alte Kompanie! Wißt ihr noch, wie wir die Turmspitzen von Moskau sahen? Im Morgennebel schwebten sie zwischen den Wolken ... so nahe waren wir am Ziel!« Er hob den Kopf. Die Artillerie hämmerte zwischen Bataillon und Regiment die Wege zusammen. In dem Feuerstrudel kämpfte sich Leutnant Mönkeberg zurück. Er rannte durch die Einschläge, den Kopf eingezogen, die Arme dicht am Körper. Er sah nicht nach rechts oder links ... er rannte um sein Leben. Niemand kümmerte sich jetzt mehr um den anderen ... wenn es um das nackte Dasein geht, ist der Kamerad längst gefallen!

Leskau stützte den Kopf Hauptmann Fabers. Strakuweit schielte zu dem Waldrand hinüber. Die Artillerie schwieg plötzlich. Unheildrohend. Was jetzt kommen mußte, kannte jeder Rußlandkämpfer.

Panzer und Urrääää ... das Ende eines Traumes vom gewonnenen Krieg ...

»Fritz, wir müssen weg!« Strakuweit stieß Leskau in die Seite.

»Faber lebt noch!«

»Willste warten, bis du daneben liegst? Denk doch an Inge, du Idiot! Was du hier machst, ist falsches Heldentum! Das ist genau das, was der Goebbels schreibt: Der sich selbst vergessende deutsche Soldat! Und da hinten warten 35 T 34 auf dich! Komm, Fritz ... noch können wir 'raus!«

»Und Faber?«

Strakuweit sah auf den stöhnenden Hauptmann. Er biß die Zähne zusammen, über sein breites, ostpreußisches Bauerngesicht zuckte es. Er wurde plötzlich blaß und starr. Mit leeren Augen, in denen das nackte Grauen stand, griff er in die Tasche seiner Uniform und holte eine 08 hervor. Er lud sie durch und richtete den Lauf auf den Kopf Fabers. Leskau umklammerte in einem schnellen Griff Strakuweits Hand.

»Bist du verrückt, Theo?« brüllte er.

»Er soll sterben«, schrie Strakuweit grell, »damit wir leben können! Ich kann doch auch nicht weg, wenn er nicht tot ist. Ich kann doch auch nicht weg ...« Er weinte auf und heulte wie ein junger Wolf.

»Pack an!«

Leskau bückte sich und ergriff die Beine Fabers. Strakuweit schob seine großen Hände unter die Achsel des Hauptmanns. Als sie ihn aufhoben, schrie er auf und öffnete die Augen.

»Laßt mich!« schrie er. Blut rann aus seinem Mund ... er schluckte ... er hustete und erstickte fast in dem Blutstrom, der in seiner Kehle emporsprang.

»Los!« kommandierte Leskau.

Sie rannten über das aufgewühlte Land, der Körper Fabers pendelte zwischen ihnen. Ab und zu schrie er tierisch auf, der Mund ward zu einer Wunde, aus der Blut herausstürzte, die Mullbinden um den Leib verschoben sich, und die Därme traten wieder hervor und quollen über die Uniform hinweg wie blutige Schlangen.

»Laß mich ihn erschießen!« schrie Strakuweit beim Laufen. »Fritz, sei doch gnädig ... mach doch ein Ende mit ihm! Ich kann es nicht mehr sehen ... ich kann es nicht mehr ...« Heulend, keuchend, stolpernd rannte Strakuweit weiter, dem Feldwebel nach, der den pendelnden Körper an den Beinen vorwärtsriß, mit jedem Schritt, mit jedem Sprung von den Russen weg.

Aus dem Wald brachen die sowjetischen Panzer. Mit ihren langrohrigen Geschützen bestrichen sie das Feld, hämmerten die Reste der Gruppe Mönkeberg in den Boden, trafen den rennenden Leutnant in den Rücken und zerfetzten ihn.

Strakuweit und Leskau lagen in einem Granattrichter. Der Kopf Fabers ruhte in Leskaus Schoß. Das Gesicht sah entspannt und gelblich aus ... der Blutstrom aus dem Mund war geronnen.

Strakuweit legte seine Hand auf Fabers Augen. Der Kopf war, als habe er im Eis gelegen.

»Er ist ja tot, Fritz!«

Leskau beugte sich über Faber. Er legte das Ohr auf seine Lippen. Kein Atem ... das Herz stand still ... sogar das Blut aus der klaffenden Wunde sickerte nicht weiter.

Langsam legte Leskau die Hände Fabers zusammen. Den Stahlhelm deckte er über das Gesicht.

Strakuweits Kopf zuckte über den Trichterrand. Am Waldrand erschien die sowjetische Infanterie. Ihre runden Stahlhelme flimmerten im Morgendunst ... die langen Mäntel schienen über die Erde zu schleifen. Wie Geister rannten sie am Waldrand umher.

»Wir müssen weiter, Fritz!«

»Sofort.«

Leskau nahm die Brieftasche Fabers an sich. Ein Bild, das Bild eines blonden, lachenden Mädchens, lag gleich obenauf. Schnell klappte Leskau das Lederetui zu und steckte es in seine Tasche. Sein Gesicht war verzerrt.

»Komm!« schrie er in das Hämmern der russischen MGs hinein. »Wenn wir hier 'rauskommen, Theo, schwör ich dir, daß ich auf jeden schießen werde, der noch einmal das Wort Krieg wie eine Ehre ausspricht!«

Sie schnellten sich aus dem Trichter und liefen, sprangen, robbten sich zurück.

Nach achthundert Metern traf Leskau eine Kugel in den Rükken. Er fiel nach vorn auf das Gesicht und grub die Finger in die Erde. Strakuweit, der hinter ihm keuchte, ließ sich an seiner Seite niederfallen .

»Fritz!« schrie er. »Fritz, mach keine Dummheiten.«

»Lauf weiter!« keuchte Leskau. »Lauf, Theo! Und sage Inge, daß ich sie geliebt habe, so sehr, wie ich es ihr nie sagen konnte. Und nun hau ab ...«

Strakuweit kroch unter Leskau. Er stemmte sich empor, schob den Körper über seine breite Schulter und rannte weiter.

Er stampfte die Erde unter sich weg wie ein rennender Büffel. Er rannte und kannte keine Lunge mehr, keinen Atem, keine Richtung, keine Muskeln, keine Schwere ... er rannte wie nie ein Mensch gerannt war ... aufgelöst, ohne Gedanken mehr, ohne Gefühl ... alles, was ein Mensch hat, empfindet, von sich geben kann, lag in seinen Beinen, lag in dem einen Willen ... rennen ... nur rennen ... rennen ... rennen ...

Die Winteroffensive der Sowjets war angelaufen.

263 Divisionen stürmten vor.

Und vor ihnen her lief ein einzelner Mann, seinen Kameraden auf dem Rücken.

Wenige Tager später kam der polnische Friseur Pawlek Star- wortsky zu Elsbeth Holzer in die verlassene Schule. Er kl- nach Einbruch der Dunkelheit zaghaft an die Scheibe ihre- sters. Mit einem Schrei fuhr Elsbeth empor. Sie hatte ge- lesen.

»Wer ist da?« rief sie und wich vom Fenster zurück. In Serok hatten Polen auf die erleuchteten Fenster der Deutschen geschossen und drei Menschen getötet.

»Pawlek! Keine Angst, pany professori . . .«

Sie ging zögernd zum Fenster, öffnete es und beugte sich heraus. Es war wirklich Pawlek Staniswortsky. Er stand im Schatten des wilden Weines, der die ganze Hauswand der Schule und auch das Fenster umrankte. Vor dem Weg, zur Straße hin, standen Fliederbüsche und Rotdorn. In dem Gewirr der Zweige war die Gestalt wie ein knorriger Stamm.

»Was wollen Sie, Pawlek?« Elsbeths Stimme zitterte.

Staniswortsky hob die Hand. »Hören Sie, pany? Ganz weit weg . . . da . . . wenn der Wind auf Nasielsk steht . . . Da . . . da ist es wieder. Hören Sie, pany . . .«

Elsbeth hörte es. Ein fernes, dumpfes Grollen lag in den Wolken, die über die Stadt trieben. Ein gefährliches Donnern.

»Die Sowjets!« Pawleks Gesicht tauchte aus der Dunkelheit auf. »Sie kommen. Der Tag der Befreiung vom deutschen Joch nähert sich. Der Tag der Rache, pany!« Elsbeth schauerte zurück. Sie legte die Hände vor die Brust und starrte Staniswortsky aus schrekkensweiten Augen an. »Die Offensive hat begonnen . . . alle deutschen Truppen gehen wieder zurück. Deutschland ist kaputt, pany!«

»Ich weiß es, Pawlek«, sagte Elsbeth heiser vor Angst.

»Wenn die Sowjets über die Grenze kommen, ich habe Pferd für dich!«

»Was haben Sie?«

»Ein Pferd für pany professori. Ein altes, aber gutes Pferd. Es steht bei mir im Hof. Mit ihm kann pany weiterreiten, zurück nach Deutschland. Das ist Pawleks Dank für Anständigkeit . . .«

»Ich danke Ihnen . . .« Elsbeth lehnte den Kopf an den Fensterrahmen. Plötzlich rannen ihr die Tränen über das bleiche Gesicht. Es war wie ein innerer Zusammenbruch . . . sie schluchzte haltlos und umklammerte das Fenster. Pawlek Staniswortsky kaute auf ...rlippe.

...Sie können reiten?«

...hmdes gelernt.«

...schon weg! Heute nacht. Mit dem letzten ... den Kopf. »Pany professori hat man ver-...eunde mehr. Überall nur Feinde.«

... hinausgekommen?«

»Ja. Wenn die Strecke hinter Warschau nach Kutno und Posen nicht gesprengt wird, sobald der Zug kommt.«

»Aber es sind doch Frauen im Zug!«

»Deutsche Frauen!«

»Und Kinder!«

»Die Feinde von morgen! Wir kennen keine Gnade, pany. Wir werden vernichten, was deutsch ist! Wie Ungeziefer werden wir es zertreten! Männer, Frauen und Kinder! Ganz Deutschland!« Pawleks Stimme glühte auf, seine Augen leuchteten fanatisch. »Es soll keine Deutschen mehr geben, die einmal sagen werden: Unsere einzige Ausdehnung liegt im Osten! Wir werden sie so vernichten, daß Deutschland zu groß sein wird für die Überlebenden!«

»Und mich retten Sie?«

Staniswortsky schlug den Kragen seines Mantels hoch. Wieder trug der Wind das ferne Grollen heran.

»Erinnern Sie sich an Lubja Wawara?«

»Nein.«

»Sie kam zu Ihnen als Dienstmädchen ... vor drei Jahren.«

»Vor drei Jahren? Da war ein Mädchen Sylvia bei mir.«

»Es war Lubja Wawara. Sie war eine große Pianistin. Die Deutschen hatten sie in die Fabrik gesteckt. An den Maschinen verlor sie das Gefühl für die Klaviertasten. Dann kamen Sie, pany. Sie nahmen Lubja als Dienstmädchen zu sich. Und bei Ihnen durfte sie Klavier spielen ... dort, auf dem Schulklavier. Sie bekam ihre Finger wieder ... wenn der Krieg zu Ende ist, wird sie wieder Konzerte geben. Sie haben Polen eine Künstlerin gerettet!«

»Ich habe es nicht gewußt.«

»Lubja Wawara ist jetzt in Warschau. Sie spielt für die Untergrundbewegung. Sie wird nach dem Krieg mit ihrem Spiel Geld für den Wiederaufbau Polens sammeln. Darum, pany ... gebe ich Ihnen das Pferd. Ein Patriot hat eine Ehre.«

Er drehte sich schroff herum und verließ den Garten der Schule. Elsbeth Holzer sah dem Schatten des Mannes nach, bis er in der Dunkelheit untertauchte.

Dann schloß sie das Fenster und ließ sich auf das Sofa fallen. Ein Pferd! Auf einem Pferd in die Freiheit ...

Sie legte den Kopf auf den Arm und weinte.

Und das Grollen aus der Ferne kam näher – wie der Wind ...

Am 14. Januar 1945, nach ruhigen Weihnachtstagen, stand die Rote Armee an der Weichsel! Die am 12. Januar nach einem mörderischen, fünfstündigen Artilleriefeuer eingeleitete neue Großoffensive hatte bereits am ersten Tag die notdürftig geflickte deutsche Front zerrissen. Marschall Shukows ›1. weißrussische Front‹ zerbrach den Riegel um Warschau. Die 4. deutsche Panzer-Armee, die 9. Armee, die 2. Armee wurden in einem unaufhaltsamen Angriff der sowjetischen Divisionen auseinandergerissen, zermalt, überrannt, aufgerollt bis zu den dicht hinter die HKL herangeführten Reserven, die in dem Strudel mit versanken.

Der Weg zur Weichsel lag frei. Schlesien lag in greifbarer Nähe ... im Norden bereitete sich das Drama Ostpreußen vor.

Auf Nasielsk zu marschierten die Sturmkolonnen der Roten Armee.

In der Nacht zum 14. Januar 1945 brachte Pawlek Staniswortsky sein Pferd zu Elsbeth Holzer.

Er fand sie in ihrem Zimmer, im Dunkel am offenen Fenster sitzend. Sie starrte hinauf in den Himmel, der den Feuerschein der sowjetischen Feuerwalze widerspiegelte. Sie hatte Trainingshosen an, darüber zwei Kleider und zwei Mäntel. Die langen Haare waren durch ein großes Kopftuch bedeckt. Ein gepackter Rucksack und ein Koffer standen auf der Erde, nahe der Tür.

»Es ist soweit, pany professorie«, sagte Pawlek.

»Ich sehe und höre es. Wo soll das alles hinführen?«

»Nach Berlin!« Staniswortskys Stimme jubelte auf. »Und nach Breslau! Polen wird größer und schöner als je auferstehen. Wir werden größer werden als Deutschland! Wir zerschlagen den deutschen Adler.«

»Und tauscht ihn ein gegen den russischen Bären.«

»Er kommt als Freund, pany!«

»Und frißt eure Bienenkörbe leer.«

»Das ist Nazipropaganda! Stalin kämpft für eine neue, freie sozialistische Welt! Er ist der größte Genius der Menschheit! Er wird die kapitalistische Welt zerschlagen, die schuld ist an allen Kriegen! Wenn der Arbeiter herrscht, der kleine Mann, wird es keine Kriege mehr geben. Das Volk liebt den Frieden ... nur die daran verdienen, wollen den Krieg!«

»So reden die Bolschewisten!«

»So reden alle verratenen und verlorenen Völker der Erde! So reden sie auch bei Ihnen in der Heimat, pany!« Staniswortsky hob die Schultern. »Es tut uns leid, daß wir die Deutschen vernichten müssen ... aber sie haben einen Fehler, der sie so gefährlich für die Weltgeschichte macht: Sie gehorchen zu gut!«

Elsbeth Holzer raffte den Koffer vom Boden und warf den Rucksack über den Rücken. Noch einmal sah sie sich in dem Zimmer um, in dem sie über drei Jahre gelebt hatte. Dort, die Tür, führte hinüber zu dem Flur, von dem die Klassenräume abgingen. Auf der Tafel der Klasse I standen noch die Kreidebuchstaben.

Ich gehe ... du gehst ... er, sie, es geht ... wir gehen ...

Damals war es eine Konjugation. Heute war es Wahrheit.

Du gehst ...

Pawlek Staniswortsky kam durch den Flur. Er lief. Deutlich vernahm man das Knattern von Maschinengewehren und die Abschüsse von Kanonen.

»Die Panzer brechen durch, pany!« rief er. »Machen Sie schnell, ehe der Russe durchbricht!« Er sah auf den Koffer und schüttelte den Kopf. »Kein Koffer! Rucksack genügt!«

»In dem Koffer ist meine ganze Wäsche, meine Kleider ...«

»Das Leben ist wichtiger! Lieber nackt, pany — aber lebend!«

Er zog sie an der Hand aus dem Zimmer, über den Flur, die Eingangstreppen hinunter auf den Schulhof. Das Pferd tänzelte herum, es war an einem Fliederbaum angebunden.

»Reiten Sie, pany professori!« Er gab Elsbeth die Hand, drückte sie fest; plötzlich beugte er sich hinab und küßte sie. »Gott sei mit Ihnen. Vielleicht sehen wir uns in einer besseren Zeit wieder ...«

»Pawlek ...« Elsbeth wollte noch etwas sagen. Die Worte staken in ihrer Kehle fest. Am östlichen Stadtrand von Nasielsk quollen Feuersäulen und Rauch auf. Mit Stalinorgeln schoß der Russe die rückwärtigen Verbindungen zusammen.

»Reiten Sie! Schnell!« Pawlek hielt das unruhige Pferd fest. Elsbeth kletterte auf den harten Sattel. Der Rucksack drückte ihren Körper nach vorn, aber sie stemmte sich gegen die Last und nahm die Zügel in beide Hände. Trense und Kandare, an alles hatte Staniswortsky gedacht.

»Reiten Sie, solange Sie können!« rief er ihr zu. »Bleiben Sie auf dem Pferd, bis Sie herunterfallen! Je weiter Sie wegkommen, um so sicherer retten Sie Ihr Leben!«

Er gab dem Pferd mit der Faust einen Schlag auf die Kuppe. Der Gaul stemmte sich hoch und schoß dann mit geblähten Nüstern aus dem Schulhof hinaus.

Der kalte Nachtwind stieß ihnen entgegen, als sie aus den Häuserzeilen hinaus auf die Landstraße kamen. Deutsche Militärkolonnen gingen auf ihr zurück ... fast in panischem Entsetzen fegten Artillerie und Trosse nach Westen. Panzer lagen seitlich der Straßen, die Mündungen der Kanonen ausgefranst, gesprengt, zerstört. Sie hatten keinen Sprit mehr gehabt und wurden hier unbrauchbar einfach zurückgelassen.

Über die Felder, Nasielsk zu, gingen in langen, auseinandergezogenen Reihen und Gruppen Infanterie-Reserven nach vorn. In den Hügelketten südlich der Stadt fuhr Flak auf und ging in Stellung.

Inmitten dieses Chaos, umringt von kämpfenden Truppen, beschossen von russischer Artillerie, jagte auf einem Pferd ein einsames, vergessenes Mädchen durch die Nacht.

Elsbeth ritt nicht über die Landstraßen. Sie galoppierte querfeldein, ritt durch die Birkenwälder, umging die deutschen Reservestellungen und lenkte das schnaubende und flockende Pferd über Weiden und durch vereiste Bäche, immer nach Westen, den Rücken dem flammenden Horizont zugekehrt.

Was sie nicht wußte, war der Grund des Entsetzens auf seiten der deutschen Truppenführung.

Auf beiden Seiten von Nasielsk war der Russe mit schnellen Panzerspitzen bereits durchgestoßen und rollte ins Hinterland. Wie ein dünner Schlauch, einem Korridor gleich, blieb auf einer Breite von nur 10 km ein Streifen Land, auf dem Elsbeth Holzer, die Gefahr auf ihren Seiten nicht ahnend, nach Westen ritt.

Auf einer Straße, die bereits mitten durch den sowjetischen Aufmarsch führte.

Sie ritt zwei Stunden, drei Stunden ... fünf Stunden ... ununterbrochen. Oben bleiben, das war der einzige Gedanke, den sie nach diesen Stunden noch fassen konnte. Bloß oben bleiben! Wenn du anhältst, wenn du absteigst, kommst du nie wieder auf den Sattel hinauf.

Sie umklammerte den Sattelknauf, beugte sich über den Hals des schwitzenden Pferdes und schloß erschöpft die Augen.

Weiter ... nur weiter ... und wenn du die Zähne in die Mähne beißen mußt, um das Schreien, der wunden Schenkel wegen, zu unterdrücken. Nicht anhalten ... jeder Hufschlag ist ja Leben ... jeder Meter ist ja Freiheit ... jede Pferdelänge bedeutet Rettung!

Der Rucksack auf ihrem Rücken drückte sie in den Sattel, als trüge sie einen riesigen Zentnersack auf dem Nacken. Die Gurte schnitten in Schultern und Brust ein, die Arme wurden gefühllos. Mit den Beinen umklammerte sie den Leib des Pferdes, drückte die Schenkel fest an und ließ den Gaul laufen. Sie lenkte nicht mehr ... sie konnte die Zügel kaum noch halten, so zitterten ihre Hände.

Weiter! Nach Westen. Weg von dem Grauen, das im Rücken heranzog.

Nach sieben Stunden lag sie fast im Sattel. Mit dem Gesicht auf dem Nacken des Pferdes, weinend vor Schwäche und Schmerzen, raste sie durch verlassene Dörfer und vorbei an brennenden, von den zurückgehenden Truppen angezündeten Magazinen.

Morgens, gegen acht Uhr, nach einem fast neunstündigen, wahnsinnigen Ritt fiel sie vom Pferd.

Ein Feldwebel einer Küchenkompanie hielt den tobenden Gaul auf. Als er ihn an der Kandare herunterriß, fiel er in die Knie, legte sich zur Seite und blieb zitternd und keuchend liegen.

Ein Leutnant und zwei Unteroffiziere rannten herbei und trugen Elsbeth Holzer zu einem Nachrichtenwagen.

Sie schlief siebzehn Stunden ... regungslos, wie tot, kaum atmend. Selbst der Cognac, den ihr der junge Leutnant einflößte, rann zwischen den zusammengepreßten Lippen wieder heraus und versickerte zwischen den zwei Kleidern und zwei Mänteln.

Sie merkte nicht, daß sie weiterfuhr nach Westen. Auf einer Decke im Nachrichtenwagen liegend, wurde sie in die Freiheit und in das Leben gefahren.

Sie erwachte erst, als die kalte Wintersonne ihr ins Gesicht schien.

»Wo sind wir?« fragte sie. Sie sah die Sonne über sich, blaue Wolken und das kindliche Gesicht eines jungen Leutnants.

»In Sicherheit, mein Mädchen ...«

Da lächelte sie und schlief wieder ein.

Ostpreußen fiel. Breslau wurde Festung und belagert. Die sowjetischen Divisionen überschritten die Oder und wälzten sich auf Berlin. Vom Westen her rückten die schnellen Panzerverbände des amerikanischen Generals Patton heran; sie eroberten Bayern und schwenkten nach Nordosten, um sich mit den vorstürmenden Russen zu vereinen.

Deutschland zerbrach. Die deutschen Divisionen gingen kämpfend zurück. Jetzt, auf eigenem Boden, unter sich die Felder und Wälder der Heimat, klammerten sie sich an jedem Bauernhaus fest, wurde jeder Hügel eine Festung, jeder Flußlauf eine Stellung, jeder Wald ein Bunker.

Jetzt hatte der Kampf einen Sinn. Jetzt hatte das Sterben einen Sinn. Wie es dazu kam, interessierte nicht mehr.

Der Russe ist in Deutschland! Die Apokalypse jagt über Ostpreußen und durch Schlesien, durch Mecklenburg und Pommern. Das war genug! Jetzt ging es um die Frauen und Kinder, um das tatsächliche nackte Leben.

Aber gegen 300 sowjetische Divisionen hatten sie nur die bloßen Hände, ein paar Kanonen, ein paar Panzerfäuste, ein paar Flaks. Und den Mut, sich dem roten Sturm entgegenzuwerfen und unterzugehen.

Eine Nation opferte sich für den Wahnsinn.

Mit seinem Hauptverbandplatz zog auch Walter Heinrich nach Westen, operierend, verbindend, Augen zudrückend, Schreiende wegschleppend. Tagelang, wochenlang immer dasselbe ... zerrissene Leiber, verblutende Jugend, geopferte Generation.

Mit den Resten seines Regimentes zog auch Theo Strakuweit nach Westen. Der ewige Landser, der Urbegriff des Landsknechtes. Mit verbundenem Kopf, auf den kein Stahlhelm mehr paßte, mit um den Leib schlotternder Uniform, aber immer noch vollgepfropft mit Witzen und Schweinereien, kämpfte er sich zurück in die Heimat, ein Rückhalt des jungen Ersatzes, den man aus der Hitlerjugend wegnahm und einfach in eine graue Uniform steckte.

»Solange Theo schießt, braucht ihr nicht in die Hosen zu scheißen«, war sein Spruch.

Der letzte Brief, der die Truppe erreichte, kam von Lottchen. Sie hatte Ostpreußen verlassen können, mit einem der Trecks, die in eisigem Schneesturm auf den Landstraßen nach Westen zogen. Jetzt war sie in Oldenburg und wartete auf die Geburt des kleinen Strakuweit.

Strakuweit trug diesen Brief zusammengefaltet in seinem ledernen Brustbeutel auf dem Herzen. Er war schon fleckig und zerknittert vom vielen Lesen.

Lottchen in Sicherheit! Nach Oldenburg — Strakuweit ließ sich von einem Gymnasiasten erklären, wo es lag — würde nie der Russe kommen.

»Kinder«, sagte er zu dem jungen Ersatz, nachdem er den Brief zum zwanzigstenmal gelesen hatte, »wenn dieser Mist hier zu Ende ist, sollt ihr eine Staubwolke sehen! Und in der Wolke Theo, Richtung Oldenburg!«

Keiner weiß, ob er es erreichte.

Sein Regiment marschierte in die Spreewald-Niederungen und

später nach Berlin. In dem Chaos des Zusammenbruchs verlor man Theo Strakuweit aus den Augen ...

Über die Straße von Landsberg an der Warthe nach Küstrin, die als neue Rollbahn diente, ging in diesen Wintertagen eine merkwürdige Gruppe deutscher Soldaten zurück.

Mit kahlgeschorenen Schädeln, grauen Hosen und blauweiß gestreiften Lazarettjacken, in Strümpfen, Pantoffeln oder Knobelbechern, einige sogar barfuß, tanzten sie durch den wirbelnden Schnee, durch den heulenden Eissturm, und sangen!

Sie umarmten sich, sie tanzten auf dem Straßeneis vor einem verlassenen Panzer barfuß Ringelreihen, schlugen Purzelbäume und spuckten sich an. Grölend, untergefaßt, halbnackt zogen sie dann weiter ... Gespenstern gleich hüpften sie durch die Nacht und jagten allen, die sie sahen, das Grauen über den Rücken.

Hirnverletzte, von den Sanis einfach zurückgelassen, marschierten in die Heimat.

»Legt sie um!« schrie ein Leutnant, der am Wege mit einer Gruppe Landsern stand. »Los! Schießen!«

Die Landser starrten stumm, bewegungslos auf ihre Kameraden mit den kahlgeschorenen Schädeln und den ausdruckslos grinsenden Gesichtern. Sie umklammerten ihre Waffen und senkten den Kopf.

Ein General, der auf der Straße zurückfuhr, ließ seinen Wagen halten. Die Hirnverletzten sahen den großen Wagen, den Stander und formierten sich.

Mit bloßem Oberkörper, auf Socken, die Arme durchpendelnd, mit ihren schrecklich aufgerissenen Mündern singend, marschierten sie im Paradeschritt an dem General vorbei ... durch das Eis, durch den Schnee, durch den Wind ... mit stieren Blicken, gefühllos geworden, marschierend, bis sie umfielen und sich brüllend im Schnee wälzten.

Der General stand im Wagen und grüßte. Sein Ia auf dem Rücksitz biß auf die Zähne, daß sie knirschten.

»Ein Symbol«, sagte der General leise. »Meine Herren — lassen Sie uns dieses Symbol grüßen ...«

Auf Berlin zu stürmten die sowjetischen Divisionen.

Es gab kein Deutschland mehr ...

Alexandra Cordes

»Die Themen dieser Bücher geben Auskunft über das Weltbild der Autorin.« *Die Zeit*

Die großen Romane der erfolgreichen Autorin erscheinen in gebundenen Ausgaben im Schneekluth Verlag München.

Trilogie in Einzelausgaben:

Sag mir Auf Wiedersehen
Geh vor dem letzten Tanz
Frag nie nach dem Ende

Christine
(Drei Romane in einem Band)

Wenn die Drachen steigen
Das Haus im Marulabaum
Ein Lächeln im Herbst
Liebe kennt keine Jahre
Die Umarmung

Die Erfolgsautorin im Taschenbuch:

Wilde Freunde
Das Haus der Träume
Die Buschärztin
Der Engel mit den schwarzen Flügeln
Das Lied von Liebe und Tod
Das Kind des Anderen
Ich will mit dir allein sein
Saat der Sünde
Gefährliche Liebe
Sehnsucht ist mehr als ein Traum
Dunkle Nacht, heller Tag
Und draußen sang der Wind
Anna Maria
Der Sehnsucht andere Seite
Am Tag nach den Flitterwochen
Die zweite Frau
Meine schwarze Schwester/
Die weiße Haut
Eine Tote will nicht sterben
Die entzauberten Kinder
Die Nacht der Katzen
Draußen blüht der Jacarandabaum
Bittersüße Jahre